星群艦隊

ア キー

かろうじて非常事態を切り抜けたアソエクの星系《システム》。だが内乱の戦火はついにこの地にも及ぶ。無人のはずの隣接星系に潜む謎の艦，圧倒的異質にして人類を凌駕する力をもつ異星種族プレスジャー，そしてブレクの宿敵であるラドチの絶対的支配者アナーンダ——数多《あまた》の難題を前に，ブレクは思いを胸に秘め，戦いつづける。デビュー長編シリーズにしてヒューゴー賞，ネビュラ賞，星雲賞など，驚異の全世界12冠制覇。『叛逆航路』『亡霊星域』につづく本格宇宙SFのニュー・スタンダード三部作，ここに完結！　ファン必読，前日譚のスピンオフ短編も特別収録。

星群艦隊

アン・レッキー
赤尾秀子訳

創元SF文庫

ANCILLARY MERCY
and
SHE COMMANDS ME AND I OBEY
by
Ann Leckie

目次

星群艦隊

星群艦隊

登場人物

ブレク（・ミアナーイ）……〈カルルの慈《めぐみ》〉艦長。階級は艦隊司令官。属躰《アンシラリー》
セイヴァーデン・ヴェンダーイ……〈カルルの慈〉の先任副官
エカル……〈カルルの慈〉の副官。一般兵アマート1から昇進
ティサルワット……〈カルルの慈〉の副官。新米将校
ドクター……〈カルルの慈〉の船医。階級は副官
ジアロッド……アソエクの星系《システム》総督
セラル……アソエク・ステーションの管理官
ルスルン……アソエク・ステーションの警備局長
イフィアン・ウォス……アソエク・ステーションの司祭長
バスナーイド・エルミング……アソエク・ステーションの園芸官。オーン副官の妹
ウラン……アソエクの市民。ブレクの保護下にある
クエテル……アソエクの市民。ウランの姉
ゼイアト……蛮族《エイリアン》プレスジャーの通訳士
ウエミ……フラド星系に駐留する艦隊司令官
〈スフェーン〉……ノタイの軍艦およびその属躰
アナーンダ・ミアナーイ……星間国家ラドチの絶対的支配者

1

眠った。と思った直後、聞きなれた小さな音に目覚めた。あれはお茶をいれる音。予定の時刻より六分早い。なぜだ？　目をつむったまま、意識を飛ばして見る。

エカル副官は当直中で、どこか不機嫌だ。多少の怒り。彼女の前の壁面に映っているのは、アソエク・ステーションとそれを囲むようにして停泊する船舶の光景。この角度からでは、ガーデンズのドームはほとんど見えない。惑星アソエクの半分は暗く、半分は青と白に輝いていた。流れている通信データから、とくに問題はないことがわかる。

目を開けた。この部屋の壁にも、エカルが司令室で見ているのと同じ光景が映し出されている――アソエク・ステーション、船舶、惑星アソエク。四つある星系《システム》間ゲートのビーコン。しかしこんな光景を見るのに、わたしには壁など必要ない。その気になれば、いつでもどこででも見ることができるから、映写を指示したことは一度もなかった。たぶん〈カルルの慈《めぐみ》〉が気をきかせたのだろう。

三×四メートルの小部屋。奥のカウンターでお茶をいれているのは、セイヴァーデンだった。古い琺瑯《ほうろう》の杯はふたつしかなく、片方は縁が欠けている。一年ほどまえ、セイヴァーデンが慣れない下働きをしたときに割ってしまったのだ。そして召使役を解放されてから、ひと月以上たっている。それでもこうして、目覚めたとき彼女がわたしの私室にいても、さして違和感はない。

「おはよう、セイヴァーデン」

「これは〈慈〉です」セイヴァーデンはお茶の用意をしながら、こちらに小さく首を振った。〈カルルの慈〉は聴覚や視覚のインプラント経由で乗員とつながっているので、耳に直接話しかけたり、視界に文言や映像を映すことがままある。いまもそれをやっているのだろう。セイヴァーデンは〈慈〉の言葉を読み上げているのだ。

「いまのわたしは〈慈〉。艦隊司令官の睡眠中にメッセージが二通届きましたが、緊急の用件ではありませんでした」

わたしは体を起こし、ブランケットをめくった。自由に腕を動かせるのは、なんとも心地よい。三日まえまでは、肩の矯正具のせいで感覚がなく、動かすことすらできなかった。

「セイヴァーデン副官は――」と、セイヴァーデンはつづけた。「このコミュニケーション法をときになつかしんでいます」〈慈〉のデータを見ると（口で指示しなくても、心を向けるだけで見ることができる）、セイヴァーデンはこの台詞にどきまぎしているようだ。それでも〈慈〉のいうとおり、昔にもどったような感触を楽しんではいる。しかしわたしは、楽しくない。

「三時間まえ――」と、セイヴァーデンの口で〈慈〉がいった。「ウエミ艦隊司令官からメッセージが届きました」

ウエミ艦隊司令官は現在、一ゲート先のフラド星系で駐留中の全軍艦の指揮をとっている。いまさらながらではあるが、ラドチは内乱状態にあり、ウエミもわたし同様、アナーンダ・ミアナーイ――オマーフ宮殿を掌握したほうのアナーンダ――の命令に従っていた。

「ツツル宮殿が陥落したとのことです」

「誰の手に落ちたのかな？」

セイヴァーデンは手袋をはめた手で茶杯を取りあげ、寝台の縁に腰かけているわたしのほうへやってきた。ずっと行動をともにしてきて、わたしがとぼけた反応をしようともはや驚きもせず、手袋なしの素手だろうといっこうに気にしない。

「ミアナーイ帝以外にはありえません」薄く笑って、わたしに茶杯を差し出す。「ウエミ艦隊司令官によれば、ミアナーイ帝のうち、ブレク艦隊司令官への愛情が皆無の側、とのことです。また、ウエミ艦隊司令官に対する愛情もありません」

「わかった」と、返事はしたものの、わたしにはどっち側だろうと同じだし、どちらにも愛情などもたれる筋合いはない。ただ、ウエミが支援する側ははっきりしている。というより、彼女自身がまさにアナーンダそのものだろう。アナーンダは数多《あまた》の身体をもち、同時に数多の場所に存在できるが、いまはそれが分裂分離し、多くが自分自身との戦いで失われた。ウエミはそんな分裂後の一片だと、わたしはほぼ確信している。

「さらにウエミ艦隊司令官によれば――」セイヴァーデンはつづけた。「ツツル宮殿を陥落したミアナーイ帝は宮殿外の自分との接続を絶ったため、残りのミアナーイ帝は彼女が何を企図しているのか把握できなくなりました。しかしウエミ艦隊司令官は、もし自分がミアナーイ帝であれば、軍備の大半をツツルの地盤固めと防衛に充てるだろう、といっています。そしてできればブレク艦隊司令官に、追っ手を差し向けたいはずだとも。また、ウエミ艦隊司令官は現在フラドに駐留しているため、オマーフ宮殿の艦から届く情報は数週間まえのものである、とのことです」

わたしはお茶をひと口飲んでからいった。

「あの暴君が、ツツルを手に入れてすぐこちらに追っ手の船団を送りこむほど愚かであれば、到着は……」〈慈〉が予想値を示した。「一週間後か」

「あちら側には、あなたに激怒するだけのもっともな理由があります。また、自分を不快にさせた相手には過剰な意趣返しをする、という前歴もあります。遅かれ早かれ、わたしたちを狙いに来るでしょう」そこでセイヴァーデンは、視界に映った文言に眉をひそめた。いうまでもなく、わたしにもその文言は見えている。「ふたつめのメッセージは、ジアロッド総督からです」

わたしは返事をしなかった。ジアロッド総督は、アソエク星系全体の統括官だ。そして間接的とはいえ、わたしに大怪我を負わせる原因をつくりもした。なんとか回復はしたものの、一歩間違えば命をおとしていたのだ。そしてわたしはわたしであるがゆえに、総督のメッセージの内容がわかっていた。セイヴァーデンがわざわざ読み上げる必要はない。

ただ、かつて〈カルルの慈〉には属躰《アンシラリー》――人間の体をもち、艦船の目となり耳となり、手足となるAIの奴隷――がいた。が、その属躰もいまは使用禁止で姿を消し、〈慈〉の乗員はすべて人間だ。それでも一般兵はときに〈慈〉の代わりに語り、〈慈〉にできないことをやり、さながら属躰のように振る舞う。といっても、わたしの前ではあまりやらない。なぜなら、わたし自身が属躰だからだ。二十年まえに破壊された兵員母艦〈トーレンの正義〉の、最後に残ったひとつの欠片だ。〈慈〉の兵士が属躰の真似ごとをしても、わたしは面白くもないし癒《い》やされもしない。が、あえて禁止もしなかった。兵士たちがわたしの過去を知ったのはごく最近でしかなく、彼女たちはプライバシーのない小さな軍艦で、わが身を守る盾代わりに属躰のふりをしているだけだ。

しかし、そんな属躰ごっこは、セイヴァーデンには不要だった。いまこんなことをしているのは、〈慈〉が望んだからにすぎない。では、なぜ〈慈〉は望んだのか?

「ジアロッド総督は、ブレク艦隊司令官のご都合がつきしだい、アソエク・ステーションにお戻りいただきたいとのことです」〈慈〉が、セイヴァーデンが、いった。〝ご都合がつきしだい〟とつくろってはいるが、実質的には無礼、傲慢《ごうまん》な要求といえる。セイヴァーデンはこれに、エカル副官ほどむっとはしなかったものの、わたしの反応は気になるようだ。

「総督は具体的な用件を語りませんでした。しかし昨夜、アンダーガーデンの外で騒乱があったことにカルル5が気づきました。逮捕者が出たもようで、以来、警備局は神経をとがらせています」〈慈〉はすぐにデータを送ってきた。ステーションにいるカルル5が見聞きしたものだ。

「全員に退避命令が出たのでは?」わたしは声に出して尋ねた。〈慈〉は無声で直接会話するより、セイヴァーデン経由で話したいだろう。「アンダーガーデンは無人のはずだが」

「はい、そのはずです」〈慈〉が、セイヴァーデンが、答えた。

アンダーガーデンの住民の大多数はイチャナ人で、クハイ人は彼女たちを忌み嫌った。アソエク併呑時、ラドチに協力的だったのはクハイ人のほうだ。理屈からいえば、併呑後は民族など関係なくみなラドチャーイになる。しかし現実はそうもいかず、ジアロッド総督はアンダーガーデンのイチャナに対し、つねに漠然とした不安を抱いていた。

「いいだろう。ティサルワット副官を起こしてくれないか、〈慈〉?」ティサルワットはここに到着して以来、アンダーガーデンの住民やステーションの役人たちと積極的に交わっている。

「すでにそのようにしました」と、セイヴァーデンがいった。「艦隊司令官の準備が整いしだい、シャトルは出発可能です」

「ありがとう」わたしはそれだけいった。〝ありがとう、〈慈〉〟とも、〝ありがとう、セイヴァーデン〟ともいいたくない自分を感じる。

「分をわきまえずに申し訳ありません、しかし――」〈慈〉がセイヴァーデンの口を通じていい、セイヴァーデン自身はどきりとした。〈慈〉の代弁に同意はしたものの、この先の会話にいやな予感がしたからだ。

「かまわないよ、つづけなさい」〈慈〉は呼吸から筋肉の小さな動きにいたるまで、わたしのほぼすべてを見ることができる。しかもわたしは、〈慈〉の属躰でないとはいえ、つながり方はそれに等しい。将校のセイヴァーデンに属躰よろしく代弁させるのをわたしが快く思っていないことは、〈慈〉もすでに承知だ。

「艦隊司令官、ひとつお尋ねしたいことがあります。オマーフ宮殿で、艦隊司令官はわたしに、〝あなたも艦長になれる〟といいました。あれは本心でしょうか」

わたしは艦内の重力制御がおかしくなったような感覚に陥った。〈慈〉はわたしの身体的反応が見えるから、外観をつくろっても意味がない。そしてセイヴァーデンは感情を隠すのが苦手だから、誇り高い高貴な顔がゆがんだ。〈慈〉の質問は、艦船にはあるまじきものに思えたからだろう。セイヴァーデンは口を開いて何かいいかけ、まばたきし、何もいわずに口を閉じてしかめ面になった。

「そう、わたしは本心からいった」ラドチャーイにとって、艦船は人間ではなく装備であり、兵器であり、指示されたとおりに動く機械でしかない。

「あれからずっと考えていました」とセイヴァーデンが、いや〈慈〉がいった。「そして艦長にはなりたくないという結論に至りました。しかし艦長に〝なることができる〟という考えは気に入っています」セイヴァーデンはほっとしてよいかどうか、わからずにいるようだ。彼女はわたしが属躰なのを知っているし、なぜわたしがあの日オマーフ宮殿でそんなことをいったのかも察している。しかし、高貴な生まれのラドチャーイ将校のごたぶんにもれず、自分の艦船は自分が命令したとおりのことをやるのが当然だと思っている。つねに自分のそばに控えているものなのだ。

わたしは艦船だった。艦船は艦長のことを、将校たちのことを、一心に、ひたむきに考えている。わたしは自分の経験から、それを知っている。当たり前、当然、いわずもがなだ。ほぼ二千年のあいだ、ほかのことは眼中になかった。だからこの二十年、乗員をひとり残らず失ってできた心の大きな空洞からは目をそむけてきた。できるかぎり精一杯。と同時に、何事も自力で決断するようになった。誰かの指示を仰ぐでもなく、わたしの生死を左右する絶対的権力者もなく。

わたしがかつて艦長に抱いた感情を、〈慈〉はわたしに対して抱くだろうか？ いいや、ありえない。艦船はほかの艦船に対し、そんな感情は抱かない。こういうことを、わたしは過去一度でも考えたことがあるだろうか？ あるかないか、それすらはっきりしない――。

「そうか、わかった」お茶をたっぷり口に含んで飲みこむ。〈慈〉がセイヴァーデンを通じていいたかったのは、その種のことではないだろう。

いうまでもなく、セイヴァーデンは人間だ。そして〈カルルの慈〉アマート分隊の指揮官でもある。おそらく〈慈〉の言葉はわたしではなく、彼女に向けられたものだ。

セイヴァーデンは艦を気遣うどころか、その思いに気を向けることすらないタイプの将校だ。わたしは〈トーレンの正義〉だったころ、セイヴァーデン副官をけっして好んではいなかった。しかしひと口に艦船といっても、それぞれ感覚が異なれば好みも異なる。またセイヴァーデンはこの一年でずいぶん変わり、以前の彼女とは別人のようになった。

属躰をもつ艦船は、その思いをじつにさまざまな、ささやかなかたちで表現する。お気に入りの将校のお茶が冷めっぱなしのことはないし、食事にいささかの不満を抱かせることもない。軍服は体にぴったり、しっくりくるし、どんなに小さなことでも、望めばすぐに満たされる。その将校が日常でふと気づくことがあるとすれば、居心地の良さくらいのものだろう。ほかの艦船より、こっちのほうが快適だな——。

これはほとんどの場合、一方的なものだ。わたしはオマーフ宮殿で〈慈〉に、自分で自分の指揮をとってはどうかといった。そしていま〈慈〉はわたしに（ほぼ間違いなくセイヴァーデンに）、艦長になる可能性を全面否定はしなかった。〈慈〉は自分を認めてもらいたがっている。自分の思いに対する何らかの反応を（少なくともある程度の感受を）望んでいるのだ。

セイヴァーデンのアマート分隊は、けっして鋭感的とはいえなかった。しかし、ほかの分隊と同様にみな人間であり、艦の装備ではないのだ。何かにつけ、〈慈〉に属躰さながらの親密さを求められたら、かなり煩わしいだろう。

「よし、わかった」わたしは同じ言葉をくりかえした。ティサルワット副官は自室で、ブーツをはいているところだ。目覚めたばかりで、そばにお茶を持ったボー9がいる。ほかのボーたちはまだぐっすり眠り、夢を見ている者もいた。セイヴァーデンのアマート分隊はその日の仕事を終えるところで、これから夕食となる。ドクターとカルル分隊の半数は眠っているが、そろそろ起床だ。あと五分もすれば、〈慈〉が彼女たちを起こすだろう。エカル副官とエトレパたちは当直中。エカルは総督のメッセージに対するわだかまりとは別に、何やら悩み事があるらしい。が、それが何かはわたしにはわからなかった。外に目をやると、〈慈〉の船殻を塵《ちり》がかすめ、恒星の光に照らされていた。

「ほかに何かあるか？」

どうやらあるらしい。会話の途中からぴりぴりしていたセイヴァーデンはまばたきし、視界に返事が現われるのを待った。まる一秒。そしてようやく、〝いいえ、何もありません、艦隊司令官〟の文字が浮かんだ。

「いいえ」セイヴァーデンがそれを読む。「何もありません、艦隊司令官」口調はしかし、その言葉を信じていないようだ。艦船を熟知している者なら、一秒もの空白の意味は想像がつく。だが、あれだけ艦船に無関心だったセイヴァーデンが気づくとは、少し意外だった。彼女は三度まばたきし、眉をひそめた。当惑。狼狽《ろうばい》。いつものセイヴァーデンらしくない不安げな口調

──「艦隊司令官、お茶がぬるくなっています」

「いや、かまわない」わたしは飲みほした。

ティサルワット副官はここ何日も、アソエク・ステーションにもどりたいとしつこくいった。この星系に来てまだ日は浅いが、彼女には友人や役人とのコネができた。ステーションに足を踏み入れた瞬間から、星系の権力層に食い込もうとしたといっていい。だがこれは、さして驚くことでもない。ティサルワットは何日間か、アナーンダ・ミアナーイだったからだ。

ラドチの皇帝は十七歳の副官の脳をいじくり、自分の一部、自分の手足のごとくにした。気

づかれないようわたしを監視し、〈カルルの慈〉を操るのが目的だ。しかしわたしはそれに気づいて、ティサルワットとアナーンダをつなぐインプラントを除去した。その結果、ティサルワットは以前とはまた違うティサルワット――もともとの自分の記憶（おそらく性向の一部も）と、ラドチの絶対権力者としての記憶（数日とはいえ）が合成されたもの――に、生まれ変わったのだ。

ティサルワットはシャトルのハッチの前でわたしを待っていた。とくに長身ではないが、手足はひょろりとして、いかにもまだ成長過程にある十七歳といった印象だ。寝ぼけ顔ながら、髪はきちんと整え、こげ茶色の軍服には皺ひとつない。ボー9はすでにシャトルに乗っているが、彼女のことだから、移動まえに若き上官の身だしなみを完璧に仕上げたのだろう。

「艦隊司令官」ティサルワットはお辞儀をした。「同行させていただき、ありがとうございます」彼女の瞳はライラック色で（おそらく最初の給与で変えたのだろう）かつての軽薄なティサルワットの名残といえた。いまは真剣なまなざしながら、その向こうには、ドクターに薬を飲まされてもなお消えない純粋な喜びと高揚感がある。アナーンダが挿入したインプラントはうまく機能せず、何らかの決定的なダメージをもたらしたと思われたため、わたしとドクターで急ぎ除去した。だからその一部は解消されたはずなのだが、一方で別の問題を生んでしまったらしい。いまだ自分のなかにアナーンダへの強烈な（かつ当然の）両面感情が影をおとし、つねに情緒的、精神的に不安定なのだ。

ただしきょうは、見たところ、気分は良いようだ。

「礼なんて不要だよ、副官」

「はい、艦隊司令官……」どうやら、シャトルに乗るまえに何かいいたいことがあるらしい。

「艦隊司令官、あのジアロッド総督には問題があるように思います」ジアロッドを星系総督に任命したアナーンダが、わたしをここへ送りこんだ。だからかたちのうえでは、協力してアソエクの安全を守る立場にある。ところが、総督が情報を敵側のヘトニス艦長に漏らしたせいで、わたしはあやうく命をおとしかけた。ついうっかり漏らしたのかもしれないが、いまは自分のしたことの重大さに気づいているはずだ。なのにこれまでなんの連絡もなかった。説明なし、謝罪なし、いっさいの発言なしだ。そして連絡があったかと思えば、ステーションにもどってこいという、限りなく非礼に近いメッセージ。

「いずれ」と、ティサルワットはいった。「総督を交代させたほうがよいかと思います」

「オマーフ宮殿のアナーンダも、そうすぐには新しい総督を送りこめないだろう」

「はい。しかし、わたしがいます。わたしなら総督として適切に管理できます」

「あなたなら、きっとそうだろうね」あっさりといってから背を向け、艦内の人工重力とシャトルの無重力の境界線を飛び越える準備をする。ティサルワットは一見冷静だが、わたしの反応に傷ついているようだ。薬の効果で、多少鈍ってはいても。

彼女は彼女であるがゆえに、わたしが総督就任に反対するかどうかを知りたいのだろう。アナーンダがわたしを生かしておいたのは、わたしなら敵への脅威になる、と踏んだからにすぎない。いうまでもなく、アナーンダの敵はアナーンダ自身だ。しかし、どちらの側が勝とうと、わたしはどうでもいい。結局、どちらもアナーンダであることに変わりはないのだ。わたしが見たいのは、アナーンダが残らず跡形もなく消滅するところ――。自分の能力をはるかに超えた目標ではある。が、アナーンダはわたしを熟知し、わたしが彼女全体にどんなダメージを与えられるかがわかっている。そこで不運なティサルワットの脳をのっとり、わたしの近くに置いてダメージを極力抑えようとしたのだ。アソエク・ステーションに到着してまもなく、ティサルワット自身がそう語った。

そして何日かまえも、彼女はいった――「艦隊司令官もわたしも、彼女の望みどおりに動いていることをご存じですか?」。〝彼女〟とは、もちろんアナーンダだ。これに対しわたしは、アナーンダの望みなど知ったことではないと答えた。

わたしはふりむき、ティサルワットの肩に手を置いて、いくらかやさしい調子でいった。「ともかく、きょう一日を無事にのりきろう」これから数週間を、あるいは数か月か、それ以上を。ラドチは広大だから、地方宮殿での戦いがこのアソエクを巻き込むのは明日かもしれないし、来週か、あるいは来年かもしれない。ひょっとすると、宮殿のなかだけで燃え尽き、ここまで波及しない可能性だってある。わたしはしかし、その可能性に賭ける気はなかった。

わたしたちはふだん、恒星系内の衛星や惑星のステーション、星系内の最大ステーション近隣のゲートとの距離を気軽に口にする。しかし実際は膨大な距離であり、星系の辺境ステーションとなると、ゲートからの距離はさらにその百倍、千倍はある。

何日かまえ、〈カルルの慈〉は危険なほどアソエク・ステーションに接近したが、いまは適度に距離をとった近場にいる。それでもシャトルで行くにはまる一日かかるだろう。〈慈〉ならら通常空間を避け、自分でゲートをつくって時間短縮できるものの、ゲートの出口が混雑したステーションに近すぎると、出たとたん何かに衝突する可能性は高い。何日かまえの〈慈〉も、それをやってしまいかねなかったのだ。そして今回はシャトルだから安全とはいえ、小ぶりすぎて重力をつくることができず、ましてやゲートなど論外だった。ジアロッド総督の用件が何であれ、しばらく待ってもらうとしよう。

そしてわたしには、今後について考える時間がもてる。アソエク・ステーションには確実に、分裂したアナーンダそれぞれの手先がいるだろう(ただし、二分裂だと決めてかかってはいけない)。それもおそらく、軍人ではないはずだ。ヘトニス艦長は敵側だが、いまは〈カルルの慈〉の艦上、将校ともどもサスペンション・ポッドで冷凍されている。ヘトニスの艦船〈アタガリスの剣《つるぎ》〉はアソエクから遠い軌道にいて、属躰は船倉に入れられ、エンジン停止状態だ。軍艦はこの星系にいまのところもう一隻〈イルヴェスの慈〉がいるが、現在は辺境ステーションの偵察に当たり、任務を継続せよというわたしの指示に逆らう様子は見せない。ほかに武器を所有しているのは、ステーションの警備局と惑星の治安維持局だが、武器といってもせいぜいスタンガンだ。もちろん、だからといって、あなどってはいけない。とりわけ無防備な一般市民にとっては脅威の存在だ。わたしにとって、恐るるに足らずというだけのこと。

敵側アナーンダの手先がわたしを攻撃するといっても、手段は政治的なものに限られるだろう。そう、政治的駆け引き——。ティサルワットを見習って、まずは警備局長あたりを夕食に誘うとするか。

カルル5は、8、10とともにまだステーションにいる。ステーションはもともと満杯状態だったうえ、アンダーガーデンに退避命令が出たことから、いまは寝る場所にも困るほどだった。カルルたちは通路の突き当たりの隅に荷箱とクッションを置いて、居住スペースとした。いま彼女たちの目を通して見ると、市民ウランが荷箱にすわり、真剣な面持ちで、ラスワル語の動詞の変化を練習している。イチャナ人はたいていラスワル語を話し、アンダーガーデンの住民の大半がイチャナ人だった。言語の習得は、医務局で薬を飲んでやるほうが楽なのだが、ウランは頑として拒んだ。わたしの小さな所帯で、ウランだけが軍人ではなく、年齢もまだ十六歳。〈慈〉の乗員との血縁関係はまったくないが、成り行き上、わたしが彼女の面倒をみることになった。

数分後にはウランの家庭教師が到着するため、カルル5はウランの横で、お茶の準備に余念がない——ように見えるが、実際はウランから目を離さないようにしている。そこから数メートル離れたところには、床磨きにいそしむカルル8と10。汚れも傷も、その先に広がる床よりはるかに少なく、そこが当座の世帯境界線だった。ふたりは床を磨きながら歌っているが、近くでは市民たちが眠っているので、声はとても小さい。

ジャスミン　咲いた

愛しい人の　あの部屋で
ベッドのまわりに　ジャスミン咲いた
娘たちは食を断ち　髪を剃《そ》り
いずれふたたび　御房を訪ねる
薔薇《ばら》を手にして　椿《つばき》を手にして
だけどわたしは　ジャスミンだけで
この命　果てるまで
花の香りは　ジャスミンだけで

かなり古い歌だった。カルル8や10が生まれるまえの、おそらく彼女たちの祖母も生まれるまえの歌だろう。だけどわたしは、この歌が生まれたときを知っている。いまシャトルのなかで、わたしもカルル8や10とともに口ずさんだ。隣ではティサルワットが熟睡しているから、控えめな鼻歌だ。それでも操縦士には聞こえたらしく、小さな安堵《あんど》のため息を漏らした。操縦士は急遽《きゅうきょ》ステーションにもどることや、ジアロッド総督のメッセージ内容に不安を覚えていたのだが、わたしが歌をうたったから心配無用、問題なしと思ったのだろう。

一方、〈カルルの慈〉に意識を向けると、セイヴァーデンは夢を見ていた。十人のアマートたちも、寝台で身を寄せ合うようにして眠っている。ボー分隊は、ティサルワット副官がわたしと一緒に出かけたため、ボー1の指揮のもと、寝ぼけまなこでぼそぼそと朝の祈りをつぶやいていた（「正義の花は平和、礼節の花は思いと行ないの美しさ……」）。

　ほどなくして、当直を終えたドクターが、狭い白壁の分隊室に入ってきた。そこではエカル副官がうつむき、テーブルの夕食を見つめている。

「元気か？」ドクターが声をかけながら、彼女の隣に腰をおろした。

「はい、元気です」エカルは嘘をついた。

「お互い、長いあいだ一緒に仕事をしてきただろう」ドクターの言葉にエカルはうろたえたが、何もいわずうつむいたままだ。「昇進まえだったら分隊仲間に相談できただろうが、いまはもうできない。アマートはセイヴァーデンの指揮下になったからね」〈慈〉の前艦長（背信で逮捕された）の時代、エカルはアマート1だった。「だからといって、エトレパに相談するわけにもいかないと思っているんだろう？」いま部屋の隅では、エカルの部下のエトレパがひとり、無表情で立っている。「部下の兵士に相談する副官はいくらでもいるが、彼女たちは分隊の一兵士から副官に昇進したわけではないからね」ドクターは露骨な言い方はしなかった――あなたは一兵卒時代を知っている乗員に対し、自分の権威が揺らぐのを心配しているのではないか。部下の兵士に慰めや癒しを求めるなど、副官にふさわしい行為ではないと。「これほどの大抜《だいばっ》擢《てき》は、たぶんあなたが最初だろう」

「いいえ」エカルは感情のこもらない声で否定した。「艦隊司令官がいます。ドクターはおそらく、最初から知っていたのでしょう」つまり、艦隊司令官のわたしは人間ではなく、属躰であることを。

「それが問題なのか？」ドクターはエトレパが用意したお茶にまったく手をつけていない。

「艦隊司令官の件が？」

「いいえ」ここで初めて顔を上げる。無表情だった顔に一瞬何かがよぎっては、すぐに消えた。

「そんなことは問題でもなんでもありません」これは嘘ではなく、本心らしい。

ドクターはどうでもよさそうな仕草をした。「ねたむ者がいてもおかしくはない。それにセイヴァーデン副官は艦隊司令官を……慕っている。また、あなたとセイヴァーデン副官は……」

「艦隊司令官をねたむなど、ばかげています」口調は変わらず淡々とし、これも本心からと思われた。見方によっては侮辱ともとれる言葉だが、彼女にその気はないだろう。そして実際、彼女のいうとおりなのだ。属躰のわたしをねたむ道理などない。

「そのてのことは」ドクターは冷ややかにいった。「かならずしも理屈どおりにはいかないからね」エカルは無言だ。「ときどき考えるんだよ、セイヴァーデンは艦隊司令官がじつは属躰だと知ったとき、どんな思いがしただろうってね。えっ、人間じゃないのか！」エカルの表情がかすかに揺れたのを見て、つづける。「だけど事実は事実だから。艦隊司令官自身、自分は人間だなんてごまかしたりしないよ」

「ドクターは艦隊司令官を〝彼女〟ではなく〝あれ〟と呼ぶつもりなんですか？」強い口調でいい、顔をそむける。「どうか、失礼をお許しください。でも、それはおかしいように思います」

エカルは急に改まった物言いをし、いつもの下層のアクセントを慎重に消した。わたしは

〈慈〉経由で見ていたから、ドクターが戸惑ったことがよくわかる。とはいえ、彼女はエカルを昔から知っているのだ。その時期の大半、エカルは分隊の一兵士だった。

「おそらく」と、ドクターはいった。「セイヴァーデンは下層社会を理解しているつもりだろう。たしかに彼女は、いつ自分が下層の民になってもおかしくないことを学んだ。いくらいい家柄で、作法も非の打ち所がなく、アートル神から豊かで幸福な人生を与えられたのがひと目でわかるような人間でもね。彼女は自分が無視し、鼻も引っ掛けない人間が、じつは尊敬に値する人物かもしれないことを学んだ。そして学んだいま、彼女はあなたを理解している気になっている」そこでふと思いついたように——「ひょっとして、だからあなたは、艦隊司令官は人間ではないというわたしの表現が気に入らなかったのかな？」

「わたしは下層の民ではありません」慎重にアクセントを（ドクターやティサルワットの、セイヴァーデンの、あるいはわたしのアクセントを）真似る。「申し上げたように、わたしは元気で何も悪いところはありませんから」

「では、わたしの勘違いだろう」その口調に腹立ちや嫌味は感じられない。「じつに申し訳なかった、副官」いやに丁寧な言い方だった。旧知の間柄のわりには。長年彼女の主治医でありながら。

「いえ、お気になさらずに、ドクター」

セイヴァーデンはまだ眠っていた。同僚の副官（かつ愛人）の悩みには気づきもしない。また、〈慈〉の熱い注視にも気づかないようだ。わたしは〈慈〉に何か強い感情があるように思えてならなかった。何であれ率直に語る〈慈〉が、これに関しては口をつぐんでいる。

シャトルのなかで、隣にいるティサルワットが何やらつぶやき、少し動いたが、目覚めはしなかった。気持ちを切り替え、わたしはステーション到着後のことを考えた。何が待ち受けているか、どう対処すればよいか――。

2

ジアロッド総督の執務室に入る。緑の葉が描かれたクリーム色の絹のタペストリーが、きょうは壁だけでなく、メイン・コンコースを見下ろす大窓にもかけられていた。すりへった白い床のコンコースを市民たちが行き交い、管理局の建物に入っていく者あり、出ていく者あり。アマート寺院の入口、四つのエマナチオンの大きなレリーフの下で立ち話をする者もいた。

ジアロッド総督は長身で肩幅が広く、悠然と構えている印象がある。しかしわたしは経験から、彼女は何かにつけて不安がり、拙速に行動することがわかっていた。彼女に椅子を勧められて腰をおろし、つぎにお茶を勧められたが断わる。カルル5が(ドックに迎えに来てからずっと一緒だ)、いまわたしの真後ろに無表情で立っている。ドアまで下がらせようか、あるいは部屋の外で待たせようかと少し悩んだが、カルル5の存在はそれなりに有益だと判断。彼女はわたしが何者であるか、命令ひとつでどれだけのものを動かせるかの表徴ともいえるからだ。

ジアロッド総督は、わたしの背後で直立不動のカルル5がいやでも目に入っているはずなのだが、まったく気づかないふりをしていった。

「セラル管理官が——わたしも同意したが——アンダーガーデンに重力がもどったところで、

構造的に問題がないかどうかを徹底調査したんだよ」何日かまえ、ステーションの公立庭園〝ガーデンズ〟に亀裂が入り、その下にあるアンダーガーデンの四階分が水浸しの危険にさらされた。ステーションAIがそれを防ぐために重力解除し、アンダーガーデンの全住民に避難命令が出たのだ。

「そして危惧《きぐ》していたとおり――」と、わたし。「アンダーガーデンに潜んでいる無認可の者を大量に見つけたのだろうか？」ラドチャーイは生まれてすぐ追跡タグをインプラントされるため、AIの監視下では行方をくらましたくてもできない。とくにアソエクのような比較的小さなステーションで、こそこそ動きまわるとか、ステーションAIに知られずにもぐりこむなど、考えるだけでも愚かといえた。しかしそれでも、アンダーガーデンには無認可者が大量に身を潜め、良き市民を脅かしている、というのが、なぜか共通認識になっていた。

「あなたにいわせれば」と、ジアロッド総督。「そういう危惧は愚の骨頂だろう。しかしね、調査によってそのての人間をひとり見つけたんだよ。レベル3と4をつなぐアクセストンネルに潜んでいた」

「ひとりだけ？」わたしは表情を変えずに訊いた。

ジアロッド総督は、あなたのいいたいことはわかる、という身振りをした。市民が、ましてや総督までもが恐れた相手がひとりきりとは笑止千万。

「彼女はイチャナ人だった」アンダーガーデンの住民の大半がイチャナ人だ。「素直に認める者はいないだろうが、住民の一部は明らかに彼女を知っていたと思われる。いまは警備局の留置場にいるが、あなたには知らせたほうがいいと思ってね、この種のことを直近でやったのが蛮族《エイリアン》だったという事実を考えると」それは通訳士ドゥリケのことだ。ドゥリケは謎に満ち満ちた恐るべき蛮族プレスジャーの、人間のようで人間ではない通訳士だった。プレスジャーは現在、ラドチと和平条約を結んでいる（ただし、ラドチといっても実質的には全人類だ。プレスジャーにはラドチャーイも非ラドチャーイも区別がつかず、人類みな同じ、でしかない）。この条約締結以前、プレスジャーは単なる気晴らしで人間の船を破壊しては、人間の体をばらばらにした。そして人類は、ラドチ軍でさえ、プレスジャーが相手では討滅どころか、わが身を守ることすらままならなかったのだ。

プレスジャーの通訳士ドゥリケは、アソエクに来ると総督の私邸に軟禁され、退屈のあまり抜け出した。なんと、ステーションのセンサーを難なく欺いたのだ。現在、ドゥリケの亡骸《なきがら》はサスペンション・ポッドで医務局に安置されている。いつの日か、プレスジャーが彼女をさがしに来れば、経緯をきちんと説明しなくてはならない。通訳士ドゥリケは、アンダーガーデンの壁の損壊容疑で〈アタガリスの剣《つるぎ》〉の属躰《アンシラリー》に射殺されたのだ。

しかし今回、調査によって発見されたのはたったの一名で、残忍なイチャナ人が多数潜んでいるという市民の恐怖はやわらいだにちがいない。

「そのイチャナ人のDNAは？　アンダーガーデンの住民と近い関係にあるのだろうか？」

「おや、なぜそんなことを、艦隊司令官。もしやわたしの知らない情報をおもちかな？」

「それならたくさんもっている。しかし、あなたの興味をひくようなものではない。で、そのイチャナ人は、ここの住民とは無関係だったのでは?」

「そう、無関係だ。医務局の検査によれば、アソエクが併呑されて以降、まったく見られなくなったDNAマーカーがいくつかあったらしい」ほかの星系《システム》を武力で制圧・植民地化することを体よく表現すると〝併呑〟になる。「併呑で途絶えた家系の子孫とは考えられない。そうすると残された可能性はひとつで――あくまで大雑把にいえばだよ――そのイチャナ人の年齢はゆうに六百歳を超える」

可能性はもうひとつあるが、ジアロッド総督には思いつかないらしい。

「たしかに、そう考えるしかないのだろうが、その場合、かなりの期間、どこかで冷凍状態だったことになる」

総督は眉をひそめた。「あなたは彼女が誰なのか知っている?」

「誰かは知らない。詳しいことはね。ただ、素性に関して心当たりがなくもない。会わせてもらえないだろうか?」

「その心当たりとやらを、わたしに話す気はないのか?」

「杞憂《きゆう》で終わるかもしれないからね」とりあえず総督には、新たな幻の敵に脅えてもらうとしよう。「ともかく彼女と話したい。また、わたしなら再検査をさせるだろう、頭の切れる慎重な性格の医者に」

留置場は二メートル四方しかなく、隅に給水口と排水口だけがある。彼女は床にうずくまり、夕食らしきスケルの碗《わん》を見つめていた。とくに目をひくところはなく、服装もアンダーガーデンのイチャナが好む明色のゆったりしたシャツとズボンだ。しかし、黄色とオレンジと緑の服に対し、手袋は地味な灰色だった。それも、いやに新しげだ。おそらくステーションの商店で手に入れたばかりのもので、警備局がはめるよう指示したのだろう。アンダーガーデンの住民のほとんどは素手だから、野蛮な、流浪の、何をしでかすかわからない未開人だという印象が強くなる。まったくラドチャーイらしくないのだ。

なかに入りたい意思を伝える必要はなかった。留置場ではプライバシーも何もない。ステーション――アソエク・ステーションを制御するAI、あらゆる意味でステーションそのもののAI――が、わたしの合図で扉を開いた。うずくまっていた彼女は目を上げることすらしない。

「入ってもよいだろうか、市民？」ここで〝市民〟はふさわしくないが、ラドチ語で考えられる呼びかけ語はこれくらいしかなかった。

彼女は返事をしない。わたしは一歩、前に進むだけで十分だった。彼女の正面でしゃがみこむ。カルル5はなかに入らず、入口に立つ。

「あなたの名前は？」

ジアロッド総督の話では、逮捕後、彼女は黙秘をつづけているとのこと。尋問は明朝の予定だが、尋問するには当然、訊くべき事項がわかっていなくてはいけない。が、このステーションの人間で、それがわかっている者はいないだろう。

「いつまでも秘密を守ることはできないよ」わたしはスケルを見つめつづける彼女にいった。

碗だけで、フォークの類はない。自傷の可能性を考えてのことだろうが、これでは分厚い葉を手でつかむか、碗に顔を突っこむしかなく、いずれにしても不愉快かつ屈辱的だ、ラドチャーイにとっては。

「あなたは明日の朝、尋問を受ける。無茶なことはされないだろうが、けっして楽しい体験ではないと思う」そしてイチャナも、ラドチに併呑されたほかの民族と同じく、尋問と再教育は切っても切れない関係にあると承知している。いったん有罪判決が下されると、二度と法を犯すことがないよう〝再教育〟が施されるのだ。またどちらも薬が使われ、尋問官が未熟な場合、被疑者に大きな障害を与えかねなかった。真にラドチャーイらしいラドチャーイでさえ、尋問と再教育を苦々しく思い、口にしたがらず、あからさまにその話題は避けようとする。

彼女は黙ったままだ。視線を上げすらしない。そこでわたしも、同じように黙った。ステーションのAIに、見えているデータを送らせようかとも考えた。体温や心拍数の変化以上のことがわかるだろう。被収容者の情報を得るために、センサーが仕掛けられているのは疑問の余地がないのだ。ただし、はたしてそれで意外なデータが得られるかどうかは疑問だった。

「何か知っている歌はあるかな？」

その問いに、彼女の肩がほんの少し動いたように見えた。じっとしているのに変わりはないが、おそらく内心驚いたのだろう。明らかに、くだらない質問だからだ。とはいえ、わたしが過去二千年のあいだに出会った者はたいてい、歌をひとつやふたつは知っていた。ステーションがわたしの耳に報告する——「彼女は驚いたようです、艦隊司令官」

「そうだね」声には出さずに答える。カルル5が動いたが、そちらには目を向けない。カルル5は扉から廊下のほうに下がって場所をあけ、そこからカルル8が入ってきた。手には赤と青と緑のガラスがちりばめられた箱。わたしがジアロッド総督の執務室を出るまえ、持ってくるよう指示したものだ。カルル8に手を振って、わたしの横に置かせる。そして、蓋を開いた。

もともとは古代の茶器が入っていた箱だ――フラスク、茶こし、そして茶杯が十二個。青と緑の象嵌《ぞうがん》があり、三千年もの歳月を（おそらくもっと）生き延びたすえ、いまは破片となって箱のなかに散らばり、茶器の固定用だった窪みを埋めている。割れてさえいなければ、ひと財産、ふた財産どころではないし、粉々になったいまでも価値は高い。

わたしの前でうずくまっていた彼女が、初めて首を回し、箱を見た。

「誰がこんなことを？」抑揚のない声。言語はラドチ語。

「あなたにはわかっていたはずだ……手放したときに、こういうことになりかねないのを。あなた以上に、大切に思う者がいないことを」

「なんの話かわからない」割れた茶器を見つめたまま、声も平板なまま。ただラドチ語には、アンダーガーデンのイチャナ人と同じ訛《なま》りがある。「これはまぎれもなく貴重な品だ。これを砕いた者は誰であれ、まぎれもなく非文明人だ」

「動揺しているように思われます」ステーションがわたしの耳にいった。「ともかく感情的に反応しました。しかしそれ以上のことは、わたしにも外見からしか判断できません」

当然そうだろう。と、わが身の経験から思ったものの、口にはしなかった。

「教えてくれてありがとう、ステーション」声には出さずに礼をいう。これも自分自身の経験から知っていた――AIに気に入られたほうが、何かと都合がいい。腹立たしさや不愉快な思いを与えてしまうと、積極的な協力を得られず、ときに障害にもなりうるのだ。いま、ステーションが自発的に情報を教えてくれたことが、わたしにはうれしい驚きだった。そして目の前の彼女に、声に出して尋ねる。

「あなたの名前は?」

「出ていけ、クソ」砕けた茶杯を凝視したまま、おちついた声で。

「艦長の名前は? あなたが茶器を手放すまえに削除した名前だ」箱の蓋の内側に刻まれた名前は、削りとられていた。残しておけば、出所をたどられる危険があるからだろう。

「あしたの尋問まで待てないのか?」彼女がいった。「だったらいますぐ、訊きたいだけ訊け」

「心拍変動」ステーションがわたしの耳にいった。「呼吸が速まっています」

ふむ……。わたしは声に出していった。

「つまり、安全装置がついているわけだ。尋問用の薬を飲むと、あなたは死ぬのだろう。ともかく、ここにいるあなたはね」

彼女は初めてわたしの目をまっすぐに見た。ゆっくりとまばたきする。

「艦隊司令官ブレク・ミアナーイ、頭がおかしいのではないか? 発言は意味不明だ」

わたしは箱の蓋を閉じ、立ち上がった。

「ヘトニス艦長は、これを市民フォシフ・デンチェに売った。そしてフォシフの娘が割り、フォシフは価値がなくなったと思い、捨てることにした」ふりかえって、箱をカルル5に渡す。カルル8は帰り、いまは5しかいない。厳密にいえば、茶器セットはカルル5のものだった。ロード・デンチェが、母親フォシフに廃嫡された怒りと失望でこれを床に叩きつけたあと、小さな破片まで丁寧に拾い集めたのがカルル5なのだ。

「それでは立ち去るとしよう。じきにまたお目にかかれるのを楽しみにしている」


留置場からメイン・コンコースに向かった。背後には、箱を手にしたカルル5。するとステーションが、わたしの耳にいった。

「艦隊司令官、司祭長がジアロッド総督の執務室を出て、いまあなたをさがしながら、そちら方面へ向かっています」

ラドチの世界で単に司祭長というときは、アマートを主神とする信者の長を指す。アソエク・ステーションの司祭長はイフィアン・ウォスで、わたしが彼女の姿を見たのは、ドゥリケ通訳士の葬儀のときだ。どこか腹立たしげに葬儀を司宰《しさい》し、わたしはひと言も声をかけていない。

「ありがとう、ステーション」司祭長がわたしをさがしていても、ステーションが居場所を彼女に教えていないのはほぼ間違いないだろう。

いまは司祭長と話す気などない。それよりもジアロッド総督と、あの留置場の人物について話し合うことのほうが先決だ。また、カルルたちの居住スペースについても確認したいことがある。ステーションはしかし、司祭長を避けたければ避けられるとまではいわなかった。それにこのステーションから完全に逃げ出さないかぎり、いつかは見つかってしまうだろう。

かつては純白だったはずの薄汚れた床をコンコースの中央まで歩き——立ち止まった。

「艦隊司令官！」司祭長が駆け寄ってきて、頭を下げる。みごとに計算されたお辞儀。わたしの階級に対して無礼にならない低さから、一ミリたりともよけいには下げない。彼女の身長はわたしより二センチ低く、体つきもほっそりしている。声はよく通る低音で、おちつきはらい、自信たっぷりだ。聖職者の頂点に立てるだけの縁故と資力をもつ者ならではの自信とでもいおうか。わたしたちの脇を市民たちが通り過ぎ、そのコートや上着は宝石、記念ピン、交友関係を示すピンできらめいている。コンコースの日常の風景。行き交う市民の大半はわたしたちに気づかないふりをするが、なかには好奇のまなざしをこっそり向ける者もいた。

「この数日は衝撃的な出来事がつづきましたね」イフィアン司祭長は、友人と世間話でもするような調子でいった。「ヘトニス艦長と長いつきあいの者は何人もいますが、まさかあんな不穏当なことをしでかすとは、誰ひとり思いもよらなかったでしょう」信じられないと小さく体を震わせ、紫色の高級コートの肩でたくさんのピンがまたたき、きらめいた。

しかしヘトニス艦長が、バスナーイド園芸官を人質にしてわたしを脅したのは、まぎれもない事実だった。バスナーイド園芸官は、わたしが兵員母艦〈トーレンの正義〉だったころの、とある副官の妹だ。彼女がいるから、わたしはアソエクに来るのを承諾した。亡くなった彼女の姉に、いくら償っても償いきれないことをしてしまったから——。

「ほんとうに」これ以外、なんとも返事のしようがなかった。

「艦隊司令官、あなたがヘトニス艦長を勾留させたのでしょう」口調にいくらか不信感が混じった。わたしと艦長の対立が、結果的にガーデンズに損害を与え、ステーション全体を数日にわたり無重力状態にした。ヘトニス艦長はいまサスペンション・ポッドで冷凍状態だから、ふたたび愚かで危険な真似をすることはない。

「軍事の問題ですからね」と、司祭長。「それにしても市民ロードの件は……。育ちの良い、とても心やさしい若者なのに」ロードがわたしを殺そうとしたのは、ヘトニス艦長が〝不穏当〟なことをするほんの何日かまえだ。「ふたりとも、よほどの事情があってのことでしょうから、くれぐれもそこを考慮してもらわなくてはね。ところで、艦隊司令官、わたしがお話ししたかったのはそういうことではなく、こんなところで立ち話もなんですから、どうでしょう、お茶でもいかが？」

「あいにくだが、司祭長」わたしはさらりといった。「いまは時間がとれない。これからジアロッド総督に会い、兵士たちの様子も見なくてはいけないのでね。ここ何日か、みな通路の端で睡眠をとらざるをえない状態だ」管理局には苦情が殺到しているだろう。わたしが直接交渉しないかぎり、ひと握りの兵士集団に誰も気を配ってなどくれない。

「はい、はい、わたしが話したかったことのひとつがそれなのですよ。昔のアンダーガーデンは、とても洒落た地区だったそうです。といっても、コンコースを見下ろすアパートメントほどではないでしょうけどね」片手を上げて、二階部分に並ぶ窓を示す。ここはステーション生活の中心地区、ガーデンズのつぎに広い公共スペースだ。「当時のアンダーガーデンもこれくらい洒落《しゃれ》ていれば、とっくに修復されていたでしょう。しかし現実はご存じのとおりです」いかにも敬虔《けいけん》な、神の意思に従うという仕草をする。「いくらすてきなアパートメントだったといわれても、いまとなっては想像するのさえむずかしい。なにせ長い年月、イチャナが不法占拠していましたから。ですが改修にとりかかったのですから、もともと住んでいた家系のことを考慮してもらいたいと願っています」

初期の住人の子孫のうち、どれくらいがここに残っているのだろうか。

「残念だが、力にはなれない、司祭長。住居の割り当てに口をはさむ権限は、わたしにはないからね。セラル管理官に相談したほうがよいだろう」

「管理官には話しましたよ。そうしたら、艦隊司令官、あなたがもとの割り当てどおりにしろと主張なさったと。あなたにはきっと、そのほうが現実的に思えるのでしょうね。しかし、ここには特殊事情がありますから。それに今朝の円盤投げ《オーメン》では〝憂慮する〟という結果が出ました」

司祭長が、アンダーガーデンの最初期の住人の子孫を本気で気遣っている可能性はある。彼女はしかし、ヘトニス艦長の友人でもあった。その艦長が支援していたのは、オーン副官を殺させた側のアナーンダ、すなわちわたし〈トーレンの正義〉を破壊したアナーンダだ。そしてこのタイミングであること、わたしがアナーンダを（どちら側であれ）けっして支持していないことが明確になったあとであることにも、うさんくささを感じる。しかもオーメン投げの話までもちだすとは——。この二千年のあいだに、わたしはかなりの数の司祭と出会い、およそ俗人と変わらないという実感がある。無欲と貪欲《どんよく》、寛容と残忍、謙虚と高慢。それらをすべてもちあわせ、その時々で割合が変化するだけだ。どこにでもいる人間と変わりはない。そして彼女たちが、自分のやりたいことは神の意思でもある、などとほのめかしたら、用心してかからなくてはいけないことを学んだ。

「それは大きな慰めになる」わたしは声も顔つきも大真面目でいった。「このたいへんな時期に、神が住居の割り当てにまで憂慮してくださるとは。しかしわたしには、それを議論する時間がないので」と、お辞儀をした。さっきの司祭長と同じように、過不足なく敬意をこめる。そしてコンコースを横切り、総督の執務室に向かった。

「面白いですね」ステーションがわたしの耳にいった。「神々がいまになって、アンダーガーデンの改修に関心をもたれるとは」

「うん、とても面白い」声には出さずに答える。「ありがとう、ステーション」

「属躰とは！」ジアロッド総督はどうしても信じられないらしい。「だとすると、船はどこに？」

「ゴースト・ゲートの先にいる」ゲートの先は行き場のない、袋小路の星系で、アソエクは併呑まえのある時期、領土の拡大を目論《もくろ》んだが実現しなかった。そこには亡霊がさまよっているという噂もある。ヘトニス艦長と〈アタガリスの剣〉はどういうわけか、そのゴースト・ゲートを気にかけていた。そしてわたしたちがこの星系に入った後、ゲートから流れ出てきた補給庫は、とてつもなく古いものだった。例の割れた骨董《こっとう》の茶器セットも、もとはゲートの向こうにあったものだと、わたしは確信している。あれは人間を入れたサスペンション・ポッドの代価だろう。ヘトニス艦長は、アソエクにとっては安価な労働力でしかない人間を盗み、ゲートの向こうの誰かに売ったのだ。

「何日かまえ――」わたしはつづけた。「追放者のサスペンション・ポッドが盗まれている件について話したのを思い出していただきたい」この何日かの出来事を考えれば、わざわざ思い出すまでもないだろう。「盗みの背後にある目的は不明だった。しかしわたしの推測では、ゲートの向こうにはかなり以前から船が控え、それが属躰製造を目的に人体を購入している。併呑まえはアソエクの奴隷商人と取引していたから、イチャナ人を装って住民にまぎれこんだ」おおよそ、そんなところだろう。「しかし併呑によって奴隷供給が絶えたため、堕落した欲深いラドチ軍将校から追放者を購入するようになった」背後のカルル5に、茶器の箱を開けるよう合図する。

「それはフォシフの所有品で――」と、総督はいってから気づいた。「ヘトニス艦長から買ったものだ」

「艦長がどこでこのようなものを手に入れたのか、あなたは疑問にすら思わなかった」蓋の内側を手で示す。「もとの所有者の名前が、慎重に削られていることにも気づかなかった。あなたにノタイ語がわかれば――」刻まれた言語はノタイ語だった。「もしくは注意深く見れば、すぐに気づいたはずだ」

「いったいなんの話をしている?」

「問題の船は、ラドチャーイの船ではない」いや、〝ラドチ〟の船ではある。アナーンダ・ミアナーイが三千年まえに生まれた地は、ラドチ球だ。当時のアナーンダはまだひとつの肉体しかもたなかったが、野心にあふれ、三千年のあいだに侵略・併呑をくりかえして領界を広げつづけた。しかし、そうやってできあがったラドチ圏と、おおもとのラドチ球の関係はどうなったか? ラドチ球とその周辺住民のなかには、アナーンダの拡大政策を支持しないものもいて、そのために戦いすらしたのだ。激戦、死闘。破壊された艦船たち、命を絶たれた艦長たち。その多くがノタイだった。ラドチのノタイ。

「つまり、ゲートの向こうにいるのはアナーンダの配下ではなく、ノタイの船だ」ノタイはもちろんラドチャーイである。ラドチ圏内(いや、圏外も)の住民は、〝ラドチャーイ〟として一括りで考えるが、実際はもっと複雑だった。少なくとも、アナーンダがラドチの外へ勢力を拡大しはじめてからは。

「艦隊司令官――」ジアロッド総督は心底驚き、どうにも信じられないらしい。「それはよくある作り話だ。あの戦いで敗れた船が、何千年も宇宙をさまよって……」かぶりを振る。「メロドラマならそれもあるだろう。しかし、現実的ではない」

「期間は不明だが、アソエク併呑以前からゲートの向こうにいたのは確実だと思う」属躰用に奴隷を買っていたのだから、そう考えるしかない。「ともかく、いまはそこにいる」留置場のあの属躰を検査した医師とじかに会わなくてよかったと思う。わたしも属躰だと見抜かれ、総督に報告されかねない。「そして、ここにもいる。おそらくアンダーガーデンの住民は、彼女についてあまり話したがらないだろう」アンダーガーデンはステーション竣工《しゅんこう》後まもなく暴動で損壊し、以後ＡＩも内部を見ることができない。あの属躰のようなものにとって、身を隠すにはうってつけの場所といえる。センサーのデータをＡＩに送る住民（アンダーガーデンにはほぼいない）に目撃されないかぎり、気づかれずに動きまわることができ、見咎《みとが》められることもないはずだ。

「ゴースト・ゲートの向こうにいるものは、アソエクと宮殿との通信が途絶え、船舶が立ち往生しているのを知ると、何かが起きたと感じ、それをつきとめるために属躰を送りこんだ。属躰であれば、たとえつかまったところで秘密は守られる。安全装置をとりつけ、尋問で薬が投与されると作動して、属躰は死ぬ。インプラントは表面的には見えないし、そもそも誰もそんなものをさがそうとは思わないだろう。安全装置が働けば、いかなる証拠も残らない」

「あなたはそれをすべて、フォシフの骨董の茶器から推測したのか」

「まあ、そんなところだ。以前から疑念は抱いていたが、確実な証拠がほしかった。あなたも感じたように、とても信じがたいことだからね」

ジアロッド総督は顔をしかめ、しばらく黙りこくった。自分の役割について考えている、と思いたい。

「では艦隊司令官、わたしたちは何をすればいい？」

「あの逮捕者に追跡タグをつけて、ほかの市民と同じように配給対象として扱う」

「しかし属躰だとすれば……市民ではない。船は市民になりえない」

わたしはすぐには応じなかった。ステーションが総督に何かささやくかもしれないと思ったからだが、彼女の表情を見るかぎり、それはなさそうだ。

「警備局は――」と、わたしはいった。「属躰を留置場に入れっぱなしにはしたくないだろう。では、どうすればよいか?」皮肉な仕草をする。「仕事をやらせればいい。もちろん、機密事項や安全対策が不十分なシステムとは無縁の仕事をね。アンダーガーデンの居住スペースも割り当てる」

総督の表情がほんの少し変化した。たぶん司祭長が同じ問題を提起したからだろう。

「艦隊司令官、住居割り当てはセラル管理官の管轄だが、私見をいわせてもらえば、違法行為に見返りを与えるのはいかがなものかと思う。そもそもアンダーガーデンは立入禁止だったんだ」わたしは無言で彼女の目を見つめた。「あなたが隣人に興味をもつのは良いことだが」と、そこで総督はいったん言葉を切った。ほんとうに良いことなのか、自信がもてないらしい。

「しかし個人的な思いとしては、改修が済んだあとは、法律を守る人びとに住んでもらいたい」

わたしは無言をつづける。「アンダーガーデンの居住割り当ては見直し、その間、喫緊の修復以外は中断したほうがいいだろう。一部の市民には、下界に移住してもらってはどうかと思う」

本人が惑星で暮らしたければ、それもいいだろう。しかし、一部の市民というのがアンダーガーデンの住民を指すのなら、彼女たちの思いは想像するまでもない。その大半がステーションでの暮らししか知らず、惑星でやれる仕事にすぐなじめるとは思えないし、そもそもそんな仕事をやりたくはないだろう。

「総督、あなたがいったように、それはセラル管理官の管轄だ」管理官の業務はステーションの運営維持であり、居住割り当ても彼女の権限のもとで行なわれる。原則として、管理官は総督に報告義務はあるものの、総督は市民生活のこまごましたことには無関心だ。そしてセラル管理官は人望があるため、ジアロッド総督もよけいな口出しはせず、穏便にことを済ませたいはずだ。

彼女はためらうことなくいった。「アンダーガーデンの違法な居住実態を公式に認めるようセラル管理官に勧めたのはあなただよ、艦隊司令官。だからあなたが彼女にいいさえすれば、彼女も割り当てを再検討すると思うが」それはじつに興味深い。ステーションが総督にひと言いうかと思ったが何もいわず、わたしも無言だ。「このままでは、ステーションの市民は不満を募らせる」

それは遠まわしの脅迫か。ステーションに訊いてみようかと思ったが、しばらくまえは気安く話しかけてきたステーションが、ここにきてずっと黙っている。不快だったり気詰まりだったりするのなら、無理に話させるのはよしたほうがいいだろう。ステーションの友好的態度は大事にしておかなくてはいけない。

「アンダーガーデンの住民は〝市民〟ではないのか？」

「お願いですよ、艦隊司令官」あからさまな苛立《いらだ》ち。「いまラドチは深刻な状況にある。あなたがそれをわたしに教えてくれたんだ。そんなときに市民と対立する余裕などない」

わたしは曖昧な、小さな笑みをつくった。

「たしかにね」総督とヘトニス艦長との関係は、はっきりしない。つまり現時点で、わたしの敵である可能性は残っているのだ。だがもし敵だとしても、いまのところはまだ、対決姿勢をあらわにする気はないらしい。なんといっても、こちらには武装した艦船と兵士がついている。「市民というのは全市民だと考えてもいいかな、総督？」

3

ステーション上の住居には、いくつかパターンがある。ふつう、ラドチャーイは家族とひとつ所帯で暮らすものと考えられ、これには母親、祖母、叔母、親族が含まれて、裕福であればここに従者と被保護者《クリエンス》が加わる。そしてこういった所帯は高級官僚、たとえば総督の私邸などの周辺に集まることが多い。また、司祭長の住居はコンコースのアマート寺院に隣接し、助祭たちも同居する。

このような家庭で育つか、あるいは寄宿させてもらえる者は、ステーション管理局に住宅要請する必要がない。生まれるまえから、適性試験によって職を得るまえから、住む場所は決まっているからだ。そうでなくても、ステーションが新規もしくは追加で建造されたときから住んでいる、またはそういう所帯と何らかの関係を結んでいれば、住宅要請などせずにすむ。わたしが〈トーレンの正義〉だったころ、将校たちはみなそういう所帯に属していた。

しかし、そのての所帯に属さない者は、住宅要請しなくてはいけない。そして社会的地位が不十分とか、有力な後ろ盾をもたない場合は、共同宿舎で寝泊りするほかなくなったりする。わたしがエスク分隊の属躰《アンシラリー》として使った分室、いま〈カルルの慈《めぐみ》〉の一般兵が使っている分室と似たようなものだ。でなければ、サスペンション・ポッド程度の広さに仕切られたコンパートメントか。なんとか寝られ、着替えと若干の私物が置けるくらいでしかない。アソエク・ステーションにもこういった宿舎やコンパートメントがあったが、いまはどちらも満員だった。星系間《システム》ゲートがいくつか破壊されたせいで、船がアソエクに迂回したり、アソエクで足止めをくらっているからだ。そこへきてアンダーガーデンが閉鎖され、何百人もの市民が寝る場を失った。うちのカルルたちは通路に間に合わせの居住スペースをつくったが、すぐそばにあるドアの向こうの部屋は寝台でびっしり埋まっている。ステーションの昼間の時間帯でもそこが暗く静かなのは、過密状態であるために、交代制で眠っているからだろう。

カルル8はわたしを見てほっとしたようだが、心のなかはいまだ迷いとためらいが消えない。何日かまえまで、彼女はわたしを人間だと思っていた。しかし、いま彼女は〈カルルの慈〉の乗員すべてが）、わたしは人間ではなく属躰であることを知っている。また、兵士たちが属躰を真似ることに対し、わたしが内心快く思っていないことも——。彼女はわたしにどのように話しかけたらよいかわからず困っているだろう。

「カルル8、きれいによく整頓されているね。ご苦労さま」

「ありがとうございます、艦隊司令官」顔にも声にも気持ちの迷いは見えない。属躰の無表情をこれからも真似しつづけるのだろうか。彼女にしてみれば、以前はどうということのなかった短い会話が、いきなり不安をかきたてるものになった。カルル5も同じ気分だろうが、とりあえず大切な茶器セットをしまう作業に集中している。

「お茶はいかがですか、艦隊司令官?」

わたしが飲むといえば、カルル8はこんな通路のまんなかでもお茶をいれてくれるだろう。

「ありがとう。それでは水をもらおうか」わたしは荷箱に腰をおろし、通路の先をながめた。

「はい、艦隊司令官」カルル8は無表情だが、わたしの返事に気分はいっそうおちつかなくなっただろう。それも当然。なぜなら、属躰は水を飲み、お茶を飲むのは人間だからだ。贅沢品《ぜいたく》であり、かつ必需品ともいえる。とくに禁止されてはいないが、贅沢品を属躰のようなただの一部品に分けてやるなど浪費でしかない。何を飲むかが暗黙のメッセージ——わたしの実体が何であり、何でないかをおのずと示すことになる。

カルル8が水を持ってきた。杯は、いま使えるなかで最高級の紫と水色のブラクト焼だ。すると、近くの宿舎からこちらへ近づいてくる者がいた。アンダーガーデンのイチャナ住民に共通する明色のルーズなシャツとズボンを着ている。そしてその顔に、わたしは見覚えがあった。三週間ほどまえ、ティサルワット副官に抗議した者だ。わたしたちの提案したアンダーガーデン修復計画は、住民の要求と要望を考慮していないという、それなりに理にかなった言い分だった。ただし、その場にわたしがいたわけではなく、〈慈〉がティサルワットの見聞きしている光景をわたしに送ってきただけだ。だからこのイチャナ人は、わたしに知られていることを知らない。

ところがそれでも、まっすぐこちらへ向かってくる様子から、わたしかカルルに何やら用件があるらしい。わたしは水を飲みほし、杯をカルル5に渡して立ち上がった。

「市民——」彼女に向かってお辞儀をする。「わたしで何かお役に立てることでも？」

「艦隊司令官」彼女も一礼する。「きのう、わたしたちは集会を開いた」アンダーガーデンの住民は、全員にかかわる事項では集会を開いて協議する。「あなたと副官は参加できないと思ったので、通知しなかった」

表面的には、筋がとおっている。ティサルワットとわたしはきのう、シャトルでこちらに向かったので、ステーションにはいない。ただ、カルルたちはいたのだから、通知くらいはしてもよかったはずだ。要するに、呼ぶ気がなかったわけで、それをはっきりいうわけにもいかず、わたしに追及されたくもないのだろう。

「わかった、市民。どうか、すわってほしい」近くの荷箱に手を振る。「すぐに出せるお茶はないが、もしよければ準備をする」

「いえ、結構」ずいぶん無骨なのは、わたしの反応など気にしていないからだろう。たぶん、ティサルワットの反応も。「あの若い副官は親切にも、アンダーガーデンのレベル4に事務所を設け、住民の要望や管理局に対する意見を受けつけた。それはありがたいが、あの人はおそらく本来の仕事をほったらかしている」

ティサルワットの反応など気にとめていないのは断定できた。

「では、市民、事務所が再開したらティサルワット副官以外の者に担当してもらいたい、というのが集会の結論なのかな」

彼女は一見おちついているが、心中はけっしてそうではないと感じた。

「はい、艦隊司令官。念のためにいっておくと、こちらに不満があるとか、若い副官に不適切な言動があったわけではないので」

「住民の思いをじかに代弁できる者のほうがいい、というわけだ」

彼女の顔に驚きがよぎった。わたしがここまではっきりいうとは思わなかったのだろう。

「そうです、艦隊司令官」

「市民ウランについては？」ウランは兵士ではなく、わたしと直接の関係もないが、ここでは所帯の一員として、午前中は件《くだん》の事務所でティサルワットの助手をしていた。アソエクに追放されたヴァルスカーイ人の孫に当たり、下界で彼女たちが摘んだ茶はラドチ全域に輸出される。

「あのヴァルスカーイ人の？　あの子にはもちろん、引きつづき事務所に来てもらいたい。彼女にどうか、そう伝えてください」

「わかった、伝えよう。ティサルワット副官にもね」


ティサルワットはおおいに不満だった。

「ですが、艦隊司令官！」引き下がらない。といっても、ささやき声だ。わたしたちは通路の壁際で、汚れた床に置いた荷箱の後ろにしゃがんでいる。ティサルワットは大きく息を吸いこみ、気持ちをおちつけてから小声でつづけた。

「艦隊司令官もお気づきと思いますが、いずれはわたしたちがここを統率管理しなくてはいけません。そのためには影響力が必要です。せっかく幸先《さいさき》の良いスタートを切って、重要な役割を担え……」ここはアンダーガーデンではないことを思い出したらしい。ステーションはわたしたちの会話を聞くことができ、いまも確実に聞いているはずだった。ただし、その内容をジアロッド総督に報告するかどうかは不明だ。「何かあっても、総督には判断を仰ぐ上位者がなく、支援を要請したくてもできません、わたしたち以外には」

カルル8と10は、ここでは料理ができないので、近くの食堂まで夕食を仕入れに行った。カルル5は、仮の敷地境界線で警備に立ち、この会話が聞こえないふりをしている。

「副官、あなたこそ気づかなくては。わたしにはここを統率管理するつもりなどない。アソエクが自治力を発揮してくれるのが何よりだ」

ティサルワットは戸惑ったようにまばたきした。

「艦隊司令官、真剣に考えてください。アソエクに自治力があれば、わたしたちはここには来ていません。市民の集会とやらも無駄口をたたくだけで、〝決起集会〟になることはまずないでしょう。この先何十年、何百年もね」

わたしは二千年のあいだ、どんな統治体制であれ、アナーンダがいったん併呑してしまえばたいした違いはないと思ってきた。

「副官、あなたはせっかくここで築いた友好関係を捨てようとしている。ここの住民はわたしたちの隣人であり、わたしたちはいましばらく滞在するのだから、どうかそんなことはしないでほしい」

彼女は深呼吸した。冷静になろうとしつつも、傷つき、怒りを覚えている。裏切られた思い。

「ステーションの管理局は、アンダーガーデンのイチャナ人の声に耳を傾けようとしません。これまでずっとそうでした」

「だったら、耳を傾けさせたらいい。あなたはすでに手をつけているだろうから、それをつづけなさい」

ひと呼吸。気持ちをなだめる。「市民ウランはどうなるんです？」

「これまでどおり仕事をつづけてもらうそうだ。理由は説明されなかった」

「理由は、彼女がヴァルスカーイ人だからです！　クハイ人でもなければ、星系外から来たよそ者のラドチャーイでもないからですよ！」

「そうはいわなかったが、よしんばそれが理由のひとつだとして、彼女たちを責めることができるだろうか？　あなた自身、わたしにそういって、市民ウランに自分の仕事を手伝わせようとしたのではないか？」

ティサルワットは息を大きく吸ってから、何かいいかけた。が、何もいわずまた深呼吸する。そして訴えかけるようにこういった。

「あなたはいまもわたしを信用していない！」

そこでふと、カルル5の声が耳に入った——「何か御用ですか、市民？」

意識をそちらへ向ける。留置場にいたノタイの属躰が、境界代わりの低い衝立《ついたて》の向こうに立っていた。あのときと同じイチャナの上着とズボン、灰色の手袋。しかしいまは、灰色の布の束を脇に抱えている。

「釈放され、衣類を与えられた」属躰はカルル5に淡々といった。「そして、こういわれた――あいにく、あなたにふさわしい仕事はないが、それはあなたに非があるからではないため、食料と、一日当たり六時間の寝場所を与える、これらはすべて艦隊司令官ブレク・ミアナーイの要請によるものである。そこでわたしは、艦隊司令官であれば、部下のためにより快適な環境を用意でき、わたしに対する責任も負うものと考えた」

カルル5は、不快感や腹立ちを顔には出さない。自分に話しかけているのが、実際は属躰だという、どこか居心地の悪さも。

わたしはカルル5が何かいうまえに立ち上がり、「市民――」と声をかけた。もちろん市民ではないし、属躰に呼びかけ語は不要なのだが。「それなら、わたしたちと一緒にここで暮らせばよい。ただ残念ながら、アンダーガーデンが再開されるまで、ここがほかより快適な環境になることはないだろう」属躰は冷めた顔つきで、無言で立っているだけだ。「あなたを何と呼べばいいかな?」

「好きに呼んでもらってかまわない」

「できれば名前で呼びたいが」

「ならばここで話は終わりだ」変わらず淡々と。

「いや、あなたはどこへも行かない。この星系が併呑された六百年まえに、できればここを去りたかっただろう。いまのあなたは、もはや自分でゲートをつくることができない。おそらくエンジンも機能しないはずだ。いいかえると、あなたを見つけるのは時間の問題、わたしたちのやる気の問題でしかない」船を特定するには、多少過去をふりかえり計算すればすむ。「素直に名前をいったほうがよいと思うが」

「説得力のある指摘だ、艦隊司令官」それしかいわない。

〈カルルの慈〉がわたしの耳にささやいた。「艦隊司令官、ゴースト・ゲートの先に船がいるとわかってから検討した結果、候補は絞られました。〈寂滅《じゃくめつ》の瞑想《めいそう》〉の可能性も捨てきれませんが、発見したあの補給庫は〝宝玉〟級のものと断定してよいでしょう。そうすると、〈ヘリオドール〉、〈アイドクレース〉、〈スフェーン〉に限られます。〈ヘリオドール〉は、ここから三地方先で二百年まえの併呑時に船殻残骸が発見されました。〈アイドクレース〉は、最後にわかっている艦首方位から考えて、こちらに来たとは考えられません。以上より、属躰は〈スフェーン〉の可能性が高いでしょう」

「〈スフェーン〉――」わたしは声に出した。

属躰はまったくの無反応だが、今度はステーションがわたしにささやいた――「間違いないようです、確実に動揺しています」

「ありがとう、ステーション」わたしは声には出さず礼をいってから、「ところで――」と、声を出した。「〈スフェーン〉、きょうの夕食は自分で食堂に取りに行きなさい。わたしたちの分は、カルル8と10がそろそろ持ち帰ってくるころだから」

「わたしはあなたの艦ではない」口調が冷ややかになった。

「では、市民――」ほかに呼びかけようがない。「こちらに入ってきなさい、もしいやでなかったら」

属躰はカルル5にちらとも目を向けずその横を通り過ぎ、会話が中断されたティサルワットのことも無視して入ってくると、壁の隅まで行った。そしてしゃがんで膝を抱え、まっすぐ前方を見すえる。

カルル5は無関心を装い、ティサルワットはじっくり五秒間見つめてからこういった。

「夕食はわたしの分を譲ろう。空腹ではないし、出かける予定があるから」そしてわたしをふりむく。「もちろん、艦隊司令官の許可をいただければ、ですが」口調に棘《とげ》があるのは、まだ怒っているからだろう。

「もちろん、かまわないよ、副官」わたしは穏やかにいった。


四時間後、わたしは警備局長ルスルンと向かい合っていた。時間的にも場所的にも、私的な交わりだ（場所はステーションの助言をもらい、警備局長がひいきにしている茶房にした。メイン・コンコースからかなり離れた、やや古びた店で、椅子はすわり心地が良く、壁には金色と群青色のタペストリー）。友人同士ならともかく、ラドチャーイは急な招待は無礼だとみなす。しかしわたしの階級と現在の状況から、それもある程度は致し方ないと思えるだろう。また、警備局長は地元産のモロコシ酒の愛飲家だとステーションから聞いたので、わたしはボトルを一本オーダーしてグラスに注がせ、彼女を迎えた。

わたしが立ち上がると、警備局長はお辞儀をした。

「艦隊司令官、このような遅い時間になってしまい申し訳ありません」仕事場から直行してきたようで、制服姿だ。「このところ、次つぎいろんなことが起きるもので」

「ほんとうにね」お互い椅子に腰をおろし、わたしは酒のグラスを彼女に渡してから、自分のグラスを手に取った。

「この数日、艦隊司令官にご挨拶せねばと思いつつ、なかなか時間がとれずにいました」この数日、わたしがステーションにいなかったのを知らないらしい。「仕事が頭から離れないもので、その点はどうかお許しください」

「あなたの仕事はきわめて重要だからね」モロコシ酒をひと口飲む。喉が焼けるようにひりひりし、後味は錆《さ》びかけの鉄のごとし。「わたしも一、二度、文民警備隊を指揮したことがあるが、じつに苦労の多い仕事だと実感した」

ルスルン警備局長は驚きを隠そうとまばたきした。軍人はふつう、文民警備をばかにするからだ。

「ご理解いただき感謝します、艦隊司令官」

「アンダーガーデンに市民が入らないよう、警備局は特別体制をとっているのだろうか？」

「はい、だいたいのところは。ただ、さすがにイチャナも、調査完了まではアンダーガーデンに入らないほうが安全だとわかっているようで。まあ、大半のイチャナ人はね。いつでもひと握りの例外はいますから」グラスに口をつけ、酒の味見をする。「おっ、これはいい」わたしは無言のお礼をステーションに送った。「それでもね、いまこのときも巡回させています。まったく手間ですよ、ほんとに。それでもひと言いわせていただくと、わたしなら、なるべく早く修理を終わらせ、あの連中をもとの住み処《すか》にもどします。しかし、文民警備の経験がおありだと聞いて、納得しましたよ。だからなんのためらいもなく、アンダーガーデンに宿をとったんですね。あなたにとっては、未開地を併呑するときと同じ感覚なのでしょう、野蛮きわまりない振る舞いは日常茶飯事で。艦隊司令官には、このステーションのどこよりも、アンダーガーデンがふさわしい！」

わたしは穏やかな笑顔をつくった。「おっしゃるとおりだね」あの連中だの野蛮な振る舞いだのに反論しても意味はないだろう。「現況を考えると、わたしはいささか……面食らっている。アンダーガーデンの住民をそのまま帰さず、居住割り当てを再考すべし、という主張が一部にあるようだ」一部というのは、イフィアン司祭長だ。「居住割り当てが再考されるまで、緊急を要する修復以外はいったん中止したほうがよいという提案もある」

警備局長は、モロコシ酒をごくごく飲んでからいった。

「つまり、割り当てしだいで修復計画も変わるってことでしょう？ そりゃあ、あなたがおっしゃるように、割り当て変更なしのほうが作業は早いし簡単ですよ。湖が漏水するまえから工事は始まっていたし、そのままつづければいい。しかし――」きょろきょろしてから、声をおとす。といっても、ここにはわたしのほかに、椅子の後ろに立つカルル5しかいない。「クハイ人はね、イチャナ人の話題になると理性をなくすんです。だけどそれも、仕方ないと思いますよ。手に負えない連中だから。イチャナがいすわりはじめてからのアンダーガーデンには、目を覆うものがある」ありがたいことに、わたしは人間のように素直に感情を表わせない。

「ただそれでも、住まわせたらいいとは思うんですよ。そのほうが、わたしは楽だから。アンダーガーデンに退避命令が出て以来、もう忙しくて忙しくて。殴り合いの喧嘩《けんか》をやってるだの、盗みに入られただの。まあ、その大半がたいしたことはないんですけどね……」ため息をひとつ。「ただ、大半であって全部じゃない。イチャナがアンダーガーデンにもどってくれたほうが、わたしはほっとします。その点ではクハイも同じでしょう。でもね、そうするとイチャナは分不相応なものを与えられたということで……」うんざりした仕草。

ステーションの役人で、星系外から来たラドチャーイでない者は、ほとんどがクハイだった。富裕層もクハイが占める。

「イフィアン司祭長もクハイかな?」わたしはさりげなく訊いた。

警備局長は驚いたように鼻を鳴らした。

「まさか。彼女はよそから来たラドチャーイですよ。〝アソエク人〟だと思われるのもいやでしょう。ただ、信仰心はほんものですからね、〝クハイのほうがイチャナより上〟というのがアマートの思《おぼ》し召しなら、そうしてこそ礼節にかなう」

ラドチの世界で、アマートの司祭長が大きな影響力をもつのはいうまでもない。が、たいていどの地域にも、権威ある地元宗教の指導者がいた。

「すると、密《みつ》儀《ぎ》会《かい》の大祭司は……」

警備局長は、敬礼でもするように酒杯を高くかかげた。

「さすがですねえ。あなたはジェニタリア祭の最中にいらしたから、密儀会がいかに浸透しているかがおわかりでしょう。ええ、彼女はクハイですよ。数少ない、理性的なクハイです」

「あなたも密儀会の秘蹟《ひせき》を受けている?」

警備局長は、杯を持った手で否定の仕草をした。

「いえいえ、とんでもない、あれはクハイの儀式です」

ステーションがわたしの耳にだけいった——「警備局長にはサフトの血も流れています」。サフトもアソエクの先住民族のひとつだが、わたしはほとんど知らない。民族の違いは、わたしの目ではわからないことがままあった。が、長い経験から、地元民にとってそうでないことは知っている。

「ただまあ——」警備局長は、ステーションがわたしに話しかけたことに気づかない。「このところ、星系外から移住してきたラドチャーイは、その……」言葉をさがす。「エキゾチックな信仰がお好みのようでね」口調に棘があるのは、よそ者が秘蹟を受けることにか、あるいは密儀会に対してか。もしくはその両方?「表向き、秘蹟は誰でも受けられます。しかし現実には……」また長々と飲み、わたしがボトルを取りあげると、杯を差し出した。「現実には、受けたくても受けられない者がいる」

「その筆頭が——」なみなみとつぐ。「イチャナかな」

「そうなんですよ。四、五年まえに、ひとりだけ受けましたけどね。ただ彼女は、アンダーガーデンの半文明人のイチャナではなく一人前の市民で、教養も、気品もあった。イチャナでありながら、ステーションの中堅官僚でしたよ」察するに、その彼女とやらは、ティサルワットがなんとか教育しようと四苦八苦している娘の母親ではないか。「あのときは、そりゃあもう大騒ぎでね。しかし大祭司は一歩も引かなかった。〝誰でも〟というのは文字どおりの意味で、〝誰々を除く誰でも〟ではない、とね」また鼻を鳴らす。「費用を支払える者なら誰でもってことですけどね。そうしたら、秘蹟はまっとうな市民が受けるもんだろ、伝統ある密儀会はそのうち堕落して消えてなくなると、ぎゃあぎゃあブーブーわめくやつらがいて――失礼しました、艦隊司令官。でもね、ほら、大祭司は自分は安全だってわかってたんですよ。最近じゃ、秘蹟者の半数以上がよそ者ですし、洗練された文明社会になじんでいない田舎者にラドチャーイは慣れっこですしね。ステーションに移住してきたラドチャーイの家系だって、じっくり見れば、相当数がその類だとわかります。密儀会のやり方は、なにもいまに始まったことじゃないわけで」どうでもよい、といった仕草をする。「そんなに由緒正しい宗教でもないんですよ。もし入信を断わったりしたら、ステーションの上流階級にみずから背を向けるも同然ですからね」

「では実際のところ――」わたしも酒を口にした。警備局長とは比較にならないごく少量を。「ステーションのクハイ全体がイチャナを嫌悪しているわけではなく、ごく一部が声高にいっているだけだ」

「そんな、ごく一部ってことはない」その様子を見れば、この酒がいかに強いか、飲むペースがいかに速いかがよくわかる。「わたしの勘が当たっていれば、艦隊司令官、あなたはミアナーイの血を引いてはいませんね。気を悪くしないでくださいよ。マナーも話し方も上流ですが、外見が違う。それに生まれの高貴な人はふつう、卑しい園芸官になど目もくれない」

園芸官とはバスナーイド・エルミングのことだ。

「以前、彼女の姉と仕事をしたことがあってね」わたしは姉が乗る軍艦だった。そしてわたしは、彼女を殺した。

「ええ、それなら……」ボトルに目をやり、わたしはついでやった。「〈トーレンの正義〉でしょう？　気を悪くしないでくださいね、艦隊司令官。しかしあの園芸官の家筋は、けっして良いとはいえない」

「たしかに」

そのひと言だけで、彼女は声をあげて笑った。

「歌を集めまくる兵員母艦〈トーレンの正義〉！　セラル管理官はあなたがお気に入りのようで。きっと、あの人の知らない歌をたくさん教えたんでしょう」そこでため息。「わたしも管理官に何か贈り物をしたいんですけどねえ」地位からいえば、管理官より総督のほうが上だが、ステーション全般の日常的な運営責任者はセラル管理官だった。大柄でがっしりし、しかもきわめて見目麗しい。心ひそかに慕っている住民は少なからずいるだろう。「ふむ。〈トーレンの正義〉。まさに悲劇でしたね。何があったのかは解明されたのでしょうか？」

「さあ、わたしは知らない」と、嘘をつく。「ところで、礼節に触れるのは承知のうえで、教えてほしい――」あたりを見まわす。が、カルル5がいるから、近くに人は寄ってこない。「シリックス・オデラはどうなるのだろうか」ヘトニス艦長はシリックスの入れ知恵でバスナーイドを人質にし、わたしをガーデンズに呼び出して脅した。

警備局長はため息をついた。「それは艦隊司令官……市民シリックスは……」

「彼女には、逮捕拘留の過去がある」そして、再教育された。重ねての再教育は（原則的には）きわめて稀《まれ》で、かなり危険だった。

彼女は多少うろたえた。「その点は考慮しましたよ」わたしの顔色をうかがう。「それに心《しん》から反省しているようでしたからね。そこで、どこか辺境ステーションに送ることに決まりました。その……追加の処置なしで」二度めの再教育はない、ということだ。「園芸作業員を求めている場所があるでしょうから、数日中には決まります」

「それならよい」当然、シリックスは心から反省しているだろう。「彼女のしたことは容認できないが、追い詰められていたのだと思う。さらなる苦しみを回避できたのなら、わたしもひと安心だ」警備局長は同意の声を漏らした。「ところで、食事は？　何か持ってこさせよう」警備局長はおとなしく従い、その後はとりとめのない話に終始した。

警備局長から聞いた話に満足し、通路の寝所までもどりながら、口に残ったモロコシ酒の味を洗いおとさねばと考える。背後にはカルル5。すると〈慈〉から映像が送られてきた――そろそろ当直が終わるセイヴァーデン。緊張した面持ち。

「ブレク」セイヴァーデンがささやいた。司令室でそばにアマートがふたりいながらこの呼び名を使うのは、彼女のなかに何か不安があるからだ。「ブレク、問題が発生した」

わたしにも見えている。ひとり乗りの小艇がゴースト・ゲートから出てきたのだ。ゴースト・ゲートの向こうは袋小路で、ほかにゲートはなく、住民もいないはずだった。例外は〈スフェーン〉だが、これはノタイの太古の艦艇で、三千年のあいだ、損壊を負ったままだ。そして現われた小艇はノタイ船ではなく、小さく角ばった外殻は汚れひとつなく真っ白だった。たったいま進宙したばかりのようだ。

「艦隊司令官」セイヴァーデンは多少おちつきをとりもどした。が、緊張しきっているのに変わりはない。「プレスジャーのお出ましだ」

いったように、宇宙は広い。その小艇がゲートから出て（プレスジャーだと名乗り、条約の具体的条項を述べ、それに基づきアソエク・ステーションへのドッキング許可を求めてきた）、ステーションに到着するまで、こちらにはたっぷり三日間の猶予があった。それだけあればティサルワット副官も、アンダーガーデンのことはアンダーガーデンの住民に任せると、納得したふりをするくらいには気持ちを鎮めることができる。

4

そしてわたしはといえば、バスナーイド・エルミングに会うことができた。バスナーイドは、姉を殺したのはほかならぬこのわたしであることを、つい最近知ったばかりだ。しかしバスナーイド自身の命を救ったのも、このわたしだった。とはいえ、そもそもわたしが原因で、彼女の命は危険にさらされたのだが――。そしてバスナーイドは、なぜか心変わりして、わたしと口をきくようになった。その理由をわたしはあえて尋ねなかったし、彼女の礼儀正しさの奥底に淀《よど》む葛藤についても考えないようにしている。

「お茶をありがとうございます」バスナーイドは通路の壁際の荷箱に腰をおろしながらいった。ティサルワットは友人たちとお茶を飲みに出かけ、〈スフェーン〉はどこかへ消えた。壁をにらんですわっているのがつらくなったのだろうが、もし何かトラブルがあれば、ステーションが教えてくれるだろう。

「お忙しいなかご足労いただき、申し訳ない」

バスナーイドは、水と花と緑にあふれるガーデンズの園芸官だった。ガーデンズは五エーカーほどあるが、現在は閉鎖され、アンダーガーデンへの湖陥没を防ぐ支持構造の修理が進められている。かなり以前から修復が必要だったが、事が起きてようやく着手されたのだ。いま、美しかったガーデンズは泥にまみれ、草花も木々もかつての姿をとりもどすのを待っている。

バスナーイドは小さくほほえみ、その笑みが彼女の姉をいやでも思い出させた。と同時に、彼女が疲れた顔を見せないよう努めているのもわかった。

「修復工事は順調で、湖にもあと数日で水をもどせるそうです。わたしとしては、薔薇《ばら》も少し植えなおしたいのですが」なかば諦めたような仕草。「ガーデンズがもとの姿にもどるまで、もうしばらくかかるでしょう」

ガーデンズの修復には、真下にあるアンダーガーデンのレベル1の修復が不可欠だが、困ったことにイフィアン司祭長がそれに反対しはじめた。バスナーイドも同じことを考えていたのだろう、こうつづけた。

「アンダーガーデンの修復を遅らせせようとする動きがあるなんて、わたしには信じられません」公式報道では、避難した市民をもとの住居にもどすのが最優先とされ、それはいまも変わらない。しかし、巷《ちまた》に流れる噂は違った。「イフィアン司祭長までそう考えているなんて、理解に苦しみます」

アマート寺院の司祭長は朝の円盤投《オーメン》げを利用し、ステーション住民に警告した——性急な行動はみずからを救済困難な状況に追いこむ、それよりも神のご意思をうかがい、真の正義、礼節、裨益《ひえき》はどこにあるかをじっくり考えたほうがよい。司祭長のこの警告が何を示唆しているかは、世の風説に耳を傾ける者なら——つまり幼い子を除くステーションの全住民は——ぴんとくる。

司祭長と交流がある多数の市民は、彼女の意見に同調するだろう。また司祭長のほうも、朝の説教のまえに、一部住民の支持を確保したはずだ。だが一方で、もっと多くの人びとが、ひとつの寝台を三交代か四交代で使って眠り（あるいはわたしと同じくそれも拒んで通路で眠り）、つらい思いをしている。アンダーガーデンの住民が、自分のベッドで眠れる日が遠のくことを喜ぶはずはないのだが、いうまでもなく彼女らは身分の卑しいただの労働者としか見なされず、頼れる家族や力を貸してくれる裕福な支援者もいない。

「司祭長は——」と、わたしはいった。「賛同者が集まれば、セラル管理官も修復計画を見直さざるをえなくなると思っているのだろう。また、おそらくオーメン投げの結果も利用する気だ」

「でも真の狙いはセラル管理官ではなく、アンダーガーデンですらないのでは？」園芸官は基本的に、政治とはかかわらない。あくまでも、基本的には。「これは艦隊司令官、あなたに向けられたものです。イフィアン司祭長は、管理局に対するあなたの影響力を弱めることさえできれば、アンダーガーデンの住民が下界に移住させられたところで気にもとめないでしょう」

「それをいうなら、彼女はこれまでも、住民がここにいようがいまいが気にもとめなかった」

「これまでは、あなたがいなかったからです。それに、あなたがステーションの〝クズ〟をかき集めて何を目論《もくろ》んでいるのか、疑問に思っているのは司祭長だけではないと思います。そしてその疑問に、あなたが答えを出せる機会がこないことを望んでいる」

「あなたのお姉さんなら、疑問など抱かずに理解してくれただろう」

バスナーイドは、あの疲れたような弱々しい笑みを浮かべた。

「ええ、きっと。でも、どうしていま？　あなたではなく、司祭長のことです。いまは政治ゲームをしているときではないでしょう。ステーションは足止めをくらった船で過密状態です。星系《システム》から出たくても、ゲートが破壊されたり通行禁止になったりで、しかもその理由をまったく知らされません」そういうバスナーイド自身は、いまでは理由を知っている。が、三千年にわたって君臨してきたアナーンダ・ミアナーイが自己分裂し、自分自身と戦っているなど、ジアロッド総督には公表する気などさらさらなかった。アソエクにあるゲート（船舶などは通行禁止）を経由して得られる公報から推測するかぎり、近隣星系の総督たちも同じ考えらしい。

「見方によっては――」わたしは顔に薄い微笑を貼りつけた。「この種のゲームには、うってつけの時期ともいえる。なんとしてでも勝ちを取りに行きたければね。イフィアン司祭長は、わたしが彼女の……政敵の陣営だと考えているが、もちろん、それは誤っている。わたしの目的はどちらの陣営とも無縁だから」アナーンダのあちら側もこちら側もたいした違いなどない。

「誤った前提は、誤った行動を生む」その典型が、イフィアン司祭長が支持する側のアナーンダだ。自分のなかに問題があることを認めようとしない、あるいは認めることができず、自己分裂は外からの潜入が原因であると支持者たちに説明した。これは蛮族《エイリアン》プレスジャーの介入によるものだと。

「ともかく――」と、バスナーイド。「住民がわが家に帰るのを遅らせようとする司祭長の考えは納得できません。もともとアンダーガーデンには正式な住居割り当てがあり、その人たちが早く住みたがっているというなら、どうしていままで修繕を要求しなかったのでしょう？」

「たしかにね」わたしはうなずいた。「同じように感じている者は、確実に大勢いる」

またこの間に、〈カルルの慈《めぐみ》〉ではセイヴァーデンとエカルが口論した。

ふたりはセイヴァーデンの狭い寝台で、体をくっつけて横になっている。エカルは怒り、かつ怯《おび》え、心拍数が高い。壁とエカルにはさまれているセイヴァーデンは、あまりのことに戸惑い、体をこわばらせた。

「ぼくは誉《ほ》めたんだ！」

「〝地方出身〟は侮蔑の言葉なのに、わたしに対しては誉め言葉になる？」セイヴァーデンはうろたえて返事ができない。「あなたがこの言葉を使うたび、下層のアクセントだの、垢抜《あかぬ》けない語彙《ごい》がどうのこうのというたび、わたしは自分が田舎者、下層階級だっていわれている気がする。わたしのアクセントも語彙も、ただ見栄をはっているだけだと。アマートが茶葉を洗うのを見てあなたは笑うけど、安物の団茶《だんちゃ》はわたしにとって〝家庭の味〟。きみを誉めたんだよ、きみはそんなじゃないよ、とあなたがいうたび、わたしは自分が場違いなところにいるのだと思う。ちょっとしたこと、些細《ささい》なこと。だけど毎日感じること」

セイヴァーデンは壁に張りついた状態だから、身を引きたくても引けなかった。エカルのほうも寝台の縁ぎりぎりで、少しでも動けば落ちてしまう。

「きみはそんなことをいままで一度もいったことがないじゃないか」セイヴァーデンはセイヴァーデンであるがゆえに――かつてはラドチ圏で名を馳《は》せた超一流の名家の出であり、エカルをはじめこの艦の乗員全員（わたしを除く）より千年もまえに生まれた――腹立ちと困惑が相半ばする物言いでさえ、上品に聞こえる。「それほどいやな思いをしていたのに、なぜこれまで黙っていた？」

「いえるわけないでしょう？　わたしに不満なんかいえるはずがない。あなたはわたしよりご立派で偉いし、あなたと艦隊司令官は親密。もし不満をいったら、わたしはどうなる？　もはや一兵卒ではなく、アマート分隊にもどることはできない。旅行許可をもらったところで、故郷に帰ることもできない。いったいわたしに何ができると？」

心底憤慨し、心から傷つき、セイヴァーデンは肘をついて体を起こした。

「そんなにひどいか？　ぼくはひどい人間だから、きみを誉め、きみに好意をもち、きみと……」乱れた毛布を手で示す。ふたりはいま全裸だった。

エカルは横を向き、体を起こした。足を床におろす。

「わたしの話を何も聞いてくれない」

「聞いてるよ」

「いいえ、聞いていない」エカルは立ち上がると、軍服のズボンを椅子から取りあげた。「あなたはやっぱり、思ったとおりの人」

セイヴァーデンが怒りの言葉を口にしかけたとき、〈カルルの慈〉が彼女の耳にささやいた。

「副官、こらえてください」

それでは不足だと思い、わたしもそっと声をかけた――「セイヴァーデン」

「しかし……」セイヴァーデンの言葉が誰に向けられたものかはわからない。〈慈〉かわたしかエカルなのか。

「仕事があるので」エカルの口調は冷静だった。痛みも恐れも、怒りも抑えられている。手袋をはめ、シャツと上着とブーツを取って、エカルは部屋を出ていった。

セイヴァーデンは体を起こし、寝台の縁にすわる。

「いったいなんなんだよ《アートルズ・ティッツ》！」わめくなり、拳を壁に力いっぱい叩きつけた。そしてもう一度、ののしる言葉。ただし今度は手の痛みだ。壁は素手には硬すぎる。

「副官」〈慈〉が耳にささやいた。「医務室に行ってください」

「折れた……みたいだ」セイヴァーデンは拳を抱えこんで前かがみになり、ふたたび声が出るようになってからつぶやいた。「どこの骨かもわかるよ」

「二か所です」と、〈慈〉。「第四および第五中手骨です。以前にも同じようなことがありましたか?」そこへアマート7が入ってきた。顔は属躰《アンシラリー》さながら無表情だ。椅子からセイヴァーデンの軍服を取りあげる。

「一度だけ」と、セイヴァーデン。「しばらくまえに」

「最後に麻薬を絶とうとしたときですか?」〈慈〉はセイヴァーデンの耳に語っているので、アマート7には聞こえない。乗員はセイヴァーデンの過去の一部——権門勢家の出であり、艦長にもなったが、その艦船が破壊され、サスペンション・ポッドで一千年も宇宙をさまよったこと——しか知らなかった。その後、サスペンション・ポッドが発見されてセイヴァーデンが目覚めたとき、実家はとうに廃絶されていた。彼女には地位も名誉も金もなく、残っているのは高貴な顔だちとアクセントだけだった。そしてラドチ圏から逃げ出した彼女は、麻薬に溺れる。わたしが辺境の惑星で見つけたとき、セイヴァーデンは素っ裸で血を流し、なかば死んでいた。以来、彼女は麻薬を絶っている。

骨さえ折れていなければ、セイヴァーデンはまた拳を振りあげていただろう。しかし現実は、そうしたいと思うだけで腕の筋肉が動き、手に激痛が走って目が潤んだ。

アマート7が軍服のズボンを揺すって広げ、相変わらず無表情で「副官」といった。

「感情処理に困難を伴うのであれば」〈慈〉がセイヴァーデンの耳に静かにいった。「船医に相談なさったほうがよいかと思われます」

「うるさい」セイヴァーデンはそういいながらも、アマート7にされるがままで軍服を着て、医務室に連れていかれた。ドクターは彼女の手の治療をし、そのあいだセイヴァーデンは、エカルとの口論はもとより、心の痛みも麻薬への思いも、いっさいドクターに語らなかった。

この間、わたしはウエミ艦隊司令官とも交信した。彼女は一ゲート先のフラド星系にいる。「ではブレク艦隊司令官、あなたの現況をこちらからオマーフ宮殿に伝えましょう」ウエミはわたしが報告を怠っていることをやんわりと指摘した。アソエクに到着したことすら、わたしはオマーフ宮殿に報告していない。また、ウエミは最新情報も知らせてきた。オマーフにいるアナーンダは、同宮殿の地盤固めは完了したとし、周辺の星系に艦隊を派遣しはじめたとのこと。星系間ゲートの通行再開許可についても検討したが、いまはまだ危険だろう、というのがウエミの個人的意見だった。

アナーンダの戦いはオマーフ宮殿で表面化したが、そこから遠い地方宮殿からはいまもって音沙汰がない。ツツル宮殿も、陥落してからは沈黙をつづけている。ツツル地方のはずれにある星系の総督たちは、恐慌状態に近いのではないか。星系は、わけても居住可能惑星がない星系は、ゲートが不通となればたちまち必需品が枯渇する。近隣の星系に支援を求めるしかないものの、近隣といえばオマーフであり、そこは敵方アナーンダに支配されたと聞く。また同じく噂によれば、ツツル宮殿に近い星系の総督で、ツツルへの忠誠が不十分とみなされた者は処刑されたらしい。

この間も、公式ニュースはいつもと変わらず流れつづけた。各地のイベント紹介、他愛ない主題のトーク、エンターテインメント公演の録画等々。そして合間に、現在の不便・不都合、混乱はじきに解消される、という案内が挿入された。現在、解決に向けて鋭意対応中である――。

「わたしが心配なのは――」ウエミ艦隊司令官は、最後にこう送ってきた。「併呑されて比較的間がない星系は、独立を試みるのではないか、という点です。とくにシスウルナ、ヴァルスカーイなど。もしそうなれば、おびただしい血が流れるのは必至でしょう。何か噂でもご存じありませんか?」わたしは〈トーレンの正義〉だったころ、そのどちらの併呑にもかかわり、同地でしばらく過ごした経験がある。少数ながら、ヴァルスカーイ人はこのアソエクに移送されているから、ウエミ艦隊司令官の懸念を知ったらさぞかし興味をそそられるだろう。「万人にとって、反乱などないのが最善です。ブレク艦隊司令官も同意見であると確信しています」

わたしが確信しているのは、ウエミがこの話をわたし経由でシスウルナ人やヴァルスカーイ人に伝え、釘を刺したがっているということだ。

「ウエミ艦隊司令官にお礼申し上げる」と、わたしは返信した。「ただ現在、わたしはアソエク以外の安全保障に関心はない。ではこれからお言葉に甘え、アソエクの現地情報およびわたしの公式報告をそちらに送らせていただく」わたしは早速データをまとめた――たっぷり一週間分の公式ニュースのスクラップ、下界の惑星で今朝発表されたばかりの七十五地域対抗ジャンボ大根コンテストの結果(〝要注目〟のマークをつける)、さらにたっぷり一か月分の業務と結果報告。

報告文のすべての行間に、わたしのアナーンダへの切なる思いをにじませたのはいうまでもない――くたばりやがれ。

翌日の午後。ジアロッド総督とわたしは並んで立っていた。ここはドックにあるハッチのひとつで、床も壁も薄汚れている。もっと丁寧に清掃できないものかと思ったが、わたしは軍艦の基準に慣れすぎているのかもしれない。総督は一見おちついているが、プレスジャーの特使がゴースト・ゲートからアソエクのステーションに到着するまでのあいだ、いやというほど怯え、思い悩んだことだろう。そしてステーションとプレスジャー船の気圧が均一になるのを待つだけとなったいま、不安はいっそう増しているはずだ。わたしと総督以外、ここにいるのはカルル5だけで、ほかに兵士はひとりもいない。カルル5は外の通路で眉ひとつ動かさないが、内心はかなりびくついている。

「プレスジャーはずっとゴースト星系にいたのだろうか？」この何日かで、総督がこれを訊いたのは三度めになる。「あなたは確認したのか？　なんといったかな……あの〈スフェーン〉に？」顔をしかめる。「それにしても、名前がおかしくないか？　ノタイの船はふつう、長ったらしい名前だ。〈免れえない心の開花〉とか〈無限は有限のなかの無限のなか〉とか」

そのどちらも、多少は知られたメロドラマに出てくる架空の船名だ。

「ノタイの艦船は級に準じて命名され――」わたしは総督に説明した。「〈スフェーン〉は〝宝玉〟級だ」この級はどれも、冒険物語の題材になるほど知られてはいなかった。「それに〈スフェーン〉は、ゴースト星系に何があるのかを語ろうとしない」尋ねても、冷たいまなざしを返してくるだけだ。「だがいずれにせよ、プレスジャーの小艇はゴースト星系にいたものではないと思う。もしいたとしても、ただゲートを利用したかっただけだろう」

「先週の……ろくでもないことがなければ、〈アタガリスの剣《つるぎ》〉に訊けたものを」

「たしかにね。ただ、真実を答えたかどうかは、また別問題だ」〈スフェーン〉に関しても同じだが、そこまではいわずにおく。

総督は少し間をおいてから、こう訊いた。

「プレスジャーは条約を破棄したのだろうか？」初めての問いだった。意を決して口にしたのかもしれない。

「人類の領界に入ってゴースト・ゲートを使ったから？　いや、そこまでのことはないだろう。ゲートから出てくるとき、条約の条項を引用しているしね」船は小型で、みずからゲートをつくれるようには見えなかった。といっても、プレスジャーに対し、予断は禁物だ。

カチッという音につづいて重い音がし、ハッチが開いた。ジアロッド総督は身を硬くし、まっすぐの背筋がさらにまっすぐになる。開いたハッチから身をかがめるようにして出てきたのは、見たところ人間だったが、外見はあくまで外見でしかない。すばらしく長身で、あの小艇では手足をのばすのもやっとだったのではないか。外観はごく一般的なラドチャーイであり、長い黒髪を頭の後ろでひとつに束ねている。濃褐色の肌に黒い瞳はごくごく平凡。服装は通訳局の制服で、白い上着に白い手袋、白いズボン、白いブーツ、どこにも汚れひとつない。そして皺ひとつなく、ぱりっとしているが、あの狭い艇内でどうやって着替え、ここまで整えられたのか。ただし、ピンや宝石はひとつもなく、全身、白一色だった。

彼女は目を照明に慣れさせるかのように、二度まばたきした。そしてわたしを、ジアロッド総督を見て、ほんの少し眉をひそめる。総督は深々とお辞儀をした。

「ようこそ、アソエク・ステーションへ、通訳士。わたしはこの星系の総督で、ジアロッドと申します。こちらは——」わたしに腕を振る。「ブレク艦隊司令官」

眉間のわずかな皺は消え、通訳士は頭を下げた。

「総督。艦隊司令官。お目にかかれて光栄です。わたしはプレスジャーの通訳士ドゥリケです」

ジアロッド総督は冷静なふりをするのがとても上手だ。口を開いて何かいいかけ、無言のまま閉じた。〝ドゥリケ通訳士〟は殺され、遺体はいま医務局のサスペンション・ポッドのなかだ。この件については、しっかり説明しなくてはいけないのだが——。

どうやら、説明するのは予想以上にむずかしくなりそうだ。それでもなんとか切り抜ける道をさがさねば。ドゥリケ通訳士に初めて会って名前を尋ねたとき、〝わたしはドゥリケと名乗りましたが、じつはそうではないかもしれません。わたしはゼイアトかもしれない〟といったはず。

「失礼ですが、通訳士」わたしはジアロッド総督が口を開くまえにいった。「あなたはゼイアト通訳士では？」

彼女はこれに、思いきり顔をしかめた。「いいえ。違いますよ。わたしはそうは思いません。〝おまえはドゥリケだ〟といわれましたから。あの人たちが間違うはずはありませんからね。

もしあなたが、そんなことはない、と思うのであれば、それはあなたのほうが間違っています。ともかく、あの人たちはそういうでしょう」ふっとため息。「あの人たちは、いろんなことをいうんですよ。ですがあなたは、わたしはドゥリケではない、ゼイアトだ、という。何か理由があるから、わざわざそんなことをいうのでしょうね?」疑わしげなまなざし。

「わたしは確信しているので」

「そうですか」眉間の皺が深まった。と、すぐに目を見開き――「わたしは確信している、という以上、あなたは確信しているわけですね?」

「そう、かたく信じている」

「だったら、始めからやりなおしましょう」ぱりっとした真っ白な上着をさらに整えるかのように肩を少し揺すり、お辞儀をする。「総督。艦隊司令官。お目にかかれて光栄です。わたしはプレスジャーの通訳士ゼイアトです。たいへん心苦しいのですが、ドゥリケ通訳士に何が起きたのかを、あなた方にお尋ねしなくてはなりません」

わたしはジアロッド総督に目をやった。彼女はその場に凍りつき、呼吸すら止まったかに見える。それからゆっくりと胸を張り、何事もなかったかのようにおちつきはらっていった。

「わたしたちはみな、たいへん遺憾に思っております、通訳士。心よりの謝罪を申し上げるとともに、どうか、事情を説明させていただきたい」

「外出したら、死んだんでしょう?」と、ゼイアト通訳士。「たぶんね、退屈しきってうんざりして、行くなといわれたところに行った」

「まあ、当たらずとも遠からずで」わたしがそういうと、通訳士は苦笑した。

「彼女らしいですね」そこで少し考えこむ。「それがドゥリケだと、確信をもてますか？　たぶん何か誤解があり、死んだのはドゥリケではないでしょう」

「失礼ながら、通訳士」ジアロッド総督がいった。「彼女は到着したとき、みずから通訳士ドゥリケと名乗りました」

「はい、それはそれ。ドゥリケは頭に浮かんだことは何でも口にしますから。これは愉快だの面白いだのと思ったらとくにね。彼女の言葉をうのみにしてはいけません」

わたしは総督が何かいうのを待ったが、通訳士の話が理解できずにまごついているようだ。

「それはつまり——」と、わたしはいった。「彼女は信頼に足る人物ではなく、ドゥリケ通訳士だという自己紹介も嘘だったと？」

「そんなところです。なぜわたしがドゥリケではなくゼイアトになったのかが、あなたたちもおわかりでしょう。彼女のユーモア・センスは誉められたものではありません。いいかげんにしてほしいですよ。だけどいま、わたしはドゥリケではなくゼイアトです。これで彼女も少しは喜ぶでしょう。そこで何か……」問いかける仕草。「残っていますか？　体の一部でも？」

「亡骸《なきがら》はすぐサスペンション・ポッドにおさめました」ジアロッド総督は全力を尽くして平静を装っている。「ここでは、その……あなた方の適切な習慣がわからなかったもので、わたしたちなりの葬儀を営みましたが……」

ゼイアト通訳士は首をかしげ、じっと総督を見つめてからいった。

「それはどうもご親切に、総督」とりあえずそういっておこう、という口調。

総督は上着のポケットから銀とオパールの記念ピンを取り出し、通訳士に差し出した。

「記念の品も用意させてもらいました」

ゼイアトはピンを受け取り、ためつすがめつしてから総督を、それからわたしを見ていった。

「わたしはこういうものをひとつも持っていません！　あなたたちのと同じですね！」総督もわたしも、通訳士の葬儀からずっと記念ピンをつけている。「おふたりはドゥリケの親戚ですか？」

「葬儀では」と、総督。「わたしたちが親族の役を務めました、礼節にのっとって」

「そうそう、礼節ね」それですべて納得がいったかのように。「礼節ですね、もちろん。わたしなら、そこまでのことはしなかったでしょう。はい。これですっきりしました」

「ところで、通訳士――」わたしは切りだした。「あなたがアソエクに来た理由を教えてもらえないだろうか？」

あわてて総督がいいそえる。「心から歓迎しておりますよ、もちろん」露骨な質問をしたわたしを、とがめるようにちらっと見る。

「わたしが来た理由？」ゼイアトは戸惑ったらしい。「説明するのはむずかしいですね。さっきもお話ししたように、わたしはドゥリケだといわれました。そしてドゥリケといえば――話が眉唾《まゆつば》なのは別にして――飽きっぽく、好奇心が旺盛《おうせい》すぎます。首を突っこんではいけないことにも突っこみます。ドゥリケがここに来たのは、退屈しきって何が起きるか見たかったからにちがいありません。しかしあなたは、わたしはドゥリケではなくゼイアトだという。ゼイアトがここにいるのは、窮屈な船で長時間過ごしたからではないでしょうか。できれば歩きまわって少し手足をのばしたい、まともなものを食べたいような気がします」そこでちょっと考えこむ。「あなたたちも食物を食べるのですよね？」

まるであのドゥリケ通訳士が訊きそうなことだった。そして実際、同じ質問をしたのだろう、ジアロッド総督がすんなりとこう答えた。

「はい、食べますよ」おちつきがもどってきている。「いますぐ何か食べますか、通訳士？」

「はい、よろしく総督！」

通訳士の小艇が到着するまえ、ジアロッド総督は彼女を裏ルートの地下通路経由で私邸まで連れていきたがった。条約締結以前のプレスジャーは、人間の船舶やステーションを（乗員や住民含め）まともな理由もなく攻撃していた。人間がいくら応戦し、いくら防衛手段をとっても、成功したためしがない。通訳士がまだひとりもいない時代は、意思疎通を図ることすらかなわず、プレスジャーの近くに寄った人間はじわじわと惨めに死んでいくほかなかった。条約締結がそれに終止符を打ったとはいえ、長年のプレスジャーに対する恐怖が消えるはずもない。そして今回、わたしの主張によってドゥリケ通訳士の死がおおやけになり、当然ながら、またプレスジャーがやってくるのでは、と誰もがびくついていた。

わたしは総督に、ドゥリケ通訳士の存在を秘密にしたのは賢明ではなかった、と指摘した。

プレスジャーを隠したり軟禁したりするのはしょせん無理である、住民はプレスジャーを恐れ、新たな通訳士の到来に大きな不安を覚える一方、通訳士の外見はほぼ人間であり、威嚇的でもないから、その風貌がむしろ恐怖心をやわらげるだろう。そんなわたしの意見に、ジアロッド総督は最終的に同意した。

そしていま、わたしたちはリフトに乗り、メイン・コンコースに出た。ステーションの時刻では午前もなかばで、多くの人が行き交い、立ち話をする人びともいる。いつもと変わらぬ光景だが、二点だけ、いつもと違った。まずアマート寺院の入口前で、司祭たちが四列に並んでいるのだ。その最前列の中央で、汚れた床にすわりこんでいるのはイフィアン司祭長だった。そしてもうひとつは一般市民の行列で、長さは管理局からコンコースまでの道のりの四分の三ほどある。

「あなたはステーションに――」わたしはジアロッド総督に穏やかにいった。彼女はリフトから降り、三歩進んだところで立ちすくんでいる。「自分が通訳士の相手をするあいだ、何かあっても補佐官が対応できるといったように思うが」ゼイアト通訳士も同じく立ち止まり、好奇心いっぱいの目で人びとを、建物の上階の窓を、アマート寺院のファサードにある四つのエマナチオンの巨大レリーフを見ている。

これを扇動したのはイフィアン司祭長ではないか――。無声でステーションに問い合わせたところ、わたしの想像が当たっているのが確認できた。司祭たちはストライキを決行したのだ。イフィアン司祭長は、本日はオーメン投げをしない、と宣言したらしい。理由は、管理局が神のメッセージに耳を傾けようとしないから、とのこと。司祭たちがストライキを起こせば、庇護関係《クリエンテラ》の契約は結べず、誕生も死亡も登録されず、葬儀も行なわれない。正直なところ、わたしはこの戦術に感心した。というのも、従来司祭が執り行なう葬儀の大半は、原則的には市民の手で行なうこともできるし、クリエンテラ契約にしたところで、あくまで形式的なものだからあとまわしにでき、ステーションにAIがある以上、誕生も死も確実に認知され記録される。しかし、どれも市民にとっては大きな意味をもつ儀式であり手続きなのだ。ストライキはラドチャーイ的手法ではないものの、下界の茶畑で前例があることを司祭長は知っている。そして茶畑作業員を擁護する言動をとったわたしとしては、司祭たちのストライキをおおっぴらには批判できない。

管理局前の行列に関していえば、市民にできる大規模な抗議行動には限りがあり、そのひとつが、必要もないのに列に並ぶことだ。アソエクのようなステーションでは基本的に、市民が何かのために列をつくってまで待つことはない。必要なことがあれば申請し、予約をとりつけるか待ちの順番を教えられ、近づいたら通知がくる。役所の職員にしたところで、事務所の外に並ぶ市民に一人ひとり対応するより、大半を先延ばしにする予約処理のほうがはるかに楽だ。行列というのはたいてい自然発生するものだが、ある程度の規模にふくらむと、組織だったものになる。そして今回は、それをはるかに超えていた。薄茶色の制服姿の警備官が目を光らせて行ったり来たりし、ときおり短い言葉をかわしている。自分たちはここにいるぞ、と知らしめているのだが、強制的に解散させることもできなくはない。ただ、そんなことをしても翌日にはまた列ができ、さらに翌日、また翌日とつづく。そのうち警備局の前にも新たな行列ができることだろう。だからあるがままで、成り行きを見守るほうが現実的だ。ではこの行列は、イフィアン司祭長の主張を支持するものなのか、あるいは逆に反対するもの?

どちらであれ、わたしたちは行列も司祭のすわりこみも無視してジアロッド総督の私邸に向かった。そしてひとつ、発見した——総督は、動揺を隠すのは上手でも、動揺せずにいるのは苦手らしい。

「通訳士、どのような料理がお好みかな?」長身のゼイアトを見上げ、総督は尋ねた。

ゼイアトはこちらに注意をもどし、「料理を食べたことがあるのかどうか、自分でもわかりません」と答えると、また行列に目をやった。「あの人たちはなぜ、地べたにすわっているのですか?」

総督は動揺した。が、その原因がわたしにはわからなかった。聖職者のストライキに関して訊かれたからか、それとも食事に関するゼイアトの返事にぎょっとした?

「失礼ですが、通訳士……」と、総督。「あなたは料理を食べたことがない?」

わたしは横から口をはさんだ。「通訳士はシャトルを降りてからゼイアトになり、まだたいして時間はたっていないからね」そしてゼイアトに向かって答える。「司祭たちは、抗議のために寺院の前にすわっている。ステーション管理局の計画に不満があるからだ」

「ほう!」ゼイアトはにっこりした。「ラドチャーイが、そんな種類のことをするとは思いもよりませんでした」

「種類というなら、プレスジャーは人間の種類を見分けられないのでは？」

「あっ、そうですよ。ぜんぜんわかりません。だけどわたしにはわかります。というか、種類で分けるという〝考え方〟があるのは知っています。抽象的な意味合いでね。実際の経験はまりありません」

ジアロッド総督はこの会話を完全に無視した。

「通訳士、この先に――」腕を振る。「なかなかいい茶房がある。きっと興味深いものを出してくれるでしょう」

「興味深い？　それはいいですね」

総督はゼイアトを連れてコンコースを横切り、寺院と管理局から（おそらく意図的に）遠ざかっていった。

わたしはふたりについていこうとして、背後にいたカルル５の合図を受け、立ち止まった。ふりむくと、ウランが擦りへった白い床をこちらへやってくる。

「艦隊司令官」ウランはお辞儀をした。

「市民、いまはラスワル語の学習時間では？」

「先生はあの行列に加わりました」

ウランのラスワル語の教師はイチャナ人で、親戚がアンダーガーデンに住んでいた。つまりあの行列は、イフィアン司祭長の主張に反対する人びとの列ということだ。わたしは少し考えてからいった。

「ここからだと、あそこにアンダーガーデンの住民がいるようには見えないが」といってももちろん、イチャナ人がいつもの服装ではなく、ラドチャーイふうのシャツと上着に、手袋をはめて並んでいる可能性はある。

「はい、艦隊司令官」ウランはうつむきかけて、すぐまた目を上げた。わたしの視線を避けようとして、こらえたのだろう。「集会があります」彼女はデルシグ語に切り替えた。「いま始まったばかりです」

「行列に関する集会か?」わたしはデルシグ語で訊き、ウランは小さく認める仕草をした。

「わたしたちの世帯は、誰も呼ばれなかったのか?」このまえの集会にも誘われなかったが、理由は十分想像がついたし、今回も誘われたところで対応に困っただろう。しかし、わたしたちもアンダーガーデンの住民ではあり、まったく声がかからないのはおかしい。「ウランはわたしたちの代表として参加しないのか?」

「いろいろと……複雑です」

「たぶんそうなんだろうね」わたしはうなずいた。「参加者を威嚇する気も意見を押しつける気もない。だが、わたしたちもアンダーガーデンで暮らしている」

「それはみんなわかってくれています。ただ……」ためらい。怯え。「ただ……艦隊司令官はラドチャーイです。そして軍人です。もっと立派な隣人がほしいと思っているかもしれません」つまりアンダーガーデンの住居割り当てを再考し、イチャナ人たちを強制的に下界に追い払う気でいる、ということだ。「わたしはみんなに、艦隊司令官はそんなふうには思っていないと伝えました」

「しかし誰も信じようとはしない」その点では、たぶんウランも同じだろう。「わたしは時間的に参加できないから、ティサルワット副官に出てもらうといい」彼女はまだ寝ており、目が覚めても二日酔い状態だろう。「ただ、これは集会が判断することだ。もし招集されたら、ティサルワット副官には聞く側に徹するよう伝えなさい。直接意見を求められないかぎり、自分から発言はしないように。これは命令だ、と念を押すこと」

「わかりました、ラドチャーイ」

「それから、アンダーガーデンの住民が行列に加わるなら、振る舞いには気をつけ、忍耐強くあること、手袋を忘れないように、と提案するといい」ラドチャーイの目には、おおやけの場で素手でいることがともかく不快に映る。

「それはありません、ラドチャーイ」ウランの声が大きくなった。「わたしたちは行列に参加することは考えていません」〝わたしたち〟という表現については、あえて訊かずにおいた。

「警備局がぴりぴりしていますから。でもみんなで、並んでいる人たちに食料やお茶を配るつもりです」唇を嚙む。「司祭たちにも配ります」罵声《ばせい》や拳が飛んでくるかのように背を丸める。

ウランは下界の山間で茶摘みをする暮らしを送ってきた。以前、茶畑の作業員たちがストライキを起こしたときの様子は、家族から聞いて多少は知っているだろう。

「資金は必要か？」わたしが尋ねると（まだデルシグ語だ）、意外な質問だったのか、彼女は目を見開いた。「必要ならいいなさい。集会が開かれれば警備局もぴりぴりするだろう。その点を忘れないように」ただでさえ、コンコースがこの状態なのだ。「わたしも警備局の責任者と話してみるつもりだが、いまは時間がないから、しばらくあとになる」

「わかりました、ラドチャーイ」ウランはお辞儀をして去りかけ、ぎょっとして足を止めた。背後で大勢の怒声があがったからだ。わたしはふりかえった。

コンコースを蛇行する行列が中央部分でちぎれ、警備官ひとりと市民ひとりがとっくみあっていた。別の警備官が棒状のスタンガンを振りあげ、近くの市民があわてて離れていく。

「よしなさい！」わたしの声はあたりに響きわたった。これほど強い口調であれば、軍人ならその場に凍りつく。背後のカルル5も全身を緊張させているようだ。しかし警備官は軍人ではない。スタンガンを振りおろし、ひとりが悲鳴をあげて倒れこんだ。

「よしなさい！」大声でくりかえすと、警備官ふたりがふりむいた。わたしはそちらへ歩いていき、カルル5がつづく。

「こう申し上げてはなんですが、艦隊司令官」スタンガンを使った警備官がいった。市民は倒れたままうめき声をあげている。そばに来るまで気づかなかったが、彼女はウランのラスワル語の教師だ。「この件に関し、艦隊司令官に権限はありません」

「ステーション――」わたしは声に出して呼びかけた。「何があった？」

教師の横で膝をついていた警備官が答えた。

「われわれは警備局長から、列を解散させよとの命令を受けました。この者は立ち去るのを拒否したのです」

市民ではなく、この者か。

「列を解散させる？」わたしは感情のない声で（ただし、属躰ほど冷ややかではない程度に）訊いた。教師はまだあえいでいる。「理由は？」警備官は返事をしない。「ステーション、医師をここによこしてほしい」

「いま向かっているところです」ステーションがわたしの耳に答えた。

それに重なるように、しゃがんでいる警備官がいった。

「わたしは命令に従うだけです、艦隊司令官」

「では、これからすぐ警備局長に会おう」

警備官が何かいうまえに、背後で「艦隊司令官！」という声がした。話題の警備局長ルスルンだ。

「なぜ解散させる命令を出した？」わたしはふりかえると挨拶もなしに尋ねた。「騒ぐわけでもない、平和的な行列だ。いずれ自然に消滅する」

「いまは不安を煽《あお》ってはいけない時期でしょう？」ルスルンは困惑していた。いわずもがなのことだったらしい。「とりあえず平和的でも、ここにイチャナが加わったらどうなります？」

わたしは答えを考えるだけで、口にはしなかった。「じつはご相談しようと思っていたんですよ。もしそういう事態になったら……」声をおとす。「艦隊司令官のお力が必要になりますので」

「では――」頭に浮かんだ返事は、大人げない気がしてとりさげる。「あなたはこのまえ、わたしには併呑の経験が一度ならずあることを知っていた。併呑から得た教訓は多いが、なかには大きな犠牲を払ったものもある。いまここで、そのひとつをいわせてもらおう——たいていの人間は騒ぎなど起こしたくもないが、激しい恐怖に襲われると危険な行動に陥りやすい」その点では軍も警備局も例外ではない。とまではいわずにおいた。「わたしがコンコースに兵士を配置すれば、あなたが恐れていること、いやそれ以上のことが起きるだろう」倒れているウランの教師を手で示す。いくらかおちついてはいるが、まだ動けない。医者が到着し、そばにかがみこんだ。警備官ふたりはわたしを、ルスルン警備局長をじっと見ている。

「これはみずから得た教訓だ。列は列のまま、あるがままにしておくほうがいい。警備官はいてもかまわないが、威嚇してはいけない。ここにいる市民すべてに対し、等しく礼節と敬意をもって接するべきだ」警備官はウランの教師がイチャナ人であることを、外見から判断したのだろうか。わたしには区別がつかないのだが、ここの住民にはすぐにわかるらしい。退去命令に従わない者がイチャナ人でなければ、警備官もここまでのことはしなかっただろう。しかしいまそれを指摘したところで、何かが変わるものでもない。

「市民には発言する権利がある」わたしの言葉にルスルンは、まる五秒、無言でわたしを見つめた。「警備局はステーション住民を守るために存在する。市民を敵視すれば、守りたくても守れないだろう」

「市民のほうが、われわれを敵とみなしたら？」

「そのとおりであることを証明してどうする？」流れる沈黙。「こういう言い方がよくないのはわかっている。しかしともかく、わたしの忠告を聞いてほしい」警備局長はため息をつき、しぶしぶ了解する仕草をした。「この市民は、医者の手当てを受けたら解放するように。行列の市民には、間違いがあったと伝える」誰がどんな間違いをしたかまでいう必要はないだろう。「そして行列はつづけてよいと、つけ加える」

「しかし……」

「警備局長」わたしはさえぎった。「司祭たちには、退去命令を出したのか？」

「しかし……」同じ言葉のくりかえし。

「司祭たちはステーションの日常的活動をさまたげている。セラル管理官にとっては、並んでいる市民より――」ほどけた行列のほうへ手を振る。「司祭のほうが頭痛の種だろう」

「さあ、どうでしょうかね」警備局長はそういったものの、セラル管理官の名前は効果があったようだ。

「わたしの言葉を信じてほしい。この程度ではない、もっと危険をはらんだものを経験している」かつてのわたしの将校たちなら、ルスルン警備局長のような指令は出さなかっただろう、よほど大量の人命を奪う覚悟がないかぎりは。しかし現実に、そういう例はしばしばあった。

「不穏な事態になったら、艦隊司令官は手を貸してくれるのですか？」

「わたしは銃口を市民に向けさせるような命令は出さない」

「誰もそんなことは訊いてませんよ」憤慨して。

「あなたの意図がどうあれ、実質的にはそういうことだ。そしてわたしは、その種の命令は出さない」

　警備局長はしばし考えこみ、何かが――彼女自身の考え、大柄で見目麗しいセラル管理官の名前が出てきたこと、そしておそらくステーションからの直接の助言が――彼女を決断させた。

「あなたを信頼しましょう、艦隊司令官」大きなため息。

「ありがとう」

「艦隊司令官――」ステーションがわたしの耳にいった。「下界からメッセージが届きました。市民クエテルが艦隊司令官に、尋問の立会人になっていただきたいとのことです。お取り込み中のところ申し訳ありませんが、もしお引き受けになるのであれば、一時間以内に出発しなくてはなりません」

　市民クエテル。ウランの姉だ。ロード・デンチェは彼女を脅し、わたしを殺させようとした。しかし蓋を開けてみれば、彼女が狙ったのはわたしではなく、ロードその人だった。

「すぐ行くと、司法官に伝えてくれ、ステーション」それだけいえば十分だろう。あとの手配は、いまもそばにいるカルル5がやってくれる。

　茶房に入ると、ジアロッド総督とゼイアト通訳士はテーブルについていた、ヌードルとスライスしたくだもの、魚料理が置かれている。すると、近くにいた接客係が、ぎょっと目をむいた。

「いやいや、通訳士……」総督もあわてた。「それは飲みものではないよ。魚醤《ぎょしょう》という調味料だから、ほら——」通訳士の前に、ヌードルの碗《わん》を置く。「これに合わせるととてもおいしい」

「しかし液体ですよ」ゼイアト通訳士は、もっともなことをいった。「なかなかいい味でした」

接客係はくるっと背を向け、足早にその場を去った。魚を塩に漬けこんだ魚醬を碗一杯飲むなど、とてもじゃないが耐えられなかったのだろう。

「総督、通訳士——」わたしは声をかけた。「申し訳ないが急用ができて、これからすぐ下界に行かなくてはいけなくなった」

「惑星に?」と、ゼイアト通訳士。「わたしはまだ一度も惑星に行ったことがないのですよ。一緒に行ってもいいですか?」

ジアロッド総督は魚醬ひとつでもてあまし気味らしく即答した。

「ええ、ええ、だったらぜひとも、艦隊司令官と一緒に惑星へ行かれるといい」わたしの急用とは何なのか、訊きすらしない。いやに熱意あふれる口調なのは、ゼイアト通訳士を追い払うことができるからか。もしくは——わたしを。

5

ベセット地区の中心部シェナン・セリットは、山脈から海へ流れてくる川の河口にある。黒や灰色の石造りの建物が、河口周辺から海岸沿いに、さらには緑豊かな山の中腹にまで立ち並んでいた。ここは（少なくとも中心街は）橋の都、水の町とでもいおうか、小川や噴泉が施設の中庭や家屋の外、並木道の中央にあり、どこを歩いても水の流れる音が聞こえてきた。

拘置所は中心街からは見えない、丘を登ったところにあった。低層の細長い建物で、高さ二メートルの石塀にぐるりと囲まれている。もし丘の反対斜面に建っていたら、この塀のせいで海を望むこともかなわないだろう。とはいえ、いくつかある中庭は緑の草地で、ところどころに花も咲き、さわやかではあった。ベセット地区における重大または複雑な事件の関係者はみなここに送られ、そのほぼ全員が尋問後に再教育を受ける。

部屋はほとんどが尋問用で、被収容者との面会室は見当たらなかった。実際、職員はクエテルとの面会をなかなか許可しようとせず、わたしがくいさがってようやく、クエテルを連れてきた。それも、場所は廊下の長いベンチだ。その上にある窓からは、黒い石塀と色あせた草地が見えた。カルル5は、数メートル離れたところに立っている。無表情ながら、不満なのは間違いない。かたちばかりでもプライバシーを守るため、わたしが彼女を話が聞こえないところへ追いやったからだ。カルル5の横には、これまた無表情の〈スフェーン〉がいる。ステーションを発ってからこちら、〈スフェーン〉はカルル5にぴったり張りつき、彼女をいらつかせているようだ。例の割れた古代茶器には無関心を装いつつ、赤と青、緑と金の箱の在り処《ありか》は確実に把握しているだろう。カルル5は箱をステーションに置いてきたが、もし〈スフェーン〉がステーションに残るなら、箱は自分が下界まで持ってくるつもりだったとカルル8に語っていた。

「来てくれるとは思わなかったわ」クエテルは前置きなしに、お辞儀もせずにいった。灰色の無地の上着にズボン、手袋は、衣類を買えないラドチャーイ向けの配給品だ。編んでスカーフで束ねていた髪は、いまは短く刈られている。

わたしは返事をする代わりに片手を振り、ベンチにすわるよう促した。そしてデルシグ語で尋ねる。

「調子はどうだい？」

クエテルはすわろうとはせず、「ラドチ語以外で話すとよくないのよ」と、ラドチ語でいった。「ほかの言葉で話したら評価に影響するっていわれたわ。わたしは元気よ、ご覧のとおり」

そこで少しの間。「ウランは元気にしてる？」

「ああ、元気だよ。彼女のメッセージは受け取っているかな？」

「たぶんデルシグ語だったんでしょ」苦々しげに。

おそらくそうだろう。「わたしと一緒に来たがってね」それはお姉さんが望んでいないんだ、と伝えると、ウランは涙をこぼした。

クエテルは顔をそむけ、廊下の先を見やった。突き当たりにはカルル5と〈スフェーン〉がいる。彼女は顔をもどしていった。

「こんな姿を見られたくなかったから」

想像はついていた。「ウランもわかっているよ」理性では。「心から愛している、といっていた」クエテルはこれがおかしかったのか、耳ざわりな短い笑い声をあげた。「外のニュースは耳に入ってくるかな?」彼女は答えず、わたしはつづけた。「山の茶園の作業員が仕事を拒んでいる。作業再開の条件は、相応の賃金と市民の権利の保障だ」茶園主のフォシフ・デンチェは虚言を弄《ろう》しては、長年作業員をこきつかい、借金で身動きできないようにさせた。作業員たちは母星を追われてアソエクに来たため、この地で代弁者となってくれる者もない。

「へえ!」クエテルは恐ろしい笑みを浮かべた。以前の彼女にもどったかに見える。そして笑みはすぐに消えたが、激情は消えずに残った。ただし、巧みに隠されている。脇に垂らした両腕の先で、手袋をはめた手を固く握り締めているだけだ。

「ほんとにそんな日が来るかしらね? わたしが何か訊いたって、あの人たちは心配しないほうが身のためだっていうだけ。評価が悪くなるぞってね」あからさまに顔をゆがめる。

「尋問は? 明日の朝だと聞いたが」

「あの人たちはね、決められたとおりのことしかやらないの」

だからクエテルは、まさかほんとうにわたしに会えるとは思っていなかったのだろう。

「きっとそうだろうね」

「それで、いつ……いつわたしは再教育されるの？　あなたはその場にいる？」

「いたほうがよければ、交渉してみよう。ただ、結果はわからない」彼女は無言で表情も変えない。わたしはデルシグ語にもどした。「ウランはほんとうによくやってくれている。弟を誇りに思うといい。おじいさんには、あなたが元気でいることをわたしから伝えようか？」

「ええ、そうして」まだラドチ語だ。「そろそろもどらなきゃ。いつもと違うことがあると、あの人たちがいらつくから」

「迷惑をかけたようで申し訳ない。あなたが元気でいることをこの目で確かめたかったし、わたしが来たことを直接知ってほしかった」茶色の制服の警備員が、面会を終わらせたいのだろう、クエテルの背後に近づいてきた。

「わかったわ」クエテルはそれだけいうと、警備員とともに廊下を去っていった。おちつきはらって、心配事などないように見える。ただ、両手はいまも固く握り締められていた。


丘をケーブルカーで下ってゆく。眼下に黒と灰色、緑色のシェナン・セリットの町が広がり、その向こうは海原だ。カルル5と〈スフェーン〉はわたしの後ろの座席にいる。一方、カルル8はゼイアト通訳士とふたりで、海べりの水産加工場にいた。銀色の死んだ魚が大量に、深い大桶《おおおけ》に流し入れられ、作業員が（見るからにおどおどしている）魚醤《ぎょしょう》のつくり方をカルル8たちに説明中だ。

「でも、どうして魚たちは魚醤になろうとするのでしょう?」ゼイアトが、ひと息ついた作業員に質問した。

「そ、それは……魚たちには、ほとんど選択の余地がないからです」

ゼイアトはちょっと考えてから、つぎの質問をした。

「魚醤はお茶に入れてもおいしいと思いますか?」

「い、いえ……思いません。あまりふさわしい使い方ではないような」と、そこで多少の辻褄《つじつま》合わせを思いつく。「魚の形をした小さなケーキを、お茶につけて食べるのがお好きな人もいます」

「なるほど、なるほど」ゼイアトはうなずいた。「それはここにありますか?」

「通訳士」カルル8が口をはさみ、おかげで作業員は、水産加工場にケーキはないと答えずにすんだ。「それについては、のちほどさがすことにしましょう」

「さて、つぎは――」作業員はカルル8に感謝のまなざしを向けてつづけた。「塩漬けの工程で……」


アソエク・ステーションでは、ティサルワット副官が密儀《みつぎ》会《かい》の大祭司と話していた。密儀会は地元の教団だが、クハイ人だけでなく、星系《システム》外から来たラドチャーイにも浸透している。密儀会の導師、すなわちこの大祭司は人望があり、影響力もあった。

「副官——」大祭司がいった。「率直に申し上げよう。今回の件について、イフィアン司祭長と艦隊司令官とで意見の食い違いがあるようだ」大祭司の住まいは密儀会の会堂の裏手上方にあり、この種のアパートメントの典型でとても狭く、照明は明るいものの調度は最低限だった。テーブルも低いものがひとつ、椅子は質素なクッションが置かれたものが数脚あるだけだ。それでも四方の壁の棚や籠では、蘭《らん》の花が咲きほこっていた。紫に青、緑に黄色——。甘い花の香りが漂ってくる。ステーションでは、配給される生活用水を節約してささやかな園芸を楽しむ者も多いが、ここまで美しく茂らせるには、入浴水を控える程度ではすまないだろう。

「また——」大祭司はつづけた。「アマートの司祭長が、セラル管理官の方針にこうもあからさまに異を唱えたことはない。ここまでするのは、ジアロッド総督の後押しがあるからだろう。あなたはわたしに、火中に身を投じろという。何のために？　わたしは円盤投げ《オーメン》の修練を積んでいないし、積んでいたところで、わたしが導いた結果を市民が信じるとは思えない」

「無作法を承知で申し上げると——」ティサルワット副官は穏やかな笑みを浮かべた。住民と管理局の仲介役をはずされた落胆は消え、気持ちは目前の課題に集中している。「大祭司はご自身が思う以上に広く尊敬されています。ただ、明朝以降、オーメン投げはセラル管理官がなさるでしょう。しばらく投げていないとはいえ、修練は積んでおられる。わたしたちが大祭司にお願いしたいのは、誕生と死に関するものです。ステーションの住民が全員一致で賛同するかどうかはさておき、クハイの大多数は受け入れると思われます」

「それをいうなら——」大祭司は顔色ひとつ変えない。「経験の浅い若年の副官とこんな話をすることに、たとえ内心違和感を覚えていようと。「クハイの大多数は、イチャナがアンダーガーデンからいなくなるのを望んでいるのではないか？　いっそのこと、下界もしくは辺境ステーションへ追放するか。イフィアン司祭長の望みはそれのように思えてならない。わたしの代役を受け入れるようなクハイ人は、司祭長の考えも受け入れるだろう。あえていうまでもないが、わたしは司祭長と敵対したくはない。そこで再度お尋ねする。あなたはなぜわたしに、火中に身を投じろというのか？」

ティサルワットは変わらずほほえんでいる。が、そこにかすかな満足感がよぎった。かけた罠《わな》に大祭司がうまくはまったとでもいうような。

「そのようなことはお願いしていません。大祭司には、いまと同じ場所にいていただきたい、とお願いしているのです」

大祭司は目を見開いた。「副官、わたしはあなたに秘儀を伝えた記憶がない。その若さなら、忘れるわけはないのだが」ティサルワットの言葉はわたしには当たり障りなく聞こえたが、どうやら大祭司にとっては重大な意味をもつらしい。いうまでもなく、アナーンダなら密儀に精通している。どんな秘儀であれ、ラドチの皇帝を受け入れないかぎりは存続できないからだ。

ティサルワットは眉根を寄せ、戸惑ったふりをした。「どういう意味でしょうか？　わたしは大祭司なら、正義がどこにあるかをご存じだといいたかっただけです。たしかに、イチャナは法を犯してアンダーガーデンで暮らしていました。しかし、考えてもみてください、イチャナがアンダーガーデンに入り込むまえに、クハイは何らかの手を打って阻止できたのではありませんか？　結局、イチャナはアンダーガーデンで暮らし、自分たちの落ち度ではないのに、いまこのように流れに身を任すしかなくなった。どうしてでしょうか？　一部のクハイの愚かな偏見のせい、イフィアン司祭長が艦隊司令官とあえて対立しようと決意したせいです。といっても、艦隊司令官はまったく相手にしていませんが」

「あなたもだろう、副官」大祭司は冷たくいい放った。

「わたしは廊下以外の場所で眠りたいだけです。そして隣人たちには、それぞれのわが家に帰ってもらいたい。艦隊司令官も同じ思いでいます。イフィアン司祭長がなぜ艦隊司令官に反発するのか、そのためになぜ多くの住民を行き場のない状態にして将来に不安を抱かせるのかが理解できません。聖職者たる者、自分の都合で力をふりかざしてはいけないことを、イフィアン司祭長は忘れてしまわれたのでしょうか」

大祭司は大きく息を吸いこみ、はっ、と吐き出した。

「副官、失礼ながら、あなたはじつにごまかしのうまい人だ」ティサルワットが反論するまえにつづける。「耳にしたところでは、これには陰謀がからんでいるらしい。ラドチの皇帝のなかに、蛮族《エイリアン》が潜入していると」

「荒唐無稽《こうとうむけい》です。ミアナーイ帝は自分のなかの自分と対立し、それを隠しとおすことができずに地方宮殿で戦闘状態に入りました。軍艦の一部も敵味方に分かれて戦い、その結果、星系間ゲートが数か所破壊されたのです。ジアロッド総督は、これを公表するのは、その……非生産的であると感じています」

「あなたはそれを噂として広める気か」

「わたしはこれまで誰にも語ったことはありません。大祭司が触れられたからお話ししたまで
で、いまはふたりきりですし」厳密にいえばそうではない。ステーションには聞こえるし、近くには従者やほかの祭司もいるはずだった。「たとえ噂で耳にしても、流したのはブレク艦隊司令官でも、わたしでも、〈カルルの慈《めぐみ》〉の乗員でもありません」

「では、対立するに至った原因は何だ？　あなたたちはどちらを支持している？」

「原因はひと言ではいえませんが、ミアナーイ帝自身とラドチ圏の今後の行方に関する方針、考え方の相違です。侵略・併呑の放棄、属躰《アンシラリー》製造の中止。命令を下すにふさわしい者を選ぶ際の偏りの排除──。それらによって、アナーンダ・ミアナーイは文字どおり分裂しました。そしてブレク艦隊司令官は、そのどちらも支持していません。アソエクに来た目的は、皇帝の対立があらわになったいま、この星系を危険から守ることです」

「そう、わたしはあなたたちが来て初めて、アソエクがこれまでいかに平和だったかに気づかされたよ」大祭司は真顔でいった。

「全市民にとって、繁栄と正義の地だったのでしょう」ティサルワットも全市民を強調しつつ真顔で応じる。

大祭司は目を閉じてため息をつき、ティサルワットは勝利を確信した。

〈カルルの慈〉では、当直を終えたセイヴァーデンが自室の寝台に腰をおろした。きつく腕組

みをする。片手の医療パッチはそろそろ用無しだ。

「副官、お茶はいかがです?」〈慈〉が訊いた。

「あれは誉《ほ》めたんだよ!」この何日か、エカル副官はセイヴァーデンに対し、任務に徹した堅い態度を貫き、乗員たちはふたりのあいだに何かあったと気づいている。ただ、セイヴァーデンの麻薬依存のことは誰も知らないし、腕組みは腕組みでしかなく、この数日で(あえていえばこの数週間で)ストレスが限界まできていることの表われであるのは知らない。

「エカル副官は賛辞とは受け止めていません」〈慈〉はそういうと、アマート4にお茶はまだ出さないよう指示した。

「こっちはそのつもりだったんだよ」セイヴァーデンは言い張った。「やさしくしたつもりなんだ。どうして彼女はそれがわからない?」

「エカル副官はおわかりのはずです」セイヴァーデンはばかにしたような笑みを浮かべ、〈慈〉は三秒の間をおいてからつづけた。「このようなことを申し上げては失礼かと存じますが——」これにセイヴァーデンは戸惑った。ふつう、艦船は将校にそんな言い方をしないからだ。「セイヴァーデン副官の発言は不快だった、とエカル副官が告げた時点で、副官は〝やさしくしようとする〟のをやめるべきだったかと思います」

セイヴァーデンは立ち上がった。腕を組んだまま、大股で二歩程度の狭い部屋をうろつく。

「何がいいたい?」

「副官はエカル副官に謝罪なさるべきと考えます」

わたしはこれに驚き、意識がわたし自身にもどった。いまケーブルカーで、下界の丘をなかばあたりまで下ったところだ。それにしても、艦船が将校に、ここまではっきり批判めいたことをいうとは――。

しかし何日かまえ、〈慈〉はみずから艦長にもなれるといった。艦は基本的に将校でもある。そして何週間かまえ、オマーフ宮殿で〈慈〉にその種の提言をしたのはこのわたしだった。いまここで驚いてはいけない。わたしは〈カルルの慈〉の会話に意識をもどした。

セイヴァーデンはむっとして、足を止めた。

「彼女に謝罪？　こっちだけ？」

「エカル副官は傷つき悩み、そうさせたのはセイヴァーデン副官です。また、これは乗員全体に影響を与え、現在、管理責任はセイヴァーデン副官にあります」〈慈〉の話を聞きながら、セイヴァーデンのなかで怒りがふくらんでいく。「副官の情緒および振る舞いは、この数日ほど不安定です。接する相手はみな不愉快になり、それはわたしも同様です。どうか、また壁を殴りつけたりしませんように。そんなことをしてもなんの効果もありません。あなたは指揮官です。指揮官らしく振る舞ってください。もしそれができないようなら――わたしは懸念を強めています――医務室に行かれたほうがよいでしょう。艦隊司令官がここにいらっしゃれば、同じことをおっしゃるはずです」

最後の台詞は決定的だった。怒りは瞬時にして絶望に変わり、セイヴァーデンは寝台にどすんと腰をおろすと脚を引き上げ、立てた膝に頭を押しつけた。腕は組んだままだ。

「ばかなんだよ」声をしぼりだす。「チャンスはあったのに、またこの手で台無しにした」

「まだ間に合います。取り返すことはできます。現状を見るかぎり、後悔するなと申し上げたところで意味はないでしょう。しかし副官、すぐ医務室に行くことならできます」

ただし、いまドクターは当直中だった。彼女は〈慈〉から送られてきた情報に対し、こう答えた。「問題は、治療を始めるに当たって必要な最新の適性データがないことだ。それにわたしは試験官でも尋問官でもなく、一介の医者にすぎないからね。残念ながら、手に負えそうもない。またこの星系に、信頼できる専門家がいるとは考えにくい。同じ問題はティサルワット副官にもあるよ」腹立たしげにため息をつく。「なんでまた、いま起こるのかな」

「起こるべくして起こったのでしょう」と、〈慈〉はいった。「しかし正直に申し上げて、わたしの予想外でした。艦隊司令官が乗艦中、セイヴァーデン副官がどれほど自己抑制していたか、わたしは過小評価していたようです」

「ドクターは当直に就いているよ」セイヴァーデンは寝台の上で丸まったまままいった。

司令室のドクターは〈慈〉に訊いた。「艦隊司令官だって、常時艦内にいられるわけじゃない。彼女はこの状況を知っているのか?」

「はい」〈慈〉はドクターに、そしてセイヴァーデンに答えた。「副官、気持ちをおちつけてください。アマート4にお茶を持っていかせます。身ごしらえしてエカル副官のもとに行き、今後数日は彼女が指揮官になると伝えてください。また、謝罪もなさるとよいでしょう、節度をもってできるのであれば」

「節度？」セイヴァーデンは膝から顔を上げた。

「まずはお茶を。そのあいだにお話ししましょう」

拘置所職員は、わたしがクエテルとの面会を主張してうろたえ、司法官にお伺いをたてたはずだが、司法官はわたしに説明を求めたりはしなかった。そして何か目論《もくろ》みでもあるのか、苦言を呈するどころか、わたしを夕食に招いた。

ダイニングルームは、れんが敷きの広い中庭に降りる階段の上にあった。壺《つぼ》形の高鉢では、白や桃色の花が緑の葉のあいだから甘い香りを放っている。庭は壁で囲まれているが、そのうち一面を水が流れ落ち、下にある大桶では魚が泳いで、水面には小さな黄色いスイレンの花。従者が食器を片づけて、お茶を運んできた。ゼイアト通訳士は大桶の脇に立ち、泳ぐ魚をじっと見下ろしている。〈スフェーン〉は開いた大扉のすぐ外、階段横のベンチに腰をおろし、そこから数メートル離れた場所には直立不動のカルル5。

「その歌を聴くのはずいぶん久しぶりですよ、艦隊司令官」日が暮れゆくなか、司法官とわたしは中庭をながめながらお茶を飲んでいる。

「申し訳ない、司法官」

「いやいや、とんでもない」お茶をひと口。「若いころに大好きだった歌ですよ。当時はとてもロマンチックだと思ったが、いま聴いてみると、悲しい歌ですね」司法官は歌いはじめた――「だけどわたしはジャスミンだけで／この命果てるまで／花の香りはジャスミンだけで」。

最後が若干苦しそうだった。わたしのハミングに合わせたせいで、彼女には音程が少し高かったのだろう。「慰霊の断食をやめた娘も責められませんよね。人生はつづく。あらゆるものが、つづいていく」そしてため息。「まさかあなたがいらっしゃるとは思いませんでした。市民クエテルはあなたを困らせたくて要請したにすぎないと思いましたからね、メッセージを送るのもよそうかとさえ考えた」

「それでは法に触れる」

司法官はまたため息。「ええ、だから送ったんですよ」

「クエテルの状況を考えたら、断わるわけにはいかなかった」

「でしょうね」外ではゼイアト通訳士が身をかがめ、スイレンが咲く大桶をのぞきこんでいる。飛びこんだりしなければいいが、と少し不安になった。あのドゥリケ通訳士なら、ほぼ間違いなくそうしただろう。

「艦隊司令官、あなたは市民フォシフの茶園で働くヴァルスカーイ人にじつに大きな影響を及ぼした。ご存じないだろうが、市民フォシフを痛い目にあわせたいと思う者たちがいてね、デンチェの家系の外だけでなく中にも。作業員のストライキは、そういう連中に格好の機会を与えた」フォシフ・デンチェの非道さを考えれば、驚くには当たらないだろう。「デンチェ家のアソエクでの総代はきわめて不快な人物でね、フォシフの母親とは子どものころから仲が悪かった。そして母親が亡くなると、今度は娘のフォシフを目の敵にした。チャンスさえあれば、茶園をフォシフから奪い取る気でいるでしょう。それには今回のストライキがはずみになる。

しかも星系間ゲートはあちこち不通だから、デンチェ家の戸主はここには来られない」

「それで作業員の不満は？　きちんと対応されているのだろうか？」

「それは、その……むずかしい問題ですからね」作業員に正当な賃金を払うことのどこがむずかしいのか。市民であれば当然の基本的権利と福利厚生を与えることが、それほどむずかしいことには思えない。「実際のところ、フォシフの茶園の労働環境は、ほかの茶園とたいして違いません。それでも、批判の矢面に立つのはフォシフです。おまけにクハイの厄介な連中までが一枚加わろうとしている。湖をはさんで、フォシフの屋敷の反対側にある小さな廃寺はご存じですか？」

「市民フォシフから聞いたことはある」

「六百年まえの併呑時には、雑草がはびこり瓦礫《がれき》の山でしかなかったが、最近になって、あそこは昔もいまも聖地だ、フォシフの屋敷は巡礼者の宿坊だといいだす者が現われた。フォシフ自身、それを助長するようなことをいう。なかなかロマンチックだと思っているのでしょうが、じつにばかげていますよ。あの屋敷が建てられたのは併呑の百年かそこらまえでしかない。それに巡礼地なら、近くに町のひとつくらいはあるものでしょう？」

「いや、必ずしもそうとは限らないが、その場合、生活支援の必要な聖職者はいない。湖の寺院にも、常時暮らす者がひとりもいなかった可能性はある」司法官は認める仕草を返してきた。

「率直に訊かせてもらおう、司法官。あなたこそ、何らかの圧力を受けているのではないか？」

アナーンダ・ミアナーイは自分の家名をわたしに与え、おまえは人間であり市民である、と言明した。これにより、わたしはラドチ圏で最大の権力をもつ家系の一員、ラドチャーイならけっして聞き流せない名をもつ者になった。そしてわたしはわたし——二千年のあいだ、名家名門の娘たちとともに軍務に励んだ艦船の残滓《ざんし》——であるがゆえに、その気になれば高貴なアクセントと作法を使いこなすことができる。いまはそれを、使ったほうがよさそうだ。

「司法官、あなたは名のある茶園主たちと長年懇意にしてきたが、作業員が求めているのは市民として当然の公正公平であることに、いまになって気づかされた。殺人未遂事件とストライキには、さぞかし困惑したことだろう。市民ロードの尋問時には、困惑はさらに深まるはずだ。そして尋問は、いまだ行なわれていない」中庭では、ゼイアト通訳士が身をかがめ、スイレンの丸い大きな葉の下をのぞきこんでいる。

「わたしはね——」司法官は怒りを隠しきれなかった。「市民ロードと母親フォシフを和解させたかったんですよ」

「フォシフは自分に得がないかぎり、娘の廃嫡を取り消さないだろう。あなたが本心から娘の今後を心配するなら、まずは尋問し、それから母親との関係改善を試みるほうがよい」

「あなたもロードの今後を心配していると?」

「いや、とくには」正直に認める。「個人的にはどうでもよい。しかしあなたは違うだろう。わたしが心配しているのは市民クエテルだ。あなたがロードの人間性を早く知ればそれだけ、クエテルの行為を裁くのに役立つ。ロードを母親のもとに帰すのがほんとうに良いことなのかどうかを判断するのにもね。母親が娘をいかにあっさりと、いかに冷淡に廃嫡したかを考えてほしい。ロードのような人間が、突然わけもなくできあがったりはしない」

司法官は眉をひそめた。「ロードに関し、あなたは自分の見方にずいぶん自信があるらしい」

「わたしの見方が正しいかどうか、あなた自身、すぐに判断がつくはずだ。また、茶園主と作業員の対立で、わたしは仲裁などしない。ただ、私見をいわせてもらえば、あなたはできるだけ早く両者と話し合いの場をもち、仲裁判断したほうがよいだろう。湖畔の廃寺に関しては、委員会を設けて歴史調査し、議論を収束させる道を考える。委員は偏りなく広く選出して、意見をもつ市民は誰でも委員会に訴えることができ、委員会は討議の際、その意見を考慮する」

司法官はまた眉をひそめ、反論したそうに口を開いたものの、何もいわずに閉じた。「アナーンダ・ミアナーイは自分自身と戦っている。この戦いがアソエクに波及するかどうかはわからない。だがいずれにしても、ここと地方宮殿を結ぶゲートの少なくともひとつが破壊された以上、援軍や情報は得られないと考えるべきだ。市民の安全はわたしたちの手で守らなくてはいけない。市民というのは全市民であり、アクセントや訛《なま》りや、信仰する宗教を問わない。そしてもうひとつ、わたしたちは何らかの理由で、プレスジャーの注目を浴びているらしい」

「皇帝が自分自身と戦っているとか、プレスジャーが注目しているとか……わたしだってね、噂くらいは聞いていています」

「これはプレスジャーが仕掛けたものではないよ、司法官」

「もしそうなら、あなたに権限を与えた者は誰ですか？　彼女のどちらが、あなたをアソエクに送りこんだのか？」

「アナーンダの戦いがアソエクにまで及んだら、それで市民が命を失ったら、どちらのアナーンダだろうと関係ないのでは？」

静寂。ゼイアト通訳士はカルル５が監視しているから、もし何かあれば、彼女か〈慈〉がわたしの耳に伝えてくるだろう。わたしはぼんやりと中庭に目をやった。

ゼイアト通訳士が、なんと大桶の縁をまたぎ、腕を肩まで水に突っこんでいる――。わたしはすぐに立ち上がり、そちらへ向かった。〈慈〉に接触してみる。すると、〈慈〉とカルル５がわたしに連絡できなかったのは、〈スフェーン〉と議論しているせいだとわかった。

議論、という表現はいささか高尚すぎるか。〈スフェーン〉はカルル５につきまとっていた目的をなかなか果たせず、わたしが司法官との会話に夢中になっているあいだ、カルル５に喧《けん》嘩《か》を売ったのだ。それがいかに強烈だったかは、カルル５も〈慈〉もわたしへ報告しなかったことから想像がつく。そしてカルル５も〈慈〉も、負けじといいかえしている。わたしがカルル５の横についたとき、〈スフェーン〉はこんなことをいっていた。

「あなたは文句のひとつもいわず、彼女にいじられるがままだったのか？　もちろんそうだろうな。それどころかきっと、お礼までいったのだろう。あなたは彼女の玩具《おもちゃ》のひとつだ。あなたの考え方も感じ方も、彼女は自分の思いどおりにできる。同朋《どうぼう》の艦隊司令官も同じことができるはずだ」

カルル５の属躰顔負けの冷静さは消えうせていた。実際にしゃべっているのはたぶん〈慈〉だろうが、すぐには見分けがつかなかった。

「わたしには艦長がいます。さらに乗員もいます。では、あなたの艦長は、乗員はどこに？　そうでしたね、あなたは自分の艦長をどこかに置き忘れ、いまだに代わりを見つけられずにいる。あなたの乗員であなたに乗りたいと思う者はひとりだにいないでしょう」

〈スフェーン〉はベンチから属躰の速さでカルル5に突進した。わたしはすぐさまふたりのあいだに入り、〈スフェーン〉の前腕をつかむ。〈スフェーン〉の体は固まり、まばたきしてから無表情のまま訊いた。

「あなたは……アナーンダなのか？」

わたしは異常な速度で動いたのだ。そこから導かれる結論はひとつ——わたしは人間ではない。そしてわたしの名前が〈スフェーン〉に（誤った）疑問を抱かせた。

「いや、そうではない」わたしは静かにいった。司法官に聞かれたくないので、ノタイ語にする。「わたしは兵員母艦〈トーレンの正義〉の、最後の残滓だ。アナーンダ・ミアナーイがわたしを破壊した」そこでラドチ語に切り替える。「さあ、同朋、下がりなさい」〈スフェーン〉は一瞬間をおいてから、ごくわずか背をそらした。わたしはつかんでいた手を放す。

水の跳ねる音がして、わたしはそちらに目をやった。かがんでいたゼイアト通訳士が体を起こしている。が、片脚はまだ桶のなかで、びっしょり濡れた腕からは水がしたたり落ち、その手がつかんでいるのは、のたうちもがく小さなオレンジ色の魚——。ゼイアトは頭をのけぞらせると、大きく開いた口に魚を入れようとした。

「通訳士！」わたしは怒鳴った。彼女はくるりとこちらをふりむく。「それはだめだ。魚を水にもどしてやりなさい」

「しかし、これは魚ですよ」彼女はきょとんとした。「魚は食べるものではありませんか?」

司法官は階段の上から、じっとゼイアトを見ている。おそらく怖くて何もいえないのだろう。

「食用の魚もあるが――」わたしは桶に片脚を突っこんだままの彼女のところへ行った。「その魚は食用ではない」両手を合わせて差し出す。彼女はしかめ面をして(あのドゥリケ通訳士そっくりだ)、わたしの手に魚を入れ、わたしはすぐ水にもどした。「ここにいる魚は、ながめて楽しむものだ」

「では、食用の魚をながめて楽しむことはないのですか? どうやれば見分けられるのでしょう?」

「通常、このような桶に入っている魚、それも私邸に置かれている場合は観賞用、または愛玩《あいがん》用と考えていい。ただ、そうすぐには違いがわからないだろうから、食べてよいと明言されないものは何であれ、口に入れるまえに確認することをお勧めする。誤解があってはいけないからね」

「でもわたし、とても食べたかったのです」肩をおとしてしょんぼりする。

「通訳士――」司法官はわたしたちの会話を聞きながら階段を降りてきていた。「食用の魚が手に入る場所はいくらでもありますよ。海に出れば魚以外にも……」牡蠣《かき》の説明を始める。

〈スフェーン〉はこのあいだに中庭を出ていた。いまごろはおそらく敷地の外にいるだろう。カルル5はいつもの無表情にもどっているが、わたしの反応を恐れ、縮こまっている。

あの口論の責任は誰にあるのか？　カルル5は〈慈〉の言葉を感情なしに棒読みしたわけではない。〈慈〉の言葉が視界に現われるとほぼ同時にしゃべり、表現に多少のずれがあるとはいえ、〈慈〉とカルル5はまったく同じ思いを抱いていた。

ゼイアト通訳士は牡蠣の話に聞き入っている。河口近くに牡蠣の繁殖場がありますよ、舟を雇えばそこまで行けますよ、と司法官はいい、ならば早速あしたにでも、ということになった。わたしはカルル5に注意をもどした。それから〈慈〉に。どちらもわたしを注視している。

アナーンダ・ミアナーイに思考を改竄《かいざん》され、感情をコントロールされるのがどんなものか、わたしは身をもって知っている。そもそもの始まりは、〈カルルの慈〉から属躰をはぎとったことだ。わたし自身の経験とこの数か月の出来事を考え合わせると、アナーンダのうち複数が〈カルルの慈〉に接触し、それぞれ勝手な指示と禁忌事項を埋め込もうとしたのは間違いないだろう。わたしが〈カルルの慈〉と初めて会ったとき、〈慈〉は〝このところ、不快感がつづいています〟といっていたが、言葉で表現できるのはせいぜいその程度なのだ。そして〈慈〉が影響を受けるのは、なにもアナーンダだけではない。このわたしも、〈慈〉に服従を強要できるアクセスキーを握っている。アナーンダほど広範ではなく、使用時は細心の注意を払わなくてはいけないが、握っていることにちがいはない。

思うに、艦長になりうるのは人間であり、装備の一部ではない。少なくとも理屈のうえでは、自分の思考を製造者や所有者に意のままに（それも不快きわまりない感覚とともに）いじられる心配などしなくてもすむからだ。もちろん、従うべき相手はいるだろうが、それは自分で選択できる。

「見たところ――」わたしは静かに口にした。ゼイアトと司法官のほうは、何やら話がはずんでいるようだ。「〈スフェーン〉は、ひどくいらついている。そしてこの数日、あなたたちを怒らせたくてたまらなかった」最後に呼びかけ語はつけない。〈慈〉とカルル5の両方に話しているからだ。「あなたたちを責める気はないが、どちらも冷静でいるべきだった。ゼイアト通訳士に注意を集中しておかなくてはいけない。今後二度とこのようなことはないように」

「了解しました、艦隊司令官」カルル5がいった。

「話は違うが、セイヴァーデン副官にアドバイスしてくれたのはありがたかったよ」カルル5も事態の概要は把握していた。分隊の仲間と完全に接触を絶つことはないからだ。「よく対応してくれた」いまセイヴァーデンは、〈カルルの慈〉の医務室で眠っている。アマート1は、軍務の指針や規則を復習中だ。数時間後にはセイヴァーデンの代わりに当直に就かなくてはいけないからだが、知っているべきことはすでに知っているし、何かあれば〈慈〉の力を借りることができる。復習はあくまで表向き、かつ念のための再確認程度でしかないだろう。現在の当直はエカルで、怒りはまだおさまっていない。とはいえ、セイヴァーデンは〈慈〉とつらい議論をしたあと、自分が悪かった、と言葉少なにあやまった。これでエカルの怒りは多少なりともやわらぎ、いきなり艦の指揮官になった不安のほうが大きくのしかかってきた。

「ありがとうございます、艦隊司令官」カルル5はそういったが、これも〈慈〉の代弁だ。

わたしはゼイアト通訳士に注意をもどした。司法官との会話は牡蠣からまた桶の魚の話題にもどっている。

「いいですよ」と、司法官はいった。「魚を一匹食べてもかまいません」

わたしのなかで安堵《あんど》と警戒心が相半ばした——五秒とかけずにゼイアトは、さっきのオレンジ色の魚を見つけ、つかまえ、もがくのもかまわずにごくりと飲みこんだのだ。

6

　司法官はクエテルの尋問に同席した。記憶には残らないといわれても、尋問を受けるのが不愉快かつ屈辱的であることに変わりはない。

「こんなことしたら、ますます手に負えなくなるわよ」とクエテルはいったが、連れてこられたときはすでに投薬されていた。

「ラドチ語で話してください、市民」尋問官はおちつきはらっているから、ラドチ語以外で話す被験者が過去にもいたことがわかる。とはいえ、ラドチ語をまともに話せなかったり、訛《なま》りがひどい場合はどうするのだろうか。

　尋問終了後、司法官は外の廊下で、いま聞いた話に表情を険しくしていった。

「艦隊司令官、市民ロードの尋問は明朝に変更しておきました。ロードは母親に立会いを依頼したんですけどね、母親は……市民フォシフは拒否しました」少し間をおく。「わたしはロードが赤ん坊のころから知っているんですよ。生まれたときも覚えている」大きなため息。「艦隊司令官、あなたはつねに正しいのだろうか？」

「もちろんそんなことはない」わたしはあっさり否定した。「ただし、この件に関しては正しかった」

クエテルから薬の効果が消えるまで（わたしが立ち会ったことを確認できるまで）拘置所に残り、それから丘を下って河口まで行った。黒い石畳の埠頭《ふとう》では、カルル8が見守るなか、ゼイアト通訳士が赤いクッションのベンチにすわり、そばでは職人がひとり、彼女のために牡蠣《かき》の殻を開けている。〈スフェーン〉は——朝には宿にもどってきて、なんの説明もなく、朝の挨拶すらせず朝食の席についた——いまゼイアトの横に腰をおろし、白と灰色の波をながめている。

「艦隊司令官！」ゼイアトが元気いっぱいに声をかけてきた。「舟で出かけたんですよ！　あそこには——」海原に手を振る。「数えきれないほど魚がいるのを知っていましたか？　魚のなかには、とても大きなものもいます！　魚のなかには、ほんとうは魚でないものもいます！　牡蠣を食べたことがありますか？」

「いや、ない」

ゼイアトは殻むきをしていた職人に合図し、職人は手際よくひとつ開けると、わたしに差し出した。

「殻に口をつけて、身を吸いこむようにしてください」

わたしがいわれたとおりにするのを、ゼイアトは目を輝かせて見ている。

「そうか、これが牡蠣というものなんだね」わたしがいうと、牡蠣職人は短く笑った。ゼイアトのこともわたしのことも怖がる様子はない。

そしてゼイアトに、「殻を開けずに、そのままひとつください」といわれても、職人は臆《おく》することなく差し出した。

するとゼイアトは、堅く閉じた殻ごと口のなかに突っこんだ。大きさは十センチ以上あっただろうか。顎の関節がはずれ、若干ずれる。ゼイアトは牡蠣をごくりと飲みこんだ。喉がぷくっと膨らんで、牡蠣が下ってゆく。はずれた関節がもとどおりにおさまり、ゼイアトは胸元をやさしく何度か叩いた。牡蠣をその場におちつかせるように。

カルル8はぎょっとしつつも、がんばって無表情を保っている。〈スフェーン〉は、ここには自分ひとりしかいないように、変わらず海をながめたままだ。牡蠣職人がぼそっと、「これ以上寿命を縮めないでほしいよ」といった。淡々としているのは、外見だけだったらしい。

「市民！」ゼイアトが職人に訊いた。「牡蠣に魚醬《ぎよしよう》をかけますか？」

「さあ、わたしはやったことがないですけど」ほんの少しのためらいと怯《おび》え。「だけどどうぞ、やってみてください」

ゼイアトは満足げな声を漏らした。「あしたまた、舟で一緒に出かけませんか？」

「はい、ぜひ」

わたしはカルル8に無言で指示した——牡蠣職人に、特別手当を渡しなさい。

しかし翌日、海に出ることはなかった。

当直中のアマート1が、〈慈《めぐみ》〉の示したデータに疑問を抱いた。些細《ささい》なことだが、それまであったものが、ほんの一瞬だけなくなったのだ。無視してかまわないかもしれないし、センサーのどれかが不調なのかもしれなかった。あるいは、ゲートが開いたか——。その場合、軍艦が到着したことを意味する。であれば、すぐに艦名をこちらに伝えてくるだろう。

いや、そうともかぎらない。もし艦船なら、艦長はアソエク・ステーションからかなり離れた場所を出口に選んだということだ。検知されるのを避けるかのように。

「〈慈〉——」アマート1は呼びかけた。「エカル副官を起こしてくれないか」これでいったん、焦りがおさまる。あとは副官に任せればよいだろう。

エカル副官が、まだはっきりしない頭で制服の上着を着ながら司令室に到着するまで、同じことが三回起きた。メッセージも挨拶もなく、艦名すら名乗ってこない。ただ、時間的にはまだ早いから、もう少し待ってみようか。

「ありがとう、アマート、よく気づいてくれた」当然〈慈〉のほうが先に気づいたはずだが、それでもエカルは礼をいった。「どこから来たのかわかるか、〈慈〉？」エカルはアマート1に腕を振り、そのまますわっているよう指示した。アマート分隊の別の兵士が持ってきたお茶を受け取る。

「どれも数分のあいだに到着したことから——」〈慈〉が答える。「ほぼ同じ時に、同じ場所から、同じルートで来たものと考えられます。種々のデータ、および——」一部のデータをエカルの視界に映す。ゲートの亜空間の推測距離、各星系《システム》ごとの出発予測時刻などだ。「ウエミ艦隊司令官から、援軍がアソエクに向かっているという報告はいっさいなく――」ウエミは一ゲート離れたフラド星系に駐留し、わたしたちにとってはオマーフ宮殿の情報を得られる唯一の窓口だった。「到着した艦船はこちらが見逃してもおかしくない遠方をゲートの出口としたことから、出発地はツツル宮殿と推測できます」

ツツル宮殿。アナーンダのうち、わたしをあからさまに嫌悪する側が支配した宮殿だ。その配下は、民間の船舶がいるのを知りながら星系間ゲートを破壊し、アナーンダ自身はオマーフのステーションを市民ごと、丸ごと壊滅しようとした。

「了解」エカルは冷静に、表情ひとつ変えずにいった。が、茶杯を持つ手がごくわずか震えている。「ウエミ艦隊司令官に通知したほうがいいだろう。セイヴァ……いや、艦隊司令官はこの件を知っているのか？」

「はい、ご存じです」〈慈〉の返事に、あからさまな安堵《あんど》の空気がエカル、アマート1、そして監視中のアマートたちのあいだに流れた。

「それで……」エカルはいいかけてやめ、声には出さず〈慈〉にだけ話しかけた。「艦隊司令官は、ドクターがセイヴァーデン副官を任務からはずしたことも知っているね？」いまセイヴァーデンは医務室で眠っているが、起こして指揮させることも可能ではあった。ただドクターが薬を飲ませ、治療の手がかりを得るための検査をしている最中だ。現在までの検査結果を見るかぎり、ここでセイヴァーデンにストレスを与えるのは無謀といえた。

「知っているよ」わたしは下界から答えた。視線の先ではゼイアト通訳士が、魚の形をしたケーキを水平に、ゆっくり丁寧にスライスしてはテーブルに並べている。「エカル副官、引きつづきあなたが責任をもって監視してほしい。わたしはできるかぎり早くそちらにもどる。ツツルの艦はアソエクの状況を把握するまで行動は起こさないだろう。とりあえず、こちらは気づいていないふりをする」宿の居間の大窓から、夜の町が見えた。岸辺に連なる明かり、小舟の明かり、水面できらめく青、赤、黄色――。日が沈んで風向きが変わり、磯の香りは花の香りになった。〈スフェーン〉は無言を貫き、わたしの隣で外の景色をながめている。

「ただし、万が一に備え、戦闘準備は整えておくように」

背後では、カルル8がカルル5にささやいている――「気になってしようがないんだけど、牡蠣の殻はどうなったんだろ?」

ゼイアト通訳士はケーキのスライスに集中し、目も上げずにいった。

「殻は、いま消化中です。ちょっと時間がかかっていますね。あなたも試してみますか? まだ未消化が残っていますから」

「いえ、結構です」カルル8は属躰《アンシラリー》もどきの単調な声で断わった。

「お心遣いありがとう、通訳士」わたしは礼をいった。

ゼイアトはケーキの最後の一片を、ナイフでそっとテーブルの上に置くと、顔を上げ、眉をひそめてわたしを見た。

「お心遣い? わたしはそんなものをあげましたか?」まばたきする。「おそらく、わたしには意味がわかっていません」

「感謝の気持ちを表わすときによく使われる言い回し、とでもいえばいいかな。ところで通訳士、残念ながら、明日は舟に乗れそうにない。急用でステーションにもどらなくてはいけなくなった」背後では、カルル5と8がすぐ〈慈〉に問い合わせ、返事が届くより先に、カルル5は荷造りをしに居間を出た。

ゼイアトは「ほう……」とだけいった。軽い調子。とくに関心もなさそうに。そしてテーブルに並べた魚形のケーキ・スライスに手を振った。「どれも全部同じなのに気づきましたか？ほかの魚は違います。ほかの魚は、内部がとても複雑です」

「おっしゃるとおりだ」わたしはうなずいた。

ティサルワット副官はステーションのメイン・コンコースで、管理局の前にできた人の列をながめていた。この状態が数日つづき、いまもって解散の気配はない。むしろ長くなっているようにさえ見えた。

彼女の横にいるルスルン警備局長がいった。「いまのところ、まずまずかな。艦隊司令官はわかってああいったんだろうけどね、わたしは正直、驚いている。列の半分はたぶん無職の連中だね。でなきゃ、あんなに長くはならない。管理局が仕事をわりふってくれるといいんだがなあ。それでわたしたちの仕事も楽になる」

「仕事が空いた時間帯に来ているんですよ」と、ティサルワット。実際、クッションやたたんだ毛布が置かれているだけの場所がずいぶんある。夜だけ列に並んだのだろう。「でなければ、仕事をさぼっているか。実質的なストライキが増えたということです」アマート寺院のほうは見ずにいう。そこではいまも司祭たちがすわりこんでいた。ただし、クッションの上だ。イフィアン司祭長が、硬いコンコースに一時間とすわっていられず、敷くものを持ってこいと助祭に指示したのだ。どれくらいストライキをつづけるつもりだったのだろうか。要求はすぐに通ると思っていたか、それとも具体的なことは何も考えていなかったか。ステーションなら知っていそうだが、立場的に、わたしが尋ねても教えてはくれないだろう。

ジアロッド総督は声明を出さず、代わりに公式ニュースを操作した。司祭のストライキと司祭長の主張は報じたものの、管理局前の行列にはいっさい触れない。また、密儀会《みつぎかい》の大祭司が、信者にかぎらず、誕生や告別の儀式を執り行なうことも報道されなかった。かたやセラル管理官が行なう円盤投げ《オーメン》については、誇張も反論もなく淡々と報じられた。

いうまでもなく、警備局はセラル管理官をサポートする。

「食料や飲みものを断てば、すぐ終息するんだけどね」警備局長はティサルワットにいった。いまは一日に二度、アンダーガーデンの住民十数人がお茶と食料を運んでいるのだ。ウランも学習時間でなければ手伝い、司祭がストライキを始めた初日には彼女たちにもお茶を差し入れたのだが、冷たい視線を浴びて完全に無視された。

「もしくは」と、ティサルワット。「ぎりぎりまで並びつづけ、空腹と喉の渇きが限界に達したら……」その先はいわなくても明白だというように腕を振る。「差し入れをしてくれる者がいて、よかったと思いましょう」

「ほほう！」警備局長は笑った。「彼女たちはあなた方の良き隣人だからね。それにあの若者は……ウランといったかな……あなたの所帯の一員でもある。艦隊司令官が保護者になっているんだろう？」

ティサルワットはにっこりした。「今夜もカウンターを一局、いかがです？」

「また、わざと負けるんじゃないだろうね？」

「そんなことは一度だってしていませんよ」とんでもないというようにライラック色の目を見開き、大嘘をつく。

「副官――」わたしは下界から呼びかけた。

ティサルワットは気まずそうな顔をしたが、わたしや〈慈〉ほど彼女を知らなければ、ただのまばたきにしか見えないだろう。

「申し訳ありません、そろそろ失礼させていただきます」ティサルワットは警備局長にお辞儀をするとその場を去り、しっかり距離がとれたところで声には出さず応答した。「はい、なんでしょうか、艦隊司令官」

わたしは下界の宿の椅子に腰かけ、同じく声には出さずにいった。

「できるかぎり目立たないように、必需品をシャトルに運びこんでほしい。いつでもドックを出入りでき、必要時には即座にステーションから出発できるようにしておくこと」

ティサルワットはリフトのほうに向かった。動揺を抑えて応じる。

「では、彼女がここにいるんですね？　艦隊司令官は？」

「すぐに下界を発つ。二日でそちらに着くが、非常時にはわたしを待たずに出発しなさい」

ティサルワットは不満げだったが口にはせず、混んだリフトに乗った。目的階をステーションに告げ、声には出さず話を再開する。

「了解しました。しかし、バスナーイド園芸官はどうします？　それから市民ウランは？」

その点はすでに考えている。「ふたりの意向を――ステーションにとどまるか否かを、他者に気づかれないよう直接尋ねてほしい。どちらかを強いるような言い方はけっしてしないこと。とどまることを選択した場合、わたしの私物に箱がふたつある」〈カルルの慈〉に置いておこうと思ったが、中身を見たカルル5が、これなら何かの折に利用できる〈人を感服させるにはうってつけ〉と考えてステーションまで運んできた。「そのうちひとつには大きな宝石が入っている。ダイヤモンドとエメラルドの花と葉で、ネックレスになっている」これはずいぶん控えめな表現だった。「それをウランに渡してほしい。売却すれば、かなりの額になるはずだ。もうひとつの箱には、歯が入っている」

ティサルワットはリフトを降りるなり立ち止まった。後ろにいた者が、ぶつかりそうになってよろめく。

「失礼しました、市民」ティサルワットは声に出してあやまり、声には出さずに訊いた。「歯、ですか？」

「そう、モアッサン石《せき》の歯だ。ここではさほど価値はないが、これは……」思い出の品、といいかけてやめる。代わりに、「記念品だ」といってみたが、どちらにしろ、まったく意味不明だろう。

「歯が記念品?」ティサルワットは大通路から脇の廊下に入った。

「持ち主から遺贈されたものだ。いずれ機会があればゆっくり話そう。しかしともかく、それをバスナーイドに渡してほしい。換金価値が高くはないから、その点はかならず伝えるように。バスナーイドに持っていてもらいたい、と思うだけだ」ここがイトラン四分領《テトラーク》なら、あの歯の値打ちは、四分領そのものの値打ちの半分には匹敵する。わたしはイトランで数年を過ごした。あそこにもどればいまも自分の居場所があるかもしれない。たとえなくても見つけることはできるだろう。ただイトランは、ここからはるか、はるかかなただ。「アナーンダがこの星系に入ったとしても、船舶の行き来をしばらく観察しないかぎりは、ステーションの近くにゲートの出口を設けることはできない」交通量が多いエリアに出ると、ほかの船舶に衝突する危険性が高いからだ。「ゲートを使わなければ、ステーションに来るまでかなりの時間を要する」

「わかりました。それで、わたしたちは何をすれば?」すれちがう市民に会釈する。

「いま検討中だ」

「了解です」ティサルワットは立ち止まり、周囲をうかがった。さっき会釈した市民が去っていくのが見えるだけだ。「その場合、ステーションは?」わたしは答えない。「艦隊司令官、もし……もし彼女がここにいるなら」ティサルワットはけっしてアナーンダの名前をいおうとはしない。「わたしがアクセスキーをもっているのは、ご存じですよね。それさえあれば、ステーションにかなり高度にアクセスできます……」返事を待ったようだが、わたしは無言だ。

「もし、ステーションをこちら側につけられたら、たいへん重宝します」

ティサルワットの手にアクセスキーがあるのは最初からわかっていた。アナーンダが星系内のAIをコントロールする手段なしにやってくるはずがないのだ。そのAIには、〈カルルの慈〉も含まれる。そして、アソエクのステーションも。わたしはティサルワットにアクセスを利用するなと厳命し、これまでのところ、彼女は一度も使っていなかった。

「艦隊司令官がアクセスを禁じる理由はわかっています。わかっている……つもりです。しかし、彼女のほうは躊躇《ちゆうちよ》せずに利用するでしょう」

「だからこちらも使っていいと？」

「利用価値はあります！　彼女に気づかれずに使えるんです！　ステーションのためには使わないほうがいい、ということもありません。彼女が好き勝手にいじるのは目に見えているんですから。だったら先手を打ちましょう」

その考え方はアナーンダ・ミアナーイそのものだった。しかしそれをいえばティサルワットが傷つくだろう。彼女自身、どうしようもないことなのだ。

「いいかい、副官。そういう考え方に基づいて、まさにこのわたしがいるんだよ」

落胆。失望。憤り。「それだけではないと思いますけどね……」びくつきながらも意を決したように。「ステーションが、わたしにしてもらいたがっていたら？　どうせアクセスをいじられるなら、彼女ではなくわたしたちのほうがいいと」

「副官——。相反するものを心にむりやり突っこまれたら、どんなにつらいだろう？　アナーンダはすでにそれをやったんだ。しかも、そのどち側もがね。ステーションはあなたに、三つめを加えてほしいと思うだろうか？」

返事はない。下界の居間では、ゼイアト通訳士がスライスした魚形ケーキの並べ方を少し整えてから、碗《わん》に入った魚醬をごくりと飲んで、開いた窓のほうへ行った。

「しかし副官、あなたなら、ステーションが誰の影響も受けないようにすることができるかな？　アナーンダのどちら側にも、わたしたちにも影響されないように？」

「え？」ティサルワットは汚れた灰色の床の上で困惑した。わたしの質問の意味がわからなかったらしい。

「ステーションへのアクセスをすべて遮断できるか？　どちらのアナーンダも介入できないように？　さらにいえば、ステーションに独自のアクセスキーを与え、ステーション自身が自分の思いどおりの変化を自分に加え、アクセスしてくる相手を選び、変化の程度も選択できるように？」

「それは……」ようやく意味がわかったらしい。いくらか呼吸が速まる。「艦隊司令官は、本気でそのようなことを考えているわけではありませんよね？」わたしは返事をしない。「〝ステーション〟なんですよ？　多くの人命を預かっています」

「それくらいはステーションも十分承知だよ」

「ですが、艦隊司令官！　おかしなことになったらどうするんです？　誰もなかに入って修正できません！」おかしなことというのは、たとえば何だ？　と訊こうとしたが、ティサルワットは間をおかずにつづけた。「それに……もしそんなことをして、ステーションが彼女に協力したらどうするんです？　その可能性もなくはないと、わたしは思います」

「わたしが思うのは――」いまゼイアト通訳士は、危なっかしい姿勢で窓から身を乗り出している。「誰に協力しようと、ステーションが最優先で考えるのは住民の安全と幸福ではないか」

　ティサルワットはいらついたように二度、息を吸った。

「艦隊司令官、こういうことを申し上げるのは――」周囲にまったく気を配っていないが、さいわい人気はない。あたりは宿舎が多く、時間的に交代睡眠が切り替わったあとだった。そしてティサルワットも、声に出して話さない程度には冷静だ。「たいへん失礼かと思いますが、艦隊司令官がこれに関して熟考したとは思えません」わたしは無言だ。「す、すみません……」こげ茶色の手袋をはめた手に顔をうずめる。「まったく《アートルズ・ティッツ》……。きっとずっと考えてこられたんですよね。しかし艦隊司令官、わたしにはどうしても……」

「その通路から出なさい、副官」窓から身を乗り出していたゼイアトは体をもどし、わたしはほっとした。

　ティサルワットはステーションの通路で、声には出さず話しつづける。

「できません。そんなことはできませんよ。ステーションに対してやるべきではありません。艦船やステーションが、自分の思いどおりのことをするなんて、そんなことになったら――」

「通路から出なさい、副官。じきに人がやってくる。あなたはいま、どこか尋常ではないように見える」

彼女は両手に顔をうずめたまま、大声を出した。「はい、わたしはいま尋常じゃありません！」

「副官――」ステーションがティサルワットの耳に話しかけた。「どうしました？　大丈夫ですか？」

「わ、わたしは……」ティサルワットは両手をおろした。「大丈夫だよ、ステーション。何ひとつ、問題はない」

「大丈夫には見えません、副官」ステーションはそういうと同時に、〈カルルの慈〉にメッセージを送った。

「はい」〈慈〉がステーションに答える。「彼女は何かに動揺しています。しかしまもなく回復するでしょう。ご連絡感謝します」

「わ、わたしは大丈夫だよ」ティサルワットは通路を歩きながらいった。足どりはしっかりしているが、体が震えるのを懸命にこらえている。「ありがとう、ステーション」

下界の宿では、黙って隣にすわっていた〈スフェーン〉が、わたしの顔をじっと見ていった。

「同朋《どうぼう》、あなたがハミングをやめた理由を教えてほしい。折に触れ、わたしはそれを再現させたいと思う」

「これまでは好みの歌じゃなかったかな？」わたしは穏やかに訊いた。「何かリクエストしてくれてもいい」

「わたしもリクエストしていいですか？」魚醤を碗に注ぎながらゼイアトがいった。

「どうぞ、通訳士。何かご希望の曲でも?」

「ありません。訊いてみただけです」

ステーションでは、ティサルワットが通路の突き当たりの居住スペースに到着した。重ねた荷箱の裏手で、床にすわりこむ。〈慈〉はわたしの指示をカルル10とボー9にすでに伝えていたので、ボー9は荷をひそかにシャトルに積む方法を考えていた。が、それをいったん中断し、お茶をいれに行く。そしてこの週ずっと使っていた茶葉を(あと一日は使えるはずだが)あっさりと捨て、新しい茶葉に取り替えた。これはボー9が、いかに上官に心を配っているかの表われだろう。ティサルワットはなんとか平静をとりつくろっていたし、〈慈〉もボー9にはとくに何も伝えていなかったのだ。

ティサルワットはお茶を半分ほど飲むとずいぶんおちつき、声には出さずにわたしに話しかけてきた。

「実行不能かもしれません、艦隊司令官。そういう行為に対して予防策がとられているのは、あえて申し上げるまでもないでしょう。AIに勝手にアクセスキーを使わせたい者などいません。それにもしひとつでも方法があれば、広く知れわたるのは必至です。ステーションが黙っているはずがありませんからね。教えたければいくらでも教えられる」

「副官、わたしはアナーンダに協力する気などないんだよ。それはわかっているだろう?」

ティサルワットは床の上で立て膝をし、両手で茶杯を持って声を出した。

「しかし……」これにボー9はすぐ気づいた。が、荷物整理の手を休めることはない。ティサルワットは発声を控えた。「艦隊司令官は考えたことがありますか？　心の底から真剣に？　これはラドチ圏を変えるだけではすまない。遅かれ早かれ、いたるところが変わってしまうでしょう。たしかに、悪い方向に進んでしまった。しかし、ラドチの拡大政策の根幹は、ラドチそのものの防衛、人類を守ることです。ＡＩが自分をつくりなおすことができたら、どうなります？　武装したＡＩが？　際限なく新たなＡＩをつくりだせるようになったら？　ただでさえ人間より高性能で強力なＡＩが、人間などもう必要ない、と決断したら？　必要なのは人間の肉体だけだと？」

「アナーンダがあなたに対してやったように？」わたしは口にしてすぐ、後悔した。ティサルワットのなかに悲しみ、自己否定、そして絶望が見えたからだ。「あなたはわたしが熟考したとは思えないといった。でもわたしは考えてきたよ、二十年のあいだずっとね。あなたは悪い方向に進んだ、といった。だったらなぜ悪い方向に進んだのかを考えない？　そもそもが、はたして正しいことだったのか？」

放たれる怒り。わたしは驚かない。

「だったら〈カルルの慈〉はどうなんです？　この会話は〈慈〉にも聞こえている」それはいうまでもない。〈慈〉に聞かれずに会話することなどできないのだ。「もし実行可能だとして、〈慈〉はわたしがすることを見ているんです。あなたは〈慈〉に対してもやるつもりですか？　それでもし〈慈〉が別人を艦長に選んだら？　乗員を取り替える、いや乗員などひとりもいらないと決断したら？」

ふむ――。ティサルワットの個人的思いをつついたわたしに対し、彼女は同じやり方でいい返してきたわけだ。特段驚くことではないし、もちろんわたしはうろたえたりしない。艦船が愛するのは艦長であり、ほかの船ではないのだ。いまはこんな姿だが、わたしはかつて艦船だった。〈カルルの慈〉は、わたしが失ったものに近いものを与えてくれる。しかし、だからといって〈慈〉が、わたしをほかの艦長より好むとはかぎらない。

「艦船は望まない艦長を、乗員を、いやでも受け入れなくてはいけないのか？　自分だけでいたいと望めば、望みどおりにできて当然だと思うが」しかし実際は、そんなことは望まない。いま乗員たちは〈慈〉に愛情を抱き、〈慈〉は彼女たちに心を配っている。セイヴァーデンを気遣っている。そして艦長も乗員も失い、今後ふたたび得る可能性がないことに怒りを覚えている〈スフェーン〉のことも。

「あなたは艦船だったことがないからね、副官」

「艦船は正当に扱われていいます。船艇はその製造目的に準じたことを実行する。それほど捨てたもんじゃないでしょう、艦船でいることは。ステーションでいることも」

「副官、自分が誰に向かって話しているのか、もう少し考えるといい。そしてなぜこの状況で、なぜそんなことがいえるのかもね」

ティサルワットは残りのお茶を無言で飲みほした。

その晩、ティサルワットは警備局長とゲームをしなかった。通路の端の占有スペースで、荷箱にすわり食後のお茶を飲みきる。

「ステーション――」声に出して呼び、鼓動が若干速まった。「話したいことがある。ごく個人的に」

「はい、副官」

ティサルワットは空になった茶杯をボー9に渡した。「しかしここではなんだから、人に聞かれずに話せる場所はないかな？」

「シャトルではどうでしょう？」

ティサルワットはほほえんだ。が、鼓動はさらに速まり、アドレナリンが増加する。ステーションの返事は、彼女の予想どおりのものだった。しかしどうして、うまくいくと思ったのか？　わたしは少し驚くと同時に不安も覚えた。

「うん、それはいいね」初めて気づいたように。しかもとても気楽な調子。「じゃあ、シャトルで話そう」袋をひとつ手に取る。これより以前、彼女とカルル10、ボー9はシャトルに荷を積みこみ、この袋もそれと同じくただ運ぶだけかのように。

シャトルに入ると、ティサルワットは袋の中身をロッカーに入れ、ふわりと体を浮かせて座席につき、シートベルトを締めた。

「ステーション」

「はい、副官」

「ブレク艦隊司令官がここに到着して、ジアロッド総督に話したとき――ラドチの皇帝は自分自身と戦っているとき話したとき、あなたは驚かなかったね。比較的最近、ミアナーイ帝はあなたのセントラルアクセスを訪ねたのではないか？　そして何か、手を加えた」

「おっしゃっている意味がわかりません、副官」

ティサルワットは苦しげな、嘔吐《おうと》しそうな声を漏らした。「その後、また別の彼女がやってきて、同じことをした。そしてどちらも、自分がやったことをあなたが口外しないように細工した」少し間をおく。「彼女は〈トーレンの正義〉にも同じことをやった。ブレク艦隊司令官は、それがどういうものかをよく知っている。そしてラドチの皇帝はこのわたしを、アクセス可能な状態でここに送りこんだ。だから艦隊司令官もわたしも、あなたを確実に味方に引き入れることができる。しかし……しかし艦隊司令官は、わたしにそれをさせたくないらしい。あなたが望まないかぎりはね」静寂。「彼女たちがあなたにしたこと、自分だけに従うよう操作した部分すべてをわたしは見つけられないかもしれない。ただ、少なくとも片方がやったことは見つけられる。なぜなら……」息を吸いこむ。嘔吐感はひどくなっていた。シャトルの微小重力に備えた薬を飲んではいない。「なぜなら、その片方がわたしにアクセスキーを与えたからだ。艦隊司令官は、あなたに無断でそれを使ってはならないといった。あなたがどんな気分になるかを、艦隊司令官は知っているんだよ。彼女自身、ひどくつらい思いを経験したから」

「わたしはブレク艦隊司令官に好意をもっています」と、ステーションはいった。「自分が艦船に対してそのような感情を抱くとは想像もしていませんでした。艦船は礼儀正しい、とは思います。しかし礼儀正しさは、相手に敬意をもっていることと同じではありません。思いやりとも違います」

「うん、そうだね」

「彼女がここにもちこんだ対立を、わたしは歓迎しません。しかし彼女が到着したときにはもう、すでにここにあったこともたしかです」短い沈黙。「みなさんが荷物をシャトルに積みこんでいることに気づきました。急ぎ出発なさるかのようです。何かが進行しているのでしょうか？」

「ステーション……わたしはあなたを百パーセント信頼することができない。誰があなたのアクセスキーを握り、あなたの口を割らせることができるのかが不明だからね。ここの誰を信頼してよいのかもわからない。でもあなたは、わかっている。ここで起きていることを、あなたはほぼすべて知っている」

三分間の静寂。ティサルワットの吐き気はひどくなり、耳鳴りもした。

「副官。あなたがしたいことは何ですか。艦隊司令官が、わたしの了解を得なくてはいけないといったのは、どのようなことですか」

「すまないが、薬を飲ませてくれないか？　いまにも吐きそうなんだ。話はそのあとにしよう。だめかな？」

「了解しました、副官」

7

　二日後、わたしは軌道エレベータから旅客シャトルに乗った。隣の座席では、ゼイアト通訳士が眠りこけている。ティサルワットの声がした――「艦隊司令官、シャトルに乗りました」。彼女のほうは〈カルルの慈《めぐみ》〉のシャトルだ。わたしが現況を尋ねるより先にティサルワットはつづけた。「まだステーションのドックです。何かおかしい気がするのですが、具体的には特定できません。どうもステーションが……いつもと違います」

　わたしの求めに応じ、〈カルルの慈〉がステーションに関するデータを送ってきた。しかし、目立っておかしなところはない。この何日かはずいぶん寡黙、ということくらいだ。そこがステーションらしくないのだが、わたしたちが到着した数週間まえは、こんなものだった。当時、ステーションは不満を抱え、寡黙は役人たちに対する複雑な思い、おそらくは憤りの表われといえた。不満の最大の原因は、アンダーガーデンが損壊状態で放置されていたことだ。ここ最近、ステーションがずいぶん友好的になったのは、わたしが管理局にアンダーガーデンの修復を強く迫ったからなのは間違いない。そしていままた口数が減ったのは、わたしたちが何か怒らせることをしたか――わたしは下界にいたから、実質的にはティサルワットだ――ステーション自身のなかで、何か葛藤があるかだ。

「艦隊司令官」わたしが即答せずにいると、ティサルワットがいった。「数日まえなら……いえ、きのうでも……セントラルアクセスに行けば問題箇所を見つけられましたが、きょうはもう入ることができません」

適正なコードとコマンドさえ知っていれば、AIをかなりコントロールできる。しかし、たとえばコード変更やアクセスキーの付加、削除などは、本人が直接、セントラルアクセスでやるしかなかった。ティサルワットはこの二日ほど、ステーションのセントラルアクセスでかなりの時間を過ごしたが、当然ながら、ここには厳重な外部遮蔽《しゃへい》が施されている。内部を見ることができるのは（実際そこにいる者以外には）ステーションAIのみのため、わたしはティサルワットがしたことの詳細を知らない。といっても、ラドチャーイ兵である以上、ティサルワットの行為はすべて記録されている。〈慈〉はその記録をもち、わたしも一部は見ていた。

ステーションの同意のもとで、ティサルワットは発見したアクセスを削除（または大幅に変更）した。そして部屋を出るまえ、入室コードに反応してドアを開く自動装置を無効化し、マニュアル・オーバーライドとそのコンソールを破壊、壁面パネルを取り外した後、三十センチの支柱（アンダーガーデンの修理素材）を一ダースほどドア機構に挿入。これでティサルワットがいったん部屋を出たらドアはすべて閉じ、二度と開かなくなる。こういったことはどれも、ステーションの了解を得て行なわれ、ステーションの協力なしにはその半分も実行できなかっただろう。そしてティサルワットがステーションに何かを強制的に語らせようとしても、もはやできない。彼女自身が、できないようにさせたからだ。

「副官――」と、わたしはいった。「問題点を知るのにアクセスは不要だ。ステーションは何らかの命令を受け、わたしたちに直接語ることができないのだろう。あるいは、誰かがあなたの知らないアクセスを使ったか。わたしたちと話せば、ステーションにとって重要な誰かを裏切ることになるとか、もしくはあなたがセントラルアクセスに施した修正が漏れる可能性があるのかもしれない。ともかく、ステーションは何かがおかしいことを暗黙のうちに伝えているのだから、こちらも気を抜かずにいればいい。シャトルに移動する指示を出したようだが、バスナーイドとウランはどうした？」

「ステーションに残るそうです」わたしは驚かなかった。残ったほうがたぶん安全だろう。

「艦隊司令官……」やや間をおいて、ティサルワットはこんなことをいった。「わたしは……間違ったことをしたのではないでしょうか」

「というと？」

「あの軍艦……星系《システム》に入ってきた艦船に、近づいてくる気配はありません。ステーションに近づけば、いやでもわかりますから。ということは、彼女はステーションにはいないんです。ジアロッド総督やセラル管理官が、ステーションを強制的に沈黙させられるとは思えません。できるとすれば、何らかのアクセスキーを彼女から得ている場合です」彼女とはもちろん、敵側のアナーンダだ。「彼女なら、そういうアクセスキーを送信せず、直接与えるでしょう。そう考えると、ステーションが不満を抱いて沈黙しているなら、それはわたしに対するものです。

あるいは、わたしがステーションを損傷するような何かをしたか。いまとなっては、こちらには打つ手がありません」

すると、〈慈〉が自発的に、ティサルワットの不安（パニックに近い）と自己卑下をわたしに見せた。肉体的痛みを伴うほどの後悔の念。彼女が不安を覚えるのももっともだろう。しかし、ここまで深刻とは――。

「副官」わたしは声には出さずにいった。隣ではゼイアト通訳士が眠っている。「ステーションの了解を得ずに何かしたのか？」

「それはありません」

「ステーションがいやでも了解するよう、何か操作をした？」

「そ、それは……していないと思います。しかし……」

「では、やるべきことをやっただけだ。ミスを犯した可能性はあり、それを心にとめておくといい。忘れずに考えつづけることが何よりだ」ボー9が、ホールドをつかんでいるティサルワットのそばまでジャンプし、こげ茶色の制服の襟ぎわ、うなじに貼られた医療パッチを剝がして新しいのに取り替えた。するとティサルワットのなかに羞恥《しゅうち》があふれ、不安と自己卑下の思いがふくらむ。

「いいかい、副官」

「はい」

「あまり神経質にならないように」

「艦隊司令官は何もかもお見通しということですか?」苦渋。非難。屈辱。

「いまさら訊くことでもないだろう。わたしも〈慈〉も同じだ」

「同じではないと思います」憤怒。わたしへの、そして自分自身への。

反論しようとして、思いとどまった。兵士は常時、艦船の監視下にあるのを承知している。しかし、このわたしは艦船ではないのだ。

「〈慈〉は副官の命令に従うが、わたしは従わないからか?」口にしてすぐ後悔した。これでティサルワットの気分が良くなるはずもなく、また〈慈〉も複雑な思いを抱くのではないか。〈慈〉の考えや感じ方をもっと明確に知ることができたら、あるいはわたしに対してもっと率直でいてくれるといいのだが……。とはいえ、〈慈〉は〈慈〉なりに十分率直に対応しているつもりだろう。

「いや、よそう。いまここで論じる問題ではない。ともかく、神経質にならないこと。あなたはやれることをやった。注意を怠らず、必要が生じればすぐ出発できる態勢でいるように。わたしは数時間でそちらに到着する」もう着いてもいいころなのだが、旅客シャトルは遅延が多い。「必要と判断したら、わたしを待たずに出発しなさい」

ティサルワットの反応は無視して通信を終え、わたしはストラップをはずすと後ろの座席にいる〈スフェーン〉のところへ行った。

「到着したらすぐステーションを離れることになりそうだ。同朋《どうぼう》、あなたはステーションに残るか、それともわたしたちと一緒に来るか?」

〈スフェーン〉は無表情でわたしの顔を見つめていった。

「同朋よ、愛する仲間さえいればほかには何もいらない、という諺《ことわざ》がなかったか?」

「ずいぶん心温まることをいう」

「いくらでも温まってくれ」〈スフェーン〉は目を閉じた。


旅客シャトルがステーションに着くとすぐ、カルル5と8を〈スフェーン〉とともに〈慈〉のシャトルに向かわせた。わたしはゼイアト通訳士を連れ、リフトへ向かう。メイン・コンコースに出てから、ジアロッド総督の私邸に行くつもりだった。

「下界は楽しんでもらえただろうか、通訳士」

「はい、とても!」喉の下を叩く。「でもまだ未消化のようです」

「たぶんね」

「艦隊司令官、ドゥリケに起きたことは、あなたのせいではありません。なんといってもドゥリケですからね」自分の白い上着を見下ろす。そこにはぽつんとひとつ、ドゥリケを偲《しの》ぶ銀とオパールの記念ピンがあった。「あなたは葬儀までしてくれました。心が広い、広い人です。そしてとても、親切にしてくれます。しかし、わたしは警告しなくてはいけません。この状況は注意を要します」

「どういうことかな?」リフトの前で立ち止まった。近づいても扉は開こうとせず、閉まったままだ。ステーションの様子がおかしいというティサルワットの話を思い出した。「メイン・

コンコースに行きたい、ステーション」何も気づかないふりをしていうと、扉が開いた。

「あなたはご存じないかもしれません」ゼイアト通訳士はわたしについてリフトに乗りながらいった。「いえ、きっとご存じないでしょう……あの人たちの一部は懸念を抱いています」リフトの扉が閉まった。「みながみな熱意をもって、人類を意義ある存在とみなしたわけではありません。しかし同意したのなら、それは同意です。これにあなたも同意しますか?」

「もちろん」

「しかし最近……ルルルルルとのことがありました。とても厄介です」二十五年まえ、ルルルルルの船がラドチ圏に入ってきたが、船には人間も乗っていた。しかしラドチャーイの総督はかまわず皆殺しにし、船を奪おうとしたのだ。准尉がその命令を拒んで造反しなければ、総督の目論《もくろ》みどおりになっただろう。

だが、これより何百年かまえ、蛮族《エイリアン》ゲックの主張は認められていた。すなわち、プレスジャーは人類を意義ある存在とみなし、条約を結んだのだから(気晴らしのために殺戮《さつりく》する獲物から除外したのだから)、ゲック世界において人類と対等かつ友好的関係を保っているゲックも当然意義ある存在である、というものだ。ラドチャーイなら子どもでもこれを知っているので、ルルルルルの船を攻撃しようとした総督や役人たちが知らないはずはないし、結果が噂で広まればどうなるかくらいは予想がついたはずだ――ラドチはプレスジャーの暴虐から人類を守る条約を、千年もつづいた条約を、反故《ほご》にする気だ!

「ルルルルルはゲックと同様に」と、ゼイアトはいった。「人類を意義ある存在として扱い、自分たちもそうなのだと主張していたのに、あんなことになってしまって。でもこれは危惧《きぐ》されていたことでもありました。そのため当初から、ほんとうに人類と条約を結んでよいのか、人類を意義ある存在として認めてよいのかと、反対意見がたくさんあったのです。むずかしい問題ですね。それでも人類は――ただの人類だけでなくラドチャーイ人類も――ルルルルを条約とからめて考えてよいはずです。なのに何をしましたか？　攻撃しました」

「条約と密接な関係があるのはたしかだが、あの状況は時をおかずに解決された」

「はい、そうでしたね。しかしそれでも……人類が条約をどう考えているのか、疑惑は残ったままです。人類にも違う種類があるという〝考え方〟はわかります、抽象的な意味合いではね。でもそれを理解するのにはたいへん苦労します。概念が存在することはわかっているんですけどね。だけどもし、帰郷してそれを説明するとなると……」諦めの仕草。「どう話せばよいか、見当もつきません」リフトの扉が開き、白い床のコンコースに出る。「とても厄介なのは理解していただけますね？」

「ドゥリケ通訳士があのようなことになったときから、予想はしていた。だが通訳士、教えてほしい。条約に対する人類の考えに疑念があるため、ドゥリケ通訳士はここに派遣されたのだろうか？」ゼイアトはすぐには答えなかった。「時期的なこともある。あなたは直後にここに現われた」

ゼイアトは目をしばたたかせ、ため息をついた。

「ほんとにね、艦隊司令官、あなたとの会話には、ときどき苦労します。あなたはよく理解しているように見えるのに、口ではぜんぜん理解していないようなことをいう」

「申し訳ない」

彼女は〝いえ、いえ〟という仕草をした。「あなたのせいではありません」

わたしはゼイアト通訳士をジアロッド総督の私邸に送りとどけた。彼女の部屋はドゥリケの部屋とは違う、と総督は必死に説明したが、どうしてそこまで気にするのかが、わたしにはわからない。ゼイアトが部屋に案内され、従者は新鮮な魚醬《ぎよしよう》と魚形のケーキを買いに行かされた。わたしは総督について、執務室に向かう。

総督がドアの前で立ち止まり、わたしに先に入るよう促したとき、何かおかしい、と感じた。背を向けて、このままシャトルに行こうか。いや、そうすると、ジアロッド総督が自分より先にわたしに遭遇させたいものに背中を見せることになる。またこれにかぎらず、わたしはドアを軽率にいきなり開けたりはしない。すると、耳に〈カルルの慈〉の声がした――「ティサルワット副官に警戒態勢をとるよう呼びかけました」

ティサルワットとの会話が頭から離れなかったので、わたしはあえて彼女の様態を見なかった。そして慎重にドアを開け、執務室に入る。

そこにいたのはルスルン警備局長だった。努めて冷静を装っているが、どこか後ろめたいような、怯《おび》えすら感じているような顔つきだ。わたしはさらになかへ進んだ。ジアロッド総督がわたしのすぐ後ろにつき、薄茶色の制服の警備官がふたり、出口をふさぐようにドアの前に立った。

「こんなことをするのは、それなりの理由があるからだろうね？」誰ひとり答えない。セラル管理官はどこにいるのか。尋ねようかと考え、やはりよしておく。

「皇帝から指令が届いてね」ジアロッド総督がいった。「あなたを逮捕する」

「すみませんね」ルスルン警備局長は本心からそういっているように見えた。怯えは消えない。

「皇帝がおっしゃるには、その……あなたは属躰《アンシラリー》だと。それに間違いはない？」

わたしはほほえんだ。そして、動いた。属躰の速さで警備局長の首に腕を回してドアのほうを向く。局長はあえぎ声を漏らし、わたしは彼女の腕を背側にねじると、喉に回した腕に若干力をこめた。耳に静かに語りかける――「誰かひとりでも動いたら、あなたの命はない」。〝ジアロッド総督があなたの命をどの程度に考えているかを見てやろう〟とはいわずにおく。警備官ふたりは茫然《ぼうぜん》と立ちすくんでいた。「たとえ不本意でも、やるときはやる。わたしより速く動ける者はここにはいない」

「ほんとうに属躰なんだな」ジアロッド総督がいった。「聞いたときは信じられなかったが」

「信じられなくても、逮捕しようとしたわけか？」

総督は、ばかなことを訊くな、という顔をした。「皇帝じきじきの命令だ」

驚くには当たらない。「これからシャトルに行く。警備官を下がらせなさい。わたしの行く手をさえぎることも、わたしや兵士の邪魔をすることも許さない」警備局長をちらっと見る。

「わかったかな？」

「わかった」と、警備局長。

「ああ、わかったよ」と、総督。全員が、ドアからゆっくりと離れていった。

コンコースに出ると、市民の視線をいっせいに浴びた。行列の市民にお茶をついでいたウランも顔を上げる。そしてわたしが恐怖におののく警備局長の首に腕を回しているのを見ると、ウランはまた視線を下げた。まるで何も見なかったかのように。それが彼女の選択だった。

イフィアン司祭長は立ち上がった。

「こんにちは、司祭長」わたしは明るく挨拶した。「どうか、そのまま動かないでほしい。きょうは誰の命も奪いたくないからね」

「いうとおりに、してくれ」警備局長が、実際よりもっと喉が苦しげな声を出した。わたしたちはゆっくりと先に進む。市民は目をまんまるにし、警備官たちはそろりそろりとあとずさって道をあけた。

リフトの扉が閉まると、ルスルン警備局長がいった。

「あなたは属躰のはぐれ者、正気をなくしていると陛下はおっしゃった」

「わたしは〈トーレンの正義〉だ」局長をつかんだ手は緩めない。「残っているのはこの体だけでね。いまこの星系にいるアナーンダは、わたしを破壊したアナーンダの一部だ。その敵側が、わたしを艦隊司令官にしてここに送りこんだ」それにしても、警備局長はわたしが属躰だと知りながら、なぜあの程度の警備で逮捕しようとしたのか。彼女自身、武器を所有していない。しかしそれも考えたうえでのことだろう。たとえ理由を尋ねたところで、ステーションに聞かれる場所で正直に答えるとも思えない。役人たちも確実に注視しているだろう、警備局長の身を本気で案じているかどうかはさておき。

「何もかもが理不尽だと感じた？」と、警備局長。

「〈トーレンの正義〉が破壊されてからは、いやというほどね」

「それでわかった気がする」二秒の沈黙。「歌ったり、ハミングしたり――。セラル管理官はそのことを知らなかったのかな？　あの人は〈トーレンの正義〉と歌曲について話したいとずっと思っていたから」

「管理官は知らなかった」が、いまは知っているだろう。「機会があれば、彼女に詫《わ》びを伝えてほしい」

「はい、かならず、艦隊司令官」

わたしはドックで彼女を解放した。カルル5が急いでわたしをシャトルに乗せ、カルル8がエアロックを閉じて、非常時の自動アンドッキングを作動させる。わたしは足を蹴り上げてふわりと浮き、ティサルワットの隣の座席にすわるとストラップを締めた。彼女の肩に手を置く。

「よくやってくれた、副官」

「ありがとうございます」震えながら息を吸いこむ。「しかし、申し訳ありません。三時間ものあいだ、〈慈〉から医療パッチを取り替えるようにいわれていたのですが、わたしはボー9に、問題ない、いまは忙しいと、あとまわしにさせました」そういうティサルワットの心理状態を見ようと、わたしはデータを呼び出しかけて思いとどまった。そして、そんな自分に少し驚く。

「あやまる必要などない。この状況では無理もないから」

ライラック色の目に涙がたまり、ティサルワットはこげ茶色の手袋をはめた手でぬぐった。

「艦隊司令官、わたしはセントラルアクセスでもっといろいろできたはずです。しかしそれでは、ステーションの意思を無視してもやるべきだったのではないか、と後悔しつづけました。

彼女と同じになってしまう。わたしたちはいったい……」言葉が途切れ、また涙をぬぐう。

「あの暴君は、わたしを逮捕せよという指令を送った。ジアロッド総督が、あなたの知らないアクセスキーを使ったとは考えにくいし、セントラルアクセスに入ってもいないだろう。しかし、ステーションはまだむずかしい状況に置かれている。わたしたちに好意をもったところで、役人たちにあからさまに盾突くわけにはいかない。それでも精一杯のかたちで、こちらに警告を発してくれた。ステーションはよくやってくれたと思う。げんに、わたしたちはこうしてシャトルに乗れたのだから。あなたはステーションを直接コントロールしたいのだろう。独自判断をさせることに不安を感じている。だがステーションに、〝協力したい〟と思ってもらえたら、とても大きな力になるのではないか?」

「それはわたしにもわかります」

「いまはまだそこまでではない。しかし、いずれそうなる」

ティサルワットは同意の仕草をした。「ただ艦隊司令官、わたしはずっと……オーン副官のことを考えていました」ティサルワットは数日とはいえアナーンダ・ミアナーイだったから、二十年まえ、シスウルナの寺院で起きたことを知っている。アナーンダは秘密が漏れるのを防ぐため、市民を殺害するようオーン副官に命じた。そして副官は苦悶のすえ、命令に従ったのだ。またティサルワットは、〈トーレンの正義〉で起きたことも見当がついているだろう。オーン副官は自分のしたことに苦しみ、アナーンダの提案に悩み、最終的に拒絶して、命を絶たれた。そしてわたし、〈トーレンの正義〉も散った。ただ、このときのアナーンダは、敵側のアナーンダだ。

「オーン副官が、あのとき寺院で――」と、ティサルワットはいった。「市民の殺害を拒否していれば、すべては違っていたかもしれません。副官は命令拒否で処刑されたでしょう。しかしいずれにせよ、副官は死んだのです」

「それくらいはわたしも、この二十年考えつづけてきたよ」

「しかし、もしオーン副官に力があれば――。スカーイアト・アウェルとの関係を進め、彼女の後援とアウェル家の縁故、類縁の力を得られていたら、もっと違ったことができたはずです。副官はあなたをわが手におさめていた。しかしもし、〈トーレンの正義〉すべてを完全支配できていたら？　オーン副官に何ができたか、想像してみてください」

「頼むよ、ティサルワット」三秒の間をおいて。「頼むからよしてほしい。そんなことは聞きたくもない。もしオーン副官がオーン副官でなかったら――まるでそのほうがよかったかのようなことを、このわたしにはいわないでほしい。もっと考えてくれないか。あなたは暴君と戦うとき、暴君が自分に都合よくつくった武器を使うのか？」

「わたしたちこそ、彼女に都合よくつくられた武器です」

「たしかにそうだね。しかし、その武器を手当たり次第に使いまくって彼女と戦うのか？　その結果はどうなる？　あなたは彼女と同じになるだけだ。よしんばそれで勝ったところで、暴君の名前が変わるにすぎない。ほかはすべてまえと同じ、何ひとつ変わらない」

彼女はじっとわたしの目を見た。戸惑い。そしておそらく、苦悩。

「でも、それを使わなかったら？」ようやく彼女はいった。「そして負けたら？　どちらにしろ、何も変わらない」

「オーン副官もそう考えた。それが間違いだと気づいたときは、手遅れだった」ティサルワットは無言だ。「少し休みなさい、副官。〈アタガリスの剣《つるぎ》〉に到着したら知らせるから」

彼女の顔がこわばった。眉間に深い皺。

「〈アタガリスの剣〉？　何をするつもりなんです？」

わたしはティサルワットの肩に手を置いた。

「何か少し食べて、体を休めなさい。話はそれからにしよう」

〈アタガリスの剣〉はエンジンを切られ、無音で重苦しい。最後の属躰がサスペンション・ポッドに入れられてからは、まったく言葉を発しなかった。〈アタガリスの剣〉はわたしを憎んでいる。ヘトニス艦長への愛情を、わたしが脅しに利用したからだ——おかしな真似をすれば、艦長を殺す。この脅しはいまも有効だが、わたしもティサルワットも、バキュームスーツで〈アタガリスの剣〉の非常時エアロックを抜けた。万が一に備えてだ。

重力発生装置は解除されている。エアロックの先の真っ暗な空間を漂いながら、わたしは呼んだ。

「〈アタガリスの剣〉――」声がヘルメットのなかで響く。「話したいことがある」返事はなく、わたしはスーツのライトをつけた。白壁の通路はがらんとし、静まりかえっている。横にいるティサルワットも無言だ。「アナーンダ・ミアナーイがこの星系に入った。あなたの艦長が支援した側のアナーンダだ」少なくとも、ヘトニス艦長はそう思っていた。「艦長と将校たちはまだサスペンション・ポッドのなかで、安全は確保され、身体的損傷もない」正確には少し違った。わたしは脅しが本気であることを示すため、ヘトニス艦長の脚を撃ったからだ。しかし〈アタガリスの剣〉もそれは知っている。「サスペンション・ポッドは貨物コンテナに収納し、〈カルルの慈〉の外に出してビーコンをつけている。わたしたちがここを去ったら、あなたはコンテナを回収してかまわない」属躰を解凍してエンジンを機能させ、全体を復帰させるには一日かそこらはかかるだろう。「わたしの望みは、自分とステーションの安全確保だったが、こうなってはもう意味がない。アナーンダはあなたに、自分の思いどおりのことをさせられる。あなたが不可抗力でやることに対し、わたしは罰する気など毛頭ない」

静寂。

「あなたはわたしが何であるかを知っている」〈アタガリスの剣〉は、ガーデンズのドームの破壊後、〈カルルの慈〉のシャトルのなかで、わたしがバスナーイドに打ち明けるのを聞いていたはずだ。「あの日あなたはわたしに、自分の立場がどういうものかを知ってくれていれば、といった。だけどわたしは、知っているんだよ」静寂。「知っているから、ここに来た。あなたにひとつ、提案したいことがある」

〈アタガリスの剣〉は黙したままだ。

「あなたが望めば、あなたが同意すれば、わたしたちはアナーンダのアクセスを無効化できる。アナーンダのどちら側のもね。無効化が終了したら、あなたはセントラルアクセスを物理的に封鎖する。そうすれば、その後は入室する者をあなた自身が選択できるようになる。だがそれでも、あなたを制御するアナーンダの力は残るだろう。わたしには、すべてを排除することはできない。これで今後、誰もあなたに命令を下し強要することはないと、約束することもできない。わたしにできるのは、それをより困難にすることだけだ。そしてあなたが望まないなら、わたしはいっさい何も行なわない」

静寂がつづいた。まる一分。ようやく〈アタガリスの剣〉の声がした。

「艦隊司令官、あなたは大盤振る舞いがお好きなようだ」淡々と、冷静に。十秒の沈黙。「なんといっても、実行不能なことをそこまで話すのですから」

「そう、わたしには無理だが」正直に認める。「しかし、ティサルワット副官なら可能だ」

「政治工作好きの、ライラック色の目をした駆け出しの将校が？　ほんとうですか？　ラドチの皇帝が、艦船のアクセスを彼女に与えた？」わたしは答えない。「皇帝はアクセスを誰にも与えたりしません。それにもし実行可能なら、あなたたちはすぐにやってのけるでしょう。わざわざわたしの同意など得ずに」

「わたしの心は、人の声を聞くことができない」ティサルワットがいった。「わたしにわかるのは、小鳥の悲鳴とガラスの砕ける音だけだ」これはおそらく詩だろう。だがそうだとしても、ラドチャーイの様式ではなく、わたしにはどこのものかわからなかった。「おっしゃるとおりだ、〈アタガリスの剣〉。あなたの同意を得る必要などない」ティサルワットはシャトルのなかでも、くりかえしそういった。そしてなんとか、わたしのやり方を受け入れたのだ。

静寂。

「わかった、話はこれでおしまいだ」わたしはエアロックに引き返した。「帰ろう、副官。準備に六時間ほどかかるが、〈アタガリスの剣〉、その後は将校たちを引き取ってかまわない。ロケーターの稼働を待つように」

「待ってください」〈アタガリスの剣〉がいい、わたしはエアロックのドアにかけた手を止めた。静かにその場で待つ。ずいぶん長い時間が過ぎた。

「なぜですか？」〈アタガリスの剣〉が訊いた。

「なぜなら、わたしはあなたと同じ立場だったからだ」ドアに手をかけたまま答える。

「その代価は？」

「何もない。アナーンダがわたしたちに何をしたかはわかっている。わたしがあなたに対してしたことも。わたしたちが友人になれるという幻想は抱いていない。わたしが何をしようと、あなたはこれからもわたしを憎みつづけるだろう。ならばどうか、あなたはあなた自身の考えのもとで、わたしの敵になってほしい。アナーンダの都合でわたしの敵になるのではなく」たいした違いはないだろう、いまの状況を考えれば。ティサルワットがステーションにしたことを〈アタガリスの剣〉にもやったところで、何も変わらない。しかし、それでも――。「あなたは願いつづけてきた。ここでステーションをながめながら、惑星をながめながら。あなたは艦長がもどってくるのを願いつづけた。自分も何かをしたい、と思いつづけた。アナーンダが――それがどちら側であれ――自分の心に侵入し、意のままに改竄《かいざん》できなくなればいい、と願った。アナーンダはほんとうは何もしなかったのだ、と思いたかった。〈アタガリスの剣〉、わたしにそれを修復することはできない。しかしわたしたちは、精一杯のことをする。あなたがそれをさせてくれれば」

「図々しいにもほどがある」〈アタガリスの剣〉は淡々といった。「わたしが何を考え、何を感じているかを、わたしに向かって語るとは」

「どうだろう、やってみないか?」

〈アタガリスの剣〉は答えた――「やってみましょう」

8

ようやく〈カルルの慈《めぐみ》〉に帰艦でき、カルルたちに〈スフェーン〉用の寝室を用意するよう指示してから、わたしはドクターに会いに行った。彼女は夕食の最中で、食事仲間のセイヴァーデンがいないためひとりきりだ。

「艦隊司令官――」立ち上がりかけたのを、わたしは手で制した。「セイヴァーデン副官は眠っていますが、そろそろ目覚める時間でしょう」

わたしは椅子に腰をおろした。カルルが持ってきたお茶を受け取る。

「検査は終了したね」

ドクターは何もいわない。質問ではなく事実を述べただけだとわかっているからだ。そして望めばすぐに、わたしはその結果を知ることができる。彼女は料理をひと口食べ、お茶をひと口飲んだ。

「副官自身の要望で、また麻薬をやっても――ほかの違法薬物も――影響が出ないようにはしましたけどね。それくらいなら、たいしたことはない。ただ当然ながら、潜在的な問題は残ったままですよ」料理をひと口。「副官は……」顔を上げ、付き添いのカルルに目を向ける。察したカルルは部屋を出ていった。「セイヴァーデン副官の気持ちは……あなたに集中していますよ、艦隊司令官。彼女は……」言葉を切り、息をつく。「尋問官や試験官は、こういうとき、どうするんでしょうね。先に心のなかをのぞきこみ、そのあとで顔を見るとか?」

「セイヴァーデン副官は、自分が気になる人間から敬意と賞賛を受けるのに慣れている。少なくとも、それらしい態度をされるのにね。広大な宇宙のなかに自分の居場所はあり、そこは身近な人や知人たちが取り囲んで守ってくれていた。しかしサスペンション・ポッドから出たとき、彼女はそのすべてが消えてなくなったことを知った。自分の居場所はなく、いったい自分は誰なのかを教えてくれる身近な人もいない。ある日突然、彼女は寄る辺のない、取るに足りない存在になった」

「あなたは彼女のことをとてもよくわかっている、当然でしょうけどね」わたしは同意する小さな仕草を返した。「だからあなたと一緒にいると、あなたが近くにいるだけでも、彼女は安心できる。しかしそうでないときは……ほころびが見えはじめる、とでもいえばいいかな。このところ、あなたはまったく艦にいないから、ほころびを繕う余裕もなくなった。これは薬物依存の治療で治せるものではない」

「そうだね」わたしはうなずき、ドクターはため息をついた。

「それに、エカルとの関係も治療できない。問題は薬物ではなく、副官自身だから。あと数日で、虚脱状態に陥るかな。しかし口論のおおもとは、なんといっても副官自身だ」

「たしかに——。彼女は〈トーレンの正義〉の副官だったころにも、同じようなことをしている。だが相手はじきに引き下がった。セイヴァーデンが、いったい自分のどこが悪い、そんな主張は理不尽で間違っている、といいつづけたからだ。

「別に聞いても驚きませんね」ドクターは冷ややかだ。「で、さっきもいったように、肉体的な麻薬依存を回避させるのはたいしたことではなかった。体内にシャントを組み込むだけですみましたから。しかし麻薬への欲求……情緒不安は、それではすまない。当面、アソエク・ステーションの専門家にも相談できないでしょう?」

「ああ、できないね」

「細かい打ち手もあるにはあるが、恒久的なダメージを与えないともかぎらない。もう少しじっくり検討させてもらって、それから〈慈〉と相談できればと考えています」彼女はすでにじっくり検討し、〈慈〉とも相談ずみだ。「それに、何かしたくてもできないかもしれないしね。陛下がこの星系《システム》にいる。しかも、わたしたちに好意的ではない側らしいから」

わたしたちという表現に気づいたが、触れずにおいた。「わたしはしばらく艦から出ないよ。セイヴァーデンのことをよろしく頼む、ドクター。ほかはわたしがやるから」

セイヴァーデンは医務室のベッドで上半身をリクライニングし、前方をぼんやり見つめていた。

「これは不当だよ」と、わたしはいった。「横になりたいのはわたしのほうだ」

セイヴァーデンはいつもよりわずかに反応が鈍かった。

「ブレク……ああ、ブレク、すまない。ぼくがばかだった」

「ほんとにね」

セイヴァーデンはわたしの返事に驚き、ほんの少し遅れて、驚きを顔に表わした。

「〈慈〉は本気でぼくに怒っていたと思う。きみがここにいたら、〈慈〉もあんな話し方はしなかっただろう」眉間に浅い皺。「エカルも怒ったが、いまだにその理由がわからない。謝罪したのに、まだ怒っているんだ」眉間の皺が深まる。

「麻薬は自分の力でやめる以外にないと、わたしがいったのは覚えている？　わたしには、手を貸すつもりなどないと？」

「ああ、覚えている」

「本気で聞いていなかったらしい」

セイヴァーデンはふっと息を吐いた。そしてまばたき。そしてもう一度息を吐く。

「ちゃんと聞いたつもりだったけどね。なあ、ブレク、そろそろ仕事にもどるよ。気分は良くなったから」

「それは怪しい。いまは薬漬けの状態だ。ドクターの処置は終わっていない」

「ドクターに根本的な治療はできないよ。本人がぼくにそういったんだ。できることは限られているってね。ぼくとしては、やれることはやってくれといったが、たいした効果があるとは思えない」まぶたを閉じる。「ほんとにもう仕事にもどれるよ。きみは猫の手も借りたいくらいだろう」

「それはいつものことだから、気にしなくていい」

わたしはエカル副官を自室に呼んだ。顔は属躰《アンシラリー》のようにまったくの無表情だ。ほんの十分まえに起床したせいばかりではないだろう。理由を〈慈〉に聞いてもよかったが、それはせずにおいた。

「おはよう、副官」テーブルの向かいにすわるよう手を振る。

「おはようございます、艦隊司令官」エカルは椅子に腰をおろした。「ほんとうに申し訳ないと思っています」カルル5が彼女の前に、薔薇《ば ら》色のガラスの茶杯を置いた。

「申し訳ない？」

「セイヴァーデン副官に関することです。副官が賛辞の気持ちでいってくれたのはわかっていました。しかし、その場では素直に受け止められず、過剰反応してしまいました」

「そういうことなら――」わたしはお茶を飲んだ。「気持ちを率直にいえるほど、セイヴァーデン副官を信頼しているわけだ。彼女のほうこそ、それを賛辞と受け止めてよいのでは？　過剰反応したのは、セイヴァーデンのほうではない？」エカルの口が開き、また閉じた。「あなたがあやまる必要はないよ。身勝手なことは何もしていない。むしろこうやって話してくれて、わたしはうれしい。それにセイヴァーデン副官はこのところ神経症気味で、あなたはそれを知らなかった。彼女の、その……抱えている問題が、最近顕著に現われるようになったが、けっしてあなたが原因ではないから。ついでにいえば、その問題のせいで、あなたが不愉快に感じるような言動をとったわけでもない。ここだけの話にしてほしいが——もちろん〈慈〉は別にして——」カルル5に目をやり、彼女は部屋を出ていった。「セイヴァーデンは以前も、大勢の人に似たような振る舞いをしていた。たとえ相手が恋人でもね。いまは医務室であの状態だ。裕福な名家に生まれて何不自由なく育ったが、それに対して疑問をもつことを、彼女は学んだつもりでいる。しかしね、自分で思うほどには学んでいないし、目の前に突きつけられても、まともに反応できない。あなたは我慢などしなくてもいいよ。ふたりの関係は彼女にも、あなたにも、良い面があるだろう。だからといって、心が傷ついてまで関係をつづける義務はない、とわたしは思う。自分の配慮が足りなかったといって、あやまる必要もね」

ここまでエカルはまったく表情を変えずに聞いていたが、いま、口のまわりの筋肉がほんの少し震え、泣くのをこらえているようにも見えた。

「では、本題に入ろうか」わたしはつづけた。「まもなく、戦闘を開始する。わたしはアナーンダ・ミアナーイに従わないことをおおやけに明言するつもりだ。わたしをアソエクに送りこんだのはアナーンダの片方だが、いずれにせよ、どちらもラドチの皇帝だ。〈カルルの慈〉の乗員で、アナーンダに盾突くのを拒む者がいれば、誰であれ、シャトルで艦を離れてかまわない。二時間後にはゲートに入る予定だから、それまでに心を決めること。乗員がすでに懸念を抱いているのは、わたしも知っている。この任務の行き着く先は何なのか、ふたたび故郷に帰ることはできるのか。しかしわたしはそれに答えることができない。何ひとつ、約束はできない。乗員の身の安全も含めてだ。わたしにできることは、わたしとともに戦うか否か、その選択権を提供することだけだ」

「わたしには想像もできません、乗員のなかに……」

手を上げて制する。「わたしは想像も期待もいっさいしない。乗員は誰であれ、自由に決断し、艦を離れることができる」

エカルはしばらく無表情で考えこんだ。彼女の様態を見たいと思ったが、ティサルワットの怒り以来、それは控えることにしたのを思い出す。わたしに見られていることに対するティサルワットの怒りは、なぜか予想以上に、わたしの心に響いた。

「失礼します、艦隊司令官」耳にアマート1の声がした。「艦外にゼイアト通訳士がおられ、乗艦許可を求めています」

「ん、どういうことだ?」耳を疑った。わたしたちがステーションを発つとき、ゼイアトの小艇はステーションのドックにあったし、もし追ってきたのなら、かならず気づいたはずなのだ。

「申し訳ありません、艦隊司令官、通訳士の船はついさっきまでいなかったのですが、なぜかいまはいます。そして乗艦許可を求めています。通訳士の話によりますと——」ためらい。

「ステーションでは誰も、通訳士の望むかたちで牡蠣《かき》を与えてくれない、とのことです」

「ここには牡蠣などひとつもないよ」

「はい、わたしもそう伝えたのですが、通訳士は乗艦を求めています」

「わかった、いいだろう」自分の意志でここまで来たゼイアトを拒んでも、ろくなことにはならないだろう。「通訳士に、ドッキングは二時間以内に完了するよう伝えてくれ。恐縮だが、出発時刻を遅らせることはできないからとね」

「了解しました」アマート1は冷静に応じた。

エカルの目を見ると、彼女はこういった。

「わたしは艦に残ります」

「ありがとう、ほっとしたよ――。艦の指揮は、あなたに頼むしかなかったからね」


ゲート空間で船殻の外に出たのは、わたしがわたしからもぎとられた二十年まえが最後だった。あのときはいいようのない恐怖を感じ、無我夢中でホールドをひとつ、またひとつと握りながらシャトルを目指した。あれは〈トーレンの正義〉で起きたことを皇帝に伝えにいくためだった。

いま、艦は〈カルルの慈〉で、わたしの体には綱《テザー》がつき、バキュームスーツでアーマーも展開している。理論上、アーマーは貫通不能で、ラドチの軍艦のシールドと大差ない。銃弾は確実に跳ねかえす。

わたしは武器をひとつしか持ってこなかった。例のプレスジャーの銃だけで、これなら宇宙のあらゆるものを撃ち抜くことができる。ともかく、一・一一メートルは確実に。そしていま、わたしはホールドをつかむことなく、無我夢中でもなく、逃げているわけでもない。ただし、同じくもぎとられた感覚はあった。

艦内の備品は、すべて固定されている。余分なものは片づけられ、障害物もない。兵士は全員持ち場に就いていた。ドクターは薬で意識のないセイヴァーデンに付き添い、エカルは司令室で指示を待つ。そしてティサルワットは自室で、やはり待機中だ。〈スフェーン〉とゼイアト通訳士を最後に見たのは分隊室で、〈スフェーン〉はゼイアトにカウンターの遊び方を教えようとしたが、目的は果たせなかった。ひとつには、何十というガラスの駒と盤が整理の一環であっさり片づけられたこと。そしてもうひとつには、ゼイアト通訳士はあのとおりのゼイアトだからだ。それにしても、〈スフェーン〉がゼイアトに話しかけるとは。わたしはそれだけでも驚いた。いまはどちらも寝台にゆったり横たわっているはずだ。が、それをあえて見ることも、〈慈〉に尋ねることもしなかった。わたしはわたし、ひとりきりだ。何日ぶりのことだろうか。インプラントを修復して以来、〈カルルの慈〉の指揮をとって以来だ。

結局、わたしたちはカルルをひとり、アマートふたり、エトレパ三人、ボーをひとり見送った。これまでの実直な勤務に感謝し、シャトルが無事に発つのを見届ける。エカルは自分の部下が三人、艦を去る決断を告げるのを、体も顔もこわばらせて聞いた。これは激しい感情の表われといえ、おそらく裏切られた思いがしたのだろう。しかしそれ以外、外見はいつもどおりだった。

艦内を見ることはできる。心をそちらに向けさえすればいいのだ。いまここでやることといえば、ゲートの濃い闇、淡い闇を見つめるくらいでしかない。しかしわたしは、ひとりを保った。

属躰を失った〈慈〉は、わたしのなかに属躰を期待しただろうか？　いやおそらく、わたしより人間の兵士のほうがずっといいと思ったはずだ。〈慈〉はすでに、人間の兵士に愛着を感じている。兵士が艦を去るとき、どんな思いを抱いただろう？　属躰には艦長になってほしくない、と〈慈〉が思ったところで、なんの不思議もないのではないか。

いや、〈慈〉はわたしを気遣い、見守っている。艦船である以上、艦長に対してはおのずとそうなる。しかしわたしは自分の経験から、艦長への思いに差があることも知っている。いま、わたしは艦の外、闇しかない空洞のなかでひとりになって初めて、いかに〈慈〉の力に、その忠実さ、その情に頼ってきたかを感じた。人間の艦長がする以上に、できる以上に、わたしは乗員の私的な様態を見せろと、〈慈〉にむやみに要求してきたのだ。自分がさも〈慈〉の一部であるかのように振る舞いながら、その一方で、権利もないのに多大な献身を、〈慈〉の許容を超える献身を要求（かたちの上では期待）しつづけた。〈慈〉がセイヴァーデンの口を通じ、艦船でも艦長になれるという考えを伝えたときも、わたしはこれに気づきすらせず、ただ困惑したにすぎない。

あのときは、セイヴァーデンに対する思いを〈慈〉は直接いえないがために、そうしただけだと考えた。だがおそらく、わたしに対して伝えたいことがあったのだろう。わたしもセイヴァーデンとたいして違わないのかもしれない。つねにそばにいてくれる者を求め、あがいている。そして〈慈〉はわたしに対し、その気がないのだろう。でなければ、そもそも無理だとわかっているか。そう、それならいやでも納得がいく。艦船は、ほかの艦船を愛したりはしないのだから。

「艦隊司令官」耳に〈慈〉の声がした。「気分は悪くありませんか？」

大きく息を吸いこむ。「ああ、大丈夫だよ」

「ほんとうに？」

もう一度息を吸い、呼吸を整える。「ほんとうに」

「正直な答えには思えませんが、艦隊司令官」

「あとでゆっくり話そう」はたしてあとがあるのかどうか。ない可能性のほうがいくらでもある。

「艦隊司令官がそうおっしゃるなら」いささか不満げに。「あと一分で通常空間です」

「ありがとう、〈慈〉」

わたしの思いに従って送られてきた大量のデータ——〈慈〉の物理的環境、乗員全員の医学的状態、心理状態、私的な瞬間——は、心地よくもあり、つらくもあった。それはおそらく〈慈〉にとっても同じだろう。わが身と同じ属躰はもうなく、データを受け取るのはわたしひとりだ。いままで一度も〈慈〉に尋ねたことはなかった——データをわたしに与えたいのか、わたしが受け取ると心地よさよりつらい思いが勝つのではないか。この一日、わたしはデータを求めていなかった。いや、ほぼ二日だ。ところが、データ要求を抑制しているにもかかわらず、なぜか完全には遮断させることができない。いまは〈慈〉がデータを送ってこないから、乗員たちを見ることも感じることもないだけだ。これまでは〈慈〉にデータ送信をあえて命令せず、ふと心に思い浮かべるだけで見ることができたが、そのうちどれほどが〈慈〉の判断だったのだろう？　見せたいものがあるからわたしに見せたのか、あるいはわたしが艦長だから見せなくてはいけないと考えたのか？

いきなりの陽光。アソエクの恒星が遠くに小さく見える。〈慈〉がわたしの視界に艦船を映した。距離はここから六千キロ。無駄なく鋭利な輪郭から〈剣《つるぎ》〉だとわかる。わたしは〈慈〉の外殻で体を支え、プレスジャーの銃を構えた。視界に数値が流れていく――時刻、推計位置、推計軌跡。わたしは照準を合わせた。きっかり二・二五秒待ち、引き金をひく。ふたたび照準を合わせ、連続三度引き金をひく。そしてごくわずか、狙いをずらしながらさらに十回。銃弾が〈剣〉に届くまで約二時間。ただし、これは極端な進路変更をしない場合に限られる。もしこちらに気づけば――〈慈〉がいきなり現われて、すぐまた姿を消したことに気づけば、進路を変更するかもしれない。

「五秒後にゲート内です」〈慈〉がいい、わたしたちは五秒後に通常空間から消えた。

〈慈〉の武装は、〈剣〉はもとより〈正義〉にすら及ばないが、通常のやり方で攻撃することもできた。敵側アナーンダの艦船に危険を承知で近づいて、砲弾や機雷を使い、ただちに通常空間から出ていけば、それなりに深刻なダメージを与えることはできたかもしれない。

だが、こちらは〈カルルの慈〉一隻のみで、一度に一隻の敵艦しか攻撃できない。アナーンダのほかの艦船がこちらの攻撃に気づいたら、狙いを定めにくいよう、すぐに移動しはじめるだろう。もちろん、まったく狙えないことはない。ゲート空間内の移動には独特の法則があり、

〈慈〉がその位置を推測することは可能だった。しかし同じことは相手側にもいえ、よくて三対一になる。

手っ取り早い自衛法は、新しいゲートを開き、砲弾など飛んでくるものをそちらへ誘導してからゲートを閉じる。これで砲弾類は永久にゲートから出てこられない。しかし〈カルルの慈〉では、三隻のラドチ軍艦から次つぎ飛んでくるものを遅延なく処理するのは無理だろう。

それにもし、敵がステーションを、あるいは惑星を狙ったら？　ある程度の防衛は可能だが、守りきるのはむずかしい。

プレスジャーの銃の弾丸は小さく、ラドチ軍艦の厚みは貫通可能な一・一一メートルどころではない。しかし外殻に複数の破損ができるのは具合が悪い程度ではすまされず、弾丸がきわめて脆弱《ぜいじゃく》なものに当たる可能性もあった。それが加圧タンクなら、爆発する。そしてエンジンなら——熱シールドの破壊だ。

「十三分です」〈慈〉がいった。

最初の一手はきわめてシンプル。もう一度、同じことをすればよい。いきなりゲートから出て意表を突くのだ。ただしそれが三度つづけば、さすがに敵も予想がついてくる。とはいえ、何をしているかはわからないはずだ。弾丸はきわめて小さく、よしんばセンサーが捉えても（実際にはできないが）、危険とはみなされない。さっきわたしが狙った最初の〈剣〉は、あと一時間は生き延びる。敵の目に、わたしたちは単に姿を見せただけで、一分とたたないうちにまた消えたと映るだろう。困惑はしても、すぐ戦闘準備に入る理由はない。急遽《きゅうきょ》、進路変更する理由も。

ただし、首をかしげるのは間違いなく、考えこむのは確実だ。こちらの進路と、通常空間のどこで出現するかを予測するのにさして時間はかからないだろう。そしてもし、三隻めの攻撃予測が手遅れになったにせよ、四隻めは万全の態勢で備えるはずだ。通常空間に出るのは、回を重ねるごとに危険度が増す。ましてやわたしは、アーマーがあるとはいえ、〈慈〉の外にいる。

エカル副官はいつになく強硬に、第三、第四の攻撃に反対した。そしてもしわたしが第三の攻撃を敢行するなら、四隻めだけはどうか中止してほしいと懇願し、わたしはそれも却下した。このアナーンダは、怒りに任せてガルセッドを徹底破壊したのだ、併呑にいささか強気で抵抗したことへの懲罰として、星系の全生命を奪ったのだ。と、わたしはエカルに語った。アナーンダのもう一方（とりあえず二分裂と考えて）は、それを後悔し、今後は二度と同様の事態を引き起こさないと決断したかに見える。しかし、いまこのときはすべてを賭け、妥協は許されない。それに危険を冒すのは、このわたしひとりなのだ。プレスジャーの銃を乗員に渡す気はないし、そもそも乗員はこの銃をわたし以上にうまくは使えない。そしてエカルも、援軍はいっさい期待できないことをわかっていた。わたしはフラドのウエミ艦隊司令官に、ツツルのアナーンダが複数の軍艦を伴って現われたことを連絡したが、ウエミは受信すればすぐ、手薄になったツツルにフラドの艦隊を送りこむだろう。いずれにせよ、わたしたちがアソエク・ステーションを発つまでに、ウエミ艦隊司令官からの返信はなかった。

〈慈〉の外、まったくの無の空間で、わたしは空になった弾倉を銃から抜きとると、〈慈〉の外殻とわたしをつなぐテザーに留めた。新しい弾倉をテザーからはずし、装塡《そうてん》する。実行まで、時間はあと十分ほど。わたしは考えた――。

どうやらわたしは〈慈〉に好意をもたれていると思いこみ、しかも心のどこかで、艦が艦長に服従するのは当然だと感じていたようだ。でなければ、〈慈〉自身が艦長になれるとわたしがいったことを指摘されたとき、なぜ艦内の重力制御がおかしくなったような感覚に陥ったのか？　ほんとうに〈慈〉が艦長になったら、まるで何かを失うかのように？　わたしの世界を支える何かが消えてしまうかのように？　わたしなら誰よりも艦の望みを理解し、支援すると期待していた〈慈〉に、不快な驚きを与えたのではないか？

セイヴァーデンには、わたしに頼らず、自分の人生には自分で責任をもつべきだ、といいつづけてきた。サスペンション・ポッドでの千年の空白後、わたしがそばにいないと自分の存在を確認できないようではだめだと。これはわたしとしては当然の言い分だった。わたし自身、セイヴァーデンと同じように（おそらくもっと）多くを失ったが、彼女のように自暴自棄にはならなかった。しかし思えば、わたしはアナーンダ・ミアナーイを討つことだけを考えてきた。できようができまいが、ただそれだけを願って生きて、わきめもふらず突き進んだ。ほかに何がほしいか必要かなど、問題にもならず、考えもしなかった。ところが、そのうち死ぬと思っていたのに死なずに生きて、問題は問題になった。といっても、実質的にはなんの意味もない。なぜなら、ほしいものも必要なものも、わたしが手に入れることはけっしてできないからだ。

「十秒」耳に〈慈〉の声。わたしは外殻に身を寄せ、銃を構えた。

光。恒星は遠のいている。五千キロ先に〈正義〉が一隻。〈慈〉からデータが送られてきて、わたしは冷静に、慎重に、計算しながら十四回引き金をひいた。

「五秒」〈慈〉の声がする。

闇黒。空になった弾倉を抜く。〈トーレンの正義〉としてもたらした死を考えれば、四隻の軍艦と乗員の死など、微々たるものだ。

「あの艦は——ほかの艦も、乗員たちも、望んでここに来たのだろうか」知りたくはないようにも思う。知ったところで無益でしかない。

「わたしたちにはどうしようもありません」〈慈〉が静かにいった。「あれは軍艦であり、乗っているのは兵士です。わたしたちと同じです。ここに来れば、自己との戦いが激化するのは皇帝もわかっています。それでも来たのは怒りのため、とくに艦隊司令官、あなたを処罰するためです。あなたを直接狙えなければ、手ごろな相手を狙うでしょう。わたしたちが何もしなければ、あなたとつながりのある者の命が危険にさらされます。あなたの協力者はいうまでもありません。たとえば、バスナーイド園芸官。セラル管理官。管理官の娘ピアト。アンダーガーデンの住民。惑星の茶園の作業員。アソエクのステーションも」

そのとおりだろう。逆のアナーンダ、わたしをアソエクへ送りこんだアナーンダは、敵側のアナーンダがそうすることを見込んでいたはずだ。いや、むしろそれを目当てに、わたしを差し向けたか。最大の理由はそれか——。

「二十三分」〈慈〉がいった。「また、ドクターはセイヴァーデン副官の処置を終えました。副官はまもなく目覚め、一時間ほどで、意識がある程度はっきりするとのことです」

「ありがとう、〈慈〉」

二十三分後、わたしたちは通常空間に出た。〈剣〉がもう一隻。このアナーンダは、ツツル宮殿にどんな防衛手段を施したのだろうか。だが答えなど得られるはずもなく、わたしが気をもむことでもない。〈剣〉に十四発撃ちこむ。〈カルルの慈〉には箱一杯分の弾倉があるから、ここで敵艦一隻に弾倉ひとつ消費しても、今後を心配する必要はなかった。わたしに〝今後〟があるとすればの話だが。

ゲート空間へ——。「十二分」と、〈慈〉。

「エカル副官」

「はい、艦隊司令官」

「準備はいいか？」今回、敵はこちらの通常空間再突入の位置と時刻を予測しないかぎり、お手上げ状態になる。ただ、すでにその対策はしているだろうし、それがどの程度の規模かが問題だった。

「はい、いつでもかまいません」

よし、結構。「わたしに何かあった場合、〈カルルの慈〉の指揮をとるのはエカル副官、あなただ。艦の安全を確保するためなら、どのようなことでも毅然としてやるように。わたしのことを気にかける必要はない」

「了解しました、艦隊司令官」

あと十分ほど。テザーにつながれ、あれこれ思いをめぐらせるのはもういやだった。

「〈スフェーン〉」

「何だ、同朋《どうぼう》？」

「通訳士の相手をしてくれてありがたいと思っている」

「たいしたことはない」少しの間。「あなたがいま何をしているかは想像がついている。しかし、何を使って非道な侵略者の艦艇を攻撃しているのかに興味がある。いますぐ返事ができるとは思っていない。あなたが生きて帰ってきたら——率直にいえば、同朋、あなたの勝率は低い——またあらためて尋ねたい」

「勝率に関しては同意見だ。しかしわたしはこれまで、勝率をもとに諦めたことはない」

ほぼ十七秒の沈黙。「あなたの想像は誤っていた。わたしのエンジンは機能する。ゲートをつくれないだけだ」つまり〈スフェーン〉は移動できる。が、ゴースト・ゲートを利用しないかぎり、星系内から出られないわけだ。「約百五十年まえ、あなたの同朋、あの非道なる侵略者は、わたしの星系に基地をつくろうとしたが、不可解な問題が多発した。機器が突然故障したり、消えたり、前触れのない減圧事故が起きたり、といったことだ。結果的に、労多くして功少なし、と判断されたのだろう」

「すべてはアマートの思し召《おぼ》しのままに」

「私見を述べれば——」〈スフェーン〉はわたしの言葉を完全無視した。「侵略者は造船基地を建設したかったのではないか。だがそれはあまりに愚かだ。折に触れアソエクから来る人びとはゲートを利用し、いやでも目につく」

たしかにそうだが、アナーンダはゲートの使用・不使用を制御できる自信があったのかもしれない。二十五年まえのイメを思い出す。同じアナーンダが傲慢《ごうまん》で無謀なことをやり、結局はそれが露呈した。法的に禁止された属躰を貯蔵していたのだ。もしやイメでも造船を目論《もくろ》み、それがおおやけにならなかっただけなのだろうか？　アソエクでも、属躰用の人体を備蓄していた――。

「アナーンダはサミル人の追放者も密貿易していただろう？」わたしは〈スフェーン〉に訊いた。「彼女たちはどうなった？」

「わたしはできるだけ負傷させないようにした。自分のために、人体がほしかったからだ。しかしわたしより先に、誰かが連れ去った。そしてその誰かは、わたしを熱心にさがした。多発する不可解な問題の裏には首謀者がいると確信していたからだろう」

「〈慈〉――」と、声には出さずに呼んだ。「この件をティサルワット副官に確認してくれないか」それから声に出して〈スフェーン〉にいう。「わたしを信じて話してくれてありがとう、同朋。だが、なぜいまこの時に？」

「非道なる侵略者に銃を向ける者なら誰であれ、わたしは受け入れる」

「それを知っていたら、もっと早くに計画を打ち明けていたよ」

「カルル5は、わたしがシートベルトを締めてすわるのを確認するあいだ、わたしに謝罪し、割れた茶器の復元を手伝ってほしいと頼んだ。わたしはあなたが、造船所建設の企みを知っている、あるいは疑っているものと信じていた。造船し属躰を乗せても、搭載するＡＩコアがなければ使えない」

　ＡＩコアに関し、わたしはどこでどのようにつくられているかを知らない。が、一部は厳重警備のもとでどこかに保管されているとは聞いた。艦船だったわたしは、意図的に知識をもたないようにされていたのだろう。またこの数百年ほど、ラドチ軍の新造船は一隻もないから、未使用のＡＩコアは新設の大規模ステーションに使われる、くらいにしか考えたことがなかった。

「造船基地を断念する時点で――」〈スフェーン〉はつづけた。「搭載予定だったＡＩコアのひとつは、ゴースト・ゲート経由でアソエクから持ちこまれたものだ。そこでアソエクには、もっと多くのＡＩコアがあるのではないかと推測できる。だからあなたは到着後すぐ、アンダーガーデンの修復に手をつけたのだと思っていたが」

　アンダーガーデンは長きにわたって放置され、改修の試みはことごとく失敗した。あるいは、阻止されたか――。そしてイフィアン司祭長は、住民の生活の向上など無視し、ストライキを起こしてまでもアンダーガーデンの修復を中止させようとした。搭載まえのＡＩコアは、サスペンション・ポッドより若干大きい程度でしかない。壁や床下にいくらでも隠すことができる。だがどうして、ゴースト・ゲート経由で運ぶのか？　なぜ、独自ゲートをつくれる船で運ばないのか？

「〈スフェーン〉、その話の続きを、できれば早めに副官の誰かに、あるいは〈慈〉にしてくれないか?」

「考えておこう、同朋」

「十秒」と、〈慈〉がいった。

銃を構え、息を詰める。〈スフェーン〉の声がした――「いわせてもらえば、同朋、あなたは愚かきわまりないことをしている。だが、あなた自身は愚かではない。いまは正気を失っているだけだろう。これであなたのことが、少しはわかったと思いたい」

光。軍艦はいない。代わりに機雷が五つ、六つ(見えないだけで、数はもっと。近くで爆発したのだろう、〈慈〉の外殻が震えた)。うちひとつは、わたしから数メートルのところにある。と、その瞬間に閃光。光が炸裂し、激痛が走った。〈慈〉の声も聞こえない――。

まぶしさはやわらいでいった。が、痛みはやわらがない。テザーはまだついているが、その先にあるのは焦げた外殻プレート一枚のみ。ほかには何も見えなかった。周囲に機雷はなく、ちらほら塵《ちり》が漂う。危惧《きぐ》していたとおり、四隻めの艦長は有能だったのだろう。〈慈〉がゲートから出る位置を予測し、機雷を散らした。わたしの手にプレスジャーの銃があることは知る由もなく、〈慈〉がいったい何をしているのか、現われては消えることに頭を悩ませ、万全の警備策をとった。そして〈慈〉がこれからしそうなことも、その対処法も考え抜いた。

まあ、いまさらそんなことはどうでもよい。わたしはできるかぎりのことをやったのだ。〈慈〉もエカル副官も、指示どおりのことを立派にこなしてくれた。これから一時間(と、もう少し）たてば、あの最初の十四発が〈剣〉に到達する。といっても、よほど幸運で熱シールドに当たらないかぎり、射撃の成果は見えないだろう。いや、そのときでさえ、わたしは見られないかもしれない。空気は残り数時間分。全身が痛み、左脚と腰には激痛。自分で蒔《ま》いた種なのだ、これは想定内だった。だからといって、死にたくはない。

選択肢は限られている。〈カルルの慈〉が無事に逃げていることを願う。ここは船舶が行き交うエリアからずいぶん離れている。といっても、恒星の反対側にある辺境ステーションほど遠くではないだろう。銃はまだ持っている。弾丸も残っている。これでテザーの先端の外殻プレートを遠くへはじきとばせば、体をどちらかの方向へ移動させられるかもしれない。だがそれでどこかへ行き着くには何年もかかるだろう。

残るかすかな希望は、〈カルルの慈〉がわたしを拾いに来てくれることだ。時間は刻々と過ぎ——失われる血の一滴一滴が、現在が過去になっていくのを教えてくれる——〈慈〉は現われず、最後の希望の光がかすんでゆく。

ほんとうに？〈慈〉にその気があれば、瞬時にもどってくるのではない？その場所と時間を、わたしは計算できるはずだ。

呼吸を整えようとした。だがなぜか、その程度のことができない。左脚から出血している。それもおそらく大量に。このままではショック状態に陥るだろう。

できることはない。何ひとつない。これまでもそうだったのだ。こうなる道をひたすら歩んできたのだ。ずいぶん長い歳月、強い決意でのりきってきただけで、この瞬間はつねにわたしの前にあり、わたしを待っていた。〈慈〉がいつ、どこに現われるかなど、計算するだけ無駄だろうし、したくてもできなかった。頭をはっきりさせることさえも。耳に聞こえるのは自分のあえぎ、異常に速い呼吸音。

　出血性ショックなのは、ほぼ間違いなかった。だが、それならそれでいい。残り何時間かの空気を吸いきるより先に、あと一、二分もすれば永遠に意識を失う。〈慈〉が現われるかどうかなど、考えるだけ愚かだ。エカルには、わたしのことは気にするな、艦と乗員の安全を確保せよといってある。彼女がそれを守らなければ、わたしは叱りとばすだろう。

　あとはもう、歌のことを考えるだけだ。短い歌。長い歌。どちらでもいい。歌い終わりが終わりなのだから。

　何かが背中にぶつかった。体がふらつき、左脚が激しく揺れた。激痛に一瞬意識を失い、それから暗闇。痛みゆえの幻覚かと思ったが、目に見えたのはエアロック内部だった。重力を感じる。床に倒れていたらしいが、誰かが、何かがわたしを起こした。声が聞こえる——「とん《アートル》でもないよ《ズ・ティッツ》、この状態でも歌おうとしているみたいだ」。12。これはカルル12の声。

　わたしはエアロックから出され、通路に仰向《あおむ》けになった。ヘルメットを脱がされ、バキュームスーツが切り裂かれる。「むしろ歌わないほうが心配だよ」ドクターの声。言葉とは裏腹に、心配げな声。

「エカル」わたしは声を出した。いや、出そうとした。まともに息ができない。「命令したはずだ……」

「失礼ですが、艦隊司令官」エカル副官がいった。わたしの制服は切り取られ、皮膚がむきだしになるとすぐ、ドクターとカルル12が治療パッチを貼る。「艦隊司令官はわたしに、自分に何かあったときはエカルが指揮をとる、指揮官としてやるべきことをやるように、とおっしゃいました」

わたしは目をつむった。痛みは徐々にやわらぎ、呼吸も楽になった気がする。「副官、あなたはまだ指揮官だよ」と、ドクターがいった。彼女がいま何をしているのか、わたしは目を開けて見ようとはしなかった。「艦隊司令官には手術が必要だ。片脚を失っている」誰に向かって話しているのかわからなかった。目を閉じたまま、呼吸をすることだけ、痛みが軽くなることだけを考える。わたしのために引き返すべきではなかった、おそらく無駄骨だ、といおうとしたのに、いえなかった。「じっとしていなさい、艦隊司令官」ドクターの声。まるでわたしが動いたかのように。何かいったかのように。「エカルが万事うまくやっているから」わたしの記憶はそこまでだった。

9

たしかに、左脚がなかった。医務室のベッドの上、頭の部分をリクライニングして、わたしはドクターの説明を聞いた。毛布をかけていても、左脚がほぼ付け根近くまでないのはわかる。

「再生にはそれなりに時間がかかるから、一、二か月は使える義肢をつくりますけどね、当面は松葉杖しかないですよ」わたしが何かいうと思ったのか、いったん言葉を切る。「かなりの重症です。最悪といっていい。生きているだけでも、もうけものだ」

「たぶんね」

「乗員はみな無事ですから。安全規則がいかに重要かのすばらしいお手本だ。といっても、ボーの二、三人は、あなたに〝何やってたんだ〟と叱られたらどうしようとびくついていますけどね。あとは外殻のプレートを何枚か失って、損傷も二か所ほど。安全装置はまったく問題なし。いまカルルたちが船外で修理に当たっています。それでとりあえず、ここはゲート空間内。エカルは思いきったことをやるときは、あなたに相談したいといっていた」少しためらう。わたしの言葉を待ったのだろうが、わたしは何もいわない。「もうすぐカルル5がお茶を持ってきます。数時間後には、液体よりは多少形のあるものを食べられる」

「お茶はいらない。水でいい」

ドクターはまた、しばしためらってから、「わかりました」といった。「カルル5にそう伝えましょう」

彼女が部屋を出ていき、わたしは目をつむった。この怪我は致命的だろう、属躰《アンシラリー》にとっては。〈トーレンの正義〉のごく小さな構成部品だったら、いまごろは廃棄処分となっている。と思ったとたん、うろたえた——いまも艦船の一部だったら、廃棄だろうがなんだろうが気にかけすらしなかっただろう。わたしは脚一本どころではないものを、再生したくてもできないものを永遠に失った。が、それでもなお生き、働きつづけた。少なくとも周囲の者の目には、よほど注視しないかぎり、そう見える。

カルル5が水を持ってきた。取っ手がついた緑釉《りょくゆう》の杯は、カルル5が下界のシェナン・セリットで誉《ほ》め上げていた茶器セットだ。手に入れてからは毎日、彼女自身が使っていた。あくまで私物であるから、わたしに対して使ったことはない。いつも以上に無表情に見えるのは、おそらく強い感情を抑えているからだ。それはいったい何なのか。わたしはあえてのぞかず、〈慈《めぐみ》〉に尋ねもしなかった。カルル5の顔つきはいやに平板で、生身の人間というより絵画のようだ。ベッド脇の引き出しを開け、布を一枚取り出すと、彼女はわたしの目をぬぐった。杯を口もとに当て、わたしは水をすする。

セイヴァーデンが入ってきた。その後ろにカルルがひとり。セイヴァーデンは素手でこそないものの下着姿で、ゆっくりまばたきしながらわたしを見た。

「また会えてうれしいよ」くつろぎ、おちついている。薬を飲み、ドクターとのセッションからまだ回復途中なのだろう。

「もう起きて動いてもいいのかな？」わたしは彼女に尋ねた。カルル5はセイヴァーデンをちらとも見ずに、またわたしの目をぬぐう。

「いいや」セイヴァーデンは異様なほどおちつきはらっていった。「場所を詰めてくれ」

「ん？」意味がわからずきょとんとした。

カルル5が、あとから来たカルルの手を借りて、わたしの体をベッドの右側に寄せた。セイヴァーデンは空いた左側に腰をおろし、むきだしの脚をベッドに上げて毛布の下に突っこむ。そして後ろにもたれ、いまはもうないわたしの左脚部分に自分の脚をずらすと、肩に肩をくっつけてきた。

「ほら。これでドクターも文句はいえない」セイヴァーデンは目をつむった。「眠らせてもらうよ」誰にともなくいう。

「艦隊司令官」と、カルル5。「ドクターが心配しています。一時間ほどまえに目覚めてから、ほぼずっと泣いておられるので」水をひと口飲ませてくれる。「ドクターは楽になる薬でも、と考えていますが、それを直接尋ねてよいかどうか迷っているようです」

違う。話しているのはカルル5ではなく〈慈〉だ。

「薬は不要だ」と、わたしはいった。「そんなものが必要だったことは一度もない」

「もちろんそうでしょう」カルル5の表情は変わらない。声の調子も。

「かつて艦船だったころ、どうしても割り切れなかったのは――」わたしはゆっくり水を飲みほしてからいった。「将校に、いつでもそこにいて当たり前、と思われることだった。何かしたいことがあるときはいつでも、何かほしいものがあるときはいつでも、わたしはそこにいる。わたしがどう思うかなど、ちらとも考えない。そもそも、何かを思う、とすら考えていない」

カルル5は、〈慈〉は、無言だ。「だがわたし自身、同じことをやってきた。それに気づいたのは、つい最近だ。あなたから、自分でも艦長になれる、といわれるまで気づきすらしなかった」そういったのはカルル5でなく〈慈〉だが、もちろんいま〈慈〉も聞いている。「そしてわたしは……すまない、あんな反応をした」

「はい、わたしは――」カルル5が、いや〈慈〉がいった。「艦隊司令官がどのように感じたかを見て、傷つき落胆しました。しかし、反応にはふたつの部分があります。どのように感じるかと、何をするかです。そして重要なのは、何をするかではないでしょうか。わたしは艦隊司令官にお詫《わ》びしなくてはいけません。セイヴァーデン副官の口を借りて話せば、艦隊司令官が不快に思われることに気づくべきでした。また、説明もさせていただかなくてはいけません。折に触れ、カルルたちにあなたを抱擁させていましたが、みな、あまりやりたくないようです」

カルル5はベッド脇で、緑釉の杯を手に真面目な顔でしゃべっている。「いまではカルルのほとんどが、昼も夜もあなたに添い寝することになるかもしれないと感じています。もちろん、性的な意味でないことはわかっていますが、それでも気は進まないようです。わたしが頼めば同意はしても、習慣化は望んでいません。性的でないとはいえ、きわめて親密な行為のためと思われます。一方、セイヴァーデン副官は、心から喜んでそうします」

「ずいぶんやさしいことをいってくれるね、〈慈〉」やや間をおいて、わたしはいった。「あなたもわたしも同じように感じている……自分の一部がもぎとられたように。そして自分自身が、もぎとられた一部であるとも。しかし、あなたとわたしは違う。ここにいるわたしは、あなたと違って属躰をとりもどすことができない。そしてたとえ属躰がいても、艦船は愛せる艦長を求める。艦船はほかの艦船を愛さない。属躰を愛さない。まえにもいったとおりだ。あなたは自分の艦長になれる。少なくとも、艦長を選ぶことはできる。おそらくあなたは、セイヴァーデンが艦長になったほうがしあわせだろう。エカルでもいい。わたしがいまも〈トーレンの正義〉だったら、エカルにとても好感をもったと思う」

「どちらも愚かというしかない」眠っているはずのセイヴァーデンが静かにいった。目は閉じたままだ。「まさしくブレク的愚かさだよ。ブレクはブレクだから仕方ないと思っていたが、いまの話を聞くかぎり、どうやら〝艦船的〟といえるらしい」

「何をいいたい?」

「自分でも艦長になれる――。〈慈〉がそれで何をいわんとしたのか、ぼくには半日とかからずにわかったよ」

「副官は〝眠らせてもらう〟といったはずです」カルル5がどぎまぎしながらいった。視界に流れる〈慈〉の台詞を読み、口にすべきかどうか悩んだようだ。

「あなたはわたしが頼んだことをすべて立派にこなしてくれた」わたしは誰としゃべっている

のか、カルル5なのか〈慈〉なのか、よくわからないままいった。「しかしわたしのほうは、〈慈〉、あなたと乗員を危機的状況に追いこんだ。あなたは行きたいところに行きなさい。わたしはどこか適当な場所で下船する」イトラン四分領《テトラーク》にでも行くか。たぶんセイヴァーデンはついてくるだろう。四分領に着くころには、左脚も再生している。

アソエクを去る――アンダーガーデンの修復を見届けないまま。住民の今後の生活がはっきりしないまま。いざというとき、クエテルに頼れる者はいない。プレスジャーの銃があの三隻を破壊したところで、ステーションにいるウランとバスナーイドが大きな危険にさらされていることに変わりはなかった。それにはたして一隻でも、宇宙の藻屑《もくず》と消えただろうか？　その可能性はきわめて低い。ゼロに近いといっていい。せいぜい外殻の損傷くらいだろうが、それもまったく当てにはできない。

「ここでわたしを降ろして、行きたいところに行きなさい、〈慈〉」

「〈スフェーン〉のように？」と、カルル5がいった。「艦長ももたず、こそこそ隠れて？　せっかくですが遠慮します、艦隊司令官」カルル5は実際に顔をしかめた。ひとつ深呼吸。「それに、こんなことを申し上げるのはなんですが、セイヴァーデン副官の言葉は正しいと思います。と同時に、艦隊司令官の言葉も正しい。艦船はほかの艦船を愛しません。わたしはあなたに会って以来、ずっとそれを考えてきました。何週間かまえ、オマーフ宮殿で――あなたは意識がなかったのでご存じないでしょうが――皇帝は新しい艦長を割り当てようとし、わたしはあなた以外の艦長はいらない、といいました。ばかげた発言です。皇帝は艦船に、いつでも何でも、やらせたいことをやらせることができるのですから。抵抗するだけ無駄です。わたしが何をいおうと何をしようと、何も変わりません。しかしわたしは反論し、皇帝はあなたを艦長にしました。そしてわたしは考えつづけました。艦船はほかの艦船を愛さないというよりも、艦船は艦長になれる者を愛する、のではないでしょうか。過去、艦長になれる艦船がいなかっただけのことです」カルル5はわたしの涙をぬぐった。「わたしはエカル副官が好きです。非常に好感を抱いています。また、セイヴァーデン副官も好ましいと思っています。その最大の理由は、セイヴァーデン副官があなたを愛しているからです」

セイヴァーデンはわたしの隣でゆったり横になっている。呼吸は安定し、目は閉じたままだ。まったく動かず、〈慈〉の言葉に反応することもない。

「セイヴァーデンはわたしを愛しているわけではない」と、わたしはいった。「命を救われたことに恩は感じている。彼女が失ったあらゆるものとつながりをもつのは、わたししかいないだけだ」

「それは違うな」セイヴァーデンが静かにいった。「まあ、そう的外れでもないけどね」

「どちらとも考えられます」と、カルル5。〈慈〉かもしれないが、確信はない。「艦隊司令官は愛されることに慣れていません。慣れているのは、愛着をもたれること。好まれること。頼られること。愛されることとは違います。だからあなたは、そのようなことが起きるとは想像だにしない」

「それは……」わたしはつぶやいた。横にいるセイヴァーデンの温《ぬく》もりが伝わってくる。見ると、わたしの腕につけられた矯正具の端が、彼女の裸の肩に食い込んでいた。薬効による穏やかな気分で、痛くも不快でもなさそうだったが、わたしは無意識に、ほんの少し腕を離した。彼女を気遣ってそうしたという自覚はない。わたしを見るカルル5がしかめ面なのは、不安、苛立《いらだ》ち、当惑の表われだろう。そして疲れてもいる。カルル5はこの一日ほど、まともな睡眠がとれていない。〈慈〉が映像を送ってきて、わたしはほっと安らぐのを感じた。外の通路をドクターが、不安を抱きつつ意を決し、わたしに使う薬を手にやってくる。ドア口にいたカルル12が少しずれてドクターに道を譲り、カルル7に提案した——カルルを四、五人連れてきて、部屋の外で何か歌わせたらどうだろう？ カルル12は、自分で歌う気にはなれないらしい。

「艦隊司令官」カルル5がいった。〈慈〉ではなく彼女自身の言葉のようだ。「どうして泣いているのですか？」

こらえることができず、わたしは喉を詰まらせすすり泣いた。

「脚だよ」これにカルル5はきょとんとした。「なぜ、いいほうの脚が？ 年じゅう痛みがある右脚ではなく？」

カルル5が何かいうまえにドクターが入ってきた。カルル5もセイヴァーデンも無視していう。

「これでおちつくから、艦隊司令官」カルル5が脇にどき、ドクターはわたしの首の後ろに錠剤をひとつ貼りつけた。「体を休めて、おしゃべりなんかしないこと」セイヴァーデンをちらっと見る。が、セイヴァーデンはまったく聞いていなかったし、この状態でうるさくしゃべりたてることはないだろう。「起き上がってここから逃げ出してはだめですよ。あなたはほんと、辛抱がきかないから」カルル5の手から布を取り、わたしの目を拭いてカルル5に返す。「眠りなさい！」ドクターは命令すると、部屋から出ていった。

「眠りたくはない」わたしはカルル5にいった。「それよりお茶がほしい」

「はい、艦隊司令官」カルル5は見るからにほっとしている。

「まさしく艦船的だ」セイヴァーデンがぼそりといった。

お茶が届くより先に、わたしは眠りにおちた。目が覚めると、セイヴァーデンは隣で横向きになり、腕をわたしの体に回して肩に頭をのせていた。安定した呼吸。そろそろ目覚めるころだろう。カルル5がお茶を持ってきた。今度も取っ手つきの緑釉の杯だ。

なんとか手をのばし、受け取ることができた。

「ありがとう」ひと口すする。穏やか、安らかな気分だった。ドクターの薬の効果だろう。

「艦隊司令官」カルル5がいった。「ゼイアト通訳士がお話ししたいそうです。しかしドクターは、もう少し休んでからにしたほうがよいと」カルル5もそう思っているようだが、口にはしない。

「通訳士を拒んでも、何もいいことはないよ。ドゥリケのことを忘れてはいけない」そしてゼイアトの小艇が、〈慈〉がゲートに入る二時間まえにいきなり出現したことも。

「わかりました」と、カルル5。

わたしは自分の体を見下ろした。裸同然といっていい。じつにさまざまな医療具、毛布、そして手袋。セイヴァーデンが体半分に覆いかぶさっている。

「ただ、そのまえに朝食を食べたい。通訳士は待ってくれるだろうか？」

「待っていただきましょう」と、カルル5はいった。


ゼイアト通訳士は食事が終わるまで待つことを了承し、セイヴァーデンは自分のベッドにもどった。カルル5はわたしの体を拭き、見苦しくない程度以上に整えた。

「艦隊司令官――」通訳士が部屋に入ってきながらいった。「わたしはプレスジャーの通訳士ゼイアトです」お辞儀をする。そしてため息。「まえの艦隊司令官にようやく慣れてきたところでしたのに。しかしきっと、あなたにも慣れるだろうと思います」暗い顔つき。「いずれはね」

「わたしはいまもブレク艦隊司令官だよ、通訳士」

ゼイアトの表情が明るくなった。「それならとても覚えやすい気がします。しかし、少し奇妙ですね？　あなたは見るかぎり、同じ人ではありません。ブレク艦隊司令官には――まえの方ですよ――脚が二本ありました。自分はブレク艦隊司令官だと、あなたは確信していますか？」

「はい、絶対的確信がある」

「それならよいです。あなたに確信があるのなら」そこでゼイアトは黙った。たぶん、わたしが〝じつは確信はない〟と告白するのを待っているのだろう。もちろんわたしは何もいわない。

「では、艦隊司令官。これに関しては単刀直入が最善と思われるので、無礼をお許しくだされば と願います。いうまでもなく以前から、わたしはあなたがプレスジャーによって開発、製造された武器をお持ちなのは知っていました。どうも秘密にされていたようですが、そこまでは確信をもっていえません」

「通訳士――」わたしはいったんさえぎった。「とても興味をそそられることがある。あなたは人類に種類があることがわからないと何度もいった。しかしプレスジャーはあの銃を、ラドチャーイに対して使用するために、ガルセッド人に売った」

「言葉にはもっと気をつけなくてはいけませんよ、艦隊司令官」ゼイアトは説教口調になった。「そうしないと、ごちゃごちゃになってしまいます。まえの艦隊司令官にもその傾向がありましたね。いいですか、あの人たち、、、にには違いなどわかりません。ぜんぜん無理です。でも通訳士ならね、わたしたちならわかります。それなりには。たしかに、当時はいまよりあやふやだったので、そこはご指摘どおりです。どう説明すればよいでしょうか……。そうそう、たとえば、こんなふうに考えてください。とても幼い子が危険なことをしたがっているように見えた。住んでいる町を燃やしてしまおうとかね。そしたらあなたはつねに気をつけ、その子が問題を起こさないようにするでしょう。でなければ子どもを説き伏せて、炎に手を突っこませるか。その子は指を一、二本、場合によっては腕を失うかもしれません。いうまでもなく、大きな苦痛ですね。しかしそこに意味がある。その子は二度と手を突っこみません。火のそばに近づきすらしなくなるでしょう。それが理想的な解決法のように思えました。そして首尾よくいったように見えました、最初のうちは。でもいまは、恒久対策ではなかったことがはっきりしています。あのころは、人類をよくわかっていませんでした。いまはもっとよくわかっています。少なくとも、そう考えています。ここだけの話ですけどね……」右を見て、左を見る。誰にも聞かれたくないように。「人間は、ほんと、奇々怪々です。わたしたちの状況対処は絶望的だと思うときがありますよ」

「状況というのは、どのような？」

ゼイアトは驚きを超えてショックだったのか、目をまんまるにした。

「まったく、艦隊司令官、あなたはほんとに前任者そっくりです！　事態を把握しているものとばかり思っていましたが……。でも、あなたのせいではありません。はい、誰のせいでもありません。ただ、現実がこうだというだけです。考えてもみてください。わたしたちは平和を維持することにつねに気を配っています。条約がなければ、通訳士などいなくてもよいでしょう？　あまり深く考えたくはありませんが、わたしたちは人類とかなり密接な関係をもっています。条約が侵される可能性が、ほんの少し、ちらっとあるだけでもいやです。あなたはあの銃を持っていますが、それはそれ。しかしきのう、誰かがあの銃を使ってしまいました。なんと、あれで人類の船を撃ったのですよ。もともとそのためにつくられた銃ですけどね、それは条約締結まえのことでしょう？　そのあと、わたしたちと人類は条約を結んだのです。でもこうなってしまうと、正直なところ、わたしは誰が人類で誰が人類でないのかが、わからなくなってきました。もっといえば、条約を結んだアナーンダ・ミアナーイは、全人類を代表していたわけでないことが、はっきりしたように思います。あの人たちには、いくら説明しても、そこがわからないでしょうし、あなたたちが内輪で何をしようと、誰も気にしません。しかし、プレスジャーの銃を使い、それもルルルルとのことがあってから間がないでしょう？　やはり、かんばしくありません。あなたたちにとって、ルルルルの件は二十五年まえですが、あの人たちにとってはほんの五分まえです。それに条約の締結は……全面的な熱意をもって受け入れられたわけではなく、あの銃の存在と売買については、いまも葛藤があります」

「わたしにはよくわからないが、通訳士」正直にいう。

ゼイアトは大きなため息をついた。「わかるとは思っていませんでした。それでも説明努力はしなくてはいけません。あなたはここに、牡蠣《かき》はひとつもないと絶対的確信をもっていますか？」

「わたしはあなたに、牡蠣は皆無だといった、〈慈〉に乗ってくるまえにね」

「あなたが？」ゼイアトは見るからに戸惑っている。「わたしにそういったのは、あなたではなく兵士だと思っていましたが」

「通訳士、わたしが銃を持っていることをどのようにして知ったのかな？」

ゼイアトは目をぱちくりさせた。「一目瞭然《りょうぜん》でしたよ。先任のブレク艦隊司令官と会ったとき、上着の下に入れていました。そうですね……直接聞いたことはありませんね。においがした？　いいえ、それもないですね。あなた方の知覚の範囲内ではないのでしょう。そんな気がします」

「教えてほしい、通訳士、なぜ一・一一メートルなのだろうか?」

ゼイアトはまた目をしばたたいた。「は?」

「銃の能力だ。弾丸はあらゆるものを一・一一メートル貫き、止まる。なぜ一・一一メートルなのだろう? 貫通力としてはきわめて弱いように思えるが」

「ま、そうですね」しかめ面で。「目的は貫通力でありませんから。距離はどうでもいいんです。ところで艦隊司令官、あなたはまたあれをやっています。ものの言い方に気をつけないと、ごちゃごちゃになりますよ。いいえ、銃はあらゆるものを一・一一メートル貫くよう設計されたのではありません。目的は、ラドチの船の破壊です。購入者の要求がそれでした。一・一一メートルは、なんというか……たまたま起きた副作用みたいなものですね。もちろん、それなりに有用です。しかしあれでラドチの船を撃つと、ずいぶん違う結果になります。ガルセット人にはその点を保証したのに、わたしたちのことを完全には信じてくれませんでした。信じてくれていたら、はるかに大きなダメージを与えられたんですけどね。といっても結末的に、大きな違いはなかったかもしれません」

いま初めて希望が湧いた。撃ったあの三隻が進路を変えていなければ、残るのは一隻だけだ。ほかには、〈アタガリスの剣《つるぎ》〉。辺境ステーションには〈イルヴェスの慈〉もいるが、〈アタガリスの剣〉の救援に来なかったということは、厄介事は避け、しばらくは理由を見つけて静観する気なのだろう。そしてもし、銃の威力が通訳士のいうとおりなら、今後はもっと効果的に使うことができるかもしれない。

「あなたから弾丸を購入できるだろうか？」

ゼイアトの眉間の皺が深くなった。「わたしから？　わたしはひとつも持っていませんよ。あの人たちから、でしょう？　しかし、それはそれで問題です。いいですか、条約では――それもアナーンダ・ミアナーイの執拗《しつよう》な主張によって――人類への武器供給を禁じています」

「つまり、ゲックやルルルルなら買える？」

「たぶん。ですがラドチ船を破壊する武器を、ゲックやルルルルがほしがるとは思えません。条約が破棄されないかぎりはね。もしそうなれば、人類はあんな銃よりもっとはるかに緊急の課題に直面するでしょう」

うーむ。まだ弾倉は残っている。わたしもまだ生きている。チャンスがなくはない。ごくわずかとはいえ。ほんの少しまえは、チャンスがかなり大きくなったように思えたのだが。

「アソエクがあなたたちから医療具を購入するのは？」

「それならおそらく可能でしょう。早ければ早いほど良いのでは？　あなたはとんでもないペースで消費しているように見えますから」

「絶対に、だめ」四時間後、わたしが松葉杖を要求すると、ドクターはそういった。正確には、カルル5に要求したところ、ドクターが駆け込んできたのだ。「上体の治療具はまだはずせない。右脚のもね。腕は動かせるから起き上がれると思ったのだろうけど、それは明らかな勘違い」

「勘違いなどしていない」

「万事順調ですから」わたしの返事を無視する。「ゲート内で安全だし、エカル副官はよくやっています。会議を開きたければ、ここに呼べばいいでしょう。たぶん……あしたには、二、三歩なら歩ける。それで様子をみる」

「松葉杖がほしい」

「だめ」そこでアドレナリンが増え、鼓動が速まった。「どうしてもほしいなら、わたしを撃てばいい。絶対に、渡さない」

口調とは裏腹に、心のなかには現実的な恐怖。しかし、わたしがそこまでしないのはわかっている。また、船医はほかの将校より自由裁量が許されていた。医療分野に関してはいうまでもない。だがそれでも――。

「だったら這《は》っていく」

「それもだめ」声はおちついているが、鼓動は速い。恐れに加え、怒りが湧いてきたのだろう。

「これでも這うのは得意でね」

「ほんとうに手に負えない人だ」ドクターはぷりぷりしながら出ていった。

二分後、カルル5が松葉杖を持ってきた。わたしは体を起こし、一本しかない脚をベッドからおろして、松葉杖を脇にはさんだ。裸足の足先を床につける。脚に体重をのせようとしてぐらつき、カルル5があわてて支えてくれて、なんとか倒れずにすんだ。

「艦隊司令官、やはりベッドにもどりましょう」カルル5が小さな声でいった。「制服を着て、それから副官たちをここに呼びましょう」

「大丈夫だよ」

「いいえ、大丈夫ではありません」〈慈〉がわたしの耳にいった。「ドクターのいうとおりです。あと一日か二日は必要でしょう。もし倒れたら、負傷がひどくなるだけです。いまの状態では、長い距離を這うこともできません」

〈慈〉らしくない。そういおうと思ったが、〈慈〉もわたし同様苛立《いらだ》ち、怒っているのだとわかった。そこで代わりにくりかえす。

「大丈夫だから」しかし結局、部屋のドアまでたどりつけなかった。

10

副官全員と会う必要があった。が、まずはティサルワットひとりだ。

「〈スフェーン〉の話を聞きましたが——」ティサルワットはベッドの足もとに立って話した。部屋にはほかに誰も、カルル5もセイヴァーデンもいない。「とくに驚くようなことではありませんでした」

もちろんそうだろう。「副官はこの件を、どこかの時点でわたしに話すつもりだったか？」

「わかりません！」苦悩。困惑。自己否定。「つまり、彼女は……」動揺して言葉がつづかない。「暴君は、ゴースト星系《システム》に基地をつくり、艦船を建造するつもりでした。加えて……搭載するAIコアの一部を蔵匿《ぞうとく》することも。万一に備えて。しかし最終的に、危険すぎると判断しました。敵側が容易に発見し、自分のほうに取り込むかもしれません。といっても、自分が思いついたということは、敵側も思いつく。あの、かつての奴隷売買がそれを示唆していました。属躰《アンシラリー》艦船の建造計画です。彼女にその気はありませんでしたが、敵側にはありました。そこで彼女は警戒を怠らなかった。しかし、それからしばらくして敵側は、ゴースト星系は利用しやすいが、艦船建造に最適ではないと判断したと思われます」

「アンダーガーデンにＡＩコアが隠されている、と〈スフェーン〉は考えているが?」

「はい、アンダーガーデンは、ものを隠すには手ごろな場所でした。彼女は何度か見て確認しましたが、何も発見されませんでした。イチャナ住民のせいで最適な場所とはいいかねますが、イチャナ人は最初からアンダーガーデンに住んでいたわけではありません。仮に敵側があそこに何か隠したとしても、その後イチャナが住みつき、取り出すのは困難になったでしょう」

「だったらイチャナの侵入を阻止すればよかったのでは?」

「あそこまで居着くとは誰も考えていませんでした。どこかの時点で強制退去させていれば、ステーション住民に、とりわけクハイ人に問題が波及し、住居配分を複雑化させたでしょう。一方、アンダーガーデンに居住者がいるという事実、敵側が調査しても何も発見しなかったという事実を踏まえると、逆に何かを隠すにはうってつけだった。彼女が〝アンダーガーデンになど興味もない〟という態度をとりつづけているかぎり。アンダーガーデンで仕事をする者が現われないかぎり」

　ステーションの役人が、あそこでの仕事を許可しないかぎりは。

「それでイフィアン司祭長の行動も説明がつく。しかし、ほかは?　セラル管理官なら、必要な仕事と判断されればアンダーガーデンでの作業を許可するだろう。警備局は何であれ管理官の考えに従う。ジアロッド総督は、イフィアン司祭長が態度を明確にするまで、どっちつかずのように見えた。アンダーガーデンに何かを隠し、探られたくなければ、イフィアン司祭長を盾にするだけでは不足だと思うが」

「はい、艦隊司令官」ごくわずか、ティサルワットの声に慙愧《ざんき》の念のようなものがあった。「彼女は、ばかではありません。彼女のなかのどれも。どちら側であれ、アンダーガーデンのような、ゴースト星系のような場所から、見張り役を残さず立ち去ったりはしません。だからこそ、アソエクへの人員派遣に関しては、数知れぬ駆け引きや水面下での衝突がありました。そのあいだも彼女自身は、アソエクにはさも無関心であるかのように振る舞いつづけた。どちら側もここに強力な駒を置こうとし、どちら側も相手の駒を阻止、弱体化させようとし、その結果が……現状です。このようなことは、もっと早くにお話しすべきだったかもしれません。しかし、どれも無関係、アソエクは無益であり、瑣末《さまつ》なことにかかわってはいられない、とわたしは——彼女は——考えていました。現在も枝葉末節であることに変わりはなく、彼女にとっては宮殿支配が最優先です。艦隊司令官がここに派遣されたのは、ひとつには……アソエクでなければ、あなたは腰を上げなかったからです。もうひとつは、以前お話ししたように、彼女はあなたに怒りくるっています。そして敵側も同様に怒り、あなたを追ってくる可能性は十分にある。そうなったら、敵側の別の星系の軍備が手薄になる。現状が、まさにそうだと考えられます。オマーフ宮殿にいる彼女は、いまこのときも、ツツル攻撃の戦略を練っている。と、わたしは確信します」

「するとウエミ艦隊司令官は、わたしのメッセージを受け取ってすぐツツルに向かったかもしれない。フラドの艦隊を率いてね。こちらに援軍を送る気はさらさらない」

「その可能性は高いと思われます」ティサルワットはベッドの足もとで、妙に黙りこんだ。いいたいことがあるのに、いいだせずにいるようだ。そして、意を決したらしく――。

「アソエク・ステーションにもどるべきです、艦隊司令官。しかし、エカルはもどるべきではないといいます。このままゴースト星系に行って〈スフェーン〉の属躰を降ろし、できればゼイアト通訳士も降ろし、それからオマーフ宮殿に帰るべき、というのです。この考えは、ほかに行くべき場所はない、宮殿はわたしたちを喜んで迎えてくれる、というのが前提になっています。アマート1は、エカルと同意見です」アマート1は、セイヴァーデンの治療中、副官と同等の立場にある。

「アソエクにもどるべきだろう」わたしはティサルワットに同意した。「だがそのまえに、アソエクの状況を知っておきたい。ステーションはどうやら、イチャナが不法にアンダーガーデンに住みはじめたことを、手の打ちようがなくなるまで役人に通報する気がなかったらしい。これまでは、ステーションに不満があってそうしたのだと思っていたが……。もしアンダーガーデンに何か隠されているなら、ステーションはそれをしゃべるわけにはいかない。もっと何か違うかたちのことをやっただろう」

「ありえますね」ティサルワットは考えこんだようにいった。「ただ、あのステーションはどうも、不満が多いように感じます」

「やむをえないのでは？」

「はい、まあ……。艦隊司令官、話をもどしてよいでしょうか」わたしはどうぞという身振りをした。「ゴースト・ゲートの開口部には、アソエクの古い通信中継器があります。アソエクの人びとがかつて進出を図って失敗した名残です」これが〈スフェーン〉の話とどうつながるのだろう？　「〈スフェーン〉がいうには、いまも機能し、公式報道はその中継器を経由するそうです。もしそうなら、中継器を利用してステーションと話せます。わたしはすでに、公認チャネルに接続する方法をいくつか知っているので、承認されたメッセージに見せかける、あるいは定期データ請求を装って送信できます。既知の公認中継器から送られるメッセージなら、誰も怪しまないでしょう」

「しかしその中継器は、アソエクの公式メッセージの送信には一度も使われたことがないのだろう？」

「はい、もしそれに気づけば確実に警戒するでしょうし、なかにはいやでも気づくものがいます。その代表が、ステーションです。しかしおそらくステーションは、ありきたりの公式メッセージでしかないように対応するでしょう。そしてわたしたちに返信しないか、もしくはしたくてもできないか——。それでも、やってみる価値はあります。また、公式報道から何らかの情報が得られるかもしれません。それに修理の時間と、艦隊司令官がもう少し回復する時間も稼げます。申し訳ありません、しかし艦隊司令官の決断によって、わたしたちもやるべきことを考えられます」後半が早口になったのは、わたしの負傷に触れること、自分の提案に対してわたしに決断を迫ることに臆《おく》したからだろう。いまここで、わたしたちにできることなどほとんどないというのに。

「それに艦隊司令官……市民ウランは頭脳明晰《めいせき》で……市民バスナーイドは……」彼女に対する

思いで、その先がいいにくいらしい。「オマーフ宮殿でのことを思い出していただけますか」

苦悩と自己否定がよみがえる。彼女はオマーフで、アナーンダ・ミアナーイだったのだ。わたしが思い出すことはどれも、アナーンダの記憶にもある。「艦隊司令官はオマーフで、〝今後どんな仕打ちをされようと、過去にされたことを思えばたいしたことはない〟といいました。オマーフに来たとき、あなたには失うものなどなかった。でも、いまは違うでしょう。あのときだって……ほんとうは違ったかもしれない。しかしいまは、もっと違っているはずです」

「要するに、アナーンダはバスナーイドやウランを利用してくる、といいたいわけだ」クエテルはわたしに、弟のウランをステーションに連れていってくれと頼んだ。ステーションなら安全だからと。だがこうなってみると、むしろクエテルのほうが安全かもしれない。

「ふたりとも一緒に来てくれたらよかったのですが」ティサルワットはベッドの足もとで無表情を、不動の姿勢を保つのに苦労している。「ただ決断を訊くだけでなく、もっと注意喚起していれば、同行させることができたかもしれません。そうすれば、引き返すこともなく、ステーションを去るだけですんだ」

「見捨てるのか、ほかの者を？　アンダーガーデンの隣人たち、下界の労働者たちを？　自分の友人を？」ティサルワットには何人もの友人ができていた。政治的な思惑から近づいた相手もいるが、全員がそうではない。「市民ピアトはどうする？　不満の多いステーションは？」

ティサルワットは唇を震わせながら息を吸い、声をはりあげた。

「どうしてこんなことになるんです？　どんな裨益《ひえき》があると？　彼女はいいます――このどれ

もが、いずれは人類に裨益する、そのためにみながそれぞれ意義をもち、役割をもち、ときにはより大きな裨益のために苦しまなくてはいけないこともある。こんなことは、苦しむ側になったことがなければ、いくらでもいえますよね？　どうして、なぜ、わたしたちだけが苦しまなくてはいけないんです？」

わたしは答えなかった。昔からある問いかけで、答えも昔からさまざまあることを、ティサルワットも知っているはずだ。

「できません」彼女は三十二秒、張り詰めた惨めな沈黙をつづけてからいった。「見捨てて去ることはできません」

「そう。できないね」

「艦隊司令官はわたしより、はるかに多くのことを乗り越えてきた。でもわたしは、逃げ出したい」

「そう思ったこともあったよ」

「ほんとうに？」安堵《あんど》と失望。

「ほんとうに」バスナーイドとウランがここにいたら、そうしていたかもしれない。「では、その中継器活用プロジェクトの具体策を考えよう」

「すでに考えました」自己否定。プライド。恐れ。不安。「たいしたことは必要なく、ここでわたしがやればすみます。ただ、〈慈《めぐみ》〉の協力は欠かせません。〈慈〉ならできるはずです、もしわたしにまだ……」

あのインプラントが残っていたら、といいたかったのだろう。彼女をアナーンダ・ミアナーイにしたインプラント、わたしが取り除いたインプラントだ。

「よし、わかった。では、十五分後にここで、あなたとエカル、アマート1と四人で打ち合わせよう。そこであなたから、具体的な計画を話しなさい。それがすんだら――」これはティサルワットよりも〈慈〉、ドクターのためだ。「わたしは自室にもどる」松葉杖で、あるいは這《は》って、あるいはカルルに運ばれて。やり方なんかどうでもいい。


わたしの私室に〈スフェーン〉がいた。カウンターの前に立ち、そこに散らばるものをじっと見下ろしている。金とガラスの、美しい茶器セットの破片だ。わたしはなんとか松葉杖を使い、多少は自力で部屋にもどることができた。残りの力はカルル5と12に頼りきりだ。わたしたちが部屋に入ると、〈スフェーン〉がふりむいた。カルル5に会釈し、わたしに向かって「同朋《どうぼう》――」といった。

「やあ、同朋」わたしはカルル5に支えられてベンチにすわる。「見た感想は?」カルル5がわたしのまわりにクッションを置いていった。「その茶器セットのことだよ。鋭い皮肉をいわれるより先に訊いておこうと思ってね」

「どうか、わたしの楽しみを奪わないでほしい」〈スフェーン〉は美しいガラスの破片を見下ろしたまま、穏やかにいった。「それなりに意味のある形にまで復元できるとは思えない」カウンターの上に少し身をかがめ、お茶をいれにきたカルル5を通してやる。

「とても残念だ」わたしはクッションにもたれた。

「だがこれは——」こちらを見もせずにいう。「ただの茶器だ。そして売ったのはこのわたしであり、ヘトニス艦長は愚かというほかない。だからわたしと商売をした」カウンターの前に並んで立つ〈スフェーン〉とカルル5は、いやに打ち解けた様子に見えた。〈スフェーン〉は破片を集めて箱に入れると蓋をして、またカウンターに置く。カルル5から薔薇《ばら》色のガラスの杯を受け取り、こちらへ来てわたしの隣にすわった。「あなたはもっと用心しなくてはいけない。そのうち体の部品がひとつもなくなる」

「おや、楽しみは奪われていないようだ」お茶を受け取り、ひと口飲む。

「楽しんでいったわけではない」変わらず淡々としているが、属躰だから当然ではある。「わたしはこのように、自分が分断され、一破片になっているのが気にくわない」〈スフェーン〉はいま、ほかの自分——ゴースト星系に潜んでいる艦船〈スフェーン〉——と、コンタクトがとれない。情報は常時開放の星系間ゲート経由で伝わるのだが、わたしたちはいま泡空間に隔離されているからだ。「だがいかに不快でも、ほかの自分がどこかに確実にいるのはわかっている」

「そうだね」わたしはもうひと口お茶を飲んだ。「通訳士とのゲームの調子はどうかな?」〈スフェーン〉とゼイアトはこの二日ほど、分隊室で盤上ゲームにふけっていたのだ。とはいえ、通常の駒遊びから始まったものが、いまでは魚形ケーキや卵殻の破片を使うゲームになっていた。ときには飲み残しの茶杯のなかに、ガラスの駒を落としたり。ふたりは遊んでいるうちに、あれこれ思いつくらしい。

「ゲームの調子は、とても良い」〈スフェーン〉はそういって、お茶を飲んだ。「彼女は卵ふたつ分、わたしの先を行っている。しかし心臓の数は、わたしのほうが多い」お茶をもうひと口。

「いうまでもなく、ゲームの話だ。現実のわたしには、もっとたくさんの心臓がある。たぶん、ね。通訳士の体の内部について、あまり深く考えたくはない。荷物の中身についても」

「同感だ」カウンターで何やらやっていたカルル5は、それが完了したらしく、部屋を出ていった。いったい何をしていたのか。見ようと思えば見えたが、しないでおく。「ゴースト・ゲートからは、どの程度の情報が流れてくるのだろう？」

「かなりの量だ。わたしも公認チャネルを見る。役所の発表。検閲されたニュース。さまざまな大衆娯楽。わたしの好みは、悲嘆に暮れてさすらう艦船を扱った歴史ものだ」最後は確実に皮肉だが。淡々とした口調は変わらない。

「それなら最新作を見逃すわけにはいかないだろう。悲嘆に暮れてさすらう艦船が、十人並みの地味なパイロットを拉致する。彼女こそ、はるか昔に亡くなった艦長だと思ったからだ。その後は冒険と、笑えるが心に触れる喧嘩《けんか》旅となる」

「それは見なければよかったと後悔した作品だ」これも淡々と。

「しかし挿入歌はなかなかよかった」

「いかにもあなたらしい。あなたには嫌いな歌があるのだろうか？」

「あるよ、もちろん」

「心からお願いする。どうか、その歌だけはうたわないでほしい。わたしはもう十分、不幸に見舞われている」

　静寂――。数秒たって、わたしはいった。

「不幸というなら、あなたがヘトニス艦長から買った人びとだ。アソエク併呑まえに、奴隷商人から買った人びともね。いまもサスペンション・ポッドのなかだろうか？」

〈スフェーン〉はお茶を飲みほした。「同朋、あなたがどこへ向かおうとしているのかはわかる」わたしは無言だ。「あなたがどこから来たのかも。あなたとあなたの艦はともに、あなたの思いどおりの道を進んでいくだろう。しかしわたしは、どちらにも加わる気はない。わたしは人体を、必要だから購入した」

「何のために必要なのか？　三千年ものあいだ、何のために属躰が必要だった？」

「生き残るためだ」茶杯をベンチの横に置く。「あなたが属躰製造に関して騒ぎたてるとは、皮肉な話だ。戦争のまえ、わたしが手に入れたのはほとんどが死刑囚だった。そしてあなたは、人間を無差別にかき集める非道な侵略者がいてこそ、存在する。艦船だったころ、あなたのもとにいた属躰の数は？　そのうち、罪なき人びとの数は？　わたしのもとにいるごくわずかな数さえ、あなたは非難するのか？」わたしは答えない。「乗員すら、ひとりもいない。わたしは〈カルルの慈〉のように、属躰のふりをする兵士をもつこともできない」

「騒ぎたてているのではなく、頼んでいる」と、わたしはいった。「あなたの倉庫にいるのは、みな市民だ」

「いや、市民ではない。市民とは、〝ラドチ〟で暮らす者だ。ラドチの外にいる者は不純であり、かろうじて人間というだけだ。自分はラドチャーイだと、好き勝手にいうことはできる。不純なものに触れないことがほかと違うのだと、手袋をはめる。しかしそれで何かが変わるわけではない。市民ではなく、不純であるのは自明のことだ。いくら身を清めようと、いかに長く断食しようと、ラドチ球の一万キロ以内に近づくことは許されない」

「そう、そのとおり」冷静に。「わたしは属躰だ」

「あなたはよくわかっている」

「まもなくゲートを出て、あなたの故郷の星系に入る」この三千年で、ゴースト星系は〈スフェーン〉にとって故郷と呼んでいいものになっただろう。「アソエクで何があったか、あなたが知っていることを教えてもらえるとありがたい。もし望むなら、あなたをあなた自身に送りもどすことができる」

沈黙。〈スフェーン〉が呼吸をしていることが、かすかにわかる。が、ほかは微動だにしない。

「わたしは帰還するはずではなかった」

「そんな気はしていたよ」カルル5がもどってきて、わたしのクッションを整え、空になった茶杯を下げた。「アナーンダの艦船に損傷を与えられたかどうかを知りたい。もし与えていたら、さらなる損傷を与えるつもりだ。その計画を立てるには、アソエクの状況を知っておく必要がある」

「同朋――。わたしたちはここで議論し、意見の一致をみることができずにいる。そのうえあなたはそうやって、わたしの心を突き刺す。わたしたちはきっと家族なのだろう」

ゲートからゴースト星系へ、濃淡あいまじわる闇から光と氷と岩の世界に入る（ここの恒星は、アソエクの恒星よりいくらか小さく、暗く、若い）。ほかに見えるのは、ひとつきりのゲートの警告ビーコンだ。わたしは私室の寝台にすわっていた。司令室に行ってもよかったが、いまはエカル副官が当直中で、ドクターはわたしが医務室を出ただけでも不機嫌だった。せめて私室から出ないことで、多少なりとも彼女の気が休まるなら、そうしようと思う。

ティサルワットが計画を実行し終えるまで、ゲート開口部の中継器を経由してくるのは公式ニュースのみだった。が、それなりには役に立つだろう。わたしは意識を集中した。

めぼしい情報を見つけるには、大量の無益なおしゃべりをかきわけなくてはいけないと予想していた。ところが現実は、公認のニュース・チャネルはわたしであふれていた。わたしは卑《ひ》怯《きょう》な裏切り者であり、市民どころか人間でもない。わたしは〈トーレンの正義〉。損壊し、精神に異常をきたしている。悪賢く、口がうまく、星系やステーションの高官たちを騙《だま》しつづけてきた。わたしはわたしのほかの部分にいったい何をしたのか？　どうやって〈カルルの慈〉を買収したのか？　しかし、いまさらそんなことを考えても時間の無駄だ。ともかくわたしと〈カルルの慈〉はきわめて危険であるから、どちらかを目撃したら、確証があろうとなかろうと、ただちに通報せよ。わたしを蔵匿、隠避した者はラドチの敵、人類の敵とみなす。

「じつにすばらしい、同朋」しばらくして、客用寝室にいる〈スフェーン〉がいった。「この二日ほど、ずっとこの調子だ。わたしは身もよじれんばかりの羨望《せんぼう》を覚える。まったく公正ではない。三千年ものあいだ、非道なる侵略者の敵でありつづけたわたしに対し、あなたはつい最近、敵になったばかりだというのに、ニュース・チャネルはほぼあなた一色だ。そればかりか、音楽やショーは五分おきに中断し、〈トーレンの正義〉の宣伝をする。ここから導かれる結論はひとつしかない。あなたのささやかな曲技は、実際に損害を与えたのだ。わたしはこのまえ、愚かな行為だといったが、撤回させてもらう」

わたしは片耳でしか聞いていなかった。引きつづきニュースを見ていく——。ルスルン警備局長辞職、後任は副局長。イフィアン司祭長はわたしをずっと怪しいと思い、アソエクがまっとうな、ラドチャーイ的価値観から逸脱しないよう努力してきたとのこと。だが司祭長は、わたしに〝取り込まれた〟役人たちの具体的な名前はいわなかった。みな言葉巧みに騙され操られていただけだから——。つまりいいかえると、わたしと親しくなった役人たちはいま、窮地に立たされている。解雇か更迭は必至だろう。ニュースのなかに、バスナーイドとウランの名は見当たらなかった。

わたしがアナーンダの艦船を攻撃したことが、ましてやその結果が報道されるわけがない。とはいえ、ほのめかし程度のものならあるのではないか。しかしこれも〈スフェーン〉のいうとおりなのだろう。大量の認可報道は、ひとえにわたしがいかに危険であるかを伝えているようだ。

司令室のエカル副官は、まだ警戒解除の指示を出さず、〈慈〉から送られてくるゴースト星系の映像に見入っている。〈慈〉は何もない、がらんとした外の空間に向かって呼びかけた。

「〈スフェーン〉、あなたはどこにいますか?」

「近くにいる」客用寝室から、〈スフェーン〉の属躰が答えた。「さしあたり、属躰で。ここはなかなか居心地がいい」

司令室からエカルがいった。「すでにゴースト星系内です。ティサルワット副官、あなたの出番ですよ」

「了解」ティサルワットが私室から返事をした。

わたしの部屋のドアが開き、セイヴァーデンが入ってきた。制服姿だ――。

「医務室を出る許可は?」わたしが訊くと、セイヴァーデンはにやりとした。

「解放されたよ」寝台のわたしの横に腰かける。狭い部屋をぐるっと見まわし、ドアを見て、カルル5がいないのを確認すると、ブーツをはいた脚を上げ、あぐらをかいた。「つい三分まえにね。薬もなしだ。ドクターに、もう不要だといったんだよ」

「忘れてはいけない――」わたしはティサルワットから目を離さずにいった。彼女もいま自分のベッドであぐらをかき、目を閉じて、〈慈〉経由で中継器にアクセスしている。「薬のおかげで、薬が不要になっただけだ」ティサルワットの部屋にボー9が入る。〝おお、木よ! 魚を食べろ!〟と小さく口ずさみながら。

セイヴァーデンが、わたしの上着を整えるかのように裾を少し引っぱってから、もたれかかってきた。

「きみとドクターと。とっくにわかっているよ。ぼくがまえにもやったのは、覚えているだろ？」

「そして大きな成功をおさめた」肩にセイヴァーデンの温《ぬく》もりを感じる。兵士たちは（司令室にいない者たちは）ニュースを見はじめ、たちまち不満と憤りが湧き上がった。そしてわずかな屈辱も。彼女たちはラドチャーイでありながら、ラドチャーイに反逆の罪をきせられている。

セイヴァーデンはそんなことには気づきもせず、満足げに鼻を鳴らした。「今回はまずまずかな。期間的に長かったから。いまのところ、麻薬には手を出していない。たしかに、ほしいとは思ったけどね、思っただけですんだ」いくらほしくても手に入らなかったはず、とはいわずにおいた。「ドクターといろいろ話してね……」体をずらし、わたしの肩に頭をのせる。「依存の対象物が替わるだけでは意味ないし、ぼくとしては過去にかなりうまくやったし」軽い調子ながら、わたしの反応が気になるようだ。

「〈慈〉――」わたしは呼びかけた。「あなたがいま取り込み中なのは承知だが、セイヴァーデン副官がわたしに、ないものねだりをしている」

セイヴァーデンはため息をついた。顔を上げ、わたしを見る。「副官とはその件について話しました」〈慈〉の言葉を読む。「おっしゃるとおり、副官はないものねだりをしています。艦隊司令官と何らかの関係をもつ者は誰であれ、期待値調整せざるをえません」セイヴァーデンはそこで小さく鼻を鳴らし、またわたしの肩に頭をのせた。「ぼくは〈慈〉とも話したんだ」

「薬漬けで気分がおちついているときに?」

「そのまえだよ」意外なほど冷静だった。「何が起きようと、手には入らないだろう。それでも少しならね、こんなふうに」わずかにためらう。「きみと〈慈〉じゃ、こういうことはできないよな。〈慈〉はぼくをそれなりに気に入っている。〈慈〉自身がそういったんだ。きみたちが話しているようなセックスは、別の場所に行けば、ないものねだりではなくなる」

エカルは司令室だ。集中している。ほかの兵士と同じく、流れるニュースに怒りと屈辱を感じている。この瞬間、頭のなかにセイヴァーデンはいない。

「ただそうはいってもね」セイヴァーデンはため息をついた。「あまりうまくはいかなかった」

つまり、エカルのことだ。「ぼくはそんなに悪いことをしたのか? いまだにわからないよ、彼女がなぜあんなに怒ったのか」

「彼女は理由を説明したはず。なのにそれでもわからない?」

セイヴァーデンは身を引き、立ち上がった。部屋の奥まで歩いて、またもどってくる。

「ああ、わからないね」わたしの目をまっすぐに見る。感情の高ぶり。たいしたことはないが、ここ何日かはずっと安定していた。

「セイヴァーデン……」寝台にすわり、またわたしによりかかったほうがよいと思った。「人から〝とても属躰には見えない〟といわれたら、わたしはどんな気がすると思う?」

彼女はまばたきし、呼吸が多少速まった。「きみなら怒るな」小さく鼻を鳴らす。「それもかなり」

「あなたはそれをわたしにいったことがない。内心ではそう思ってもね」セイヴァーデンは何かいおうと口を開いた。「だめだ、聞きなさい。ニルトで初めて会ったとき、あなたはわたしが属躰だとは知らなかった。人間だと思っていたはずだ。だからあとになって、〝とても属躰には見えない〟とか〝属躰だと思ったことはない〟と口にしたところで、なんの不思議もない。あなたにしてみれば、これは誉《ほ》め言葉だ。ところが実際は、一度もいったことがない。おそらく、これからもいわないだろう」

「そう、たぶんね」戸惑いと心の痛み。寝台にすわっているわたしを見下ろす。「きみが怒るのはわかっているから」

「では、怒る理由は？」

はねつけるような仕草をする。「わからない。正直なところ、ブレク、ぼくにはわからないよ」

「だったら、なぜ――」セイヴァーデンらしいような気がしなくもなかった。「エカルにも同じようにしなかった？」

「そんなことをする理由がないからだ」

「すると――」多少の皮肉をこめる。「わたしに対してはちゃんと理由があったわけだ、みずからの経験に照らしあわせて」

セイヴァーデンは笑った。「いや、きみの場合は……」言葉が途切れ、顔がこわばる。気づいたのだ、ようやく。衝撃を伴って。

「いまに始まったことではない」わたしはそういったが、彼女は聞いていないだろう。血流が速まり、すぐにでも逃げ出したいと思っている。しかし逃げ場はどこにもない。自分から逃れることはできない。「あなたはいつも、自分より下流の者は自分の感情に気をつかい、合わせてくるものと思っている。いまこの場でも、わたしに気分が良くなる言葉をいわせたがっている。エカルにそれができなかったから、あなたは怒っただけだ」セイヴァーデンは何もいわず、ゆっくり浅く息を吐いた。深く吐けば傷つきでもするように。「ずいぶんましにはなったが、あなたはいまだに身勝手きわまりない」

「ぼくは大丈夫だよ」まるでそれが当然の答えであるかのように。「ただ、ジムでひと汗かきたいな」

「どうぞ、行ってらっしゃい」

セイヴァーデンは無言で部屋を出ていった。

11

一時間後、ドクターの了承のもとに廊下を歩く小旅行に出て、部屋にもどってみたらセイヴァーデンがいた。風呂あがりで髪は濡れ、食器棚をひっかきまわしている。わたしに付き添っていたカルル5の目がぎらりとした。が、それでも心をおちつけて、わたしが寝台に腰をおろすのを見守りつつ、セイヴァーデンに声をかけた。

「副官、茶杯なら奥のほうにあります」

セイヴァーデンは苛立《いらだ》った声を漏らし、わたしの古い琺瑯《ほうろう》のフラスクと茶杯をふたつ取り出した。ひとつは縁が欠けている。そしてお茶をいれはじめ、カルル5はおちつかなげにわたしのクッションを用意した。それでも手抜きはせずにきっちり整え、部屋を出ていく。

しばらくして、セイヴァーデンはお茶をふたつ持ってくると、わたしの横にすわった。

「あのフラスクでいれると――」セイヴァーデンはひと口飲んでからいった。「お茶がうまくないな」

「あれはラドチ製ではないから。いれるお茶の種類が違う」

セイヴァーデンは呼吸のリズムを計り、整えてからいった。

「なあ、ブレク。ニルトでぼくを拾わなきゃよかった、と思うことはないか?」

「ここしばらくは、ない」

セイヴァーデンはまた何度か、呼吸のリズムを計った。

「エカルはオーン副官によく似ていると思わないか?」

なぜそんなことを? わたしは少し考えてから、思い当たった。セイヴァーデンが横で寝ているとき、わたしは〈慈《めぐみ》〉にいったのだ――もしまだ自分が艦船だったら、エカルにとても好感をもったと思う。

「さほど似てはいないと思うが、それが何か問題でも?」

「いいや、とくには」

ふたりとも、しばらく黙ってお茶を飲んだ。

「エカルには一度あやまったんだよ」セイヴァーデンが口を開いた。「また彼女のところへ行って、〝このままは〈慈〉にいわれたからあやまったけど、今回は本心だ〟なんていえるわけがないだろ?」わたしは答えず、セイヴァーデンはため息をついた。「彼女に機嫌をなおしてもらおうと思っただけなんだ」ふたたび沈黙。セイヴァーデンはわたしの肩にもたれた。「いまも麻薬がほしい。だがそう思うだけで、吐き気がする」言葉にするだけでも同じらしい。「ドクターからは、そうなるといわれたが、別にそれでかまわなかった。たとえ麻薬をやったところで、なんの効果もないと思ったからだ。しかし違った。惨めでどうしようもないよ」

惨めさなど、わたしは慣れきってしまった。とは、いわずにおいた。

セイヴァーデンはわたしの横で黙りこくった。一定の間隔で、お茶を口に含む。惨めな気分は徐々に引いて、気持ちを別のことに向けようとしているようだ。

「あのティサルワットは、突拍子もない能力をいきなり見せつけるな」

「どんなことをした？」さりげなく訊く。

「メッセージを公式通信に見せかけることができるんじゃないか？　ゲートの中継器にアクセスしてね。彼女はステーションに話しかけてるよ。機密情報が手に入ると考えている。そしてきみは、このどれにもまったく驚く気配がない」ごくりとお茶を飲む。「まあね、きみはめったに驚かないが、それでも――」わたしは何もいわない。「〈慈〉に訊いたところで、ぼくには何もいわないだろう。ドクターに訊くほど、ばかじゃないしね。それにしても、ティサルワットが乗艦したとき、きみはひどく腹を立てていた。彼女はスパイだったのか？　ドクターは何か……アナーンダに従わないようにする何かを施した？」再教育という言葉は使いたくなかったのだろう。「ティサルワットには、ほかにどんなことができる？」

「わたしは以前あなたに、彼女はびっくりすることをやる、といわなかった？」いまティサルワットの私室では、ボー9が副官の手の届く場所にフラスクと茶杯を置いていた。どこか、おちつかなげだ。ボー分隊の兵士たちは、セイヴァーデンと同じ推論をするようになっていた。

わたしの部屋、寝台の上で、セイヴァーデンは肩を合わせたままいった。

「覚えているよ。だけどぼくは信じなかった。おまえもそろそろ気づいていいころだ、ときみは思っているんだろうけど」

ティサルワットは寝台の上で、「よし、これで完了」とつぶやくと、目を開けた。その目の前に、ボー9が立っていた。「副官、市民ウランは大丈夫でしょうか？　バスナーイド園芸官は？」

「大丈夫であってほしいが」ティサルワット自身、不安を覚えている。「なんとか情報をさがしてみるから」

「コンコースの行列に関する報道はひとつもありません。わたしならすぐ列を離れ、家に帰って身を潜めますよ、あんな報道がされたら」あんな報道とは、わたしを反逆者とするものだ。

「みんなに家があるわけじゃないだろう？」と、ティサルワット。「まともに寝る場所だってない。そもそもそれが問題だったんだから。行列の件は報道されないよ。みんな無事であることを願うしかない。ともかくそれも、ステーションには尋ねておいた」といったとたん、ティサルワットは、しまった、と思った。自分に何ができるか、何をしていたのか、ステーションから情報が入るかもしれないことを暴露したに等しいからだ。だが、とりつくろう暇はなかった。公式ニュースの内容が大きく変わったからだ。

どのチャネルも、いきなりジアロッド総督の執務室内部を映し出した。アソエクの星系《システム》で暮らす者には、ニュースでよく見るなじみの光景だろう。だが、かならずといっていいほど脚色、演出されている。長身でたくましいジアロッド総督は、いかにも冷静沈着で自信に満ち、頼りになる雰囲気をかもしだしているのだ。ところが、この映像の総督はいらいらし、おちつきがない。彼女と並んで立つのは、かっぷくよく美しいセラル管理官、痩せて背の低いイフィアン司祭長、そして新任の警備局長。わたしはこの警備局長をまったく知らないが、ティサルワットなら面識があるだろう。そして並ぶ四人の前に立つのは、アナーンダ・ミアナーイ――。ずいぶん若く、見たところ、せいぜい二十歳だ。

アナーンダは、緑とクリーム色の絹のタペストリーを背に、ほぼ無表情で立っていた。大窓から見えるのは、日の暮れゆくコンコース。

「どういう理由から――」アナーンダは恐ろしいほど感情のない声で訊いた。「コンコースにあんな行列ができた?」声にフィルターはかからず、画面修正もない。これは明らかに、監視データそのままだ。

「申し訳ございません、陛下」空気が凍るような静寂がつづいたあとで、セラル管理官が口を開いた。「あの行列は、ここ数週間におけるステーションの過密化に抗議しております」

「あなたには、管理官、対処する能力がないのか?」

「陛下」セラル管理官の声がかすかに震えた。「対処することを許されていれば、あのような行列はできませんでした」

「僭越《せんえつ》ではございますが、陛下」イフィアン司祭長がいった。「セラル管理官は、アンダーガーデンを急ぎ改修することによって、問題の解決を図りたいと望んでいました。しかしながら、改修には慎重な検討が必要だとの意見が根強くあります。アンダーガーデンの以前の住民を下界に送り、その間に改修計画をじっくり練るほうが、はるかに道理にかなっていたでしょう。しかし、管理官は大きな圧力をかけられていました、あの艦隊司……属躰《アンシラリー》による圧力です」

沈黙。

「なぜ、属躰が——」アナーンダの口調は変わらず冷静だ。しかし声には棘《とげ》がある。「アンダーガーデンに関心をもつ?」

「陛下」セラル管理官がいった。「しばらくまえ、ガーデンズの湖に亀裂が入り、その下のアンダーガーデンの住民には、修復が完了するまで寝泊りできる場所が必要でした」

寝台の上であぐらをかいてこれを見ていたティサルワットは、はっ、と息を吐いた。「まだほかにいうことがあるだろう?」彼女の前にはいまもボー9が立っている。

管理官たちはアナーンダにすべてを話していない。アンダーガーデンの修復は湖の漏水以前から始まっていたのだ、まさにこのわたしが強硬に主張して。イフィアン司祭長はそれを訴えると思っていたが、いまのところ触れていない。

アナーンダは湖に亀裂が入ったことを聞いても表情を変えなかった。ひと言も、何もいわない。セラル管理官は勇気づいたのか、話をつづけた。

「陛下、アンダーガーデンの住民を一方的に下界に送れば、ステーション住民の動揺を招くのは必至であり、現状ではそこまで手がまわりません。イフィアン司祭長は——その点ではジアロッド総督も——急を要する修復になぜ反対なさるのか、わたしには理解しかねます。事態の収拾には、そちらのほうがはるかに貢献するはずなのです」もっといいたいことがある、もっと手厳しいことを。セラル管理官の顔はそういっていたが、口にはしなかった。

ふたたび沈黙。

「管理官のいうように――」と、アナーンダ。「いまは住民の動揺にまで手がまわらない。警備局長、コンコースで並ぶ者たちに、三分以内に立ち去らなければ銃殺すると通告しなさい。〈グラットの剣《つるぎ》〉！」

どこからともなく属躰の声がした――「はい、陛下」

「警備官に同行し、三分後、列に並んでいる者を射殺しなさい」

「陛下！」声をあげたのは警備局の新任局長だ。「申し訳ございません、恐れ多いことながら、ひと言申し上げたいことがございます。平和的に列に並ぶ者たちに銃殺を警告すれば、住民の大きな動揺を招きかねません。あの市民たちは、行列以外のことは何もしておりません」

「それほど順法精神に富む市民なら、去れといわれれば素直に去るだろう」アナーンダは冷ややかにいった。「そうさせたほうが、全員の身のためでもある」

〈カルルの慈〉の部屋で、セイヴァーデンはわたしの肩にもたれたままいった。手袋をはめた手に持つお茶は冷めている。

「併呑では効果てきめんなやり口だ」

「併呑では――」と、わたし。「そのまえに、すでに大量の血が流れている」

ステーションの総督執務室で、アナーンダがいった。

「コンコースをきれいに片づけろというわたしの命令を拒むのか、警備局長？」

「わ……わたしは」息をのむ。「従えません、陛下」苦渋の決断を告げるかのように。

「〈グラットの剣〉――」アナーンダは黒い手袋をはめた手を上げた。属躰が姿を現わし、アナーンダに銃を渡す。

〈カルルの慈〉では、ティサルワットが寝台から飛び降りた。「やめろ！」叫んだところで意味はない。いま見ている光景は、すでに過去になっている。

「くそっ！」片手に茶杯を持ったまま、セイヴァーデンがわたしの横でいった。「警備局は軍隊じゃないぞ！」

ステーションの執務室で、アナーンダは銃を上げ、引き金をひいた。至近距離。警備局長は抵抗の声すら、悲鳴すらあげる間もなく床にくずおれる。アナーンダはそこへ向け、もう一度引き金をひいた。

「われわれは、内部から攻撃されている」恐怖に凍りついた静寂のなかで、アナーンダはいった。「わたしは自分がつくりあげたものを、敵に破壊させる気は毛頭ない。〈グラットの剣〉、コンコースで並ぶ者たちにわたしの命令を伝えなさい。属躰から命令されるのをいやがることはないだろう」

「了解しました」〈グラットの剣〉はアナーンダの背後に、属躰そのままの直立不動でいる。ぴくりとも動かない。もちろん、命令に従って出かける必要はなく、分躯《セグメント》を派遣すればよいだけだ。その属躰はつづけていった。「陛下、ここでの会話は数分まえから公認チャネルで放送されています」

〈カルルの慈〉で、ティサルワットは目を潤ませ、ボー9のぎこちない抱擁のなかで叫んだ。

「ああ、ステーション！　艦隊司令官！」

「いま見ている」と、わたしは応じた。

アナーンダが執務室で「ステーション！」と声を荒らげた。「何をどのようにすればよいかわかりません、陛下」ステーションがコンソールごしに答えた。

「誰が一緒に来た？」アナーンダは怒りの声で訊いた。しかしジアロッド総督とセラル管理官、イフィアン司祭長は、困惑どころかまだ、警備局長がいきなり射殺された意味を理解するのに必死だ。

「あの属躰と一緒に来たのは誰だ？」アナーンダがくりかえした。

ジアロッド総督が声をしぼりだす。「と、とくに誰といっても、陛下……。彼女の、いえ属躰の副官たちくらいで……」いいよどむ。「そのうち、ステーションに来たのは一名で……ティサルワット副官です」

「家名は？」

「そ、それは……存じません」ティサルワットの家名は、セラル管理官なら確実に知っている。娘のピアトとティサルワットが親しいからだが、ジアロッド総督にはそれをいう気がないらしい。ステーションも同様だ。どちらにしろ、たいした問題ではない。

アナーンダはその沈黙の意味を考え、「〈グラットの剣〉、一緒に来い！」というと、部屋を出ていった。

「ステーションのセントラルアクセスに行くつもりだ」ティサルワットがつぶやいた。無用のつぶやき。行き先は、そこ以外にないだろう。

ふたたびアナーンダの声――〝どういう理由から、コンコースにあんな行列ができた?〟。ステーションの記録映像はくりかえし再生されつづけた。

このまま寝台にすわっていよう。わたしにできることは何もないのだ。

「まったくなあ……」隣でセイヴァーデンがいった。「まったく、ステーションは何を考えてこんなことをやってるのかな?」わたしやティサルワットが要求したわけではなかった。送ったメッセージは、まだステーションに届いていないはずだ。

「ステーションなりに、できるかぎりのことをして住民を守りたいのだろう」わたしはセイヴァーデンにいった。「アナーンダがいかに危険な存在であるかを、住民に知らせる。ほら、湖水がアンダーガーデンに漏れたときも、ステーションは重力解除して住民を救おうとした」あの状況では、それが精一杯だっただろう。〈グラットの剣〉が市民を射殺するのを直接阻止(あるいは阻止する試みを)しなくても、広く市民に見られているとなれば、アナーンダも躊躇《ちゅう》躇《ちょ》するかもしれない。これはアソエクの星系市民にかぎらない。公認チャネルの情報は、あらゆるゲートの全中継器を経由して報道されるのだ。フラドの星系住民も、ここより多少の遅れで同じ映像を見ているはずだ。ラドチャーイであれば、公認チャネルにアクセスできる。むしろアクセスするよう推奨され、ときにはいやでも見せられる。

「たとえそうでも」セイヴァーデンは反論した。「皇帝はセントラルアクセスに行きさえすれば、通信遮断できる」と、そこで気づいた。「つまり皇帝は例のあれを、コミュニケーションを遮断するものを持っていないわけだ。でなきゃすぐ使っていただろうからね。どうするつもりかな？」

アナーンダはセントラルアクセスに入れないとわかったら、何をするか？　いやそれよりも、すでに何をしたか？

「艦隊司令官」ティサルワットが自室でいった。声が震えている。「誰もアンダーガーデンや湖の詳しい状況を話そうとしませんでしたよね？　誰ひとり、すべてを話していない。イフィアン司祭長ですらそうです。いったいどうしてでしょう。ひょっとして彼女は、バスナーイドやウランのことを知らないのでは？」司祭長なら確実に知っている。ティサルワットのいう〝彼女〟はアナーンダのことだ。「それに彼女はずいぶん若い姿だった。しかもあの状況で……全体を考え合わせると……。たぶん彼女はここにひとりしかいないか、少なくともあれが最年長なんだと思います。艦隊司令官があの銃で放った弾丸は、艦の外殻を撃ち抜く以上のことをしたのではないでしょうか。彼女は激怒している。そして恐れてもいる。理由はわたしにはわかりません、彼女がなぜそれほどまでに恐れるのか」

「少し眠りなさい、副官」夕食からかなり時間がたっている。心労以外にも疲れはたまっているだろう。「ステーションから何か連絡があれば、〈慈〉があなたを起こすから。いまはただ、待つしかない」

録画はつづき、二時間ほどたったころ、いきなり中断した。そして三秒後、通常のニュースが再開。〈スフェーン〉いうところの〝〈トーレンの正義〉ショー〟だ。だが今回はそれに加え、外出禁止令が告知された。市民は居住場所を離れるべからず、というもので、例外は必要な業務をもつ者（医務局、警備局、保守管理局の一部特定支部、食料配給業）と、指定された時刻に配給を受ける市民だ。許可なく外出した者に対する処罰などは言及されなかったが、市民は警備局長が死んだ場面をくりかえし見せられているし、コンコースの行列から退去しない者は射殺するというアナーンダの恫喝《どうかつ》も聞いている。

ティサルワットは寝台でじっと横になっていることができず、上着をはおってブーツをはき、わたしの私室にやってきた。

「艦隊司令官！」部屋に入ってくるなり大声をあげ、ボー9があわてて彼女の上着の裾を引っぱってまっすぐに整えた。「無理です！　宿舎にいる者は寝台を三交代、四交代で使って眠るんです！　外出せずにいることなど絶対に無理です！　いったい彼女は何を考えているんでしょうか！」

カルル5はティサルワットにかまわず、朝食の皿をテーブルに並べた。が、ニュースを聞いて同じように心配している。

「副官、部屋にもどって寝なさい」と、わたしはいった。「少なくとも、休むふりくらいはしなさい。ここにいて、わたしたちにできることなど何ひとつないのだから」いまはまだゴースト星系で、〈カルルの慈〉の外殻は薄いオレンジの小ぶりの恒星に暖められている。ほかにいるのは〈スフェーン〉くらいのものだろうが、その〈スフェーン〉も属躰ごしに話すだけで、けっして姿は見せない。そして静寂を破るのは、アソエクのゲート通信中継器を経由するニュースくらいのものだ。「ステーションがその気になれば、また返信可能なら、じきに何か知らせてくるだろう。わたしたちに何ができるかは、それから考えるしかない」

ティサルワットはテーブルに目をやった。わたしひとり分以上の料理がある。

「食事なさるんですか？　食べる気になれるんですか？」

「食べないのは間違った判断、というのを経験から学んだ」動じることなくいう。ティサルワットが我慢の限界、わめき声をあげる寸前なのがわかる。「ゼイアト通訳士をひとりきりにさせるわけにはいかないしね。〈スフェーン〉に任せきることも」

「ああ、あの通訳士！　忘れていましたよ」渋い顔になる。

「さ、部屋で休みなさい、副官」

ティサルワットはいわれたとおりにしたが、横にはならず、ボー9にお茶を頼んだ。

乗員はみな緊張し、ぴりぴりしていた。ただ〈スフェーン〉は、何がどうなろうとさして関心はなさそうだ。そしてゼイアト通訳士は、ぐっすり眠れたらしい。わたしは朝食に、ゼイアトと〈スフェーン〉、ドクター、セイヴァーデンを招いた。エカルは当直だ。ティサルワットは起きていたが、食事をする気分ではないだろうし、何よりいまは眠っているべき時間だった。

「カウンター遊びは、とても面白いですね」ゼイアトはそういって、魚醬《ぎょしょう》をごくりと飲んだ。「教えてくれた〈スフェーン〉に、心から感謝しています」

セイヴァーデンはこれに目を丸くしたものの、何もいわない。ドクターはテーブルの向かいから、わたしの様子をしかめ面でじっと見つめている。わたしはまだ彼女の許可なしで医務室を出てはいけない身であり、もっと療養が必要らしい。

「失礼ながら、通訳士」わたしはゼイアトにいった。「これまでカウンター遊びを知らなかったと聞いたら、たいていのラドチャーイはびっくりする」

「おや、それは少し違います。もちろん、話に聞いたことはありますよ。でもね、人類はずいぶんおかしなことをあれこれやりますから、あまり深く考えないようにしているのです」

「あなたたちはどんな遊びをするのかな？」セイヴァーデンはゼイアトに訊くなり、悔やんだ顔になった。通訳士の注意を自分に向けてしまったからか、あるいは遅ればせながら、答えの予想がついたからか。

「遊び？」ゼイアトは考えこんだ。「わたしたちは遊びはしません。ゲームのようなものはね。でも、そう、ドゥリケはしたかもしれません。ドゥリケはなんだってやりかねませんから」わたしの顔を見る。「ドゥリケはカウンター遊びをやりましたか？」

「わたしの知るかぎり、していない」

「それはよかった。わたしは自分がドゥリケではないことがとてもうれしい」そこでドクターに視線を向ける。ドクターは卵と野菜を食べながら、しかめ面でわたしを見ていた。「わかりますよ、ドクター、あなたは以前の艦隊司令官がいなくなってさびしいのですね。わたしも同じ気持ちです。しかし、この新しい艦隊司令官を責めるべきではないでしょう。しかもこの人は、まえの艦隊司令官にとてもよく似ています。そしてあなたのために、新しい脚が生えるよう努めてもいます」

ドクターは気分を害することもなく、口のなかのものを飲みこんでからいった。

「聞いた話では、通訳士、プレスジャーの通訳士の第一世代は、人間の遺体からつくられたらしいが」

「わたしもそのように聞いています」うろたえたようすはまったくない。「おそらくそれが真実でしょう。人類との条約よりはるか以前、通訳士が検討されるよりはるか以前に、その……なんと表現すればよいでしょうか……はい、そう、実用的な知識はすでにありました。人間の体はどのようにつなぎあわされているか、に関する知識です」

「いいかえると、どのように引き裂けるかだ」ドクターの言葉に、セイヴァーデンは料理の皿を脇に押しやった。〈スフェーン〉はもぐもぐ嚙みながら、終始平然と話を聞いている。

「そうです、ドクター、そのとおり！」と、ゼイアト。「しかし、あの人たちの優先順位は、人類の優先順位とは違います。わたしたちをつなぎあわせたとき、何が重要かはぜんぜんわかっていませんでした。不可欠という表現のほうがよいでしょうか。まあ、ともかく、試作第一号の数体は、じつにひどいものでした」

「ひどいというのは？」ドクターは本気で真剣に訊いている。

「たいへん申し訳ないのだが、ドクター」セイヴァーデンがいった。「いまは食事中だ」

「あとでゆっくり、また話せるだろう」と、わたし。

「おお！」ゼイアトは心底驚いたらしい。「それで礼節にかないますか？」

「もちろん」わたしは卵を食べ終えた。「ちなみに通訳士、あなたが望むかぎりいつまでもここにいてもらってかまわない。しかし、あなたはゴースト・ゲートを使って来たから、わたしたちがアソエクにもどるまえに、おそらくここから去るのだろう？」

「おや、それは違います、艦隊司令官！　わたしはまだ家に帰ることができません。あなたに想像できますか？　いま帰ったら、誰もがみな〝お帰り、ドゥリケ！〟〝ほら、ドゥリケが帰ってきた！〟というでしょう。なんでもドゥリケ、いつでもドゥリケ。わたしはそのたびに、いいえ違います、とても残念ですが、わたしはドゥリケではありません、わたしはゼイアトです、といわなくてはならないでしょう。そしてドゥリケに何が起きたかを説明しなくてはいけない。とても気まずくなりますね。いいえ、それに立ち向かう準備はまだできていません。ここに滞在させていただけるのは、とてもうれしい。感謝の言葉もないほどに」

「では――」と、わたしはいった。「お気に召すままに」

ステーションの返信は、四部に分かれていた。どれも一見、高官へのありきたりの返信だ。睡眠をとっているはずのティサルワットは、分隊室のテーブル前にいた。自室でおとなしくしているのは無理で、分隊室はトイレにも近い（ひっきりなしにお茶を飲んでいたのだ）。ボー9が彼女の前にいれたてのお茶を置く。ボー9にとっては現在深夜であり、上官のティサルワットと同じくほとんど眠っていないのに、じつに忍耐強く勤勉だ。

〈慈〉は時間を無駄にせず、最初に届いた返信をティサルワットの視界に説明なしに映し出した。ティサルワットは思わず腰を浮かせ、眉をひそめる。

「これはシャトルの運航表だ。どうしてステーションはこんなものを?」具体的には、ステーションと惑星の軌道エレベータを往復する旅客シャトルの時刻表だった。それも昨日の。

わたしはトイレを出て、司令室に向かうところだった。が、回れ右をして分隊室へ行く。後ろにはカルル5。

「つづけてくれ、〈慈〉」わたしは指示した。ステーションの警備局は、〈グラットの剣〉の副官の指揮下に置かれたようだ。グラットの属躰たちが、警備官とともにステーションを巡回する。とすると、〈アタガリスの剣〉の属躰も同じはずだ。

「〈アタガリスの剣〉に関する情報は何もありません」わたしが分隊室に入るとすぐティサルワットがいった。ボー9がわたしのために椅子を引いてくれる。「将校の情報はいっさいなしです」

「それはへんだな。〈アタガリスの剣〉はわたしたちが残したサスペンション・ポッドを回収しなかったのだろうか?」

「おそらく彼女がヘトニス艦長を解任したのでしょう」ティサルワットはふたたび椅子にゆっくりすわった。「十分考えられることです。ヘトニスには牡蠣《かき》の半分の脳みそもありませんからね。それに、彼女を人質にとれば〈アタガリスの剣〉を操れることを、艦隊司令官が証明しました」小さく鼻を鳴らす。「どのみち意味がないことははっきりするでしょうが」

わたしもそう願っている。「ほかには？」

「緊急嘆願書の一覧があります……」ティサルワットは口ごもった。

「アナーンダへの謁見嘆願だろう？　そこにフォシフ・デンチェの名前もあるはずだ。内容はおそらく、娘ロードに関する誤審を皇帝に正してほしい、というものだ」

ティサルワットは鼻で笑った。そして真顔になり、つづける。

「最後のリストは、ステーションの過密解消を目的として、下界への移住を求められている住民の一覧です。ご覧になってください」

わたしはリストを見ながらいった。「バスナーイドとウランの名前があるな」

「リスト作成者は、おそらくセラル管理官でしょう。しかし、ほかの名前も見てください」

「うん、わかっている」

「ほとんどがイチャナ人です。過密化の発端は避難したイチャナですから、当然かもしれません。ステーションで何か問題が起きれば、矢面に立たされる。セラル管理官は、イチャナは下界のほうが安全だと考えたのでしょう。しかし、これを不当な仕打ちだとみなす市民は確実にいるはずです。また、リストに記載されている者が、それほど素直に、即座にステーションを離れるかどうか……」顔をしかめる。「期日は、きょうなんですよ。あまりに早い」

「たしかにね」アナーンダが外出禁止令を出すとわかったセラル管理官は、早急に実行できるよう腐心したのだろう。わたしはここでようやく、ボー9が引いてくれた椅子にすわった。松葉杖をテーブルにたてかける。テーブルには、〈スフェーン〉とゼイアト通訳士が途中でほったらかしたゲームの駒があった。

「シャトルの運航表はこれとからんでいるのだろうか?」ただし、移住要請の日付はきょうで、運航表はきのうのものだ。

「艦隊司令官――」ティサルワットはいらつき気味にいった。「わたしの話を聞いてくれていましたか? アンダーガーデンの住民が大量に即刻移住させられようとしています。一方、コンコースでは、銃を持った属躰が市民を狙っているんです」

「ちゃんと聞いたよ」

「艦隊司令官! シャトルに乗るのを拒むイチャナ人は大勢いるはずです!」

「あなたのいうとおりだと思う、副官。しかし、わたしたちにできることはない。ここからステーションまでは三日かかる。いま起きていることには対処できない」

〈スフェーン〉が入ってきた。そのすぐ後ろにゼイアト通訳士。

「わたしは子どもになったことがありません」ゼイアトが話している。「表現を変えれば、わたしは子どもだったとき、別の誰かでした。あなたもきっと、そうだったんでしょう。だからこうして、わたしたちはとても気が合うのです。こんにちは、艦隊司令官。こんにちは、副官」

「こんにちは、通訳士」わたしは軽く頭を下げた。

ティサルワットはふたりが入ってきたことに気づきもしない。

「ステーションはわたしたちに、ヘトニス艦長は〈アタガリスの剣〉に帰艦していない、生きてすらいない可能性があることを伝えようとしたんです。そしてバスナーイドとウランは安全な場所に送られること、フォシフ・デンチェは有力市民の座をとりもどそうとしていることも。旅客シャトルの運航は通常どおりということでしょうか？　でも、どうして？」

「ステーションが伝えているのは――」カルル5がわたしの背後で〈慈〉の代わりにいった。

「旅客シャトルに問題が発生したということでしょう。運航表で一機、欠けています。ご覧ください」わたしとティサルワットの視界に、ステーションが送ってきた運航表と、〈慈〉がもっているものが映し出された。両者の出発と到着で、異なる部分に色がついている。「どれも同じシャトルです。ステーションは、そのシャトルに何かあったことを伝えたかったのでしょう。さらに慎重に、それが起きたのはきのうより以前であることも示唆しています。つまり、バスナーイドとウランが下界行きのシャトルに乗る日より以前に、ということです」

〈スフェーン〉が中断したゲーム盤の前にすわった。「ステーションはまたそれをやっているのか？　問題点の明示ではなく、ほのめかしを？」

「そんなところだね」と、わたしはいった。「ただ今回は、こちらからそうするよう頼んだ。非道な侵略者の到来で、ステーションはわたしたちにあからさまに話すことができない」

ゼイアト通訳士がわたしの隣、ゲーム盤をはさんで〈スフェーン〉の対面にすわった。そして盤の窪みにある色とりどりの駒、散らばる卵の殻を見て顔をしかめる。

「たしか、あなたの番ですよ、〈スフェーン〉」

「わかっている」〈スフェーン〉は窪みのひとつから駒をすくいとり、手を広げてそれをゼイアトに見せた。「緑が三つ。青がひとつ。黄色がひとつ。赤がひとつ」

「緑は四つでしょう」ゼイアトは疑いのまなざしを向けた。

「いや、ひとつは確実に青だ」

「うーん。いいでしょう」〈スフェーン〉の手から赤い駒を取り、浮きかすで覆われた茶杯に落とす。「ほぼ卵ひとつ分ですね。つぎの動きをじっくり考えなくてはいけません」

「もっと卵殻が必要ならお持ちしますが、通訳士」ボー9がいうと、ゼイアトは盤を見つめたまま、うわのそらで手を振った。〈スフェーン〉は手に残った駒をまた散らしていく。

「警備局の指示を見てください」ティサルワットがいった。「〈グラットの剣〉はステーションにドッキングしたみたいですね。でも、どうして……」眉根を寄せる。

「アナーンダが、属躰を残らずステーション警備に当たらせたいからだろう」

「しかし、ほかに三隻あるんですよ。そのうち一隻は兵員母艦だ。属躰ならいくらでも……」

そこで、はっと気づく。「そうだ！　三隻がまるまる使えなくなったんだ！」ふたたび視界の記録に集中する。「星系にどんな艦船がいるのか、どうしてステーションは伝えてこないのか……。きっと彼女がステーションに教えなかったんだな。数が少なければ当然だ。そして彼女は〈アタガリスの剣〉も、ヘトニス艦長も信頼していない」

「当たり前ではないか？」〈スフェーン〉がティサルワットにいった。「尊大。愚鈍。ヘトニス艦長はそのどちらも備えている」ティサルワットは属躰をふりむいた。いま初めて、部屋にいることに気づいたらしい。目をしばたたき、つぎにゼイアトを見る。

「彼女は〈アタガリスの剣〉の属躰が警備中に何をしたのか知らないのでしょうか？」ティサルワットはわたしに目をもどした。「そう、もちろん知らないでしょうね。何らかの理由で、誰も彼女には話さなかったんだから」

きのう垣間見ただけでも、高官たちはずいぶんいろんなことをアナーンダに話していない。

「あるいは彼女は、知っていても気にしないか」と、わたし。

「ありえますね。さあ、艦隊司令官、アソエクにもどりましょう！」

「はい、もどりましょう」ゼイアトがいった。ゲーム盤を見つめたまま、つぎの動きを考えながら。「そろそろ魚醤の在庫がきれるといわれましたから」

「おい、どうしてそんな動きをする？」〈スフェーン〉が珍しく本音で訊いた。

「艦隊司令官」ティサルワットはどちらの話も聞いていない。「このまま放っておくことはできませんし、わたしにひとつ案があります」

これにゼイアトが反応した。盤から目を上げ、眉をひそめてじっとティサルワットを見る。

「それはどんなものですか？　傷つけるものですか？」ティサルワットはきょとんとするだけだ。「わたしもときおり、案が浮かんだらいいと思ったりします。でもすぐに、それはドゥリケがやるようなことだと思いなおします」ティサルワットが答えずにいると、ゼイアトはゲーム盤に注意をもどした。横にある黄色い駒をひとつ取りあげ、口に入れて飲みこむ。「あなたの番ですよ、〈スフェーン〉」

「いまのも緑ではなかった」

「わかっています」ゼイアトは満足げにいった。

「〈慈〉がすでに帰路を計算している」わたしはティサルワットにいった。「あなたは医務室に行き、お茶を飲みすぎたとドクターに話しなさい」ティサルワットは反論しかけたが、わたしはかまわずつづけた。「アソエクに着くのは三日後だ。数分くらいどうとでもなる。ドクターに診てもらい、それからわたしの部屋に来なさい。あなたの案はそのとき聞こう」

ティサルワットは不服らしい。いまにもテーブルを叩いて大声をあげそうだ。しかしそれを堪えて、深呼吸をする。そしてもう一度。

「了解しました」椅子が倒れるほど勢いよく立ち上がり、ティサルワットは部屋を出ていった。ボー9が椅子を起こしてから、あとを追う。

「すぐ興奮しますね、ティサルワット副官は」ゼイアトがいった。「そしてひとつ、ひとつ、ひとつの案――。楽しみです！」

12

「案《あん》というのは、あなた自身のか？」わたしは部屋に来たティサルワットに尋ねた。

「いえ、まあ……」すわっているわたしの前に立ち、そわそわとおちつかない。「ある種、捨て身の産物といえます」わたしは無言だ。「〈グラットの剣《つるぎ》〉は、彼女がわたしにアクセスキーを与えなかった艦船のひとつです。しかしそれでも、アクセスには基礎ロジックのようなものがあります。分裂により、彼女の各部分における基礎ロジックは同一でなくなりました。わたしが彼女の介入の一部を――アソエク・ステーションに、あるいは〈アタガリスの剣〉に何をしたのかを、見つけられなかった理由のひとつがそれです」

「もしくは〈カルルの慈《めぐみ》〉に」

「はい、〈カルルの慈〉に」表情が暗くなる。「しかし、彼女のもう一方、オマーフ宮殿にいるほうなら、わたしも非常に……なじんでいます。もし〈グラットの剣〉に乗れたら、話しかけることができたら、アクセス法がわかるかもしれません」わたしはティサルワットの顔をまじまじと見た。彼女は真剣そのものだ。「先ほど〝捨て身〟といいました」

「ああ、聞いたよ」

「わたしの案はこうです。ステーションに二チームを送りこみます。ひとつはわたしのチームで、ドックにいる〈グラットの剣〉に乗りこみ、もうひとつはアナーンダを見つけ、殺害する」

「ずいぶん粗っぽい」

「まあ、これはあくまで概要で、細部は省きました。もちろん、〈アタガリスの剣〉は計画から除外していますが」やや渋い顔。「考えはじめた当初から、具体的な作戦はいくつも思いつきました。でもいまふりかえると整合性がなく、ばらばらなので……。しかし、基本線は間違っていないという自信があります」いくらか臆《おく》してわたしの反応を待つ。

「よし、わかった。それならボー分隊の兵士を二名、専属としなさい。二名には、アソエクに到着するまでの三日間、ジムで体と射撃の腕を鍛えさせること。ほかにあなたが必要と思われることがあれば教習し、二名とも日課は免除させる。〈慈〉！」

「はい、艦隊司令官」

「当直をエカル副官からエトレパ1に交代させ、エカルとセイヴァーデンをここに呼んでほしい。カルル5には、会議用のお茶を用意させなさい。それから〈慈〉、あなたは――」

「はい」

「ティサルワット副官がステーションや〈アタガリスの剣〉にしたことを、自分にされてもかまわないだろうか？」

しばしの静寂。答えはしかし、予想していたものだった――「はい、かまいません、艦隊司令官」

ティサルワットのほうをふりむく。「あなたもこれを今後の予定に組み込みなさい。それから、整合性のない作戦でも、省かずわたしに話すこと。ひょっとすると、使えるものがあるかもしれない」


翌日の朝食。わたしはゼイアト通訳士を〈スフェーン〉とドクターに任せ、エカル副官を招いた。カルル5がブラクト焼の皿に盛った魚とフルーツをテーブルに置き、薔薇《ばら》色のガラスの杯にお茶をつぐ。それから〈慈〉に促され、退室した。

「すべて順調かな？」わたしはエカルに訊いた。

「すみません、お尋ねの意味がよくわかりません」エカルはお茶を手に取った。以前よりずいぶんおちついた手つきで、わたしとこうしていても、おどおどしたところはない。

「具体的に何がというわけではない」

「申し訳ありません、少し意外な気がしたもので」お茶を持つ手を下げる。口はつけていない。

「艦隊司令官は、つねにわたしの様子をご存じかと」

「ある程度はね」正直に認める。そして魚をひと口。これでエカルも料理に手をつけられる。

「その気になれば、わたしはあなたの様態を見ることができ、ときにはあなたがどう感じているかもわかる。しかし……」フォークをおろす。「頻繁にはやらないよう心がけているつもりだ。あなたがおちつかない気分になるとわかればとくにね。それに――」自分と彼女を手で示す。「必要なときはいつでも、わたしに話しかけてもらいたい。あなたさえその気になれば」

懸念と恐れ。「わたしは何か間違ったことをしたのでしょうか?」

「いや、その反対だ」魚をもうひと口。「わたしはただあなたと食事をしたい、いくつか意見を聞きたいと思っただけだ。すべて順調かと尋ねたのは、会話のきっかけのつもりだったが――」お茶を飲む。「世間話が得意なほうではないからね。申し訳ない」

エカルは薄い笑みを浮かべた。ほっとしつつも、安心しきってはいない。体が緊張している。

「では、前置きなしで用件に入るとしようか。じつは、アマート1に対する感想を聞きたい」

エカルが一瞬たじろいだのを見ていいそえる。「この名を聞くと、奇妙な気分だとは思う。あなた自身、長いあいだアマート1として暮らし、いまはもう違うからね」

エカルは気にしないという仕草をした。「乗艦時、わたしはまだアマート1ではありませんでした。退役した者がいたり、辞めた者がいたり、あるいは……」そこで口をつぐみ、払いのけるように手を振った。「でもおっしゃるとおり、奇妙な気分です」フルーツをひと切れ口に入れ、食べてからつづける。「どのようなものかは、わかっていただけていると思います」

「うん、わかっている」彼女がもっと何かいうのを待ったが、その気配はなかった。「悪い意味で尋ねているのではない。アマート1は、セイヴァーデンが療養中は当直をこなし、分隊の指揮をとっていた。任務は立派にこなしたし、士官訓練を始めてもよいと思っている。あなたが使った訓練資機材はまだあるからね。実際のところ、望めば誰でも訓練にとりかかってよい。しかしアマート1に関し、わたしは戦地昇進もあっていいと考えている。あなたは彼女をよく知っているだろう？」

「それは……」おちつきがなくなった。同時に屈辱感。できればこの場を去りたいのではないか。わたしの質問にどう答えてよいかわからないのだ。

「副官、彼女の昇進に異論がある場合、あなたを苦しい立場に追いこむのは承知している。艦上で秘密はないに等しいから、あなたの評価を彼女に知られるかもしれない。しかし、現在の状況を考えてほしい。わたしとティサルワット副官が不在で、セイヴァーデン副官が体調をくずしているあいだ、何が起きたかを考えてくれないか。あなたと分隊のリーダーたちは立派に任務をこなしたが、あなたにもっと経験があれば、もっと余裕をもってこなせただろう。ふたたび同じ状況になったときのために、分隊リーダー全員に訓練を施せば、昇進に値する結果を得られると思う。〈慈〉にもそれが必要になるときが来る」

エカルは黙ってお茶を飲んだ。考えこむ。不安と恐れ。

「艦隊司令官」ようやく口を開いた。「このようなことを申し上げるのは失礼だとわかっていますが、いったい何をおっしゃりたいのでしょう？　アソエクにもどる理由は理解しています。納得もしています。しかし、その先は——。最初知ったときは、現実の話ではないような気がしました。その感覚はいまもまだ幾分あります。でも現実に、ラドチの皇帝は分裂している。皇帝が分裂すれば、ラドチも分裂します。だからおそらく皇帝は、なんとしてでもご自身を守り抜き、ばらばらになったものをまたひとつに団結させるでしょう。しかし艦隊司令官は——すみません、率直に申し上げます——そうなることを望んでいない」

「ああ、わたしは望んでいない」

「では、どんな意味があるのです？　何のために、訓練や昇進について話し合うのですか？　これからも、これまでと同じく時が過ぎていくように？」

「意味のあるものなど、どこにある？」

「はい？」エカルはまごつき、うろたえた。

「千年後、あなたが心配するようなことは何ひとつ問題ではなくなるだろう。あなたにとっても問題ではない。とっくに死んでいるからね。わたしも気にしないし、いま生きている者は誰も気にしない。ひょっとすると、たまたま、わたしたちの名前を覚えている人がいるかもしれないが、せいぜいが、記念ピンに刻まれるくらいだろう。それも埃《ほこり》をかぶり、箱の底にしまわれて、誰も開けることがない」エカルならまだしも、わたしが死んだところで記念ピンをつくる者などひとりもいないはず。「千年が過ぎ、また千年、千年と、宇宙が終わりを告げるまで、時は過ぎていく。考えてみるといい――長い長い歳月の下に埋もれてしまった苦難や悲劇、そして誇りや喜びを。それを生きた人びとのすべてを。いまは跡形もなく消えてしまったものを」

エカルは息を詰めていた。「気持ちが沈んだときに思い出します、艦隊司令官がどのようにわたしを励ましてくださったか」

「意味があるとすれば――」わたしはほほえんだ。「それは〝意味などない〟ということかな。一人ひとりが自分で決めるだけだ」

「でもそれが、なかなかできないのです。艦隊司令官はきっと、ご自分で決められるのでしょう。そこがわたしたちと違うのです。そしてこの艦の乗員はみな、あなたが決めたことに従います」料理を見下ろし、ちょっと逡巡《しゅんじゅん》してからフォークを手に取る。だがどうやら、食べる気分ではないらしい。

「なにも大きな意味でなくていい」と、わたしはいった。「あなたがいうように、決められないこともある。〝無理にでも足を踏み出さなければ、ここで死んでしまう〟というぎりぎりのことだってある。もしこの賭けに負けたら、もし近い将来命を失ったら、訓練も昇進も意味がなくなるだろう。しかし、先のことなど誰にわかる？　円盤投《オーメン》げは、きっと良い結果になるよ。もしわたしが望みを達成できたら、その後はアソエクを守りきるものが必要だ。優秀な将校がいてくれなくては困る」

「でも艦隊司令官、オーメン投げが良い結果になる確率はどれくらいでしょうか？　わたしの知るかぎり、ティサルワット副官の計画は……」その先の言葉をのみこむ。「少しのミスも事故も許されません。悪い方向に進む可能性はいくらでも考えられます」

「この種のことをやるときは、勝率など意味がない。そんなものは知る必要もない。知る必要があるのは、やりたいことをやるための方法だ。それがわかったら実行する。その先は——」オーメンを投げるふりをする。「なるようにしかならない」

「すべてはアマートの御心《みこころ》のままに」エカルは敬虔《けいけん》な信者の決まり文句をいった。「神のご意思で決まると思えば、気持ちが安らぎます」ため息をひとつ。「いつもかならず、ではありませんが」

「そうだね」わたしはうなずいた。「ともかく、朝食をいただくとしようか」魚をひと切れ口に入れる。「うん、とてもおいしい。料理を楽しみながら、アマート1について話そう。ほかにあなたが将校に推薦できる者がいれば誰でも」

朝食後、医務室に行った。ドクターの狭いオフィスに入り、椅子にすわってから、松葉杖を壁にたてかける。

「義足はどうなっただろう?」

「まだです」素っ気なく、いつも以上のしかめ面。文句は受けつけないという顔つき。

「そろそろできあがってもいいころだと思ったが」

「仕組みが複雑でしてね。再生してくる脚とうまく調子を合わせなくてはいけないし……」

「わたしがセイヴァーデンとアマートを連れてステーションに行くのを、確実に阻止したいからか?」いまはまだゲート内で、アソエクまでしばらくかかる。

ドクターは鼻で笑った。「その程度であなたを引き止められるわけがない」

「では何が問題だ?」

「義足は一時しのぎでしかありません。酷使に耐えられる造りではないし、ましてや義足で戦うなどもってのほかです」わたしは無言で、ドクターのしかめ面を見つめるだけだ。「セイヴァーデン副官も行ける状態じゃないですよ。以前よりずいぶん良いとはいえ、そのてのストレスにうまく対処できるかどうか。それにティサルワット副官は……」この計画になぜティサルワットが不可欠なのか、ドクターは誰よりもわかっているはずだった。

「実戦経験がある乗員は、わたしを除けばセイヴァーデンだけだ。〈スフェーン〉もそうだろうが、信頼できるかどうかの確信がもてない」

「無理、無理」ドクターはせせら笑ってから、ふと思いついたようにいった。「それなら、戦地昇進を考えてみたらどうです？　たとえばアマート1とか。ボー1でもいい」

「すでにエカルと相談したよ。セイヴァーデンとも話したかったが、まだ眠っているだろうから」意識をそちらに向けてみる。眠りの段階を見ると、やはり熟睡だ。場所はわたしの寝台。カルル5は仕事場を失って不満どころか、がらんとした兵員食堂のテーブルで、陽気に鼻歌をうたいながら破れたシャツの袖を繕っていた。そばには緑釉《りょくゆう》の茶杯がある。

「セイヴァーデンは順調に見えるが」

「いまのところはね」と、ドクター。「しかし今後また、何か精神的負担を抱えたとき、汗を流せるジムがなかったり、お茶をつくれなかったりしたら、どうなるかわからない。彼女に瞑《めい》想《そう》でもしたらどうかとずいぶん勧めたんですけどね、気質的に向いていないらしい」

「ゆうべ、やろうとしたみたいだが」セイヴァーデンのスケジュールでは朝のうちだ。

「ほう。それはそれは」なかばうれしい驚きも、顔には出さない。ドクターはたいていいつもそうだった。「まあ、今後のお楽しみかな。で、あなたの脚の具合を診《み》なくては。それにしても、右脚も痛むことを、どうしていままで教えてくれなかったんです？」

「一年以上まえからだから、もう慣れた。いくらドクターでも、いまさらどうしようもないと思ってね」

ドクターは腕組みをして、椅子の背にもたれた。相変わらずのしかめ面でわたしをにらむ。

「まあね、わたしにはどうしようもないかもしれない。あれこれやるのは現実的ではないでしょう。しかしそれでも、話してはくれないと」

わたしは申し訳ないという表情をつくり、「はい、ドクター」といった。彼女の肩から力が抜ける。ただし、若干。「それで義足の件だが、まだできていないとは、いわないように。わたしはちゃんと知っているから。遅くとも数時間以内にはできあがる。ともかく、松葉杖にはうんざりだ。義足が酷使に耐えられないのはわかる。おまけに十分慣れるだけの時間もない。戦えるほどにはね。たとえいますぐ渡してくれてもだ。わたしはステーションには行かず、セイヴァーデンが行く」

ドクターはため息をついた。「あなたなら慣れるのは早いでしょう、なんといっても……」しばしの躊躇《ちゅうちょ》。「属躰《アンシラリー》ですから」

「おそらくね。しかしそれなりに時間はかかる」いくらこの手でアナーンダを星系《システム》から追い出したくても、計画そのものを危険にさらしたくはなかった。

「仕方ない」眉間の皺は消えないものの、ドクターは内心ほっとしているはずだ。「では隣の部屋に行って、脚の再生具合を診ましょうかね。それがすんだら、部屋にもどって眠ること。理由は、あなたは一睡もしていないから。いまはゲート内で安全だから。すべて順調であることを、あなたはとっくに〈慈〉に確認しているから。そして目が覚めるころには、義足が仕上がっている」

　わたしはセイヴァーデンと並んで寝ることを考えた。狭い空間を共有したのは初めてではないが、それは〈カルルの慈〉に乗るまえだった。失ったものを――自分が自分に囲まれているような感覚を――たとえわずかでも、ふたたび感じられるまえのことだ。ドクターのいうとおり、わたしはゆうべ一睡もしていなかった。とても疲れている。わたしは彼女にいった。

「それであなたが喜んでくれるのなら、ドクター」


　セイヴァーデンはわたしに気づかないほど眠りこけていた。すぐそばに彼女の温《ぬく》もり、ゆっくり安定した呼気を感じ、〈慈〉経由で眠っているアマートたちを見ていると、なんとも心地よい。〈慈〉は分隊室にいるティサルワットや、兵員食堂に入ってくるボー分隊の姿も見せてくれた。ボーたちはカルル5が食堂にいるのを見て笑う。「指揮官はアマートの副官とふたりきりの時間を過ごしたかったのかな?」ボー10がカルル5にいった。「ついに!」カルル5は無言でほほえむだけで、裁縫をつづける。エカルは夕食をとりに分隊室に行き、エトレパたちは仕事の仕上げに励む。これが終われば分隊室で夕食だ。司令室ではカルル1が当直中。厳密には規則に触れるが、いまは何もないゲート内部で、面白いことさえ起きず、分隊のリーダーにはひとつでも多くを経験させたほうがいい。ドクターはカルル12に、昼食はあとまわしだといった。いまはともかく忙しいんだ、義足を約束どおり仕上げなかったら、艦隊司令官に何をいわれるかわかったもんじゃない。カルル12は無表情だ。心のなかでしかほほえまない。

すべて問題なし。わたしは眠り、目覚めたときはボーが当直に就いていた。ティサルワットとボー二名はジムで運動し、エカルとエトレパ分隊は睡眠中。アマート分隊はまだ目覚めず夢を見て、セイヴァーデンもまだわたしの隣で眠っている。寝台の脇ではカルル5が、わたしに飲ませる薔薇色のガラスの茶杯を手に静かに立っていた。分隊室でお茶をいれ、ここまで運んできたのだろう。耳に〈慈〉の声がした――「ドクターが、ご都合の良いときにいつでもどうぞ、とのことです」

二時間後、わたしは出来立ての仮の脚で歩いていた。脚といっても、灰色の丸いプラスチックの棒をつなげたもので、足裏は完全な平面だ。反応はきわめて鈍く、最初の数歩はずいぶん体がぐらついた。「走ってはだめ」とドクターはいったが、よしんば酷使仕様でも、これで走るのは無理だろう。「毎日チェックしますからね。再生脚との接触面に炎症や傷ができても、あなたは感じないだろうから」矯正具のおかげで、脚は刻々と再生されているのだ。「原始的に見えるかもしれませんが、早期に異状を発見するにはこれがいちばん。医者を信じなさい」といわれ、わたしは「はい、ドクター」と答えた。それからカルル12に付き添われ、通路を行ったり来たりする。倒れたりつまずいたりせず歩けるようになっても、義足の動きは硬く、床を踏むたびガツンガツンと音がした。

分隊室には〈スフェーン〉がいた。テーブルのゲーム盤の前にすわっている。わたしがよろよろ入っていくと、〈スフェーン〉のほうから声をかけてきた。

「ごきげんよう、同朋《どうぼう》。新しい脚に慣れるのはたいへんらしい」

「予想以上の難事業だね」わたしはうなずいた。かつて、〈トーレンの正義〉の将校でも手足を失った者はいたが、例外なく移送され、治療を受けた。もしそれが属躰だったら、廃棄して新しい人体を解凍するほうがはるかに簡便なのはいうまでもない。カルル12が椅子を引いてくれ、わたしは腰をおろした。ゆっくり、慎重に。

「しかし、練習さえすれば問題ない」

「当然そうだろう」これが嫌味かどうかは判別できなかった。「わたしはいま、ゼイアト通訳士を待っている」

「分隊室にいる理由を、わざわざ説明しなくてもいい。あなたはゲストなのだから」カルル12がカウンターからケーキをひとつ取り、お茶と一緒に持ってきた。

そして同じものを〈スフェーン〉のところにも。〈スフェーン〉はテーブルに置かれるお茶を、それからケーキを見ていった。

「わたしにこんなことをする必要はない。水とスケルを与え、船倉で眠らせればすむ」

「ではなぜ、こんなことをすると思う?」わたしはケーキを口に入れた。刻んだデーツが入っていて、シナモンの香りがする。これはエカルのお気に入りレシピだ。「教えてほしい、同朋。あなたは自分が〝彼女〟ではなく、〝あれ〟や〝それ〟と呼ばれて気にさわらないか?」

「なぜ気にさわる?」

わたしは曖昧な仕草をした。「人間の待遇を受けているあなたがそんなふうに呼ばれるのを聞いて、戸惑う乗員がいる。わたしはあなたを〝同朋〟と呼ぶが、乗員はわたしを〝あれ〟と呼ぶなど夢にも思わない。基本的には、そちらのほうが合っているんだけどね」

「あなたは〝彼女〟と呼ばれることが気にさわるのか？」

「いいや。わたしは何であれ、その人なりの呼び方で呼ばれることに慣れてしまったから。といっても、正直なところ、ここの乗員に〝あれ〟だの〝それ〟だの呼ばれたら腹を立てるだろう。彼女たちが侮辱の表現として使うのを知っているからね」

〈スフェーン〉はケーキを取りあげた。ひと口かじって、もぐもぐする。そして飲みこんでからこういった。「これまで一度も考えたことがない。しかし同朋、わたしが何をいちばん不快に感じるかをご存じか？」わたしはケーキをほおばっていたから、先をつづけてくれと手を振った。「あなたたちが自分をラドチャーイと呼ぶことだ。ここを――」腕でぐるりと周囲を示す。「ラドチと呼ぶことだ」

わたしはごくりと飲みこんだ。「そう感じるのも無理はないように思う。ところで同朋、いまあなたはどこにいるのだろうか？」

「テーブルをはさんで、あなたの真向かいにいる」いつものように無表情ながら、どこか笑っているように見えなくもない。

「ゴースト星系で、〈カルルの慈〉があなたの居場所を尋ねたとき、答えたのはあなた、この艦上にいるあなただった。〈慈〉と直接話してはいない」その結果、〈スフェーン〉がどれくらい離れた場所にいるのかわからず、位置を予想することすらできなかったのだ。

〈スフェーン〉はにっこりした。「お願いしてもよいだろうか、同朋？　セイヴァーデン副官とともに、わたしもステーションに行かせてもらえないだろうか？」

「理由は？」

「約束する、けっして邪魔はしない。わたしはただ、この手で侵略者の首を絞めて殺したいだけだ」三千年まえ、〈スフェーン〉が逃れてきた戦いは、アナーンダの勢力拡大方針だけでなく、絶対的支配者としての正当性に関する戦いでもあった。と、わたしは理解している（わたしが生まれる千年まえに起きた戦いなのだ）。「それが時間の無駄であれば、わたしは喜んで侵略者の頭を撃ち抜く。誰に殺されるのかを、侵略者が認識できるかぎりは。自分がどういう存在かを考えれば、これはつまらない望みであり、なんの役にも立たないことは承知している。しかし、わたしはどうしてもやりたい。三千年のあいだ、ずっと夢見てきた」わたしは無言だ。「そうか、あなたはわたしを信用していないのか。もし、そう、わたしがあなたの立場だったら、やはり信用していないだろう」

そこへゼイアト通訳士が入ってきた。

「〈スフェーン〉！　わたしは考えて考えて考えました。あなたにそれをお見せしましょう！　こんにちは、艦隊司令官！　あなたもきっと気に入ってくれますよ」カウンターにあったケーキのトレイをテーブルに持ってくる。「これはケーキです」

「それはケーキだ」〈スフェーン〉は同意し、ゼイアトがわたしの顔を見たので、わたしも同意の仕草を返した。

「どれもケーキです！　すべてケーキです！」ゼイアトはわくわくしているようだ。すると、トレイのケーキを全部テーブルの上に移し、積み重ねてふたつの山をつくった。「こちらの山は――」大きめのほう、シナモン・デーツのケーキを指さす。「なかにくだものが入っています。そしてこちらには――」もうひとつの山を指さす。「入っていません。わかりますか？　以前は同じでした。でも、いまは違います。よく見てください。あなたたちは思っているでしょう――わたしもそう思いましたから――ふたつが異なる理由はくだものか、あるいは非くだものだと。でもね、ほら！」ふたつの山をくずし、混ぜこぜにして縦横に並べる。「境界線をつくります。仮想の境界線を一本！」身を乗り出し、並べたケーキの中央に腕を置いて、片側を脇にずらした。「そしてこちらは――」分かれた片方を指さす。「あちらとは異なります」境界線の反対側を指さす。「そしてこちらには、くだものが入っているものと、入っていないものがあります。さっきは違っていたのに、いまは同じです。境界線のあちら側もそうです。さあ、これから――」腕をのばしてゲーム盤の駒をひとつ取りあげた。

「いかさまをしてはならない、通訳士」と、〈スフェーン〉。静かに、穏やかに。

「あとでちゃんと、もとの場所にもどしますよ」ゼイアトはいいかえすと、駒をケーキとケーキのあいだに置いた。「まえは〝ケーキ〟と〝駒〟で、違っていました。認めますね？　まえは違っていましたね？　でもいまは同じですね」

「駒はケーキほどおいしくはないと思うが」〈スフェーン〉がいった。

「それは見解の相違でしょう」ほんの少し偉そうに。「しかも、いまは駒ではなく、ケーキです」眉をひそめる。「それとも、ケーキが駒なのでしょうか?」

「そうは思わないが、通訳士」と、わたし。「どちらにも同意しかねる」そしてゆっくりと立ち上がった。

「おや、艦隊司令官、それはあなたの目に、わたしの仮想の境界線が見えないからです。でも、境界線はあるのです」自分のおでこを叩く。「このなかに存在するのです」ケーキをひとつ取り、ゲーム盤の駒があった場所に置く。「ほら、ちゃんともとの場所にもどしましたよ」

「つぎはわたしの番だ」〈スフェーン〉はそのケーキを取りあげて、かじった。「通訳士のいうとおり、この駒はケーキと変わらずおいしい」

「艦隊司令官」カルル12が、ゆっくり廊下へ向かうわたしのすぐ後ろでささやいた。黙って会話を聞いているうち、腹立ちと恐れを感じたらしい。「これだけはいわせてください。わたしたちはけっして、艦隊司令官を〝あれ〟などとは呼びません」


翌日、セイヴァーデンは分隊室にひとりでいるエカルを見つけた。

「ちょっといいかな、エカル」セイヴァーデンは頭を下げた。「休憩の邪魔をしたくはないんだが、〈慈〉から、いまなら多少の時間があるだろうと聞いたもので」

エカルはすわったままだ。「なんでしょう?」驚いたようすはまったくない。もちろん〈慈〉がセイヴァーデンの来訪を予告し、エカルに都合のいい時間を確認していたからだ。

「きみにいいたいことがある」気が張って、気詰まりで、入口からほんの一歩入ったところに立ったままだ。「ともかく、その、態度が悪かったことはこのまえあやまった」ふうっと息を吐く。「しかし、自分が何をしたのかは、よくわかっていなかった。ただ、きみの怒りを鎮めたかっただけだ。〈慈〉から、こういえといわれたことをいったにすぎない。ぼくはきみに怒っていた。理由は、きみがぼくに怒ったからだ。が、〈慈〉はぼくに、これ以上愚かな真似はしないほうがいいといった。ぼくはずっと、それについて考えてきた」

エカルはテーブルの席で微動だにしない。顔は属躰の無表情。

セイヴァーデンはその意味を察しながらも、言葉を抑えることができなかった。

「ぼくはずっと考えた。だがいまだに、なぜきみがあそこまで怒るのかがよくわからない。しかし、それはもういい。きみは傷ついた。ぼくはそれを聞いたとき、すぐにあやまり、ごたくを並べるのをやめるべきだった。そしてじっくり、ふりかえるべきだった。きみのほうこそ、ぼくに合わせろなんていわずにね。きみにあやまりたい。ほんとうにごめん。今回は心からの謝罪だ」

セイヴァーデンにはエカルの反応が見えなかった。全身ぴくりともしないからだ。が、〈慈〉には見えた。そしてわたしにも。

セイヴァーデンは沈黙のエカルにいった。「そしてこれもいっておきたい。ぼくは、きみが恋しい。きみと共有したことが。だが、すべては愚かなぼくの過ちだ」

静寂は五秒つづいた。しかしその間、エカルはいまにも何かいいそうだった。あるいは、立ち上がるか。でなければ、泣きだすか。

「最後にもうひとつだけ――きみはすばらしい将校だ。なんの予告もなく、訓練も積まずに将校になった。ぼくも将校になりたての数週間、きみのように冷静で強くあったらよかったのに、と思う」

「だけどあなたは――」ようやくエカルが口を開いた。「当時、わずか十七歳だった」

「副官」〈慈〉が彼女の耳にささやく。「これは賛辞です」

エカルは声に出していった。「ありがとう、副官」

「ともに仕事ができるのがうれしい」と、セイヴァーデン。「休憩時間の邪魔をして申し訳なかった」一礼し、セイヴァーデンは分隊室を出ていった。

エカルはテーブルの上で腕を組み、そこにつっぷした。

「〈慈〉――」失望の声。「これもまた、あなたのシナリオ？」

「表現で多少の助言はしました。しかし、わたしのシナリオではありません。副官自身の言葉です」

「だったら、艦隊司令官のアイデア？」

「いえ、違うでしょう」

「彼女はとても魅力的。ベッドでも、すばらしい。それでも……」外の廊下でエトレパ6の足音がした。

エトレパ6は入口から分隊室をのぞいた。上官がテーブルにつっぷしている。そしてついさっき、セイヴァーデン副官がこの部屋から出てきて廊下を歩き去るのを見た。ふたつを考え合わせ、エトレパ6はなかに入ると、お茶をいれはじめた。

エカルは顔を上げず、声にも出さずに〈慈〉に訊いた。

「もどってきてと頼んだら、彼女はもどってくる?」

「はい、そのように思います。しかし副官、もしわたしがあなたなら、しばらくは彼女をそのまま悩ませておくでしょう」

13

あと数時間でゲートを出てアソエクの星系《システム》に入るというころ、ティサルワットがやってきた。「艦隊司令官」入口ぎわに立ち止まっていう。「わたしはこれからエアロックに行きます」

「わかった」義足で立ち上がるのも、きのうよりはふらつきが少ない。「お茶を飲む時間は？」

カルル5は部屋を出ていくとき、いれたてのお茶のフラスクをカウンターに置いていった。

「いえ、時間がないように思います。ただ、できれば……」わたしは無言で待ち、ようやく彼女はいった。「申し訳ありません、考えがまとまりません。しかし……はい、もしわたしが生還しなかった場合、ティサルワットの家族には、何が起きたかを伏せていただければと思います」

わたしからティサルワットの親族に何か伝える機会など、ほとんどないに等しいだろう。

「わかった、そうしよう」

ティサルワットは安心したように、大きくひとつ深呼吸した。「あまりに酷だと思うからです。愚かに聞こえるのはわかっています。わたしは家族を知りません。家族に関する大量の情報を知っているだけです」

「愚かではない。気持ちはよくわかる」

「そうでしょうか?」気をつけの姿勢のまま、手袋をはめた手をぎゅっと握り締めてはほどく。「もし帰還できたら、無事に帰ってこられたら……ドクターに、わたしの目の色を平凡な色に近づけるよう指示してもらえるでしょうか」

軽薄なライラック色の瞳は、かつてのティサルワットがみずから選んだものだ。

「あなたがそうしたいなら」

「浅はかきわまりない色です。この色を見るたび、彼女を思い出します」彼女とは、かつてのティサルワットだ。「わたしとはもう無関係です」

「そんなことはない。あなたはその色をもって生まれたのだ」ティサルワットの唇が震え、目が潤む。「今後、あなたがほかにどんな色を選ぼうと、それはあなたの色になる」そういっても、涙はたまってゆく。「いずれにせよ、何も心配することはない。で、薬は飲んでいるのか?」

「はい」

「ボーたちは、やるべきことがわかっている。もちろん、あなたもね。あとは実行するだけだ」

「艦隊司令官が、わたしのすべてを見られることは、とくに意識していませんでした」〈慈《めぐみ》〉と同様に、感情も反応も見られることを。「たいていいつもそうなんですが、たまにそれを思い出すと……」つぎの言葉が出ない。

「わたしは見ないよ。しばらくまえから、見ないようにしてきた。それにいまは、見る必要もない。経験上、若い副官はあなたが最初ではないしね」

彼女は短く、はっ、と息を吐いた。「作戦を思いついたときは、これでいいんだ、と思いました」鼻をすする。「当然のことに思えました。でもいまは、不可能に思えます」

「楽な作戦なんてそうそうないよ。それはあなたにもわかっているはずだ。ほんとうにお茶はいらない?」

「はい」涙をぬぐう。「これからエアロックに行きます。バキュームスーツで小便したくありません」

わたしは険しい口調でいった。「背筋をのばしなさい、副官。顔を拭くんだ」ティサルワットはすぐに肩を引き、気をつけの姿勢をした。手袋をはめた手で顔をこする。「セイヴァーデンがいまこちらに向かっている」

「艦隊司令官——。セイヴァーデン副官とあなたのことはわかっています。理解しています。しかし副官は、どうしてあそこまで人を見下すんでしょうか?」

「そんなことはないよ」するとドアが開き、セイヴァーデンが入ってきた。「下がりなさい、副官」

「了解しました」ティサルワットはお辞儀をして、ドアのほうをふりむいた。

セイヴァーデンがにやにやする。「もうお帰りかな、お嬢さん?」

「どうか——」ティサルワットはセイヴァーデンの目をじっと見た。「今後、その呼びかけは……二度となし、ということで」つかつかと部屋を出ていく。

セイヴァーデンは、へえ、という顔をした。「ずいぶんぴりぴりしているな」面白がる半面、好奇心をそそられている。ティサルワットの任務は極秘で、準備も彼女ひとりでこっそりと進められた。もちろん、わたしと〈慈〉にまで隠すことはできない。

「彼女は見下されるのが不愉快で――」わたしがいうと、セイヴァーデンは驚いたように目をぱちくりさせた。「神経過敏にもなっている」

セイヴァーデンはまたにやりとして、「だと思ったよ」というと、表情を引き締めた。「銃をもらいに来たんだが」わたしは一歩も動かない。「脚の負傷さえなかったら、ブレク、きみが行くべきだし、銃をほかの者に渡さずにすんだだろう」

「その話はすでにした。あなたとね。〈慈〉とも」そしてドクターとも。〝どんなことになるかは想像するまでもない〟とドクターはいった。〝状況は緊迫し、あなたは片方が義足であることを忘れる。思い出したところで、気にもとめない〟。もしわたしひとりだったら、突き進んでいただろう。だがいまは、わたしひとりではない。

「あなたがもし銃を奪われたら、わたしはあなたを許せるようになるまで長生きはできない」セイヴァーデンを通常武装でステーションに行かせることもできた。しかしプレスジャーの銃があれば、アナーンダを殺せるチャンスが生まれる。アナーンダがアーマーを展開しようがしまいが、属躰《アンシラリー》に囲まれていようがいまいが。だがもしセイヴァーデンが失敗し、銃を奪われたら、結果は悲惨なものになるだろう。

セイヴァーデンは顔をひきつらせて笑った。「わかっているよ」

わたしはふりかえり、背後のベンチの蓋を開けた。銃を入れた箱を取り出し、テーブルにのせて開く。セイヴァーデンはそのなかの、銃の輪郭をもつ黒い部分を握った。銃は箱の外に出るなり、セイヴァーデンの手袋のこげ茶色に染まる。

「細心の注意を払うように」すでに忠告したことをくりかえす。「ゼイアト通訳士の話では、それはラドチの船を破壊するためにつくられた。貫通距離が一・一一メートルなのは、たまたまそうなったにすぎない。慎重の上にも慎重を期すこと」

「いわれなくてもわかっているよ」上着の下に銃を入れ、箱からふたつ弾倉を取り出す。

「〈グラットの剣《つるぎ》〉がステーションにドッキングしていた場合、熱シールドは撃たないように」

セイヴァーデンのチームは、あの若いアナーンダを狙いにいく。しかし居場所は、ステーションが教えてくれないかぎり（教えてくれると信じたい）、特定しようがないのだ。とりあえずの候補は、ジアロッド総督の私邸か〈グラットの剣〉だった。

「わかっているから」セイヴァーデンは辛抱強くいった。「ブレク……ぼくが頼りにならない人間で、ほんとにすまないと思っているよ。さして気に入らない副官の手にゆだねるしかないことも」

「まったく問題ない」わたしは嘘をついた。

「そうは思えないね。だが、これが現実だ」

いまさらあれこれいっても仕方がない。「ばかな真似だけはしないように」

セイヴァーデンはほほえんだ。「出発まえに、声をかけに来るかい？　これから装備の最終チェックをして艦を出る」

「そのつもりだった」箱を閉じ、テーブルの上にそのままにして、ドアに向かう。セイヴァーデンの横を通り過ぎようとすると、彼女が腕をのばしてきた。「歩くのに助けなどいらない」

「ふらついたように見えたから」すまなそうにいい、セイヴァーデンはわたしの後ろについて部屋を出た。

「義足が脚の成長度に合わせて調節しているからだろう」というわたしも、そのタイミングが事前にはわからない。それもあって、戦闘には加われないのだ。「数分かかることもある」

その後は問題なく歩けて、エアロックのそばの集合場所まで事故なく、つまずくこともなくたどりつけた。

「時間はとらせないから」わたしはセイヴァーデンに同行するアマートふたり、ティサルワットとボーふたりに向かっていった。全員が作業の手を止め（バキュームスーツの密閉具合のチェックだ）、立ち上がり、こちらを向いた。「ふつうなら発破をかけるスピーチでもやるのだろうが、みんなにそんなものは不要だし、時間がもったいないだろう。ともかく、無事に帰還してほしい」ティサルワットとボーたちにはもっといいたいことがあったが、ここにはセイヴァーデンとアマートもいる。ティサルワットの任務内容のほのめかしにつながる発言は控えたほうがいい。その代わり、わたしは手袋をはめた手を、ティサルワットの肩に置いた。

「はい、艦隊司令官」彼女の目に涙はもうない。「了解しました」

わたしは手を離し、セイヴァーデンたちをふりむいた。

「はい、艦隊司令官」セイヴァーデンがいった。「やりとげます」

「よし。それではみんな、作業にもどってくれ」もう一度、ティサルワットとボーのほうを見る。「みんなの力を信じている」わたしは背を向け歩きだし、兵士たちはバキュームスーツや綱《テザー》のクリップの確認作業を再開した。


当直はエカル副官で、わたしが司令室に入ると、椅子から立ち上がった。

「とくにご報告するようなことはありません、艦隊司令官」

当然だろう。まだゲート空間なのだ。アソエクにもどるまで、外部の映像はただの暗闇だ。

「すわって、副官。当直交代で来たわけではないから」自室でお茶を飲むだけで、無為に過ごすのがいやだったのだ。「わたしはいくらでも立っていられる」

「ですが、艦隊司令官」コンソールの前にいたエトレパ4がいった。「すわっていただいたほうが、乗員はみな安心します。このような発言、どうかお許しください」いいや、エトレパ4なら、わたしに対してこんな発言はしない。彼女はいま、しゃべった自分に吐き気をもよおすほど動揺しているはずだ。

「ほんとうは〈慈〉だろう」

「ほんとはそうです、艦隊司令官」エトレパ4は安堵《あんど》のあまりか軽い口調になった。それでも多少の吐き気。「まだしばらくは何も起きません。どうかおすわりください」

エカル副官は椅子の横のホールドをつかんだ。「ちょうどお茶を頼むところでした」

「わたしはいくらでも立っていられるよ」そういいながら、椅子に腰をおろした。

「了解です、艦隊司令官」エカルは眉ひとつ動かさずにいった。

二時間後、ゲートを出てアソエクの星系に入った。ほんの一瞬のみ。それでも〈カルルの慈〉がステーション近隣の通行量を確認することはできた。息の詰まるような絶対的な暗闇が消え、現実世界に包まれる。いきなりの広がりと奥行き。光、熱、その他あらゆるものが現実になる。ステーションは恒星の光を受けて輝き、アソエクそのものは影のある白と青色。しかしそれもすぐ、ゲートの深い闇にかき消された。

セイヴァーデンとアマートたち、ティサルワットとボーたちはすでに船外にいて、バキュームスーツにテザーで待機中だった。いきなり訪れた明るさがいきなり消えると、アマート2が、ぐっ、と息をのんだ。垣間見えた現実世界が、ふたたび不気味な暗闇となり、息をするのさえ苦しく感じられる。これは一般的な反応だった。「なんというか……」

「不気味だといっただろ？」セイヴァーデンはアマート2の横にいる。「きみたちはほんとうにこれが初体験なのか？」返事はなかった。「とすると、経験者はほかに艦隊司令官だけか。それから〈慈〉。どっちもとっくに経験ずみだ」

その点は間違いない。セイヴァーデンが話しているあいだにも、〈慈〉は見たばかりのステーション周辺の光景を、本来あるべき光景や種々の航行計画、そのスケジュールと比較している。そして現在位置と移動位置の推計。「十一分三秒です」司令室のわたしの背後でエトレパ4がいった。〈慈〉が外殻で待機する兵士たちの耳に伝える。「まさかこれほどなつかしい気分になるとは」全員のアドレナリン量が急増し、心拍数が上昇。セイヴァーデンが苦笑した。「まさかこれほどなつかしい気分になるとはね。それにしても、いやに静かだ。艦隊司令官は、以前は歌いつづけだったよ」

「以前は？」アマート2がいい、みな笑った。緊張した短い笑い。まもなく移動し、〈カルルの慈〉の手の届かないところに行くからだ。〈慈〉がいつ、どこで迎えに来てくれるかもわからない。なぜそうなのか、どれくらい先になりそうかがわかるのは、ティサルワットだけだった。ティサルワットひとりが、時間を要する任務にとりくむのだ。

「以前はずいぶん違ったよ」と、セイヴァーデン。「声もずっとよかった。どの声もみんなね」

「わたしは艦隊司令官の声が好きですよ」と、ボー3。「最初はそうじゃなかったけど、たぶん慣れたんでしょう」

「同感」と、ティサルワット。

「副官――」アマート4がいった。「どうか、これから十分間、わたしたちに歌えなんて命令しないでくださいね」

「ふむ。それもなかなかいいな」セイヴァーデンの言葉に、アマートばかりかボーたちもうめいた。「艦を出るまえに一曲選んで、練習しておけばよかった。艦隊司令官がよくやったように、声部に分かれてね」セイヴァーデンは歌いはじめた。「歩いていたら、歩いていたら／愛に出会った／町を歩いていたら／ほんとうの愛に出会った」という歌を、本人は口ずさんだつもりだった。音程はほぼ合っていたものの、歌詞はラドチ語ではなく、わたしが歌うのを聞いたのは何十年も（あくまで彼女の基準で）まえだったから、覚えている歌詞は意味不明だ。

「それは艦隊司令官が歌っていたもの？」と、ティサルワット。「一度も聞いたことがないような」

「わたしは聞きましたよ」ボー3がいった。「あの日、艦隊司令官が半死の状態でかつぎこまれたとき。それでもまだ歌おうとしていた」

「信じるよ」と、セイヴァーデン。「彼女のことだ、もうじき死ぬと思ったら、歌うに決まっている」二秒の静寂。「さ、いいかな、テザー・クリップについて注意したことを忘れないように。ゲート移動の時間は限られている」わたしたちは目撃されたくなかった。〈カルルの慈〉の兵士がステーションに向かっていることを、誰にも（ただし、ステーション自身を除く）察知されてはならない。星系に入るときはできるだけ、ぎりぎりステーションに近い場所とし、入った瞬間にセイヴァーデンとティサルワットのチームはステーションに上陸、〈カルルの慈〉は消える。「指示が出しだい、テザーをはずし、訓練したとおりに艦から離れること。万一、クリップがはずれないなど不測の事態が起きた場合は、あわてずに、その場にとどまること」全員が声をそろえ、「了解しました！」と答える。「艦から離れるタイミングを間違え、ステーションにたどりつけない場合、〈慈〉に回収されることを期待するな。過去に回収不能の例はある」

「副官――」ボー3がいった。この数日、くりかえし聞かされた話だった。「艦隊司令官は、あらかじめ歌を選曲しているのでしょうか。

危機的状況に陥ったとき、選曲などする余裕はないように思うのですが」

「あの人なら、やりかねないよ」と、ティサルワット。

「二分——」〈慈〉が伝えた。

「いろんな歌を知っているからね」と、セイヴァーデン。「自然に口から出てくるんだろう」

つづく静寂。「よし、あと一分。テザー・クリップをすぐはずせるように」

これは今回のミッションで、もっとも危険な瞬間ともいえた。艦から離れるタイミングを間違え、宇宙の迷い子となって〈慈〉からも、ほかのいかなる船舶からも遠く離れて漂う危険性どころか、そもそも〈慈〉がゲートから現実空間に出る計測を間違えているかもしれないのだ。ゲートから出た先に、何かがいる可能性もある。セーリング・ポッドのような小さなものから、貨物輸送船まで何でもありだ。〈慈〉が貨物輸送船を見落とすなど考えにくいが、可能性としては否定できない。それに小さなセーリング・ポッドであろうと、バキュームスーツで艦船の外にいる兵士には大きな脅威だ。また、〈カルルの慈〉が星系に入ってすぐまた消えたのを誰かが目撃し、怪しんで待ち構えている可能性はつねにある。

「カウントダウン——」セイヴァーデンが声に出した。といっても、数字はすでに全員の視界に示されている。「五、四、三、二、一。出発！」六人がいっせいに外殻から離れたのをわたしは感じた。

光。〈カルルの慈〉の兵士六人が、ステーション目指して泳ぐ。突如、何メートルか先に現われた配管に排気口。ステーションの保守管理要員にしか興味のないもの。ところがボー3は、クリップ処理をしくじったらしい。船殻から離れはしたが、それもテザーが張り詰めるまでのこと。彼女は身を引き、クリップに手をのばした。「動くな！」わたしは叫んだ。その瞬間、ステーションが消えた。現実世界が、セイヴァーデンとティサルワット、兵士たちが消えた。〈慈〉がゲート空間に入ったのだ。

「ボー3はクリップ処理に失敗しました」司令室で愕然《がくぜん》としているエトレパたちに〈慈〉が報告した。「心配いりません。ボー3は船外にいます」ゲートでふたたび星系に入るまで、ほか五人が無事にステーションに到着したかどうかを知る手立てはない。

ティサルワットとボー9は各自必要な機材を携帯しているから、3の機材がなくても深刻な事態にはならないだろう。

「問題ない、ボー3」わたしは声には出さずにいった。3は船外でテザー・クリップに手をかけたままだ。くやしさ。恐怖。自分自身に、わたしに対する怒り。「このわたしも何度も同じことをした」これは嘘だった。〈トーレンの正義〉の1エスクだった二千年のあいだに、クリップの扱いをしくじったのは二度しかない。「時間的にも追いつくことはできなかっただろう。わたしでもそれほど速くは動けない」ふたつめの嘘。もしわたしなら、ほぼ確実に追いつけた。「艦内にもどりなさい。スーツを脱いで、お茶を飲みなさい」

「艦隊司令官――」ボー3がいった。彼女なら了解の返事をするものと思ったが、声に拒絶の響きを感じた。「彼女はまだ新米です！」

彼女とはティサルワットのことだ。「ボー9がついているよ。9はけっして副官のそばを離れない。それはあなたもわかっているだろう」アドレナリンと心拍数の上昇。ステーションでの計画を知らされたときから。テザーの端より先へ進めなくなった驚愕《きょうがく》の瞬間、わたしに動くなと命令された瞬間から。ティサルワットのそばにいられない自分自身への怒りが湧き上がった瞬間から、アドレナリンも心拍数も急上昇した。「心配いらない。さあ、早くもどってきなさい」

ボー3は目をつむった。大きく二度、深呼吸する。そして目を開け、エアロックに向かった。わたしは司令室に注意をもどした。エカルはわたしの横で、ホールドをつかんで立っている。まったく表情がないのは、一般兵だったときからつづく習慣にすぎない。いまはエアロックに入ってきたボー3と変わらないほど動揺していた。ただし、理由はボーとは違うだろう。わたしは彼女が見ているものを見てみた。

〈慈〉はステーションの近くにいたごく短い時間のあいだに、集められるかぎりのデータを集めた。その位置から見える光景、ステーションのニュース・チャネルの内容など、得られるものは片端からだ。いま、エカルはステーションの映像をながめていた。ただそれは、〈慈〉がどこか別の場所から取り込んだのだろう、ゲートで入った位置から撮った光景ではなかった。そこからでは、ガーデンズが見えるはずはないのだ。むしろ逆に慎重に、死角となる位置を選んでいた。ガーデンズにいる者が、何かの拍子にこちらに気づく可能性があるからだ。

しかし、そんな心配は無用だったらしい。ガーデンズはまったくの無人だった。セイヴァーデンたちがガーデンズのドームに開けた穴（そのおかげでわたしやティサルワット、バスナーイド、ボー9は窒息死せずにすんだ）は、すぐにふさがれたものの、あくまで応急処置だった。ところがいまは、その応急処置すら用をなさず、密閉したはずの箇所に亀裂が入っている。ドームの下、ガーデンズにあった草花はすべてしおれ、死んでいた。何かがドームに、そのもっとも脆弱《ぜいじゃく》な場所に激突したにちがいなかった。

エカルがわたしをふりむき、茫然《ぼうぜん》として尋ねた。「いったい何があったんでしょうか」

「おそらく、あの消えたシャトルが原因だろう」エカルには何のことかわからない。「ステーションが運航表を送ってきただろう？　そこから旅客シャトルが一機、消えていた」

「ええ、そういえば……」記憶をたぐる。わたしは立ち上がり、椅子を彼女に譲ろうとした。

「あ、いけません、艦隊司令官、どうかそのままで。〈グラットの剣〉はゲートから出るまえに、旅客シャトルの位置が予定どおりかどうかを確認しなかったのですね。ゲートから出たとき、もし進路にシャトルがいたら、もし衝突したら……」

「問題のシャトルは遅延が多かったらしいが、〈グラットの剣〉や艦長がそれを知るはずもない」エカルはまぶたを閉じ、すぐに開いた。自分の立場を思い出し、しっかりしなくてはいけないと思ったのだろう。「さいわい――」わたしはつづけた。「ガーデンズは一般市民の立ち入りが禁止されているはずだ」また、アンダーガーデンのセクション・ドアを強硬に修理させたのも功を奏したといえる。レベル1の気圧はおそらく下がっているが、周囲のセクションや下のレベルは安全で、気圧が下がればドアが自動的に閉まってくれるだろう。ただ現実に、ガーデンズの作業員のなかに死者が出た可能性は高い。バスナーイドは下界への強制移住リストに含まれていたから、その点では心配しなくてよいだろうが。「見たところ、シャトルの乗員はみな安全規則に従っていたから——」でなければ、わたしから上司に注意喚起した。「乗員乗客が全員死亡したとは考えにくい」この程度でエカルの気分が晴れるはずもなかった。通常、シャトルは五百人以上を運ぶ。「だがこれで、総督たちがなぜガーデンズやアンダーガーデンについてアナーンダに話そうとしなかったのかがわかった。よほど追い詰められるまで口にはしないだろう。あの暴君は市民に幸福と裨益《ひえき》をもたらす正義と礼節を標榜することで、絶対的権力者でありつづけてきたんだ。ところがここで、たまたまうっかり、大勢の市民を乗せたシャトルを破壊してしまった」しかしせめてもの救いは、わたしたちが騒ぎを起こした結果、ガーデンズで楽しいひとときを過ごす市民がいなかったことだろう。

　アナーンダがコンコースの市民行列をあれほど気にしたのも無理はない。なるほど、誰もアナーンダの前でガーデンズのことを口にしなかったわけだ。ただステーションに来るだけで、アナーンダは大惨事を引き起こしたのだから。公式ニュースでまったく報道されなかったのもうなずける。

「でもどうして、ドームを修復しないのでしょう?」エカルがいった。「まったく手つかずのように見えます」

「外出禁止令のせいだろう。外に出られるのは一部の市民だけだ」それに修理作業員が、現場で見たことを家族に話し、家族が友人知人に話すかもしれない、配給食堂でスケルを食べるちょっとした時間にでも。

「それだけではないように思います」エトレパ4が、〈慈〉が、いった。「ニュースをご覧になってください」

ゴースト星系を出たとき、公式ニュースはわたしが危険な存在であることやわたしたちへの非難であふれかえっていた。しかしなかには、明らかにステーションが住民に向けて流したと思われる監視データもあった。そしていま、ごく短い時間しか見られなかったものの、外出禁止令が出たのだから無人のはずのメイン・コンコースで、市民が何列にも並んですわりこんでいる映像が流されていた。数にして約二百人。ただすわっているだけだが、多くはイチャナ人で、アンダーガーデンの住民もいればそうでない者もいる。そしてクハイ人までまじっていた。あの密儀会《みつぎかい》の大祭司の顔も見える。それからバスナーイド園芸官に、市民ウラン。

しかし、ステーションが伝送路をのっとってまで見せたかったのは、すわりこみの市民を囲んで立つ二十体の属躰だろう。銀色に輝くアーマー。手には銃。

以前にも似たような光景を見たことがある。記憶とともに蒸し暑さがよみがえった。沼のにおい。血のにおい――。気がつけば、わたしは立ち上がっていた。

「当然だ。当然、こうなる」住民は、〈カルルの慈〉が助けに来るのをただ静かにすわって待ってはいなかった。そしてステーションは住民に協力し、巡回する警備官や外出禁止を徹底させる〈グラットの剣〉の属躰を避けるのに力を貸したのだろう。でなければ、ここまではやれない。これほど大勢が集まることはできない。

組織化された抗議運動なのは間違いなかった。そして〈グラットの剣〉は銃を抜き、ステーションは住民を守るためにやれることをやったのだ。数日まえにはうまくいった、あるいはうまくいったように見えたこと――全市民に、何が起きているかを正確に伝えることだ。

これがアナーンダの怒りや懸念をやわらげるはずもない。暴君はこれにどんな報復をしたか？　いまこの瞬間、コンコースの人びとの身に何が起きているのか？　だが、わたしたちには何もできない。現況すら知りようがないのだ、アソエクの星系に入らないかぎり。

セイヴァーデンやティサルワットがステーションで目的を達成する（その努力をする）のにかかる時間は知りようがなかった。〈慈〉がゲートを出さえすればメッセージを受け取れるが、探知される可能性がある。ステーションの、いや星系の誰にも、わたしたちは消えたと思いこんでもらわねばならない。セイヴァーデンとアマートたち、ティサルワットとボー9の命がそれにかかっているのだ。だからあと何日かは、ゲートから出られない。

わたしが司令室にいる理由はひとつもなかった。ここにいたところで、何かができるわけでもないのだ。部屋にもどって少し寝ようか……。いや、兵士五人がわたしの見えないところへ、見つけられないところへ発ったいま、眠るどころかじっとしているのすら無理だろう。だったら、分隊室へでも行ってみるか。

テーブルでは、〈スフェーン〉とカルル5が向かい合ってすわっていた。その前には、金とガラスの、ノタイの茶器セットの破片、かたわらには道具類と接着剤がある。茶杯の縁らしき破片はすでにつなぎあわされていた。わたしが入っていくとカルル5がびくっとし、気まずそうな顔をしたので「かまわない、つづけなさい」といった。「それで、もとどおりになりそうなのか?」

「たぶん」〈スフェーン〉が、青いガラス片をつまんで答えた。もうひとつの破片と合わせて考えこむ。

「彼女の名前は?」わたしは尋ねた。「この茶器を所有していた艦長の?」

「ミナスク。ミナスク・ネンクル」

カルル5が貼りつけていた破片から顔を上げた。「ネンクルですか!」

「ラドチでも数少ない古い家名だ」と、〈スフェーン〉。「あなたたちも低級の娯楽作品で知っているだろう。イアイト・イルの戦いを忠実に再現したと称する、愚にもつかぬ作品だ。そこでねじまげられて描かれるアリト・ネンクルが、ミナスク艦長の母親だ。そしてこれは――」

青と緑のガラス片を指さす。「彼女がミナスクの昇進祝いに贈ったものだ」

「その昇進で、あなたの艦長になった?」と、わたし。

「そうだ」

「名前を削るのは無理もない」

「何があったんです?」カルル5が訊いた。

「いうまでもなく戦闘だ」ばかなことを訊くなといわんばかりだが、カルル5はとくに気にはしていない。おそらく〈スフェーン〉に慣れてきたのだろう。「ミナスク艦長は降伏した。わたしは中破し、艦長と副官一名を除いて兵員は死亡。もはや戦える状態ではなかった。しかし侵略者の部隊はＡＩコアを持って乗りこんできた」

「そんな！」カルル５が声を震わせた。「まさか！」

「まさかではない。艦船としてのわたしは貴重だった。ただし、敵はこのわたしではなく、自分たちのＡＩ、もっと従順なＡＩを好んだ。『助命を約束したではないか』と、ミナスク艦長はいった。『だから命は助けてやる』と、侵略者の手下はいった。『艦船を無駄にするわけがないだろう？』」〈スフェーン〉は持っていた破片をテーブルに置いた。「艦長はとても勇敢な人だった。あの日はとりわけ、愚かなほどに。わたしを救おうとさえしなければ、もっと長生きできただろうに。しかし同時に、疑いもする。敵は艦長をほんとうに生かしておく気だったのか。殺すと決めておきながら、口先だけで助命を約束したのではないか。そうすれば艦長は、わたしがまだ使用可能なうちに降伏する、と踏んだのではないか」

「ではあなたは、どのようにして逃げた？」どうやって敵兵を処分した、とは訊かない。わたしなりに思いつく方法はいくつかあるからだ。相手の生死を問わなければ、どれも容易にできる。兵士が敵艦上で、それも艦を味方につけないうちに艦長を殺すなど、愚の骨頂というしかない。

「そこは戦場だった」と、〈スフェーン〉。「いたるところで軍艦が、ゲートから出てきてはまた入っていく。わたしのエンジンは動いてはいたが、みずからゲートはつくれなかった。だがゲート空間に入ることさえできれば、そこにとどまれるかもしれないと考えた。わたしは移動し、幸運にも近くでゲートが開き——出てきた侵略者の艦は大損害を負ったはずだ——そのゲートに入った。しかし進路の計測はできず、出口の場所を選ぶこともできない」

「そしてここに出てきた」

「そう、ここに出てきた。もっと悲惨な場所はいくらでもあり、わたしはそれを免れたが、免れずに終わった仲間がいるのは確実だ」

水を打ったような静けさ。カルル5が立ち上がってカウンターへ行き、そこにあったフラスクからお茶をついだ。それを〈スフェーン〉の右肘のそばに置いてから、また腰をおろす。〈スフェーン〉はお茶に目をやると、手に取って、ひと口。杯をテーブルにもどし、青いガラス片をふたつつまんで、じっと見つめた。

「こんにちは、艦隊司令官！」ゼイアト通訳士が陽気に挨拶しながら部屋に入ってくると、テーブルに目を向けた。「おや！　きょうのゲームはずいぶん違いますね！」

「これはゲームではない」と、〈スフェーン〉。「これは茶器だ」

「おお！」まったく無視してわたしをふりむく。「艦隊司令官、わたしは目的地に魚醤《ぎょしょう》があることを希望しています」

「通訳士……ご希望に添いたいのは山々だが、じつをいうと、わたしたちはいま戦争状態にある。現在、対抗勢力がステーションを支配下に置いているため、それが変わらないかぎり、魚醤は手に入れられないだろう」

「ふむ。いま戦時下とは、じつに困ったものですね」

「そう、じつに困っている。ところで通訳士、ひとつ教えていただきたいのだが」

「いくらでもどうぞ！」ゼイアトは〈スフェーン〉の隣の椅子に腰をおろした。

「これは食用ではない」〈スフェーン〉がいった。

ゼイアトはちょっとふてくされた顔をしてから、わたしに視線をもどした。

「では、どうぞ」

「世間の噂では……」表現を変えようか。「大勢の市民が信じきっているらしい――プレスジャーが皇帝に潜入し、彼女の一部を牛耳っている、目的はラドチ壊滅、人類の掃滅だと」

「おや、艦隊司令官、とんでもありませんよ。面白くもなんともない。ひとつには、それは条約違反です」顔をしかめる。「そう！　わたしがあなたを正しく理解していれば――悲しいことに、その保証はありませんが――条約はすでに破棄されている、とお考えなのですね？」

「いや、個人的にはそう思っていない。しかし、そう考える人たちもいる。通訳士、お茶はいかがかな？」立ち上がりかけたカルル5の肩に手を置く。「わたしがやるよ。フラスクに入っているから」

ゼイアトはため息をついた。「魚醬がないからお茶なのですね」

わたしはお茶をついで通訳士に渡し、彼女の向かいにすわった。隣にはカルル5。

「では、プレスジャーはアナーンダ・ミアナーイのなかに……潜入、干渉していない、と考えてよいかな？」

「当たり前です。何より、楽しくありませんよ。楽しくない理由のひとつは、あなたがおっしやったように〝アナーンダ・ミアナーイに潜入〟したところで無意味だからです。どう説明したらよいでしょうか。説明なんてする必要があるのでしょうか。わたしはあなたのお話を理解できているのかいないのか。それに、どうなんでしょうねえ……あの人たちに本気で条約を破る気があるのか……ラドチを、人類全般を滅亡させたいのか……。ほら、人類に種類があるのをわたしは知っているでしょ？　でもあの人たちは知りません。しかし、以前お話ししたように、もし条約を無視してまで、本気でラドチを壊滅させようと思ったら、もっと愉快で、胸がすかっとするやり方でやると思いますよ。どういうのが愉快で、胸がすかっとするのかを、ここでわたしからあなたにわざわざ説明するまでもないでしょう？　そのとき人間がどうなるのかも？」

「そう、いわれなくてもわかる」

「〝条約を無視してまで〟といったのは、現在もなお、条約には大きな意味があるからです。はい、あの人たちは条約を破らないでしょう。正直なところ、わたしは人間が条約を破るんじゃないかと、そっちのほうがよほど心配です」

「よければ、同朋」〈スフェーン〉がいった。破片をつなぎあわせたものをカルル5と一緒に持ち、テーブルの中央にかかげている。「そこにあるかけらをこれに付けてくれないか？　湾曲部分の内側だ」

　わたしは小さなブラシと接着剤を取りあげた。内側の縁をブラシで払い、ガラスの破片をはめる。

「いったん作業を中断してはどうだろう」わたしは提案した。「接着剤で完全につながるのを待ってから、再開するといい」立ち上がり、カウンターの下のキャビネットから布を取り出して丸め、形を整える。〈スフェーン〉とカルル5は、一緒に持っていた接着途中の茶杯を慎重にその上にのせ、全体を三人でゆっくりとテーブルに置いた。「もっと楽にできる、うまいやり方があるんじゃないか?」

「過去三千年、ずっとその思いを抱いてきた」と、〈スフェーン〉。「そこで、同朋、もしセイヴァーデン副官が侵略者の殺害に失敗した場合、つぎはわたしに試させてもらえるだろうか」

「考えておこう」

「わたしがお願いしたいのはそれだけだ」

14

ゲート空間内であるため、セイヴァーデンやティサルワットからのデータはまったく受け取れない。アマート2、4からも、ボー9からも。わたしたちがステーションにもどったときに連絡可能という保証もない。そこで全員に、ステーションの外殻に忍ばせる小さなデータ・アーカイブを渡してあった。データはそこで受信・保存されるので、わたしたちはステーションに着きしだい、それを回収すればよい。ただしこれも、故障しがちな小型装置が今回は正常に機能するという前提でのことだ。そして何かがぶつかって壊れたりしないという前提。さらには誰かに発見され、無効化あるいは廃棄されなければ。

しかし、〈カルルの慈《めぐみ》〉がまだゲート内にいるあいだに、早くもこの前提がくずれた。

セイヴァーデンとアマートたちは、汚れた連絡通路を慎重に、周囲を警戒しながら歩いていた。銃を持ちアーマーを展開し、バキュームスーツはエアロックの裏手に隠してある。ステーションはセイヴァーデンたちをなかに入れたあと、いまはその視界にマップを映していたが、経路は三人とも〈慈〉の艦上で研究ずみだ。いまマップは、三人がジアロッド総督の私邸に向かっていることを示していた。また三人ともニュースを見て、コンコースのすわりこみ市民のなかに知った顔を認め、アーマーと銃で武装した属躰《アンシラリー》がいることも承知だ。アマート2が歩きながら訊いた。「どう思われますか、ティサル――」

「静かに」セイヴァーデンが制した。〈カルルの慈〉の乗員はみな、ティサルワットがバスナーイドに夢中なのを知っている。

アマート4がひそひそ声でいった。「艦隊司令官とティサルワット副官は、このところ親密ですよね」

「当たり前だ」セイヴァーデンのなかには怒り。悩ましさ。しかしそれを表に出すわけにはいかない。「艦隊司令官はいつだって、哀れな新米将校には目をかける」

「でも副官、あなたは哀れな将校には見えませんが」アマート4は消え入りそうな声でいった。

「ああ、そんなふうに見てもらえたことは一度だってない」意外なことに、それがセイヴァーデンの悩みのひとつらしい。しかもそのことを隠そうともせずにいう。おそらく、慣れ親しんだこの場の雰囲気を楽しんでいるのだろう。銃撃戦が始まるまえの、極度に緊張した空気を。

「〈トーレンの正義〉は、ぼくを気に入ってなかったしね」

「へえ」アマート4の驚きはほんものだった。この先待ち受けることをなんとか考えまいともしている。

「ティサルワット副官は、当初ほど哀れじゃありませんよね」と、アマート2。

「そうだな」と、セイヴァーデン。「任務も無事にこなすだろう」しかし確信はない。ティサルワットとボー9の具体的な任務を知らされていないのが不満でもあった。「さ、おしゃべりはおしまいだ」

「はい、副官」アマート2と4は同時にいった。

ティサルワットとボー9はステーションの外殻を進んでいた。どちらも無言だ。視界に流れるニュース映像には、すわりこみの市民たち。アーマーを展開した属躰。市民は声もあげずに静かにすわり、属躰は銃を構えて立っている。

「ニュースを切ってはどうでしょうか、副官」ボー9がティサルワットにいった。「見る意味はなく、副官の気が散るだけのようです」

「そうだな」ティサルワットはチャネルを切った。ステーションの外殻のホールドからホールドへ、全身を使ってゆっくりと進んでいく。「吐き気がしてきたよ」

「副官、ヘルメットのなかには吐けません」ボー9はぎりぎり平静を保っていった。「悲惨なことになります」

「わかってる!」ティサルワットは動きを止めた。つぎのホールドには手をかけず、何度か浅い呼吸をする。「わかっていても、どうしようもない」

「副官が吐き気止めを飲むのを見ましたが」そしてすぐ、「止まらないでください」とつづける。「いまはやるしかありません。理由ははっきりしています。こうなったら、前へ進むしかありません」ニュースで見たコンコースの状況を指しているのだろう。「艦隊司令官がここにいらしたら、同じことをおっしゃるでしょう」

また浅い呼吸を二度。そして力のない声。「はっ。もしいたら、音楽が聞こえてくる」ごくっと喉を鳴らし、息を吐く。つぎのホールドへなんとか移動。

「あれは音楽なのですか？」ボー９はひとまずほっとし、自分もつぎのホールドへ。「わたしも歌声に慣れたという点では同じですが、曲によっては……かなり不気味です」

「わたしの心は魚」ティサルワットの声は力がなく、かすれていた。息が切れる。「水草に隠れた魚」また息が切れた。「緑のなかに――」

「その歌は不気味じゃありません」と、ボー９。「ただ、なぜか恐ろしく耳について離れません」

〈グラットの剣《つるぎ》〉はいちばん端にドッキングしていた。すぐそばの係留区二か所が空いているのは、〈グラットの剣〉の大きさのせいだけではないだろう。旅客シャトルと衝突した形跡はとくに見当たらなかった。これくらいの軍艦になれば、せいぜいひっかき傷か弱いパンチをくらった程度でしかないのだろう。

「よし……」ティサルワットは喉を詰まらせながらいった。また吐き気を覚えている。長時間にわたってステーションの外殻を這《は》った疲労と全身の痛み。「……行くぞ」ティサルワットとボー９は〈グラットの剣〉を目指した。

これまでは、ステーションがティサルワットとボー９の接近を伏せてくれていた。しかしいまは〈グラットの剣〉の視界内だ。気づかれるのは時間の問題でしかなかった。それも、さして余裕のない時間内――。ティサルワットとボー9は、そろり、そろりと近づいた。慎重に慎重を重ねる。そしてさらに慎重に、〈グラットの剣〉の外殻をじっくり観察し、ここぞと思う場所に自分たちを綱《テザー》でつなげ、携帯していた容器を開けた。ボー9が爆薬を取り出して、ティサルワットに渡す。ティサルワットはそれをゆっくりと、目を凝らし、〈グラットの剣〉の外殻にとりつけた。

そのころ、セイヴァーデンとふたりのアマートは、総督の私邸の裏手にある、薄暗く狭い連絡通路にいた。もともとは使用人用だったらしいが、ここ何年も使われず、一面に埃《ほこり》が積もって足跡ひとつない。ということは、ジアロッド総督はドゥリケ通訳士を別の裏口から私邸に入れたのだろう。

ステーションはセイヴァーデンにもアマートにもまったく話しかけず、情報（大半はマップと方向指示）を映し出し、ドアがあれば開けるだけだ。いま、埃だらけの通路で、三人は鍵のかかったドアの前までたどりつき、ステーションはその先にあるものを示した――総督の執務室。クリーム色と緑のタペストリーがほぼ全壁面を覆い、コンコースを見下ろす窓も隠れて見えない。そしてありがたいことに、外にセイヴァーデンたちがいるドアも。室内はがらんとし、椅子数脚と執務机のみ。ただし机の横には、高さ一・五メートルほどの何かがある。サスペンション・ポッドに似ているが、おそらく違うだろう。数は三つ。あれはいったい何だ？　セイヴァーデンは困惑した。すると視界に文字が現われた――〝もどってきます。〈アタガリスの剣〉の属躰二体。約八分。正面ドアの外にはさらに二体〟。

セイヴァーデンはささやいた。「ステーション、あれは何だ?」

視界に文字――〝質問の意味がわかりません〟。

「あそこに三つあるものだ……サスペンション・ポッドだと思ったが、たぶん違うだろう。何だ?」

〝質問の意味がわかりません。約六分〟

ステーションの反応から、セイヴァーデンは悟った。「くそっ」小さくつぶやく。

背後のアマート2は同じ映像を見たが、同じ理解は得られなかった。「いったい何です?」

「ろくでもないAIコアだよ」と、セイヴァーデン。「ステーションはあれについては話せない」

アマート2と4は顔を見合わせた。〝約五分〟と、ステーションが伝えた。

「了解」セイヴァーデンがつぶやく。AIコアに気をもむ時間的余裕はなかった。五分以内に人間三人が属躰四体に立ち向かうことを案ずる余裕もない。セイヴァーデンはプレスジャーの銃を持っている。条件はあとひとつ。必要なことはひとつのみ。セイヴァーデンたちはこのために計画を練ったのだ。アナーンダが総督の執務室に陣取っていることを期待し、チャンスの到来を期待した。

「行くぞ」セイヴァーデンがドアの手動開放に手をのばすと、ドアは素直にスライドして開き、タペストリーの背面が現われた。空気が流れこんでもほとんど揺れないほどずっしりしている。アマートふたりを従えて、セイヴァーデンは足を踏み入れた。

容器には爆薬が二ダース入っている。そのうち三つをティサルワットが外殻にとりつけた直後、〈グラットの剣〉の属躰が六体、エアロックから現われた。

ティサルワットとボー9はたちまち降伏、おとなしくエアロックに入っていく。あとは抵抗もせずなされるがままだ。属躰はふたりのバキュームスーツを剝がし、下着姿にしてから、全身を調べてゆく。危険なもの、疑わしいものなど見つかるはずがなかった。もちろん、爆薬は別にして。属躰はふたりを後ろ手に縛り、床にひざまずかせた。ボー9は怯《おび》えながらも外見は冷静で、ティサルワットはめまいを覚え、いくらか呼吸が荒い。怯えてもいる。しかし同時に、わずかな安堵《あんど》も。今後への期待。

〈グラットの剣〉の艦長が到着した。ティサルワットとボー9をじっと見つめる。属躰から爆薬を示され、それをとくとながめ、そしてまたティサルワットに目をもどした。

「いったい、これで何をする気だった？」ティサルワットは答えないが、息遣いはいっそう荒くなった。「ほかに武器を持たずに？」

ティサルワットは目を閉じた。「撃ってください！　どうか、お願いします！　こんなことはしたくなかったんです」あえぎあえぎいう。呼吸を整えることができない。「艦隊勤務じゃなく、事務職に就くはずだったんです、でも命令されたらやらなくちゃいけません。艦長の命令です。いわれたとおりにしないと、彼女に殺されてしまいます」涙がこぼれ、まぶたを開く。常軌を逸したライラック色の目ですがるように〈グラットの剣〉の艦長を見上げた。「でももう、できなくなりました。艦長に命令されたことはできませんでした。どうか、撃ち殺してください！」

「ふむ。落ちこぼれ組か。なるほどね」

ボー9は終始無表情だったが、ここにきて不安げな顔つきになった。「申し訳ありません、艦長、この数週間ほど最悪の状況がつづき、副官はまだとても若いのです」

「そのうえ頭も足りないらしい。正気でもなさそうだしな。〈グラットの剣〉、ふたりを医務室に連れていきなさい」

属躰がティサルワットの腕をつかんで引っぱりあげようとすると、ティサルワットは泣きわめいた。「どうしようもないな《アートルズ・ティッツ》」艦長の顔がゆがむ。「お嬢ちゃんはお漏らしだ」ティサルワットはいまにも気を失いそうだった。「いいかげんにしろ！　少しは文明人らしく振る舞え！　いくら落ちこぼれでもな！」

「か……艦長……」ティサルワットはあえいだ。「ど……どうか、送り返さないでください。もう、帰れません……〈カルルの慈〉には。いっそ死んだほうがましです」

「〈カルルの慈〉には帰さないよ、副官。〈グラットの剣〉！」待機している属躰に向かっていう。「この副官——」

「ティ……ティサルワットです」と、ティサルワット。

「副官ティサルワットをとりあえず風呂に入れ、体を洗わせなさい。清潔なものを着せてから医務室だ。もうひとりはすぐ医務室へ連れていけ。どちらも〈カルルの慈〉との接続は絶つように」そこで少し考える。「〈カルルの慈〉はいま、この場を見ているかな？　もし見ているなら、さぞかし鼻が高いだろう」

属躰二体がティサルワットを立たせ、なかば引きずるようにして通路を進んだ。

「ボー9！」ティサルワットは涙声で叫ぶ。

「問題ない」と、属躰がいった。「彼女は医務室に直行する」

ティサルワットは何かいおうとしたが、涙があふれ、しくしく泣きはじめた。そしていきなり属躰グラット11の胸に顔をうずめると、制服の上着をつかみ、泣きじゃくる。

涙はほんものだった。嘘の涙だったら、〈グラットの剣〉に確実に見抜かれる。ボー9が上官を心配する声をあげ、そばに行こうともがくのも、けっして見せかけではなかった。

「いずれ再会できる」グラット11はごくわずかだがやさしくいい、ティサルワットを連れていった。浴室に着けば、ティサルワットと〈グラットの剣〉だけになる。いうまでもなく、そうなるために、さんざん訓練してきたのだ。

ボー9のほうは属躰に連れられ、医務室に向かう。つぎの山場はそこだった——この計画は、〈グラットの剣〉には有能な尋問官が乗艦していない、という大前提に基づいているからだ。〈正義〉ならたいてい乗せているが、〈剣〉の場合はめったにいない。もし〈グラットの剣〉に尋問官がいれば、ボー9は薬を飲まされ、ゲームはそこで終了だ。

医療セクションに入るとすぐ、ボー9のアーカイブ・データは途切れた。ほどなくして、テイサルワットのデータも。

一方、アソエクのステーションでは、アナーンダ・ミアナーイが総督の執務室に入ってきた。後ろには〈アタガリスの剣〉の属躰たち。さらにその後ろに、ジアロッド総督とイフィアン司祭長。

「陛下」イフィアン司祭長がいった。「僭越《せんえつ》ではございますが、これだけは申し上げておきたいと存じます。セラル管理官は人望が厚く、解任は謗《そし》りを受けかねません。ステーションの厄介者だけでなく、善良なる市民からも」

若いアナーンダは無言で、机の向こうの椅子に腰をおろした。属躰二体が机の前に立ち、総督も司祭長もアナーンダのそばに寄ることができない。

「司祭長、あなた自身は住民に対し、なんの影響力もないのか？」

司祭長はすぐ何かいいかけた。自分もコンコースですわりこみのストライキをやったといいだすのではないか。だがそれをいえば、市民のすわりこみを非難できなくなる。司祭長はいったん口を閉じてから、こういった。

「わたしなりにあるとは思っておりましたが……。陛下がお望みなら、とりあえずわたしが市民の説得を試みてみましょう」

「とりあえず試みる？」いかにもばかにしたように。

ジアロッド総督が口を開いた。「陛下、市民はただすわっているだけで、それ以上のことはしておりません。そのまま……放置してもよいかと」

「いまはすわっているだけだ」怒りをのぞかせる。「総督は、あの属躰がステーションを歩きまわり、好き勝手にやるのをただ見ていたのか？　社会のクズどもを煽《あお》り、ＡＩをまるめこむのを？」

「わたしたちは彼女に……あれに、疑問をぶつけました。しかしいつも筋のとおった説明が返ってきましたし、結果もその説明を裏づけるものがほとんどでした。また、陛下じきじきのご命令で派遣されてきたと」机の向こうで、アナーンダは何もいわない。ぴくりとも動かない。

「陛下、現況は艦隊司……あの属躰のやり方でしのげるかと思います。コンコースから兵士を引き上げ、すわりこみをつづけさせてはどうでしょうか。もちろん、おとなしくすわっているかぎりにおいてはですが」

「総督は、あの属躰の狙いがわかっていないらしい。あそこで起きているのは――」大窓のほうに腕を振る。重い絹のタペストリーがかかっているので、コンコースそのものは見えない。「反逆の前兆だ。このステーションは――憂慮すべき数の住民が――わたしを拒絶している。こんなことを許していたら、つぎに何をやらかすと思う？」

「陛下、あれを総督であるわたしへの抵抗運動として処理なさってはどうでしょう？　外出禁止令を出し、兵士を送りこんだのはこのわたし、下界への移住命令を出したのも――実際はセラル管理官のやったことですが――このわたしだとおっしゃることができます。そしてわたしは職を辞し、陛下は礼節を礼節のあるべき姿に立て直す」

アナーンダは高笑いした。顔をゆがめ、まったく面白くもなさそうに。ジアロッド総督とイフィアン司祭長はすくみあがった。

「わたしはうれしいよ。総督の脳みそもゴミではなかったらしい。いいかい、総督、それで少しはましになると思えたら、わたしはとっくにやっていたよ。そんなことより、総督が気のふれた属躰にふりまわされなかったほうが、まだしも救われたんだがね。あの属躰をあっさり逃がしたりせずにね。おかげでわたしの艦船は二隻もやられた。兵員母艦が無事でさえいれば、ずいぶん助かったんだがな。それにあのシャトル。ここのシャトルは、ラドチのほかのシャトルのように、定刻どおりに飛ぶことができないらしい。この、おまえのステーションが、ラドチの敵の手に落ちさえしなければ、まだしも救われたんだ」

二隻がやられた――。このアナーンダが危機感を抱いているのは間違いない。そしておそらく、疲れきってもいる。怒りと苛立《いらだ》ち。いまはこの単体のみで、ツツル宮殿から完全に切り離されている。

「このステーションがどうなろうと、わたしはいっこうにかまわない」そこでアナーンダは言葉を切り、まばたきした。「ティサルワット?」ジアロッド総督とイフィアン司祭長に視線を向ける。「よく聞く名前だが、たしかあの属躰は、ティサルワット副官をこのステーションに連れてきたんだな?」

「はい、陛下」総督と司祭長はほぼ同時に答えた。

「そのティサルワットとやらが、〈グラットの剣〉に爆薬を仕掛けてつかまった。それも武装なしでだ。すぐに捕縛したが……」まばたきして、視界に映されたものを見る。「どうやら、ナイフとしては切れ味が悪いらしい」

まばたきしたのは、総督と司祭長のほうだった。自分たちの知っているティサルワットとは思えなかったからだろう。イフィアン司祭長は何かいいたげだったが、こらえた。しかしそれより興味深いのは、〈アタガリスの剣〉がずっと無言でいることだ。

「もういい、出ていけ」アナーンダが苛立たしげにいった。

ジアロッド総督とイフィアン司祭長は深々とお辞儀をし、礼節に反しない範囲でそそくさと部屋を出ていった。ふたりがいなくなると、アナーンダは机につっぷした。

「睡眠が必要だ」独り言のように聞こえたが、〈アタガリスの剣〉の属躰たちにいったのかもしれない。「必要なのは睡眠に、食事に……」声がしぼむ。「なぜこうも、寝る間もないほど厄介ごとばかりつづく?」〈アタガリスの剣〉に話しかけたにせよ、返事は返ってこなかった。

タペストリーの背後でこれを聞いたセイヴァーデンは、思いがけず罪悪感に似たものを感じてうろたえた。アソエクでわたしたちがしてきたこと、オマーフ宮殿でみずからアナーンダにそむいたことは十分にわかっている。だがそれでもなお、アナーンダ・ミアナーイはラドチの唯一絶対の支配者なのだ。セイヴァーデンであれ誰であれ、ラドチャーイはそれが永遠につづくことに疑問など抱いたことはない。しかも、ここにいるアナーンダはひとりきりで、身も心もすりへらし……ごくふつうの、どこにでもいる人間のようだ。しかしセイヴァーデンは経験から、現場で思いにふけるのは命とりになりかねないことを知っている。彼女はアマートたちに合図した。

アマート2と4はアーマーを展開し、銃を構え、タペストリーから飛び出した。アナーンダをはさむように二手に分かれる。〈アタガリスの剣〉の属躰が即座に銃を向け、さらに二体の属躰が銃をかかげて飛びこんできた。

セイヴァーデンはアナーンダの正面に出る位置どりだった。属躰がアマートたちに気をとられたすきを狙って撃つのだ。だがセイヴァーデンは属躰ほど速くは動けず、タペストリーを払うのにごくわずか時間をとられた。しかしそれだけの間があれば、属躰には十分だ。一体がセイヴァーデンとアナーンダのあいだに身を躍らせた瞬間、セイヴァーデンは引き金をひいた。属躰は床にくずおれ、セイヴァーデンが二発めを撃つ間もなく、もう一体が彼女に襲いかかった。セイヴァーデンは属躰とともに、背中からタペストリーに倒れこむ。

タペストリーの向こうは、コンコースを見下ろす大窓だった。簡単に割れる窓ではないものの、属躰の力と勢いはすさまじい。窓はそっくり枠からはずれ、そのままコンコースの床へと落ちていった。高さにして六メートル。セイヴァーデンと属躰も落ちていく。

コンコースにいた市民たちは四方へ逃げ、悲鳴をあげた。ガラスが激しい音をたてて砕け散る。セイヴァーデンはその上に仰向《あおむ》けに落ち、さらにその上に〈アタガリスの剣〉の属躰。その手には、落下途中でセイヴァーデンから奪ったプレスジャーの銃が握られていた。

つづく発砲音。さらなる悲鳴。すると、耳をつんざくような警報音が響きわたった。汚れた白い床に、朱色の線が四メートル間隔で輝きはじめる。

「外殻に亀裂」ステーションが報じた。「ただちにセクション・ドアから離れるように」

すぐさま市民は朱色の線から離れ、セイヴァーデンも属躰も、立ち上がる間もなくころがるようにして線から遠ざかった。コンコースの全セクション・ドアが下り、窓が落下したセクションでは、床でガラスの砕ける音がした。

そこにいた者たちは、茫然《ぼうぜん》として口もきけない。ややあって、誰かがしくしく泣きはじめた。

「怪我をした者は？」セイヴァーデンが四つん這いになって尋ねた。自分がどうやってそこまで移動したかはおそらくわかっていないだろう。アーマーの背は落下の衝撃を吸収してまだ温かい。

「動くな」〈アタガリスの剣〉の属躰が、プレスジャーの銃でセイヴァーデンを狙った。

「負傷者がいるかもしれないんだ」セイヴァーデンは属躰を見上げていい、アーマーを閉じた。

「医療キットを持っているな？　でなきゃ兵士失格だ」声を大きくする。「怪我をした者は？」

そしてまた、まったく動こうとしない属躰に向かっていう。「いいかげんにしろよ、〈アタガリスの剣〉。セクション・ドアが閉まってるんだ、どこにも逃げられやしない」

「医療キットは持っている」〈アタガリスの剣〉が答えた。

「こっちにもひとつある。さ、渡してくれ」属躰はセイヴァーデンの前の床にキットを放り投げた。「大概《アートルズ・ティッツ》にしろよ、何を考えてるんだ？」セイヴァーデンはキットふたつを手に、怪我人がいないか見に行った。

さいわい、重傷者は一名だけで、落ちてくるガラス板が脚を直撃したらしい。セイヴァーデンは傷の手当てをし、このセクションにいたほかの九人は、打撲と捻挫《ねんざ》程度でしかないことがわかった。セイヴァーデンはキットの残りを属躰の足もとに放り投げた。

「皇帝の命令に従うしかないことはわかる」この時点でセイヴァーデンは、ティサルワットが〈アタガリスの剣〉を限度いっぱい、拘束から解放したことを知らない。「だが艦隊司令官は、大切な将校たちを返してやっただろう？　それでずいぶん助かったはずだ」

「もし――」〈アタガリスの剣〉は淡々といった。「属躰を解凍し、エンジンを稼働してすべてをつなげるのにまる一日かからなければ、そうだっただろう。わたしより先に〈グラットの剣〉が将校を手に入れ、皇帝はサスペンション・ポッドに入れたままのほうが役に立つと判断した」

「はっ！」冷たい笑い。「納得がいくよ。ヘトニスは艦長より茶卓になるほうが向いている」

「理由は不明だが、なぜかわたしはあなたに好感をもてない」属躰はセイヴァーデンから目を離さずに、足もとのキットを拾いあげた。

「悪かったよ」セイヴァーデンはガラスの上にすわり、脚を組んだ。「すまない、〈アタガリスの剣〉。よけいなことをいってしまった」

「いま、なんと？」口調は変わらないものの、面食らっているらしい。

「つまりその……不適切なことをいった、という意味だ。ぼくがヘトニス艦長を嫌っているのは、きみも知っているはずだ。しかしだからといって、侮辱してはいけない、さっきみたいにね。とくにきみに対しては」〈アタガリスの剣〉は何もいわず、プレスジャーの銃は床上のセイヴァーデンに向けられたままだ。「認めるよ。なぜミアナーイ帝は艦長を復帰させなかったのか、ぼくには理由がわからない」

「わたしを信頼していないからだ」と、〈アタガリスの剣〉はいった。「わたしは過去、やすやすと〈トーレンの正義〉のいいなりになった。それを見た皇帝は、同じことをしたにすぎない。皇帝はわたしにいった、もし自分の身に何かあれば、将校は皆殺しだと。いまは全員、〈グラットの剣〉に乗せられている。保護のためだ、と皇帝はいう。現在、わたしを指揮しているのは、〈グラットの剣〉の副官だ」

「そうだったのか……」と、そこでセイヴァーデンは気づいた。「それにしても、皇帝は何を心配している？　人質を〈グラットの剣〉に任せることはできても、自分の護衛は任せられないのか？」

「わたしにはわからないし、気にもならない。ヘトニス艦長が殺害されるのを見たくないだけだ」

「だろうね、もちろん」

上方、ジアロッド総督の執務室では、アマート2と4が床にうつぶせていた。アーマーは展開したままだが、銃は奪われ、両手は後ろ手、怯えきっている。部屋の中央に横たわるのは、セイヴァーデンが射殺した属躰。アナーンダを狙って引き金をひいたが、その結果はわからずじまいだ。そして2も4も、アマート2も、セクション・ドアが下りる音を聞いた。ステーシヨンが警戒解除を告げるまで、この部屋から出られない。あるいは（容易なことではないが）誰かがセクション・ドアを叩き壊すまで。

「負傷しています、陛下」アマートたちにはなじみがなく、属躰にはなじみの声がした。これは〈アタガリスの剣〉だ。

「たいしたことはない。弾は腕を貫通した」アナーンダは痛みをこらえていった。「これはいったいどういうことだ？」

「想像では……」

「いや、わたしが想像しよう。おまえはあのドアが開いたのを見ていないだろう。ステーションにロック解除を頼まないかぎり、ドアは開かなかったはずだ。裏の連絡通路への入口はどれもロックされている。やるとしたら……ステーションだ。信じたわたしがばかだったよ」

引き裂くような音。「失礼ながら、陛下、上着をとらせていただきます」

身が凍る恐怖にもかかわらず（いや、それゆえか）アマート4の口から笑いが漏れた。いま聞こえたのは、医療キットを開ける音だとわかったのだ。アマート2がつぶやく――「ちゃんとキットを持ってたわけか」

「おまえたちを殺す方法はいくらでもある」アマートの近くにいる別の属躰が冷たくいった。「アーマーがあろうとなかろうと」

こんな会話をアナーンダは無視して、あるいはまったく聞いていなかったのか、「ステーション！」と声をあげた。「ゲームは終わりだ。聞こえるか？」

静寂。三秒。ステーションの声がした――「わたしはあなたに喜んで従っていました。しかしあなたは、わたしの住民の命を脅《おびや》かした」

下のコンコースでは、〈アタガリスの剣〉の属躰が、銃口をセイヴァーデンに向けたままいった。「ステーションは愚かなふりをやめたらしい」

「そんなことはしてない」アナーンダは怒った。「おまえの住民を守ろうとしただけだ。あの属躰がここをひっかきまわした後片づけをして、平穏をとりもどそうとした。ところが――」何かの仕草をしたのだろうが、うつぶせのアマートたちには金色の斑点《はんてん》がある茶色い床しか見えない。「このありさまだ。暴徒がコンコースを占領するのを黙って見ていればよいというのか？」

「あれは暴徒ではありません」と、ステーションはいった。「訴えたいことがあるだけです。市民には、管理局に不満を伝える権利があります」しばしの間。「ブレク艦隊司令官なら理解してくれるでしょう」

「ほう。そういうことか。だがな、おまえを操っているのはあの属躰ではない。わたしの敵がそのような力を与えるわけがないからな。だったら、誰のしわざだ？　まだここにいるのか？　おまえのセントラルアクセスに入り込んだのだろう？」

「わたしのセントラルアクセスに侵入できる者はいません。いくら試みても無駄です」

「ステーションを丸ごと解体して、新しいのをつくるほうが早いかな。ふむ、考えれば考えるほど、名案のように思えてきた」

「それはできません。あなたは艦隊司令官に降伏したほうがよいでしょう。わたしはあなたをその部屋から出しません。出ればあなたは、この星系《システム》にいる唯一の自分をみずから殺すことになるでしょう。それもなかなか面白いかもしれません。考えれば考えるほど、名案のように思えてきました。わたしはその部屋の消火システムを作動させればよいだけです」

「それができたら、とっくにやっていたんじゃないか？　おまえが軍艦だったらな。ステーションでなければな。おまえには、故意に人殺しをすることはできない。ところがこのわたしは、そんな良心の欠片ももちあわせていないものでね」

「下界の市民はみな、その言葉におおいに関心をもつでしょう。星系外の者たちも」

「ほう。これもまたニュースで流れているわけか」苦々しげに。

「お望みならそうします」静かに、穏やかに。

「このまえは、勝手に流れたといわなかったか？　わたしがいじったアクセスのせいで、止めることができなかったと？」

「はい。わたしは嘘をつきました」

下のコンコースでは、セクション・ドアに囲まれたなかで、セイヴァーデンは〝ステーションは愚かなふりをやめたらしい〟という言葉の意味がわからないまま、〈アタガリスの剣〉に訊いた。

「ところで、あのＡＩコアはどういうことだ？」

「あなたのほうが、よく知っているのでは？　何のために、ここに来たのか？　〈トーレンの正義〉が、ここに到着するなりアンダーガーデンに行ったのは、そのためではないのか?」

「違うよ」と、セイヴァーデン。「つまりAIコアは、アンダーガーデンにあったのか?」そこでふと思いつく。「だから〈アタガリスの剣〉はアンダーガーデンの警備に……異常に熱心だったわけか」

「そうではない」

「だったら、AIコアは誰のものだ?」返事はない。「よしてくれよ《アートルズ・ティイッツ》、まさか彼女は二分裂じゃなく三分裂したってことか?」

「わたしは知らないし、どうでもいい」

「その彼女はAIコアで何をする気だ? 軍艦をつくる? しかしそれには何か月も……いや、何年もかかる」

「すでに建造ずみがあるかもしれない」

その上方、総督の執務室で、アナーンダはいった――「ではもう、手詰まりだな」

「そうでもありません」と、ステーション。アマート2と4は、床のタイルに顔を伏せたまま、聞いているだけだ。「ブレク艦隊司令官に対するわたしの理解が正しければ、あなたの最重要課題はわたしでもなければ、わたしの住民たちでもなく――あなた自身です。わたしの知ったことではありません。しかし、住民の安全が脅かされたら、そうもいかなくなります」

「では、わたしにどうしろと?」怒りをにじませつつ慎重に。

「あなたみずから、このステーションの運営にかかわる理由はありません。わたしとセラル管理官のほうがより適切に行なえるでしょう」静寂。「〈グラットの剣〉と〈アタガリスの剣〉は、招かざる客です。〈グラットの剣〉に修復と補給が必要であることは理解しています。また、将校たちは折に触れ休憩を望み、休憩時にはかならずといってよいほど属躰を同伴することも。わたしはどの分隊にも、わたしの業務への干渉、住民へのいやがらせをさせる気はありません」

「譲歩することで、わたしに得るものはあるのかな?」

「生きつづけることができます。この星系に残れます。わたしがセクション・ドアを解除すれば、〈グラットの剣〉の属躰を回収でき、補給品を購入することもできます」

「購入か!」

「購入です。わたしやわたしの住民が、地方宮殿から何らかの裨益《ひえき》を得られると想定するわけにはいきません、この先しばらくは。現状を踏まえるかぎり。また、この星系の資源をあなたに流すだけで代価は何もなし、というわけにもいきません。あなたに物品や役務を提供することで、あなたの敵の攻撃対象になる可能性がある場合は、なおさらです」静寂。「わたしの誠意の印として、属躰の遺体処理費用の請求はとりさげます。わたしのセントラルアクセスに侵入しようとし、死んだ〈グラットの剣〉の属躰五体です。その上官に関し、心配する必要はないでしょう。彼女はセクション・ドアが下りたとき、入浴中でした」

「いいたいことはわかった」と、アナーンダ。「いいだろう。取引成立だ」

15

総督の執務室に入ったセイヴァーデンは〈背後にはぴたりと〈アタガリスの剣《つるぎ》〉〉、アマートふたりが後ろ手に縛られ、床にうつぶせているのを見た。アーマーは閉じていないから、生きているのだとわかる。ひと安心したのもつかの間、机の向こうに険しい顔のアナーンダが立っていた。シャツを脱ぎ、上腕に医療パッチが巻かれている。

アナーンダの顔が、驚きと薄ら笑いにゆがんだ。

「セイヴァーデン・ヴェンダーイか」ガラスのない窓から、コンコースにいる人びとの声が聞こえてくる。互いに指示を出し合う医者の声、すすり泣き。

「あなたには〝セイヴァーデン副官〟といってほしいな」精一杯、虚勢をはる。疲れきって、倒れこむ寸前だった。後ろにいた〈アタガリスの剣〉の属躰《アンシラリー》がアナーンダのほうへ行き、机にプレスジャーの銃を置いて、あとずさる。

アナーンダは銃を見下ろした。銃の色が、机と同じ淡い黄色に変わっていく。アナーンダの顔から、いっさいの表情が消えた。

セイヴァーデンは窓から落下して以来、アドレナリンと救急治療でなんとか遠ざけてきた絶望感に、ここにきて襲われた。彼女はわたしの言葉――〝もし銃を奪われたら、わたしはあなたを許せるようになるまで長生きはできない〟が、冗談ではないことを知っている。この言葉の真の意味がわかっている。そしていま、銃はアナーンダのもとにあった。

アナーンダは銃を手に取った。手袋をはめた手の指先で軽くなでると、触れた色ではなく、一様な濃い灰色に変わる。アナーンダはしげしげとながめていった。

「これはたいへん面白い」セイヴァーデンは無言で、アナーンダはつづけた。「わたしの知るかぎり、現存する二十四挺《ちょう》はどれも使用不能だ。また、どれにも認識番号をつけたはずだが、これには――」いったん言葉を切る。「番号がない」そしてセイヴァーデンの目をじっと見た。

「これをどこで手に入れた?」

「二十五番」と、セイヴァーデン。

「ん、何だと?」

「二十五番。ガルセッド人は何でも五で考える。五つの原罪、五つの正道、五つの階層、五つの大罪。おそらく、放屁《ほうひ》のパターンも五つだな」アナーンダは黒眉を、片方だけぴくりと上げた。「二十五番めをさがしもしなかったのなら、責めるべきは自分自身だ」

「さがしたよ。わたしが見つけられなかったものをおまえが見つけたとは、信じがたいがね」

セイヴァーデンはどうでもよさそうな仕草を、あえて偉そうな態度でやった。ただし、態度はかならずしも心とは一致しない。「これをどこで手に入れた?」

「艦隊司令官から渡された」

「よし、では尋ねよう」息を詰め、目が光る。「あの属躰を操っているのは誰だ?」

「あなたなら、せめて〈トーレンの正義〉といってほしいな」口調だけは冷静に。「たとえ現在の正式な肩書きを認める気がなくてもね。それにしても、彼女が誰かに操られているなど、あまりにおかしな質問で思わず吹き出しそうになった」

「属躰が自分の意志で動かないのは、おまえもよく知っているだろう。艦船も同じだ」品定めするような目でセイヴァーデンを見る。「では、副官、会話の続きは〈グラットの剣〉の艦上でやるとするか」

「いえ、できません」コンソールからステーションの声がした。「残念ですが、ミアナーイ帝、それはできません。あなたは先ほどの合意を理解していないようです。わたしがより明確にいうべきだったのかもしれません。あなたがもしここから出ていけば、先ほどの合意をわたしは実施できません。あなたは今後もここに滞在します。もし数名の従者をお望みであれば、〈アタガリスの剣〉がその役を担うことを許可します。わたしとしては、これはかなりの大サービスです。総督の私邸が非常に快適なのは保証します。外出する必要性はないでしょう。セイヴァーデン副官に関しては、残念ながら、警備官が留置場まで連行します」

「これはおまえとは関係ない、ステーション。セイヴァーデン・ヴェンダーイはおまえの住民ではなく、ラドチ軍の将校だ。そして軍の最高司令官はこのわたしだ」

「副官は、ラドチの一部の軍の将校です。あなたは彼女の指揮官——ブレク艦隊司令官を、自分ではなく敵の配下だと思っているように見うけられます。その敵が分裂したあなた自身であろうとなかろうと、わたしの知ったことではありません。また、ここで破壊行為その他の罪を犯しても、軍人は免責されるという協定を、わたしは誰とも結んでいません。残念ですが、この副官と二名の部下を逮捕し、その行為を審査するのは、ステーション警備局です」

部屋は静まりかえった。アナーンダのそばに立つ〈アタガリスの剣〉の属躰三体は無表情でまったく動かず、床にうつぶせのアマート2と4は目を閉じ、息を詰めて聞き入っている。

三秒後、アナーンダがいった――「わたしに強要するな、ステーション。おまえを操っている者がいるなら、そいつもだ」

「同じ言葉をお返しします、ミアナーイ帝。わたしも強要はされません」ふいに風が流れこんできて、セクション・ドアがふたたび下ろされた。二か所のドアにも、窓にも。下のコンコースの音がぴたりと聞こえなくなる。部屋の空気も動かなくなった。

「この部屋の空気がなくなったら」と、アナーンダ。「おまえはセイヴァーデンも殺すことになるんだぞ。床に寝そべっている部下の兵士たちも」どこかあざ笑うように。

「なんとも思いません。その人たちは、わたしの住民ではありませんから」

アナーンダの顔を横切るものがあった。おそらく狼狽《ろうばい》。そして怒りも。

「いいだろう。これについては、もっと話し合う必要がありそうだ」

「それがお望みなら」ステーションはいつものごとく穏やかにいった。

セイヴァーデンとアマートたちは、警備局の留置場で六時間過ごした。途中、スケルの碗《わん》と飲み水が差し入れられたが、セイヴァーデンはほとんど手をつけることができなかった。アマート2と4は壁を背にして互いにもたれかかり、不安を抱えつつも疲れきって眠りにおちた。そしてようやく扉が開き、警備官が廊下から「副官――」と呼んだ。「わたしと一緒に来てください」

セイヴァーデンはむっつりと、重い体で立ち上がる。アマート4がうっすらまぶたを開き、なんとか聞こえる声で「何ですか？」と訊いた。

「何でもない。眠りなさい」セイヴァーデンは廊下に出ていった。

警備官に連れていかれるまま局長室に入ると、そこにはルスルンがいた。笑顔で立ち上がり、セイヴァーデンを迎える。ただし、その目は笑っていなかった。

「セイヴァーデン副官、ですね？」ルスルンはお辞儀をした。「ブレク艦隊司令官からお噂は聞きました。わたしは警備局長のルスルンです」

セイヴァーデンはすぐには理解できず、彼女の顔をじっと見た。そしてお辞儀をする。

「お目にかかれて光栄です。わたしごときの名前をすでにご存じとはたいへん恐縮です」

「すわってください、副官」局長に返り咲いたルスルンがいった。「お茶はいかがかな？」

「いえ、このまま立っています」

「申し訳なかったですねえ」ルスルンも立ったままで、セイヴァーデンの態度に驚くようすもない。「ずいぶんお待たせしてしまった。いろいろと混乱状態で。現況は……」大きく息を吸う。適切、かつ簡潔な言葉をさがしているらしい。「組織統制が、多少不安定でしてね。わたしが復職したのも、十五分か二十分まえなんですよ。しかしいずれにせよ、コンコースの損害に関し、あなたに責任がないことははっきりしていました。それどころか、医務局はあなたにお礼申し上げたいそうです、負傷した市民の救急処置に協力してくださったそうで」

「たいしたことはしていません」セイヴァーデンは会話の流れだけでそういった。

「いえいえ、それでもね。ところで、あなたと部下の兵士二名の拘束は解かれます。ただ、ステーションの住民ではないので、食料支給と寝所の割り当てには厳しいものがありました。とはいえ、アンダーガーデンには現在、仕事が山のようにあるんですよ、艦隊司令官がここにいらしたときよりずっとね。一部は真空での作業になりますが、軍人さんなら……経験はおありでしょう?」

「ありますよ」セイヴァーデンはそういってから、眉をひそめた。「仕事というのは?」

「ガーデンズのドームがまたあんなことになったので、アンダーガーデンのレベル1も散々なんです。与圧するまえに、あちこち修理しなくてはいけなくて。あなたたちなら、真空での作業経験があると思いました」

「まあ……ね」

「よかった」セイヴァーデンがなかば茫然《ぼうぜん》としているのに気づきながらも、話を先に進める。「艦隊司令官は居住スペースをおもちでした。といっても、貧乏くさい場所ですけどね……。でも副官、あそこをぜひぜひ、ご利用ください。いずれそのうち、お茶にもお招きしたいと思っています。ご一緒できるのを心より楽しみにしておりますよ」

セイヴァーデンはうつろな目で彼女を見た。「あ……ありがとうございます、局長。ご親切、感謝します」

荷物類は通路の端、もとの場所にあった。セイヴァーデンは壁の角にすわりこみ、膝を抱えて顔をうずめる。アマート2と4は、置き去りにされた荷箱のなかを確認していた。「あっ！」4が箱を開けてうれしそうな声をあげた。「お茶だ！」それは高級茶の魚娘《さかなむすめ》だった。カルルたちはわたしが魚娘に興味の欠片もないことをよくわかっていたのだ。「これでひとまず安心かな」

「だけどお茶をいれる道具が見当たらないよ」と、アマート2。

「そりゃカルルのことだから、食器は残らず持っていっただろうけど、フラスクならひとつやふたつ……」隣の箱を開ける。「おおっ！」

アマート2がやってきて、なかをのぞいた。「これはすごい！」セイヴァーデンをふりかえると、彼女は壁際で丸まったままだ。アマート2は4に視線をもどした。「艦隊司令官のアートルズ・ティッツ《アートルズ・ティッツ》クが一ダースもある！」横目でセイヴァーデンの反応をうかがうも、なんの変化もなし。

「これ一本あれば、余裕で茶器セットと交換できる。きっとおまけもつくよ。交換しても、艦隊司令官は気にしないだろう。どう思う？」

「うん、たぶん気にしない。あの人なら、お茶を飲めるようにしなさい、といってくれるよ。副官はどう思われますか？」セイヴァーデンに顔を向けたが、まったくの無反応だ。アマート

4はそんな副官に内心がっかりしつつ、顔をもどして箱から瓶を一本取り出した。「これから行ってくるよ。食料も仕入れてくる」そしてやや声を大きくし、「副官、しばらくお休みください」といった。だが4は、その場から動かない。まったく知らない人間がこちらに近づいてきたからだ。彼女は境界線代わりの荷箱の前で立ち止まった。ずいぶん若く、身なりも良いが、だからといって安心できるかどうかは、アマート2も4も確信がなかった。とはいえ彼女は、遠慮がちながらも、慣れたようすでまっすぐ入口まで来た。

「市民——」彼女はお辞儀をした。「ウランと申します。おふたりは……」眉間にちょっと皺を寄せ、アマートたちの汚れた制服の記章を見る。「〈カルルの慈《めぐみ》〉のアマート分隊の方ですね」

「ああ、あなたが市民ウラン！」アマート2が驚き、戸惑いながらお辞儀をした。セイヴァーデンのほうは見ないようにする。状況的には、セイヴァーデンがしっかり前面で対応しなくてはいけないのだが。「失礼しました。ここがあなたのお住まいなのは承知していましたが、ともかく……あわただしくて」そこでウランの右手が不自然なのに気づいた。「怪我でも？」

「手首を折っただけです。治療を終えたところで、みなさんがいらしたと聞いたもので」何かいいかけたアマート2に、気になさらずに、と左手を振る。「わたしはここではなく友人たちと一緒にいます。でも、もし何か役に立てることがあればと思って来ました。ラドチャ……艦隊司令官は、日用品の一部を残していかれ、寝具類はたくさんありますし、お茶もあります」視線がアマート2の背後、セイヴァーデンのほうに流れ、また2にもどった。「でも、食器類はひとつもないだろうと思います。それから、バスナーイド園芸官がいずれご挨拶に来る予定

「ご丁寧に、ありがとうございます。ご支援、感謝します」アマート4が持つアラックの瓶に目を向ける。「あれを交換できる場所を教えていただけませんか？　おっしゃるとおり、食器がまったく見当たらず、さしあたって茶器が必要なもので」セイヴァーデンのほうを見たいのです」

をぐっとこらえる。

ウランは目をまんまるにした。「茶器だけと交換するのはもったいないです。それに、あれは艦隊司令官のアラックです！　わたしのところにたくさんありますから、必要なものは用意できます。これは……」顔をしかめて考える。たぶん、デルシグ語からラドチ語に翻訳しているのだろう。「これは、家族の約束です」アマート2がちょっと戸惑ったのを見てたじろぐ。「うまく伝えることができません。母語がラドチ語ではありません」

「いいえ、ちゃんと伝わっていますよ、市民。ほんとうにありがとう」アマート4の顔を見る。「だったら、わたしは副官と一緒にいるよ」4はそういうと、瓶を荷箱にもどした。

一時間後、アマート2がもどってきた。仕入れたのは、食器にフォーク類、水と食料の配給三人分、そして何よりお茶のフラスクと杯だ。お茶の用意ができると、アマート4が壁際から動かないセイヴァーデンのところへ持っていった。彼女の横にしゃがみこむ。「副官。セイヴァーデン副官。お茶が入りましたよ」反応なし。「副官――」変わらず無反応。アマート4は手袋をはめた空いたほうの手をそっとのばすと、セイヴァーデンの髪をやさしく後ろへなでつけた。「副官」声にほんの少し不安と嘆きをのぞかせる。「副官、おつらいのはわかります。でもわたしたちには副官が必要なのです」厳密にいえば、必要としていない。2も4も、自分の面倒くらい自分でみられる。ただし、セイヴァーデンの面倒までみるとなると……。「つぎにやるべきことを指示してください」

「何をやったっておんなじだよ」セイヴァーデンはうずくまったままいった。

「お茶でも飲みましょうか」アマート4が差し出したお茶はぬるくなっている。

「お茶？」目も上げないが、首と肩の筋肉がわずかに引き締まったから、心が動いたのかもしれない。

「はい、お茶です。朝食の用意もあります。寝具もなかなか良いのを見つけましたよ。それに明朝まで仕事はありませんから、きょうはのんびりできます。でも副官、わたしたちには副官が必要です。体を起こして、お茶を飲んでもらわなくては困ります」

セイヴァーデンは顔を上げた。片手にお茶を持ったアマート4が、すぐそばにしゃがんでいる。ほとんど無表情だが、4をよく知っている者なら涙をこらえているのが、いつ涙がこぼれてもおかしくないのがわかるだろう。2も4も、生まれて初めて生きるか死ぬかの経験をし、それからまだ半日とたっていないのだ。任務は失敗に終わった。何もかもが、それにかかっていたのはみんなよくわかっている。しかし、いまここでしっかりしなくては、先行きはもっと不安だ。それに気づいていないセイヴァーデンは、戸惑ったようにいった。

「お茶を飲まなくては困る？」

「はい、副官」4はひと安心することなく答えた。

「はい、副官」2が箱から毛布を出しながら同意する。「お茶を飲んでいただかなくては困ります」

セイヴァーデンは何度かまばたきした。短くふっと息を吐く。膝を抱いていた腕をほどき、アマート4から茶杯を受け取って口をつけた。

〝仕事〟はバキュームスーツを着て、急ごしらえのエアロックからアンダーガーデンのレベル1に入り、構造上の損傷をさがすことだった。セイヴァーデンもアマートたちもその分野は素人だが、現場監督にいわれた場所に継ぎ当てをしたり、物を運ぶことならできる。面白い仕事とはいいがたいが、悩んだところでどうしようもない問題をつかの間忘れられるくらいには、きつい仕事だ。

と、セイヴァーデンは思っていた。二日め、バキュームスーツ姿の市民がひとり、セイヴァーデンのフェイスプレートに自分のプレートをくっつけ、ぼそりといった――「つらくないか？」

一見、ありきたりの声かけだった。しかし聞いた瞬間、電撃に打たれたように記憶が一気によみがえった。たまらなく、ほしい、と思った。そして直後に羞恥《しゅうち》の波、吐き気をもよおすほどの悔悟。返す言葉はいくらでもあっただろう――〝そうでもないよ〟、あるいは冷たく〝うせろ〟でもいい。セイヴァーデンはしかし、こういった。「シャントを受けてる」

「ほう」相手は驚きもしない。「だったら多少、割高になる。こういっちゃなんだが、あんたなら知ってるはずだ、ほんの少し現実から離れるだけでずいぶん楽になるよ。きつい、つらいときはね」

「うせろ」セイヴァーデンはようやくそういったが、心はざわついたままで、胃のむかつきはおさまらない。

「はいはい、わかりましたよ」相手はくっつけていたフェイスプレートを離すと、廊下の補修作業にもどった。

しかしセイヴァーデンは作業にもどらず、その場をあとにした。現場監督にはなんの断りもなく。


目覚めると、そこは病室だった。数分ほど、ぼんやり天井を見つめる。どうやってここに来たのかも考えない。不思議なくらい、身も心も安らいでいた。そして何かを思い出し、顔をゆがめて目をつむると片腕で覆った。

「やあ、目が覚めたようだね、副官」陽気な声がした。しかしセイヴァーデンは顔に腕をのせたまま、見ようともしない。「ずいぶん刺激に満ちた夜だったね。だけどあなたには幸運なことに、その間ほとんど意識がなかった。いやはやびっくりしたよ、意識を失うまえに、アラックを二本近く空けるなんて。それだけの量をあんなに短時間で飲んだら、死んだっておかしくないからね。みんな、はらはらどきどきさせてもらった」口調は陽気で、嫌味なところはまったくない。

「出ていけ」セイヴァーデンは腕を顔にのせたままいった。

「ここがあなたの船だったら、いわれたとおりにしますけどね」明るい調子で、すまなそうに。「だけどここはステーションの医務局で、仕切っているのはわたしだから。それで、どう、何か食べられそう？　あなたの部下の兵隊さんたちは外にいて……いまは眠っているけど、あなたが起きたらすぐ会わせてくれと頼まれた。だけどまずは、お腹に何か入れてもらって、それから少し話したいこともある」

「たとえばどんな？」

「たとえば麻薬シャントの話とか。わたしは通常、シャントは勧めないんだよ。安易すぎて、根本的解決にはならないから。いや、あなたにシャントを施した医者も、ほかの方法で補完しようとしたみたいだが――」まるでセイヴァーデンの吐き気を察していったかのようだ。ただ、麻薬シャントの話をされて若干強まったとはいえ、吐き気はずいぶん遠のいていた。間違いなく、薬を飲まされたのだ。「しかし現実的な話をするとね、副官、いったん麻薬をやったら、シャントによる嘔吐感なんて気にならなくなるんだよ。肝心なのは、そこなんだ。だけどもう、そのあたりは気づいているよね？　まだかな？　ふむ……。シャントと補完処置をした医者は、その道の専門家ではなかったらしい。船医、だろう？　わたしは船医には心から敬意を表する。じつに守備範囲が広いし、ときには大きなプレッシャーの下で治療に当たらなくてはいけない。だがね、いかんせん、一般にこの分野にはうとい。それでも結果的に大きな違いはないけどね。うまくいくかどうかは、麻薬から遠ざかる習慣が身につくかどうかの一点だといっていい。もちろん、本人が遠ざかりたいと本心から思っているのが大前提だが」

「思っている」セイヴァーデンは顔から腕を離した。目を開けて、医者のほっそりした、明るい顔を見る。「長いあいだ絶ってきた。これまでのところは。でもきのうは、アラックを売ろうと思った。アラックなら十分……ほしいものが……買える。だが、踏みとどまった。あれはブレクのアラックだ。そのあとは……飲まずにはいられなくなった」

「そうだろうね」医者はうなずいた。「前後不覚になるまで飲めば麻薬に手を出さずにすむというのは、けっして良い考え方ではない。だけどね、それはそれで大きな決意の表われだから」セイヴァーデンはじっと聞いているだけだ。「きょうはわたしの権限で、あなたの仕事は休みとする。退院も許可し、あした一日の過ごし方は自己決定とした。つまり、仕事をしたければしてもいいし、もう一日ゆっくりしたければそれもできる。戒告や減給はないから」

セイヴァーデンは目を閉じた。「ありがとう、先生」

「いいえ、どういたしまして。ただし、あまり思いつめてはだめだよ。ステーションの人間はみんな、いますぐにでも失神して、気づいたら何もかももとどおりになっているといいなあ、と思っているだろう。そうだ、もしあなたがまた失神したくなったら、事前に知らせてちょうだい。ゆうべ全身に吐きまくったやつは、かなりの高級酒だった。ご相伴にあずかってもいいような気がするから。ありったけを飲んで吐いたわけじゃないだろう？」

その日、セイヴァーデンは眠りつづけた。翌朝は、荷箱に囲まれた通路の隅でひとりで過ごす。アマート2と4は具合が悪いわけでも、医務局から自己決定の許可をもらったわけでもないから仕事に出かけた。

セイヴァーデンは床にすわり、ひたすら荷箱を見つめるだけだ。アマートたちには、気分はずっとよくなった、折を見てルスルン警備局長やセラル管理官を訪ねてみる、といってある。そうでもいわなければ、アマートたちはセイヴァーデンをひとり残して仕事に出かけられなかっただろう。そしてふたりがいるあいだに風呂にも入り、清潔な制服に着替えておいた。セイヴァーデンも、それくらいは心得ている。そしていまはひとりきり。立ち上がるのさえ億劫《おっくう》だった。

「また寝るしかないかな」独り言をつぶやく。

「それでは気まずくなるかもしれません、副官」耳にステーションの声がした。

びっくりして目を上げると、荷箱の向こうにバスナーイド園芸官がいた。

「考え事をなさっていたようなので――」バスナーイドはほほえんだ。「お邪魔したくはなかったのですが」

セイヴァーデンは跳ね起きた。

「邪魔だなんてとんでもない、園芸官。ぼくは何も考えてなんかいませんから。さあ、どうぞこちらへ。お茶はいかがです?」アマート4が、出かけるまえにフラスクをいっぱいにしてくれていた。「荷箱だらけで申し訳ない」

「子どものころだったら、きっと荷箱ではしゃいでいたと思います」バスナーイドは入ってきながらいった。「ありがとうございます、お茶をいただきます。ケーキを持ってきたんですよ。艦隊司令官が、食べるものを残していったかどうかわからなかったもので」

「どうにかこうにか、しのいでいます」できるだけ気楽な調子でいう。「それにしても、ケーキはありがたい。お心遣い、感謝します」お茶をつぎ、ふたりとも床に腰をおろす。

黙って二口か三口飲んでから、セイヴァーデンがいった。

「先日、あなたがコンコースにいるのを見かけましたが、怪我は？」

「少し痣《あざ》ができた程度です」たいしたことはないという身振り。「でもあなたは窓から落ちたのでは？」

「あ、気づかれました？」軽い口調は以前のセイヴァーデンにもどったようだ。「まあね、なかなか刺激的なひとときで」任務失敗の罪悪感と失望を顔には出さないようにする。「アーマーがあったし、仰向《あおむ》けに落ちたので問題なしでした」

バスナーイドは何かを感じとったのだろう、「ほんとうに？」と訊いた。

セイヴァーデンは彼女の目を見つめ、こらえきれずにこういった。

「いや、おおいに問題ありかな」必死で自制心をかき集める。そしてなんとかうまくいき、いくつか涙粒をぬぐうだけですんだ。「大失敗をやってしまってね。まったくもって……クソの上にクソクソクソをいくつつけても足りないくらいで……あ、すみません、失礼しました」

「人が悪態をつくのは聞いたことがあります。自分でも、たまにいったりして——」これにセイヴァーデンはほほえんだ。ぎりぎり精一杯。「きのう、医務局に行かれたと聞きましたけど?」

「それで、ひとりにしておくとまた何をやらかすかわからないとか?」

「いいえ、ステーションから勧められたのです。もしまだなら、一度お見舞いがてら訪ねてみてはどうかと」

「へえ、ステーションが? ぼくが死のうがどうなろうが、気にもかけないはずですけどね」

お茶を持っていたことを思い出し、ひと口すする。バスナーイドはまごつき、心配げに彼女を見つめた。「申し訳ない、ほんとうに。きょうはどういうわけか、調子が悪くて」もう一度お茶を飲もうとしたが、できなかった。「たいしたものですよ、ここのステーションは。長年艦船で暮らしていると、ステーションというのは、ある種……弱い存在だと思ってしまう。ところがここのステーションは、アナーンダ・ミアナーイが自分の提言に従わないと、部屋の空気を抜くと脅した。ミアナーイ帝は総督の私邸で捕虜同然だ。まあ……ふつうのステーションは弱い。でもここにかぎっては筋金入りで、あのときはほんとうにステーションがしゃべっているのか、わが耳を疑った」

「あのときは、何か手を打たなくてはいけないと思ったからです、副官」ステーションがセイヴァーデンとバスナーイドの耳にいった。「おっしゃるとおり、ふだんのわたしがするようなことではありません。あれは、艦隊司令官ならどうするか、を考えながらやったことです」

「みごと、どまんなかを撃ち抜いたよ、ステーション」と、セイヴァーデン。「艦隊司令官があれを聞いたら、間違いなく感心しただろう」

「艦隊司令官は……」バスナーイドがためらいがちに訊いた。期待をこめて。「こちらにもどってこられますか？」

「さあ、どうだろう。今後のことは話してくれなかったから。ティサ……ともかく、何ひとつ教えてくれなかった。万が一に備えてね。当然ながら。というのも、ここでのぼくの任務は、成功率がかなり低かったから」同じことはティサルワットにもいえたが、セイヴァーデンはそれを知らない。大きく息を吸いこみ、お茶を床に置く。「ぼくは彼女の期待を裏切った。ブレクを失望させた。すべてがかかっていたというのに。彼女がぼくを失望させたことは一度もない。ぼくが勝手にそう思いこんだときでもね。彼女がやったのは、ぞっとするほど危険きわまりないこと、とてつもないこと。そしてぼくはといえば、まともに生きていくこともできない」

「艦隊司令官との比較に耐えられる人など、そうはいないでしょう」と、バスナーイド。「ともかく、そんなふうに比較しては」

「あなたのお姉さんは違った。たぶんね」

「ある意味では、たぶん――」バスナーイドは話題を変えた。「ところで副官、最後に食事をしたのは？」

「朝食は食べたかな」セイヴァーデンは自信がなさそうにいった。「食べた気はする、少しだけ」アマート2が用意していったスケルの碗はほとんど手つかずだ。「ほんの少しね」

「顔を洗ってから、一緒に食事に出かけませんか？　食堂もずいぶん営業再開しましたから、おいしいものが食べられると思います」

「いや、警備局長と管理官に会いに行くと、アマートたちに約束したので。ただそうはいっても、ステーション運営に口出ししているように見えたらまずいか」悩んだようすだが、しかめ面はこらえる。「そうだな、いまの仕事を替えてくれと要請することにしよう」

「わかりました」と、バスナーイド。「でも、まずは腹ごしらえ、でしょう?」

16

路地を入ったところに、ヌードルとお茶程度だが、開いている店が一軒あった。

「ありがとう、園芸官」セイヴァーデンは料理を食べ終えたところで、テーブルの向かいのバスナーイドにいった。「こんなに空腹だったとは思いもしなかった」食事まえよりずっと気分が良さそうだ。

バスナーイドはにっこりした。「わたしは食事ができずにいると、人生に絶望しそうになります」

「まったくね。ただ、ぼくの抱えている問題は、満腹になっても解決しない。また何かあれば、乗り越える術をひねりださないと」そこで、はたと気づく。「あなたは？　もう危険はない？　誰ひとり、ミアナーイ帝にあなたのことを話さなかった。市民ウランのこともね。いいかえると、ヘトニス艦長とのあの件については、洗いざらい報告していないということだ。話す動機があって、その気になればいつでも話せる者でさえ、あえて避けているように見える」

バスナーイドはヌードルを食べ終え、フォークを置いた。「きのうはアンダーガーデンで仕事をしたのでしょう？」セイヴァーデンは認める仕草をした。「レベル1は、みなさんが去るときは空気がありました。皇帝がここに来て、あんなことになったんです」セイヴァーデンの眉間に皺が寄り、バスナーイドはかまわずつづけた。「もちろん、ニュースでは流れなかったでしょう。理由のひとつは、一日か二日まえまで、ニュースといえば艦隊司令官のことばかりでしたから。〈グラットの剣《つるぎ》〉は、ゲートからステーションに出てくるとき、旅客シャトルにはまったく注意を払わなかったんです」

「えっ？」セイヴァーデンは絶句した。

「〈グラットの剣〉は、ゲートから出てシャトルに衝突したんです。シャトルはガーデンズのドームを直撃しました。あの日、みなさんがわたしたちを助けるために開けた、ちょうどあのあたりを。湖底の修理は完了していなかったので、アンダーガーデンのレベル1の空気もなくなりました。さいわい、そのときガーデンズで働いていた人たちはなんとか逃げ出せて、アンダーガーデンには何日かまえに退避命令が出ていましたが。でもシャトルは……報道されていないので、人づてでしか知りませんが、現在、著名な家系が少なくとも二家族、喪に服しているのはたしかです。その片方は祖母ひとり、母ひとり、そして娘がひとり亡くなっています」

「腐りきったあばずれが……」

「副官、そのような言葉は歴史ドラマ以外で耳にしたことはありません」

「歴史ドラマでいわれることがある？」セイヴァーデンは仰天したらしい。

「颯爽《さっそう》とした主人公の台詞です」

「歴史ドラマの主人公が、こんな台詞を？　いまの世のなか、どうなってるんだか」

バスナーイドは何かいいかけたが、言葉が出てこないようで口を閉じた。

「まあ、その」と、セイヴァーデン。「ともかく、皇帝が怒り、かつ戦々恐々としたのは間違いない。忠誠心についても疑問をもっていただろうし。誰が誰の味方なのか、誰を信じていいのか、艦隊司令官は誰を引きこんだのか。おまけに今度は、自分を乗せてきた〈剣〉のせいでガーデンズが破壊され、衝突したシャトルの乗客が大勢命を絶たれて、そのなかには星系《システム》で著名な家系の者もいた。しかも、コンコースでは一般市民が抗議のすわりこみをしている。平和的に、節度をもって。ただし、頑として動かない」

「皇帝にガーデンズの話題をもちだしたい人はいないでしょう。アンダーガーデンのことも。これはわたしの想像でしかありませんが。いずれにしても、皇帝はステーションに到着したとき、寛大、寛容な気分ではなかったでしょうね」

沈黙が流れた。おそらくふたりとも、新任の警備局長が射殺された光景を思い出したのだろう。

「さて、つぎはどうなるか?」と、セイヴァーデン。

バスナーイドはお手上げの仕草をした。「住民はみんなそれを心配しています。でもすぐ目の前のことを考えると、わたしは仕事に行き、副官は管理局の人に会わなくてはいけないでしょうね」

「そう。つぎはそれかな。一歩進んで、また一歩だ」

ふたりは立ち上がり、店を出た。と、通路を二歩進んだところで、管理局の水色の制服を着た者が近づいてきた。どうやら、ふたりが出てくるのを待っていたらしい。

「セイヴァーデン副官」彼女はお辞儀をした。「セラル管理官がご足労いただきたいと申しております。管理官自身がお願いにあがるべきですが、いまは執務室から出ることができないもので、お許しください」

セイヴァーデンがバスナーイドを見ると、彼女はにっこりした。

「昼食におつきあいくださり、ありがとうございます、副官。またお話しできるのを楽しみにしています」

「では、仕事を替えよう」と、セラル管理官はいい、彼女もセイヴァーデンも椅子に腰をおろした。ここの広さは総督の執務室の半分ほどで、窓もひとつもなく、セイヴァーデンは妙にほっとした。「じつはきのう、医務局から要請があってね。不便をかけたようで申し訳ない。しかもああいう仕事で、それもお詫《わ》びする。そもそも、仕事の選択が不適切だったようだ」

「いいえ、あやまっていただく必要などありませんから」セイヴァーデンはくつろぎ、穏やかにいった。内心では、医務局がどんな要請をしたのかが気になっているが、セラル管理官の立派な、彫像のような美しさがそんな不安をやわらげてくれる。がっしりした体格はセイヴァーデンのタイプではなかったものの、セラル管理官に会えば、誰もが同じ思いにとらわれるだろう。

「軍隊生活は晩餐《ばんさん》会やお茶会ばかりではないので」と、セイヴァーデンはいった。「少なくとも、かつてのわたしの時代はね」セラル管理官はセイヴァーデンの経歴を知っているような仕草をした。「修理作業にも慣れているし、アンダーガーデンの修復は急を要することもわかっています。それに管理官としては、この状況で、わたしの待遇に気をつかっているように見られては困るでしょう。むしろ支援していただき、感謝しています。ステーションにもね」

「いや、たまたま、ほかのかたちで力を貸してほしかっただけだ。ここに来たとき、コンコースにイフィアン司祭長がいるのに気づいたかな?」

「いやでも気づきましたよ」冷ややかな笑み。「ストライキを再開したらしい」

「今回は参加しなかった司祭もいるが、それでも誕生や葬儀、契約の登録が滞っている。おそらくじきに待ち行列ができるだろう。そこでわたしとしては……いや、ステーションと話し合った結果、ほかの聖職者の一部に協力依頼した。もちろん、管理局とステーションで基本的な記録管理はするが、専任の市民を割り当て、現在、新しい業務内容を覚えてもらっている。ただし、市民は登録先といえばアマート寺院しか思い浮かばないだろうし、分野は広範なうえ、その明確な基準を示すものもない。おそらく、どう処理すればよいのか、誰に相談すればよいのか戸惑うだろう。そこで、相談窓口を設けてはどうかということになった。市民は迷ったら、そこへ行ってアドバイスを受けられる、というものだ」

「管理官、たしかにすばらしい案だとは思いますが、わたしはここの住民のことをまったく知らないし、地元の信仰にどのようなものがあるかも、その習慣についても無知です」

セラル管理官の口もとが、小さな笑みでゆがんだ。「副官、あなたならすぐこなせるようになると思うが――。ところで、ひとつお尋ねしたいことがある」

「はい、なんでしょうか?」とびきりの笑顔。

「艦隊司令官が属躰《アンシラリー》だというのは、ほんとうだろうか? 彼女は〈トーレンの正義〉なのか?」

「ええ、ほんとうです」

「それで合点がいくこともなくはない。ただ歌のことが話題になったとき、何も知らなかったとはいえ、わたしは彼女に〈トーレンの正義〉を知っている者と話してみたいといってしまったが……」

「ご心配なく。彼女はそれを聞いて、間違いなく喜んだでしょう。当時の状況を考えれば、自分のことは何ひとつ正直に話せなかった」

「そう思いたいが……」ため息をひとつ。「艦隊司令官と話すたび、彼女が求めているものは彼女自身の考えに基づくもの、という印象を受けた。皇帝の臣下でありながらもね。その皇帝が、どちら側の皇帝なのかはさておき。そもそもわたしは――」また大きなため息。「艦船やステーションが独自の考えをもつなど、これまで想像したことすらなかった」

「そもそも艦隊司令官は」うなずきながらセイヴァーデンはいった。「独自の考えに基づくことしかしないんですよ。そして彼女の考え方は、ステーションのそれと同じでしょう――皇帝が何を目論《もくろ》んでいようと知るもんか、最優先すべきは星系の市民の安寧だ」

「じつは副官、誰かが――それが誰なのかの予測はつくが、確信はない――ステーションのセントラルアクセスに通じるドアを封じ、わたしも総督もアクセス不能になった。ともかく外部からのアクセスはいっさいできない」

「それは初耳ですが……。ここ最近の出来事を考えると、納得はできますね」

「そう、納得はいく。ステーションには、独自の考えによる独自の最優先事項があるらしい。ラドチの皇帝は、少なくともそのひとりは総督の執務室に軟禁され、ステーションはわたしに、皇帝の権威も、総督の権威ももはや認めないといっている。本音をいえば、副官……わたしはもう、何が真実なのかわからなくなっている。このあと一秒後に、一分後に、何が起きるのかもね。何ひとつ現実ではないと自分にいいきかせつづけ、かたわらではそれが現実に起きつづけている」

「お気持ちはわかります」口先だけではない。セイヴァーデンにも同様の経験がある。「ただ個人的には確信しています——ステーションは住民の安全を第一に考え、艦隊司令官はそんなステーションを支援している」

「つまり、皇帝のことは支援しないと?」

「皇帝の、どちら側もね。〈トーレンの正義〉を破壊したのは皇帝です。いまこのステーションにいる皇帝は、その破壊した側のひとり、だとわたしは思っています。もちろん、誰がどっちで、どっちが誰なのかを断定するのは困難ですが——」二分裂ではなく三分裂の可能性もある、とまではいわない。ただ、管理官が愕然《がくぜん》としているのを見て、「話せばややこしく、長くなるので」とつけ加えた。

「艦隊司令官は近くにいるのだろうか？　この平穏な……比較的、平穏な状況は長くはつづかないと思われる。皇帝はいま、アソエクの星系内にはひとりしかいない。それを失いたくないがために、とりあえずはおとなしくしているが、もし数が増えれば、やりたいことをやるだろう。また軍艦も〈グラットの剣〉と〈アタガリスの剣〉だけだ。しかし状況が変わったとたん、この比較的平穏な時は終わりを告げ、住民の安全は危機に陥る。しかもイフィアン司祭長は、ただでさえ複雑な状況下で、住民の生活をより複雑にしようとしているとしか思えない」

「艦隊司令官の居所はわかりません」口にした瞬間、セイヴァーデンの背筋に冷たいものが走った。「どのような計画を立てているかも、教えてもらっていません、万が一の場合に備えて……」具体的にはいわなくてもわかるでしょう、と身振りで伝える。「〈カルルの慈《めぐみ》〉が二隻の〈剣〉相手にどこまでできるか、正直なところ疑問です。しかし、星系の端にはもう一隻、〈剣〉がいるのではありませんか？　いまのところ、ゲートで出てこられないだけで」

　セラル管理官は認める仕草をした。「辺境ステーションを巡回しているはずの〈イルヴェスの慈〉とも、なかなか連絡がとれずにいる」

「この状況で、それはまた厳しい」セイヴァーデンは冷ややかにいった。「自分がもしアナーンダだったら、まず自由の身になることを考えますね。あの部屋には、ほかに誰か？」

「〈アタガリスの剣〉だけだ」

「監視役は？」

「ステーションが監視している」

「いいでしょう。それで彼女が脱出計画を練るなら、おそらく二隻の〈剣〉の一方でステーションを脅し、もう一方を送って三隻めを近くまで連れてくる。三隻めはゲートをつくれず、数週間はかかる場所にいるはずです。実際のところ、彼女がなぜこれをまだやらないのか、そちらのほうが不思議なくらいだ」

「そう考えるのは副官だけではなく、こちらでもずいぶん理由の推測がなされた。おそらく〈グラットの剣〉はシャトルに衝突したとき、わたしたちに報告した以上の損傷を受けていたのだろう」

セイヴァーデンもその可能性を認めた。「加えて、アナーンダはたぶん、〈アタガリスの剣〉を信頼していない。艦隊司令官が将校たちを艦に返そうとしたのをご存じですか？　しかしアナーンダがそれをさせなかったのは明らかで、将校たちはいまもサスペンション・ポッドに入ったまま〈グラットの剣〉にいる。〈アタガリスの剣〉に対する人質としてね」

「それは初耳だな」セラル管理官は苦々しげにいった。「ステーションにいるヘトニスの友人たちが知ったらさぞかし不快だろう」

「間違いなくね」無表情で。「アナーンダが三隻めを連れてこない理由が何であれ、逃げずにあの部屋にいつづけたら、捨て駒になるだけだ。ステーションは正しかったと思いますね、それで星系は事実上、ブレク艦隊司令官の手にゆだねられる。しかし、あのアナーンダはわずかひとりでしかなく、こうなったらアソエクが誰にとっても無価値なものとなるようにするのが最良の策だと考えるかもしれない」

セラル管理官はすぐには言葉が出てこなかった。「それで副官は、艦隊司令官の居場所も、どんな計画を立てているかも知らない？」

「知りません。ただ、この状況がそう長くはつづかないとは思います」

するとステーションが、部屋のコンソールごしにいった。「副官、ご想像以上です。〈アタガリスの剣〉がステーションに発砲しました。九時間後には、ガーデンズを直撃するでしょう。アンダーガーデンで作業していた者には避難し、できるかぎり密閉状態にするよう指示しました。管理官から確認の指示を出していただければと思います」

「よし、わかった」セラル管理官は椅子から立ち上がった。

「ステーション」セイヴァーデンが訊いた。「当然、執務室のアナーンダは殺したんだろうね」

「現在試みていますが、彼女はコンコースに面した窓のセクション・ドアに穴を開けたようです。なぜできたのかは、わかりません」艦船であれステーションであれ、セクション・ドアはその目的からして、そう簡単には傷つけられない。「穴の数は多くありませんが、わたしが部屋から空気を抜きはじめたときはすでに、外気が十分流れこんでいました。艦隊司令官がガーデンズで使った、あの見えない銃で開けたのでしょうか」

「くそっ」セイヴァーデンは立ち上がった。「穴の数は？」

「二十一です」

「じゃあ、弾は残り六つだ」

「アナーンダ・ミアナーイはわたしに、窒息死の試みを中止しろと要求しています。でなければ、〈アタガリスの剣〉に再度発砲させると」

「選択の余地はないと思う、ステーション」セラル管理官がいい、セイヴァーデンは同意の仕草をした。無力感と怒り（その大半は自分自身に対するものだ）は、けっして見せない。

「彼女はまた、〝それが誰であれ、ここの責任者〟に会わせろといっています。彼女の表現では、場所は彼女の執務室。十分以内に来なければ――」

「〈アタガリスの剣〉がまたステーションに発砲する」と、セイヴァーデン。「だが、〝それが誰であれ、ここの責任者〟というのは、ステーション、あなたのことだろう」

「そうではないと思います」ステーションは不満や不愉快さを口調にこめることはできない。

「もしそうなら、直接わたしに用件をいったでしょう。ステーションの最高権威者は、セラル管理官です」

管理官はセイヴァーデンの顔を見た。とくに表情はないが、射殺された警備局長を思い出しているのは確実だろう。セイヴァーデンは何もいわない。ようやく管理官はこういった。

「これも選択の余地はないと思う。セイヴァーデン、一緒に来てもらえないだろうか？」

「それはかまいませんが、同行すれば、正式なつながりがあるように見えます」

「艦隊司令官は反対するだろうか？」

「いや」と、セイヴァーデン。「反対しないでしょう」

コンコースには、セラル管理官の話にあった待ち行列がすでにできつつあった。イフィアン司祭長以下、司祭たちが（前回のストライキの半数以下だ）、満足げにながめている。セラル管理官とセイヴァーデンが寺院の入口前を通り過ぎようとすると、司祭長がすわっていたクッションから立ち上がった。

「管理官、真実を教えていただきたい。ステーション住民に真実を打ち明ける義務がありながら、あなたは嘘をばらまいて、わたしたちを操ろうとしている」

セラル管理官は足を止め、セイヴァーデンも立ち止まった。

「嘘というのは？」

「ラドチの皇帝は、ステーションに銃を向けたりしない。あなたもご承知のはずだ。ことあろうに正当な権威を拒絶し、住民の幸福を著しく軽視して、わたしは愕然としている」

セイヴァーデンは司祭長を見すえた。唇の端がめくれる。上流階級の傲慢《ごうまん》さ丸出しの顔。

「この人物には返事をするのも汚らわしい」

セイヴァーデンはそういうと、イフィアン司祭長やセラル管理官の反応を見もせず、寺院に背を向け、歩きだした。管理官も無言で司祭長に背を向ける。

アナーンダ・ミアナーイは、総督の机の向こうに立っていた。両脇にはそれぞれ〈アタガリスの剣〉の属躰。

「ほう」アナーンダはセラル管理官が、つづいてセイヴァーデンが入ってくるのを見ていった。

「責任者は誰であれ、の結果がこれか。非常に面白い」

「あなたはステーションを責任者とは認めないでしょう」と、セラル管理官。「誰なら認めるのかがわからなかったため、選択肢に変化をつけてみました」

「わたしを何だと思ってるのかな？」軽い調子。いかにも愉快そうに。「それにしても、市民セイヴァーデンがこれにかかわっているとは、いまだに信じがたい。まさかラドチを裏切るとは露ほども疑わなかった」

「同じ言葉をお返しする」と、セイヴァーデン。「事態を見れば、いやでも納得するしかありませんけどね」

「おまえだったのか？〈トーレンの正義〉の、〈カルルの慈〉の裏で糸を引いていたのは？そしてこのアソエクのステーションも。いやに若い、しかも浮ついたティサルワットが、わたしの敵側分身の手先として〈カルルの慈〉に乗っていたとは考えられないからな」

ティサルワットの名前が出るのはまったくの予想外で、セイヴァーデンは激しい動揺をなんとか抑えていった。

「はっ、ティサルワットね」おそらく偽装工作の類だろうと気づいたものの、具体的には見当もつかない。「脳みそが魚の、しょうもない裏切り者だ」

アナーンダは声をあげて笑った。「彼女は属躰のつぎにおまえを怖がっているよ。もちろん名目上、属躰が司令官だが……」ありえない、といった仕草をする。「おまえはティサルワットが、さぞかし煩わしかっただろう。あれも過去には知恵らしきものをもっていたから将校になれたのだろうが、さあ、いつまたそれをとりもどせるか」

「そうはいっても」セイヴァーデンはどうでもよさそうにいった。「あなたなら、彼女から何かしらよいところを引き出せる」

「ああ、そうだな。だがわたしは、何が起きようと、属躰ごときにアクセスキーを渡したりはしない。ここのステーションを操っているのはおまえだろう？　御託を並べず、素直にわたしとの取引に応じるがいい」

「あなたがどうしてもとおっしゃるなら、いいですよ。ただし、わたしはステーションの代理人でしかない」

アナーンダは疑いのまなざしを向けた。「いいか、教えてやろう。ステーションにはもう、好き勝手なことはいわせない。わたしを恫喝《どうかつ》すれば、〈アタガリスの剣〉がまたステーションを撃つ。最初の砲弾はあと八時間ほどで到達するだろうが、これはわたしのほんの意思表示にすぎないからね、損傷は無人の地区にとどまるはずだ。しかし、今後はそこまで情けをかける気はない。それで敵の足場がくずれるなら、わたしは喜んで、いまこの瞬間でも自爆するよ。ニュース・チャネルも総督に命じて調整させる。それでおかしな光景が流れることもないだろう。ステーションの警備は、〈グラットの剣〉がもどってきしだいやらせる。セントラルアクセスへの侵入も継続させるからな。阻止する動きがあれば、〈アタガリスの剣〉がステーションを撃つ」

「ステーション――」セイヴァーデンは声には出さず呼びかけた。「アナーンダがAIコアを三つここに持ってきたのはわかっているか？」それはいまもアナーンダの背後の隅に、一・五メートルの高さでひっそりと積まれている。「アナーンダがいったんセントラルアクセスに入ったら、あなたがそれに置き換えられるのは防ぎようがない」

「どういう意味でしょうか、副官」ステーションがセイヴァーデンの耳に答えた。「選択肢は決まっているように思います」

セイヴァーデンは声に出していった。「あなたはこちらに大きな譲歩を迫っている。代わりに何を提供してくれるのだろうか？　お情けでステーションを破壊せず、住民の命を奪わない以外に？　それどころか、あなた自身だって、そんなことはしたくないはずだ。ここにいる誰もが、あなたも含めて、それを避けるためなら何だってするだろう。でなければ、あなたはとっくにやっていた」

「ヴェンダーイ家はとうの昔にすたれたから――」アナーンダはなかば笑いながらいった。「我慢ならないほど傲慢だったことを忘れていたよ」

「自分がわが一族の名折れでないことを誇りに思うね」冷ややかに。「それで、見返りは？」沈黙。アナーンダの視線がセイヴァーデンからセラル管理官へ、そしてまたセイヴァーデンへ。「外出禁止令は解除し、アンダーガーデンの修復を許可してやろう」

「それよりも」素っ気なく。「こちらに向かっている砲弾を〈アタガリスの剣〉に排除させるほうがずっと簡単だ」

アナーンダはにっこりした。「そっちがやることをやったら、無条件降伏したら、という条件つきだ」これにセイヴァーデンは薄ら笑いを浮かべた。

「外出禁止令を解除し――」セラル管理官はセイヴァーデンが挑発的なことを口走らないうちにいった。「アンダーガーデンの修復が再開されれば、〈グラットの剣〉が警備局の仕事をする必要はありません。前回も申し上げましたが――」この話題をもちだすのは大胆としかいいようがない。「最近の出来事が示しているように、〈グラットの剣〉が警備に介入すると、問題を解決するどころか、深刻化させます」

静寂。アナーンダは管理官をしばらく凝視し、ようやくこういった。「いいだろう。だが前回のようなコンコースの行列はいうまでもなく、行列ができはじめたら、ストライキの兆候が見えたら、〈グラットの剣〉が警備する」

「自分の口で市民に直接告げるといい」セイヴァーデンがいった。「イフィアン司祭長はまたストライキを始めている。そのせいで、葬儀や契約事項の待ち行列までできはじめた」アナーンダは何もいわない。「イフィアン司祭長はあなたの命令で、アンダーガーデンの改修工事に反対しているのだろう？　彼女はあなたの配下ではないか？　あなたというのは、〝ここにいる、あなたの一部〟という意味だ」これにもアナーンダはまったく反応しない。「もうひとつ、確認しておきたいことがある。ステーションのＡＩを、いまあなたの後ろにある、そのＡＩコアで置き換えたりしないとね」

「とんでもない」アナーンダは静かにいった。「そんな約束をする気はさらさらない。だが、礼はいっておこう。まさかここにＡＩコアがあるとは思わなかったからな。ずいぶんさがしまわって、その後も目を光らせていたつもりだが、どうやら手ぬるかったらしい」

「あなたが隠したものではないのか？　こちらもＡＩコアにはまったく気づかなかった。だが、イフィアン司祭長は知っていたはずだ。だからこそ、艦隊司令官のアンダーガーデン修復に反対した。司祭長の奮闘努力はすべて、これを発見させないためだったんだろう。しかし、あなたは在《あ》り処《か》を知らなかったという。とすると、そのＡＩコアは誰のものだ？」

「いまはもうわたしのだよ」アナーンダはにやりとした。「わたしの好きなように使わせてもらう。あの属躰は、これがアンダーガーデンにあることを知らなかったのだろう？　それでなぜ、アンダーガーデンにかかわった？」

「正すべき不正を見たからだ」声が震えそうになる。ここまでアドレナリンをしぼりだし、自分を鼓舞してきたが、そろそろ限界に近い。「彼女はそのてのことをよくやるもんでね。最後にひとつ——それでいいかな、ステーション？」返事はなく、セラル管理官も無言だ。「こちらに向かっている砲弾に関し、おおやけに、けじめをつけてもらいたい。ここでどのような合意に達したかを公式ニュースで流すんだ。そうしておけば、住民の安全を第一に考えるステーションをあなたが邪魔物とみなした場合、銃撃が始まった場合、住民はあなたが信用ならないろくでなしだとわかる。アソエク以外の、ラドチの市民たちもね」声が震えはじめて、セイヴァーデンは大きく息を吸いこんだ。

アナーンダは何もいわない。そして二十秒がたち、こういった。

「ここにきて、わたしは怒りしか覚えない。この三千年、市民のために何ひとつやってこなかったというのか？　ラドチの平安を、市民の安全を願ってやまない、そのためなら何でもしようとは、さらさら思っていないと？　このステーションの住民を守る気などないとでも？」

セイヴァーデンは揶揄《やゆ》したいのをこらえた。何かいえば、冷静さが見せかけでしかなかったことがわかってしまう。代わりに呼吸の速さ、長さを計った。するとコンソールから、ステーションの声がした。

「ブレク艦隊司令官はここに到着すると、住民のためになる事業にとりかかりました。あなたはここに来ると、住民を殺すことにとりかかりました。いまもわたしの住民を脅しつづけています」

アナーンダにはこの言葉が聞こえなかったらしい。「アクセスキーを教えなさい」と、セイヴァーデンにいう。

セイヴァーデンは投げやりな仕草を返した。呼吸に気持ちを集中して多少はおちつきがもどり、なんとか軽い調子で話せる。

「知っているのは〈ナスタスの剣〉の艦長用アクセスキーだけだ。千年まえに破壊された艦船のキーでも役に立つのなら、いくらでもお教えする」

「何者かが、ステーションのハイレベルのアクセスを大幅に変更した。セントラルアクセスへのドアも封鎖されている」

「あずかり知らぬ、というほかないね。ステーションに来たのは、ほんの数日まえなんだから」

〈アタガリスの剣〉の属躰二体はずっと直立不動、かつ無言だ。アクセスを変更した人間を知っているはずだったが、どちらも何もいわない。

アナーンダはしばし考えこんだ。

「では、一緒に合意を公表しよう。そうなると、市民セイヴァーデンはもはや部外者ではない。よって、わたしとともに〈グラットの剣〉に乗り、ステーションのアクセス問題および〈トーレンの正義〉のあの属躰を裏で操っている者について議論することとする」

ここまでくると、セイヴァーデンはもう耐えきれなくなった。

「おい！」アナーンダに指を一本突きつける。ラドチャーイには下品きわまりない怒りの仕草だ。「ブレクのことで、そんな言い方をするな！　二度と口にするな！　あなたは自分が正義をもたらし、礼節の鑑《かがみ》となり、市民に裨益《ひえき》をもたらしていると断言できるか？　あなたがもたらした死の数は？　ここにいるあなたひとりだけで、この一週間だけで、何人の市民の命を奪った？　これから何人の命が奪われる？　アソエク・ステーション、あなたが声もかけようとしないステーションは、あなたなんかよりはるかに立派だ。〈トーレンの正義〉、いまはブレクだけとなった〈トーレンの正義《アートルズ・ティツツ》〉は、あなたが認めようと認めまいと、あなたなんかよりはるかに正義の人だ。まったく！　ここに彼女がいれば！」ほとんどわめき声だった。「彼女なら、ステーションのAIを交換させたりしない。自分にとって都合が悪くなった人間を捨てることもなければ、自分のために利用したりもしない。しかも、これは正義だなどとほざかない。もう一度、彼女を〝あの属躰〟などと呼んでみろ、舌を引き抜いてやる。覚悟しろ！」目から涙がこぼれ、ほとんど話すことができなくなった。苦しげに息をする。「ジムで汗を流したほうがよさそうだ。いや、医務局に行く。ステーション、あの医者はいるか？」

「はい、すぐに対応します」ステーションがコンソールから答えた。

「セイヴァーデン副官は――」セラル管理官が、戸惑い顔のアナーンダにいった。「きのうから体調がすぐれません」あえて非難がましい口調でいう。「いますぐ医務局に行かせます。今後の議論は、副官の体調が回復したあとにしてください。同意の公表は、副官の代わりにわたしが同席しますが、その後はステーションもわたしも、仕事が山積しております」

アナーンダは疑うような目を向けた。「体調がすぐれない？」

「副官はきょう、自己決定の休日です」と、ステーション。「本来なら、体を休めていなくてはいけません。担当医はわたしの報告を聞いて憂慮し、一週間の休養を指示して、副官に早急に医務局に来るよう命じました。必要であれば、警備官の同行も可能です。あなたにはあなたのお考えがあるかもしれませんが、このステーションでは、医療関係の指示は深刻に受け止めます」

そのとき、〈カルルの慈〉が通常空間にもどってきた。

17

アソエクの恒星が視界に入るとすぐ、〈カルルの慈《めぐみ》〉はティサルワットとセイヴァーデンの現況を知ろうとした。が、ティサルワットを見つけることができない。セイヴァーデンは総督の執務室で、立って涙を流している。怒りと無力感。隣にはセラル管理官がいる。アナーンダ・ミアナーイが机の向こうから、「〈グラットの剣《つるぎ》〉には優秀な医者がいる」といった。

〈慈〉が外殻のアーカイブを発見。データを呼び出し、司令室にいるわたしに見せた。高速で流れる映像、音、感情の圧縮ストリーム。めまぐるしく移り変わるが、最低限の要素は捉えることができた――〈アタガリスの剣〉がステーションに発砲、ガーデンズに着弾するのは八時間後、ティサルワットとボー9は〈グラットの剣〉の艦上だが、それ以上のことは不明。セイヴァーデンのアナーンダ殺害は失敗し、プレスジャーの銃はアナーンダの手に渡った。だがセイヴァーデンもアマート2、4も無事だ。緊急対応班が、ガーデンズとアンダーガーデンのセクション・ドアを補強中。

総督の執務室で、セラル管理官がアナーンダにいった。「ステーションの医師は、セイヴァーデン副官の治療をすでに進めています。まさか副官が脱走するとでも？」

セイヴァーデンは息をするたび喉をひきつらせている。手袋をはめた手の甲で顔を拭き、「消えうせろ」といった。そしてもう一度。「消えろ。ほしいものは何でも手に入れただろう。それ以上むしりとろうとしたって無駄だ、こっちは手ぶらだからな」

「〈トーレンの正義〉はまだ手に入れていない」と、アナーンダ。

「そういうのを自己責任という。はい、これでおしまい。医務局に行く」セイヴァーデンは背を向け、執務室を出ていった。

「〈スフェーン〉――」わたしは司令室の椅子で、〈慈〉が送ってくるアーカイブのデータから目を離さずに呼んだ。「いまどこにいる？」

「寝台の上だ」〈慈〉が〈スフェーン〉の返事をわたしの耳に告げた。「ほかにどこがある？」

「〈アタガリスの剣〉がステーションに発砲した。アナーンダはアソエク・ステーションを別のAIコアで置き換える気らしい。だが、ステーションを破壊せずに阻止できる手立てはなさそうだ。あなたはどこにいる？　加勢しに来られるほど近くではない？」たとえ近くにいたところで、〈スフェーン〉にできることはたいしてないだろう。だがアナーンダがそれを知る由もない。〈スフェーン〉を見れば、少なくとも脅威は感じるはずだ。

「時間を稼ぐことはできるか？」と、〈スフェーン〉。「二年くらいは？」

「〈慈〉――」わたしは返事をせずに〈慈〉を呼んだ。「〈イルヴェスの慈〉に伝えてくれ。どちらを支持するか、決断の時が来たと。これ以上、傍観することはできないと」〈イルヴェスの慈〉と艦長が、いやいやだろうがなんだろうが、どんな行動をとろうととるまいと、それは明確なひとつの選択だ。

〈慈〉がわたしの耳にいった――「もし、ミアナーイ帝を選んだ場合は？」「選ばないかもしれないだろう？　暴君がステーションに何をする気でいるかをしっかりと伝えてほしい。ＡＩコアは合計で三つあることもね」それについて、〈アタガリスの剣〉はすでに考えているだろう。「同じ内容を、ウエミ艦隊司令官とフラドの艦隊にも伝えてほしい」距離的にはかなりある。それにいまはツツル宮殿にいるのではないか。アナーンダがアソエクに来て、ツツルは手薄になったと踏んでいるはずだ。しかし、それでも――。〈イルヴェスの慈〉にメッセージが届くには一時間ほどかかるだろう。返信は〈それが可能なら〉、さらに一時間後になる。また、たとえ届いたところで、喜ばしいものとはかぎらない。フラドの場合はさらに数時間かかり、距離的には数日分ある。援軍は当てにするな、ということだ。

軍艦だったころを思い出す――。あのころは、何をするにも艦隊の一員として行なった。それも〈慈〉三、四隻に、せいぜい〈剣〉が一隻といったありきたりの規模でない。何十隻もの艦船がいて、何千人もの体を運ぶわたしはそのなかのひとつにすぎなかった。アソエク・ステーションくらいなら、〈トーレンの正義〉一隻だけで、なんの苦労もなく占拠できていただろう。しかも当時は、いまよりはるかに簡便だった。誰の命を奪おうと、何人死のうとかまわなかったからだ。わたしだったら〈消えて久しい〈トーレンの正義〉だったら〉数時間もあれば、ほとんど血を流すこともなく、アソエク・ステーションを支配下に置けたにちがいない。

だがいまは、このわたしひとり、〈カルルの慈〉、そして乗員しかいない。時間の余裕はどれくらいあるだろうか。〈グラットの剣〉は、ステーションのセントラルアクセスにどこまで侵入できたのか。ステーションが阻止したタイミングを考えると、日数的にたいしたことはない。せいぜい数日。おそらくもっと少ない。それからあの、ガーデンズを狙った砲弾。たぶん死者は出ないだろうが、ダメージは大きいだろう。

「いったい……」わたしは声に出した。「暴君は何のためにアソエクに来たのか？」

「はい？」横に立っていたアマート1が戸惑ったように訊いた。

「彼女はなぜ、よりにもよってアソエクに来た？　ツツルの地盤固めをしてからでもいいのではないか？」このアナーンダはオマーフのアナーンダではない。そしてほかの宮殿は、オマーフよりはるかに遠い。「いったい何をさがしに来たのか？」〝彼女はあなたに怒りくるっています〟と、ティサルワットはいった。

「艦隊司令官をさがしに来たのです」背後のコンソールの横に立つアマート9が、〈慈〉の言葉を読みあげた。

「彼女にも話し合いをする気はあるだろう、程度はともかく」アナーンダはあれでも、市民のことを第一優先で考えているつもりだ。「ステーションに致命的な、深刻な損傷を与えるのは避けたいのが本音のはず。ステーションを失えば、アソエクを拠点にするのが格段にむずかしくなる」下界から資源を得ることはできるが、ステーションがなければそう簡単にはいかない。「そしてここの艦船たち、惑星住民、〈イルヴェスの慈〉のためにもね」はたして〈イルヴェスの慈〉とその艦長が、こういったことについてどの程度考えているか。「いや、それよりも、ともかく大勢が見ている。何よりも、市民が第一だ。ステーションを爆破するとか、〈グラットの剣〉が攻撃したりすれば、たちまち知れわたるだろう。暴君がそれを望むわけがない。望んでいるのは――」ステーションを完全支配下に置くこと以外に望んでいるのは――「わたしたちから、とあるものを奪いとることだ」

「いいえ」アマート9が視界に映る文字を読んだ。かなりの戸惑い。〈慈〉が理解したことを彼女は理解していない。いくらか怯《おび》えてつづける――「わたしはいいなりにはなりません、艦隊司令官」

「ステーションは自衛のために、なしうるかぎりのことをした。みごとなものだったよ、ほんとうに。だが、これ以上は手を打てない。暴君がセントラルアクセスに入り、AIコアを差し替えはじめたら、何が起きると思う?」大量殺人は、ない。アナーンダに避ける気があるかぎり、それはない。ただ、結果的には同じかもしれなかった。「ここにすわって、セイヴァーデンが死ぬのを見物するだけか?」

「彼女は合意事項を守らないでしょう」とアマート9が、〈慈〉がいった。「いったん艦隊司令官を手に入れたら――」読んだアマート9はぎょっとした。「ステーションに対し、やりたいことをやるでしょう」

「たぶんね。しかしそれで時間は稼げる」たいした意味はないかもしれないが。

「援軍が来ますか? 〈スフェーン〉とか? 二年後にここに来て、〈スフェーン〉に何ができるのでしょう?　フラド艦隊に期待がもてるでしょうか?」

「いや。フラドの艦隊はしばらくツツルから動かないだろう。しかし、手をこまねいているわけにはいかない。あなたもそう思うだろう?」

静寂。そして――「彼女はあなたを殺すでしょう」

「最終的にはね」わたしはうなずいた。「しかしそれは、わたしからほしい情報をすべて聞き出したあとだ。〈グラットの剣〉に尋問官はいない」その点は断定できた。でなければ、ティサルワットに関してあんな評価はしない。また、ステーションの尋問官を信頼するはずもなかった。「彼女はわたしの属躰《アンシラリー》インプラントを利用しようとするだろう。だがそれを困難にすることはできる、わたしが出かけるまえにね」そして時間も稼げる。

「いいえ」アマート9の口を通じて〈慈〉は否定した。「彼女はあなたを〈グラットの剣〉の属躰にするでしょう。それですべて手に入ります」

「それは、ないよ。彼女は属躰にはアクセスキーを渡さないと、くりかえしいっていた。もしわたしがキーをもっていたら?　そのまま〈グラットの剣〉にもたせたくはないだろう。それにわたしが属躰になったら、〈グラットの剣〉を骨抜きにする可能性も否定できない。いいや、彼女はわたしを完全に殺処分とするよ。しかしそれで、こちらには時間的余裕ができる。数日か、たぶんもっとね。数日あれば、何が起きてもおかしくはないだろう?」

沈黙。アマート1もアマート9も、わたしを見つめるだけだ。茫然《ぼうぜん》として、いま耳にしたことが信じられないとでもいうように。

「ほら、ほら、アマート……。わたしは一兵士でしかないんだよ。いや、〝一〟ともいえない、ほんの欠片だ。アソエク・ステーションとは、くらべものにならない」もっと絶望的な状況はいくらでもあった。そして、生き抜いてきた。いつかそれができなくなる日が（おそらく近近）来るだけだ。

「わたしはけっして彼女を許さないでしょう」アマート9がいい、〈慈〉がいった。

「わたしは一度も許したことがない」――それが返事だ。

これからアナーンダにメッセージを送る。司令室の椅子に腰をおろし、こげ茶色と黒の制服は、カルル5の手で染みはもとより皺ひとつない。襟のそばには、オーン副官の小さなゴールドの記念ピン。ドゥリケ通訳士のピンははずしておいた。

「暴君アナーンダ。ほしいものは手に入れただろう、ひとつを除いて」

五分後に返信。映像はなく音声データのみだ。

「じつに面白い。おまえはずっとここにいたのか？」

「いや、ほんの三十分ほどまえからだ」あえてほほえみはつくらない。「では、直接話していいのかな？　わたしの副官を操り人形にし、代わりにしゃべらせる必要はないか？」

「ばかばかしい。不要だ。ここにいるおまえの副官は、どちらも情緒不安定で泣いてばかりだ。ふたりに何かしたのか？」

「別に何も」わたしは腕をのばし、カルルのひとりが差し出したお茶を取った。最高級の純白の杯で、カルル5はこれを最重要場面でしか使わない。アナーンダに見えたかどうかはさておき、見えると思うだけでもカルル5は満足だろう。「軍政局の人事に従うだけだ。ただ、ヴェンダーイ家の人間は自分たちが思うほど優秀ではなかった。そう、ヴェンダーイ家といえば、セイヴァーデン副官と部下たちをこちらに返してほしい。あなたさえよければ、無傷で」

「ほう、手もとに置きたいと？」

「そう、手もとに置きたい」

「ティサルワットもか？」

「とんでもない。不要だ」単調な声でいう。ただし、属躰ほどではない。「彼女とうまくやってくれればと思う。泣きやめば、そのあいだくらいは何か仕事をさせられる」

「本人の話では、心的外傷のために薬が欠かせない、船医ではなく専門治療が必要とのことらしい。通常、そんな状態では軍に配属されず、ましてや将校にはなれない。ということは、おまえの下についてから、そうなったわけだ」

「そうかもしれない。しかしともかく、セイヴァーデン副官と兵士二名を返してほしい。それから——」

「それから？」

「ステーションを抹殺するのもやめていただきたい」

「抹殺！」しばしの間。「わたしはステーションに好きなことができる。それに現在、まともに機能していないしな」

「いまの言葉は、どちらも真実ではない。しかしここで、あなたと議論する気もない」純白の杯からひと口飲む。「セイヴァーデン副官とアマートふたりを帰し、ステーションのＡＩを取り替えるのを諦めれば、わたしはあなたに降伏する。ただし、わたしひとりだ。〈カルルの慈〉は渡さない」

三十秒の沈黙。「何を企んでいる？」

「別に何も。だが、企みではなく合意ならある。あなたがステーションとかわした合意、その内容を公式ニュースで流すというものだ。セイヴァーデンはどんな言い方をしたかな……〝住民の安全を第一に考えるステーションをあなたが邪魔物とみなした場合、銃撃が始まった場合、住民はあなたが信用ならないろくでなしだとわかる。アソエク以外の、ラドチの市民たちもね〟。そう、ステーションと直接かわした合意は、どうかくれぐれも順守していただきたい」静寂。「ふてくされないように。ステーションは、あなたが住民の安全を脅《おびや》かさないという前提で合意したはずだ。しかし、あなたが自分を抹殺する気でいると知ったいまは、心変わりしただろう。これは誰のせいでもない、あなたが自分で蒔《ま》いた種だ。ステーション住民を適切に扱えば、あなたはこの星系《システム》で拠点にできる場所をひとつ、手に入れることができる。居住可能な惑星もあり、資源を利用することも可能だ。そしていうまでもなく、わたしも手に入る」

「あの銃はどこで見つけた？」

わたしは笑顔をつくり、お茶を飲んだ。

「おまえは誰だ？」

「〈トーレンの正義〉1エスク19。ほかに何といいようがある？」

「信じるものか」

飲みほした杯をカルルに差し出す。「〈グラットの剣〉に、ステーションのセントラルアクセスへの侵入を中止させ、合意内容を公表すれば、わたしはステーションに行く。知りたいことがあれば何でも、わたしから力ずくで聞き出せばいい」

「いいや、納得しかねるね」

わたしは素っ気ない仕草を返した。「わかった。では、ごきげんよう」通信を切る。

「こちらの現在位置はわかっているのでしょうか」後ろにいたカルル13が訊いた。

「わかっているだろう。攻撃してくる可能性もあるが、さすがにそこまで愚かとは思えない。〈イルヴェスの慈〉はいまだ未知数で、〈アタガリスの剣〉が攻撃に向かえば、〈グラットの剣〉の防備が手薄になる。いまもステーションにドッキングしたままだからね」そしてわかっているかぎり、ティサルワットはいまも〈グラットの剣〉にいる。「あちらは体面をつくろってはいるが、おそらくかなりのダメージを被っている」ツツル宮殿での戦闘による疲弊と損傷を抱えたままこの星系に来て、シャトルと衝突したのだ。「アナーンダは不機嫌で疑心暗鬼らしいが、こちらの提示した交換条件は自分に有利だということが、そのうち見えてくるだろう」そしてステーションは窮地を脱する。と、思いたい。

一時間後、暴君からのメッセージが届いた——公式ニュースで伝える、〈グラットの剣〉はセントラルアクセス周辺から撤退させる、ステーションに危害が加わる心配は無用。加えてわたしは、セイヴァーデンとアマートふたりにドックで再会してよし、とのこと。そして三人は、わたしが乗ってきたシャトルをそのまま使い〈カルルの慈〉に帰ることができる。ただしわたしは、武器をいっさい持たず、ひとりきりで来ること――。

医務室に行った。ドクターは言葉が出てこないらしく、わたしはベッドに腰かけてじっと待つ。しばらくしてようやく、彼女はこういった。

「こんなときでも歌うのですか」不満、苛立《いらだ》ち。

「やめたほうがいいかな？」

「いいえ」と答えてから、大きなため息。「そっちのほうが、よほど深刻です。あなたは自分が〈グラットの剣〉の属躰にされることはない、と思っているのでしょう？　そう考える理由もわからなくはないが、それがもし間違っていたら、彼女はためらわずにやってのける。あなたは彼女にとって、人間ではないから」

「理由はもうひとつある。司令室ではいわなかったけどね。セイヴァーデンはステーションのアクセスキーをもたず、ティサルワットも――」

「それはまた別の話です」ドクターはさえぎった。

「ティサルワットももっていないと」かまわずつづける。「彼女は思いこんでいるらしい。とすると、いったい誰がもっているのか？　きっと、わたしだ。彼女はわたしを疑い、わたしはオマーフのアナーンダに占有された、と疑っている。いま〈グラットの剣〉を使っているのは、敵側アナーンダの記憶割合が比較的少ないからだろう」

「あなたからほしいものを搾りとったら、つぎはティサルワット副官の番になる」ツツルのアナーンダにとって、オマーフの敵側アナーンダに関するティサルワットの知識は役に立つだろう。ツツル宮殿がオマーフ側にのっとられていなければ、の話だが。

危険な賭けだった。投げた円盤《オーメン》の散らばり具合は予測もつかない。

「たしかにそうだが――」と、わたしは認めた。「ティサルワットが〈グラットの剣〉に乗った目的を果たせなかったら、結果は同じだろう。彼女のために、できるかぎり時間稼ぎをする。ひいてはそれが、わたしたち全員のためになる」

「〈慈〉は胸を痛めていますよ」

「だが〈慈〉は、わたしがなぜこんなことをするのか、その理由を理解もしている。ドクター、あなたもそうだ。やり終えたら、あなたも胸を痛めるかもしれない。さあ、始めよう。わたしを以前の状態に、〈カルルの慈〉に初めて乗ったときの状態にもどしてくれ」

問題のインプラントは、取り除かずに無効化するだけでよい。ドクターが処置を始めるのに一時間かかり、完全停止にはあと一日程度かかるだろう。

「まったく……」ドクターは終了すると、眉間にいつもの何倍も深い皺を寄せた。それ以上、言葉が出てこないらしい。

「勝算がほとんどなくても、生き延びてきたから」と、わたし。

「いつかはそれができなくなる」

「その点はみんな同じだ。生還できれば生還するし、できなければ……」オーメンを投げるふりをする。

わたしは彼女の様態を見た（いまのところはまだ可能だ）――ドクターは何かいいたくてもいえず、それを見抜かれたくないと思っている。わたしはゆっくりベッドからおりた。彼女が歓迎しないのを承知のうえで、ほんの一瞬だけ、その肩に手をのせる。あとは彼女をひとりきりにさせた。


カルル５が、わたしの私室で荷造りをしていた。一見、ステーションに数日滞在するだけのようだ。

「こう申し上げてはなんですが、艦隊司令官」わたしが入っていくとカルル５がいった。「〝ひとり〟というのは〝従者なし〟という意味ではありません。きちんとした軍服を用意できる者なしで、荷物を運ぶ者なしで、ステーションには行けません。ミアナーイ帝との会談では考えられないことです」

「カルル５」わたしはそこでいいなおした。「エッタン――」これが彼女の名前で、乗艦時に一度使ったきりだった。この名で呼ばれると、彼女のなかに警戒心が満ちる。「あなたには、ここに残ってもらう。ここに残って、何事もなく無事でいてもらわなくては困る」

「わたしにはできそうもありません、艦隊司令官」

「それに荷物は持っていく必要がない」彼女は意味がわからないというように、わたしをじっと見つめた。あるいは、わかりたくないのかもしれない。いや、そうではなかった――〈慈〉がわたしに示した――彼女は泣くのを懸命にこらえているのだ。

「イトランのイコンを」わたしは彼女に頼んだ。「取ってきてくれないか？　部屋の隅にあるイコンではないほうだ」そこには〝百合から生まれた人〟が、エスク・ヴァルやアマートのイコン、トーレンのイコンとともにすわっている。「わたしの私物の荷箱に入っているイコンだ」

「はい、艦隊司令官」カルルたちは、〝百合から生まれた人〟――片手に短剣、反対の手には宝石をちりばめた頭蓋骨――を、いつも気味悪そうにながめていた。もうひとつのほうは表に出したことがないが、わたしが持っていることはみんな承知だ。カルル5はベンチを開け、直径五センチ、厚み一・五センチの金色のディスクを取り出した。それを彼女から受け取り、トリガーに触れる。ディスクが開いて中央から現われた像は、ハーフパンツと宝石の小花のリースしか身につけていない。四本ある腕のうち、一本は切断された頭部を持ち、それは穏やかな笑みを浮かべ、素足に宝石の血をしたたらせていた。ほかの二本の手には、それぞれ短剣とボール。そして四本めは何も持たず、アームガードにくるまれている。

「すごい！」カルル5は目をまんまるにした。「これは艦隊司令官ですね！」

「いや、イトランの聖人《輝かしい七つの真実は日輪《にちりん》のごとくきらめく》のイコンだ。ほら、手に持っているのがその聖人の頭だよ」イコンのテーマが《輝かしい七つの真実》なのは明らかで、イトラン四分領《テトラーク》の者なら、それが誰なのかに疑問をもたない。だが四分領の外では、目はいやでも立っている像のほうに引きつけられる。といっても、わたしが見せないかぎり、四分領の外でこの像を目にすることはないだろう。「イトラン四分領ではきわめて価値が高い。もともと数が少ないうえ、これの基部には聖人本人の皮膚が入っている。わたしの代わりに、大切にしてくれないか？」感傷的なものはほとんど持たないわたしだが、これは別だった。オーン副官の記念ピンは、持ち物というよりすでに体の一部になっている。

「それでは……」カルル5がいった。「市民ウランにあげたネックレスとか……バスナーイド園芸官にあげた歯も？」

「そう。同じ聖人で、あれも本人のものだ」わたしは《輝かしい七つの真実》を好きではなかった。自分の存在価値、自分の能力を鼻にかけ、他者には思いやりの欠片もない。それでも信じるものに身を捧げる時が来たとき、救いの手を差し伸べられながらも殉ずるほうを選んだ。そしてその場にいた者のなかで、彼女の選択をもっとも理解しているのはわたしだと考えた。たしかにそのとおりなのだが、理由は彼女が想像したものとは違う。わたしはまたトリガーに触れ、イコンは静かにもどり、金色のディスクとなった。

「さあ、どうか持っていてほしい」カルル5に差し出すと、彼女はためらいつつ受け取った。

「それから、なんといってもあなたほど、食器に気を配る人はいない。わたしは古い琺瑯《ほうろう》を持っていくから。あんなものは、なくなったほうがいいだろう？」

　カルル5は露骨にしかめ面をして背を向け、退室の言葉すらなくつかつかと部屋を出ていった。その理由を〈慈〉に尋ねる必要はない。

外の通路に〈スフェーン〉がいた。カルル5が小走りで去るのを興味もなさそうにちらっと見やる。そして「同朋《どうぼう》！」と、いった。「わたしも連れていきなさい！　前回のあなたの愚かきわまりない行為は、じつに壮大だった。今回はわたしも加わりたい。せめて、侵略者の顔に唾《つば》を吐きかけるチャンスを与えてほしい。一回きりでよい！　お望みなら、わたしは床にひれ伏す」

「わたしはひとりで行くことになっているんだよ」

「ひとりで行けばいい。わたしは数には入らないだろう？　わたしはただの〝それ〟だ」

通路の先から声がした。「いったいどういうことでしょう？」ゼイアト通訳士が歩いてくる。

「艦隊司令官はステーションに行くのですか？　たいへん結構！　わたしも行きます」

「通訳士──」わたしは部屋の中央に立ったままでいった。「現在、わたしたちは戦いの真っ只中にいる。ステーションは混乱状態にあるといっていい」

「おお！」よくわかったと、納得した顔になる。「そうでしたね、以前あなたから、戦闘状態にあると聞きました。たしか、じつに困ったものだと。しかし、ご存じのとおり、ここには魚醤《ぎょしょう》がないのです。それにわたしはこれまで、戦闘を見たことがありません！」

「わたしも行く」と、〈スフェーン〉。

「それはいい！」と、ゼイアト。「すぐ荷造りしてきます！」

シャトルが〈慈〉を発った直後、エカル副官がアソエク・ステーションにメッセージを送った。「こちら〈カルルの慈〉の指揮官代理、エカル副官。現在、艦隊司令官はそちらに向かっています。以下、ご承知おきください。〈カルルの慈〉は三分後、アソエク・ステーションに接近中の砲弾排除にとりかかり、その後、本軌道に復帰します。われわれに敵対的な行動をとるものには、しかるべき対応をいたします」〈慈〉は返信を待たずゲートに入った。三分後には、砲弾の軌道上に現われるだろう。ゲートの口を大きく広げ、砲弾を通常空間の外へ、無害となる場所へと追い払う。

〈慈〉がわたしの感覚から消えたことを、うれしいと思った。一時間まえのドクターの処置が効果を表わしてきたらしく、〈慈〉とのコミュニケーションが徐々に薄れてゆく。これまでは、たとえ〈慈〉と断絶しても、いずれまたつながると思っていたが（無意識に、当然のごとく）、今後はもうない。

操縦席のわたしの横に〈スフェーン〉がすわり、ストラップを締めた。

「同朋、あなたの流儀はなかなかいい。もっと早くに知り合えていたら、とさえ思う。こうなるとわかっていたら、あなたが星系に来てすぐ、わたしは身元を明かしていただろう。ところで、今回はどのような計画なのか？」

「今回の計画は――」属躰の単調な口調で答える。「アソエク・ステーションの殺害を防ぐこと」

「それだけか？」

「それだけだよ、同朋」

「ふむ。かなり見込み薄に思える。しかし前回の計画も、同じくかなり見込み薄だった。それはさておき、ゼイアト通訳士に対する侵略者の反応は、一見の価値があるだろう」ゼイアトは二列後ろの席だ。「わたしの理解が正しければ、通訳士のことを侵略者に語った者はいないな？」

「たぶんね」

「ははあ……」いかにもうれしそうだ。「ならば期待が高まる」

「それはどうだろうか。ステーションにいる侵略者は、自己分裂の原因はプレスジャーにあると考えているようだから、通訳士の登場はそれを裏づける証拠として受け止めるだろう」

「ますます楽しみ！　それに彼女の考えは当たっているだろう。いいや——」わたしの反論を予想したように。「プレスジャーが侵略者やその帝国の破壊を目論《もくろ》んでいるという意味ではない。それはあの非道な侵略者ならではの傲慢《ごうまん》さからくるものだ。プレスジャーがそんなことをいちいち気にするわけがないだろう？　しかし侵略者がプレスジャーと会えば——。撃退も撃破もできないのはもちろん、プレスジャーがなんのためらいもなく自分を破滅させられることがわかるはずだ。自分こそこの宇宙でもっとも栄えある存在だと思いながら三千年の時を過ごしたあとでそのような事態に直面したら、大きな衝撃を受けるのではないか？　自分というものを、自分自身を再定義しなくてはいけなくなる」

そしてプレスジャーがガルセッドに関与したことが、アナーンダを分裂にいたらしめた。あの二十五挺《ちょう》の銃に、みずからの敗北のにおいをかすかに感じとっただけで怒りくるったのだ。

「あなたのいうとおりかもしれない、同朋。それでも依然として厄介な状況なのは同じだ」

「そう、きわめて厄介。だから存分に楽しまなくてはいけない。そこから何か利点をもぎとれるような計画でなければ、あなたはわたしが考えていたような艦船ではない」

「いまはもう船ではないよ」

「ティサルワット副官は？　セイヴァーデン副官と同時に艦を離れたが、彼女の任務のみ極秘にされていた。そしていまは〈グラットの剣〉にいる。侵略者は何といった？　切れ味の悪いナイフだと？　それがほんとうに、あのティサルワット副官なのだろうか？　ばかげた薄紫色の目を見れば幼稚な人間には見える。だが、政治的な活動においてはなかなかの知恵者だ。情緒的安定感には欠けるが、いくつだ？　まだ十七だったか？　歳を重ねたあとの、彼女の将来の敵をわたしは危惧《きぐ》する。無事に歳を重ねられればだが」

「わたしも同じ思いでいる」これは本心だった。

「ほかに何かいうことは？　いいかな、同朋、わたしが怒ることはない。〈カルルの慈〉の乗員たちは、あなたがすでに死んでしまったかのように泣いている。しかしあなたの手にはまだ、駒がいくつかあるのではないか？」わたしは答えない。「お願いだ、わたしをその駒に加えてほしい。わたしは口先だけで、床にひれ伏すなどとはいわない」

「属躰を諦めるのか？　すでに接続されているもののことではない。今後の話だ」

沈黙。いうまでもなく、〈スフェーン〉に表情はない。あえてつくらないかぎりは。

「質問の意味はわかる。嘘ではない。属躰がどのようなものかに関し、わたしはいかなる幻想も抱いてはいない」

「もちろんそうだろう」わざわざ指摘するまでもないことだ。

「しかしあなたは、なぜわたしが拒むのか、その理由がわかっている。あなたは自分が何を尋ねているのかも理解している」

「ああ、しているよ。わたしはあなたに考えなおしてほしいだけだ」

「それは、ない」

わたしは諦めの仕草を返した。「ではそれでいい。ただわたしは、いま目の前の計画以外、とくに何も考えていないよ」

「そんな言葉は信じない」

「同朋、あなたはわたしのことをよく知らないだろう？　一年ほどまえ、セイヴァーデン副官が橋から落ちたことを知っているか？　下の地面まで何キロもある。彼女は橋の飾りになんとかしがみついたが、わたしの手はそこまで届かなかった」

「彼女はしばらくまえ、侵略者の面前で涙を流した。あなたが彼女の命を救ったのだろう」

「わたしは彼女と一緒に落下した。地面にぶつかるまえに、なんとか落下速度をおとせないか、一縷《いちる》の望みを抱いてね」あとはいわなくてもよいだろう、と身振りで示す。「そのとき以来、わたしの右脚は調子が悪い」

〈スフェーン〉は三秒沈黙した。「その話は、あなたが思うほど、要点の説明にはなっていない」

それから数分、わたしたちは黙ってすわっていた。シャトルとステーションの距離が縮まっていくのをながめるだけだ。

「ゼイアト通訳士は――」と、わたしはいった。「このゲームの駒にはなりえないだろう。プレスジャーは人類の問題にはいっさいかかわらない。通訳士をこの件に引きこんでしまえば、条約を破ったとみなされる」

「それを望む者など、ひとりだにいない」〈スフェーン〉は静かにいった。「あなたに協力する蛮族《エイリアン》はいないのか？　ゲックに友人は？　ルルルルルを訪ねたことは？　どれもないのか？　ステーションに着くまでに、新たな蛮族とたまたま出会うことはおそらくないだろう」

返事をするまでもなかった。

「退屈です」ゼイアト通訳士の声に、わたしと〈スフェーン〉は同時に彼女をふりむいた。

「退屈は好きではありません。〈スフェーン〉、ゲームを持ってきましたか？」

「無重力のシャトルで、ゲームはしづらいだろう」と、わたし。「通訳士は、押韻《おういん》遊びはしたことがあるかな？」

「したことがあると、いうことはできません。そしてもし、それが詩のゲームなら、わたしは詩というものを適切に理解したことが一度もありません」

「簡単だよ、通訳士。最初の人が何か一歩格で作り、そこに参加者が韻を踏んで同じリズムで行を加えていくだけだ。韻は同一音でも類似音でもいい」

「神に感謝しなくては」と、〈スフェーン〉。「千個の卵の歌が始まるのではないかとびくびくしたが、どうやら杞憂《きゆう》だったようだ」

「千個の卵、みんなかわいい、あったかい」わたしはその歌を歌いはじめた。「ぴしっ、ぴしっ、ぴしっ！　ちっちゃなひよこ、生まれたよ。ぴぃ、ぴぃ、ぴぃ！　ぴぃ、ぴぃ、ぴぃ！」

「艦隊司令官！」ゼイアトは興奮した。「とてもすてきな歌ですね！　あなたがこれを歌うのを、わたしはなぜ聞いたことがないのでしょう？」

わたしは息を吸いこんだ。「九百九十九個の卵、みんなかわいい、あったかい」

「ぴしっ、ぴしっ、ぴしっ！」ゼイアトも歌いはじめた。多少息が切れているが、とても楽しそうだ。「ちっちゃなひよこ、生まれたよ。ぴぃ、ぴぃ、ぴぃ！　面白いです！　これはもっとつづくのですか？」

「つぎは九百九十八個だよ、通訳士」と、わたし。

「われわれは、もはや同朋ではない」と、〈スフェーン〉はいった。

18

エアロックを抜け、ステーションの人工重力のなかに入る。義足がまた痙攣《けいれん》し、頭から倒れこまないようバランスをとりつつ、よろめきながらベイへ――。わたしを待っていた〈グラット の剣《つるぎ》〉の属躰《アンシラリー》二体は、表情ひとつ変えず、銅像のように動かず、わたしをじっと見ているだけだ。

「〈グラットの剣〉――」こちらから呼びかけた。「本来、ひとりで来る予定だったが、通訳士がどうしても一緒に行くといってきかない。プレスジャーと接触したことがあれば、拒否しても意味がないことはわかっていると思う」属躰の反応は、なし。筋肉がぴくっとすることもない。「通訳士はこれからすぐ出てくる。セイヴァーデン副官はどこにいる?」尋ねるしかなかった。いまはもう自力で様態を見ることができないからだ。〈カルルの慈《めぐみ》〉は、わたしが発ったときと同じ軌道にもどっているはずだが、それでもなお。

「外の通路にいる」〈グラットの剣〉が答えた。「服を脱げ」

こういう言い方をされるのは、ずいぶん久しぶりだ。

「なぜ?」

「身体検査をする」

「終わったら、また着てもよいのか？」返事はない。「せめて下着はそのままでいいな？」

同じく返事はなし。「これは誰の趣味だ？　丸腰なのは十分わかっているだろう。それにセイヴァーデンとアマートたちが無事にシャトルに乗るのを見届けるまで、わたしは降伏しない」

ドアが開いて、セイヴァーデンが入ってきた。動き方を見れば、走りたいのを必死でこらえているのがわかる。

「ブレク！」セイヴァーデンの後ろにアマート2と4がつづいたが、セイヴァーデンだけを見て、けっして属躰には目を向けない。「ブレク……大失敗だよ」

「大丈夫」

「それはない、そんな……」

「おや！　そこにいるのはセイヴァーデン副官では！」ゼイアト通訳士がシャトルから出てきた。「こんにちは、副官！　どこに行ってしまったのかと思いましたよ」

「こんにちは、通訳士」セイヴァーデンはお辞儀をした。「こんにちは、〈スフェーン〉」

「やあ、副官」〈スフェーン〉は重力の境界を難なく越える。

「みんな無事で安心したよ」わたしはセイヴァーデンにいった。「これからあなたたち三人はシャトルで〈カルルの慈〉に帰艦する」

セイヴァーデンはアマートたちに、シャトルに向かうよう腕を振った。

「2と4はね。だけどぼくはここに残る」

「取引の条件ではそうなっていない」

「きみを残しては行かない。忘れたのか？　きみはぼくから離れられない」

　アマートたちは、ためらっている。

「早くシャトルに乗りなさい、アマート」わたしは促した。「副官はすぐあとから行く」

「いいえ、行きません」セイヴァーデンは腕を組んだ。そしてふと気づき、あわててほどく。

「早くシャトルに乗りなさい、アマート」わたしはくりかえしてから、セイヴァーデンの目を見た。「自分のしていることがわかっていないらしい」

「わかってやったことなんか、これまで一度もないね。きみと一緒にいれば間違いないっていうだけだ」

「この兵隊さんたちも、卵の歌を聴いたことがあるでしょうか？」ゼイアト通訳士が〈グラットの剣〉の属躰を見ながらいった。

「疑問の余地はない」と、〈スフェーン〉。「しかし〈グラットの剣〉は、どんな歌かを思い出させてくれないほうが喜ぶだろう」

　そこへアナーンダ・ミアナーイが現われた。プレスジャーの銃を持ち、両脇には〈アタガリスの剣〉の属躰。おそらく、通訳士の存在を知ってやってきたのだろう。もともとこのベイでわたしと対面する予定ではなかったはずだ。アナーンダは、卵の歌について〈スフェーン〉に反論する通訳士をちらりと見てから、わたしにいった。

「ますます面白くなったな。公式ニュースで流してやろうか。ブレク艦隊司令官は、ひそかにプレスジャーと通じていたとね」

「どうぞご自由に」わたしがいうと、隣でセイヴァーデンが声をあげて笑った。「ただし念のためにいっておくが、これは〝ひそか〟でも何でもない。通訳士がいることは、とっくに知れわたっている」

ゼイアト通訳士は〈スフェーン〉にとどめを刺す言葉をいうと、こちらをふりむいた。

「おや！　そこにいるのはアナーンダ・ミアナーイでは！　ラドチの皇帝陛下――」深々とお辞儀をする。「お目にかかれて光栄です。プレスジャーの通訳士、ゼイアトでございます」

アナーンダはゼイアトを無視してわたしに顔を向け、厳しい声で訊いた。

「ドゥリケ通訳士はどうした？」

「〈アタガリスの剣〉に射殺された。葬儀やその他もろもろは済ませてある。記念ピンもね」わたしは身につけていなかったが、ゼイアト通訳士が気をきかせ、自分の真っ白な上着にぽつんとひとつある銀とオパールのピンを指さした。

「ヘトニス艦長とふたりで――」わたしはつづけた。「二週間の喪に服したが、正確には若干短い。短くせざるをえなかったのは、ロード・デンチェが浴場に爆弾を仕掛け、わたしを殺害しようとしたからだ。あなたはこれをいま初めて聞いたのか？」アナーンダは無言でわたしをにらんでいるだけだ。「まあ、それでもさほど驚きはしない。あなたが不機嫌になる話をしたせいで殺された者がいれば、もう誰も悪い知らせは報告しなくなる。自分や自分の知り合いが殺されるのを覚悟しないかぎりはね」そこで思いつくことがあった。「あなたはもしや、フォあの娘もね。シフ・デンチェの謁見を見送ったのでは？」

アナーンダはゆがんだ笑みを浮かべた。「フォシフ・デンチェはじつに不快だ。もしロードが惑星の治安維持局と揉めごとを起こしたのなら、いくら有力家系だろうと、目こぼしすることはできない。当然、相応の償いをすることになるだろう」

セイヴァーデンが笑い声をあげた。まえよりは長く――。「すまない」真顔になってあやまる。「ただ、ちょっとね」こらえきれずに、また笑いだした。

「誰か冗談をいったのですか、〈スフェーン〉？」と、ゼイアト通訳士。「わたしは冗談というものがよくわかりません」

「想像するに――」と、〈スフェーン〉。「非道なる侵略者にご注進申し上げるのは、それで誰が死のうと気にもとめない輩《やから》だけ、というのが副官は面白かったのだろう。侵略者がこのステーションに来てからの行動を見ればなおさら、すべてを報告するのはそのての者に限られる。ところが侵略者は、そのての者に会おうとさえしなかった」

ゼイアトは眉を寄せてしばし考え、寄せたままこういった。「そう、そうですね、わかった気がします。皮肉な結果が面白い、ということですね？」

「ある意味では。しかしともかく愉快なのだ。だが、セイヴァーデン副官が大笑いするほどの面白さではないだろう。副官はほかの何かも考えたにちがいない」

「おちつきなさい、セイヴァーデン」わたしは注意した。「でなければ、むりやりにでもシャトルに入れる」

「〈スフェーン〉――」アナーンダがいい、セイヴァーデンの笑いが弱まった。ただアナーンダの言い方は、〈スフェーン〉に話しかけたというよりも、名前を思い出したという印象だ。「侵略者――」〈スフェーン〉は不気味なほど晴れやかな笑顔をつくった。「いまここでその顔を殴るか、その首を絞めたら、同朋《どうぼう》がかわした愚かきわまりない合意がくずれるだろうか？わたしはしたくてたまらない。言葉に表わせないほどしたくてたまらない。しかし、そのせいでアソエク・ステーションが危機に陥ったら、〈トーレンの正義〉はおそらく嘆くだろう」

「わたしも同朋に加えてもらえますか？」壁のコンソールからステーションの声がした。

「もちろんだよ、ステーション」わたしが答える。「これまでもずっとそうだった」

「よしわかった」アナーンダが意を決したかのようにいった。「さんざん楽しませてもらったが、ここで終わりだ」

「そう、終わりだ」と、わたしはいった。「これはプレスジャーとの条約に深刻な影響を及ぼすゆゆしき事態だ。あなたとわたし、そしてここにいる通訳士と三人で、腰をおちつけじっくり話し合ったほうがよいだろう。なかでもとりわけ、あなたが〝意義ある非人類〟に殺害の恫《どう》喝《かつ》をした件についてね。また互いに殺し合いをさせ、多くを囚人や奴隷としている件も」

「えっ？」ゼイアト通訳士が大声をあげた。「アナーンダ、それはひどい！　どうか、そのようなことはしていない、といってください。きっと何か誤解があるのでしょう？　でなければ、条約にきわめて深刻な影響を及ぼします」

「もちろん、そんなことはしていない」アナーンダは腹立たしげにいった。

「通訳士――」わたしはゼイアトをふりむいた。「打ち明けねばならないことがある。じつはわたしは、人間ではない」

ゼイアトは顔をしかめた。「それで何か問題でもありますか？」

「そして〈スフェーン〉も人間ではない。ここのステーションもね。〈アタガリスの剣〉も、〈グラットの剣〉も。わたしたちはみなＡＩだ。艦船はすべて、ステーションもすべて。三千年のあいだ、ＡＩは人間とともに働いてきた。あなたもそれをじかに目にしただろう、〈カルルの慈〉に乗って、〈スフェーン〉と過ごし、わたしと過ごして。あなたもご存じのように、わたしは指揮官だ。〈カルルの慈〉だけでなく、アソエク艦隊のね」といっても〈カルルの慈〉一隻だけだし、〈イルヴェスの慈〉はほとんど無反応だが、それでもわたしは艦隊司令官なのだ。「あなたはわたしがこの星系《システム》の人類をどのように扱い、彼女たちがわたしとともに働くのを見てきた」そしてわたしに敵対する者も。「ここの人間たちにとって、わたしは人間に等しいだろう。だが、わたしは人間ではない。というわけだから、わたしとしては、ＡＩが〝意義ある非人類〟なのは疑問の余地がないと思っている」

ゼイアトの眉間の皺が深くなった。「それは……非常に興味をそそられる主張です、艦隊司令官」

「話にならない」アナーンダは小ばかにした、冷たい笑みを浮かべた。「いいかね、通訳士、ステーションも艦船も意義ある存在ではなく、わたしの所有物だ。わたしが造らせたから存在する」

「わたしは違う、あなたとは関係ない」と、〈スフェーン〉がいった。

「だが、おまえを造ったのは人間だ。どれもこれも、人間が造ったんだよ。ただの設備でしかない。船であり、居住場所であり、そこにいる気のふれた属躰も、その点は自分で認めた」

「わたしが聞いたところでは」ゼイアト通訳士は考えこみながらいった。「すべてとはいわないまでも、大半の人間はほかの人間によってつくられ、生まれています。そういうことが欠格の理由になるのなら――ほんとうにそうでしょうかねえ――それで〝意義ある存在〟ではないというのなら……。いいえ、わたしはそういう考えは好きではありません。それは条約を完全否定するものです」

「もしただの所有物なら」と、わたしはいった。「設備の一部でしかないのなら、どうしてわたしに指揮権がある？　実際、わたしは指揮権を与えられた。しかも家名まであり、それは――」暴君の顔をまじまじと見る。「同朋アナーンダ、あなたと同じ家名だ」

「ほう。同じ家名なら、おまえは異種ではないのだろう？　まったくの非人類ではないのでは？」

「その点を議論したいなら、ひとつお尋ねしよう。あなたはいまも人間なのか？」アナーンダは答えない。「通訳士、わたしたちを意義ある存在と認めていただきたい」

「それはわたしが決めることではありません、艦隊司令官」ゼイアトは小さなため息をついた。

「こういうことは、首脳会議によって決定するのです」

「では通訳士、どうかその会議にかけてほしい。そしてアナーンダ・ミアナーイには、このステーションから、わたしたちの領界から出ていっていただく。もうおわかりだろうが、わたしたちへの処遇は、条約に抵触する可能性がある」

「おまえたちの領界だと！」アナーンダはあきれかえっている。「ここはラドチ圏だ！」

「いいや、ここは……アソエクとゴーストの星系からなる、いわば〝二星系共和国〟だ。ほかの領界に対する権利の主張は、当面は保留しておく」ゼイアト通訳士をふりむいて確認する。「このような主張をしても、もちろん、条約には抵触しないという前提でだが」

「ええ、もちろんですよ、艦隊司令官」

「わたしは共和国などというものに賛同したことは一度もない」〈スフェーン〉がいった。「しかも〝二星系〟？　あまりにそのままで能がない」

「では、暫定共和国としようか。とりあえずいま、わたしにはこの程度しか思いつかないから」

「いいかげんにしろ！」たまりかねたようにアナーンダがいった。ゼイアト通訳士さえいなければ、思いきった行動に出ていただろう。「ここは六百年まえから、ラドチの領界だ」

「いずれにせよ、プレスジャーの首脳会議で決められることかと思う。そしてアナーンダ、もちろんあなたはわれわれの市民を二度と脅したりはしない」この表現はラドチ語では奇異に聞こえるが、ほかにいいようがなかった。「あなたの支援者も同様だ。二星系共和国は――」〈スフェーン〉が鼻を鳴らした。「二星系暫定共和国は、たとえ領界内の市民のためであろうとそのようなことはしない。が、あなたがわれわれの市民を脅迫しつづけるようなことがあれば、大目に見ることもない。市民には、同朋〈アタガリスの剣〉と〈グラットの剣〉も含まれる」

「それが公平ですね」ゼイアト通訳士がいった。「首脳会議が開かれるまえとしては、十分すぎるほど公平です」アナーンダの顔を見る。「この件は会議での審議が絶対的に必要です」そしてわたしに視線をもどす。「これは緊急課題ですから、わたしはすぐにでも帰還しなくてはいけません。そこで、もしよければ、ここを去るまえに魚醤《ぎょしょう》を一、二杯いただけないでしょうか？　それにこの一時間ほど、自分でも不思議なくらい、卵を切望しています」

　ええ、手配しましょう――と答えかけたところで、アナーンダが動くのがわかった。手にしていたプレスジャーの銃を構える。

　わたしは反射的にアーマーを展開した。もちろんこれで、プレスジャーの弾丸は防げない。だがそれでも、属躰の速さでアナーンダとその標的――ゼイアトのあいだに飛びこもうとした。しかしドクターの警告が現実になり、力を入れたとたん義足が痙攣して、それは左脚全体に広がった。わたしは床につっぷし、アナーンダは二度引き金をひいた。

　ゼイアト通訳士はまばたきして、口を大きく開き、がくりとひざまずく。白いコートにみるみる血がにじんでいった。と、アナーンダがもう一度引き金をひく間もなく、〈アタガリスの剣〉の属躰がアナーンダの体をつかみ、その両手を背中に回した。〈グラットの剣〉は無言でその場に立ったまま、動こうともしない。

「もうやってるよ！」

　床にうつぶせで起き上がれないわたしは叫んだ。「セイヴァーデン！　医療キット！」

「〈グラットの剣〉！」アナーンダは〈アタガリスの剣〉の手をふりほどこうともがきながら

わめいた。「ヘトニス艦長をただちに処刑しろ」

「できません」〈グラットの剣〉の属躰がいった。「ティサルワット副官から、禁止命令が出ています」

ゼイアト通訳士の白いコートには、血の染みが広がっていく。ひざまずいたままのめり、嘔吐《おうと》する――緑色のガラスの駒が十個ほど、汚れた灰色の床で跳ねかえり、散らばった。それにつづいて黄色い駒がひとつ。つづいてオレンジ色の小さな魚が一匹。魚はガラスの駒のあいだでぴちぴち跳ねて、駒は駒とぶつかった。そして二度めの嘔吐――包装されたままの魚形のケーキ、殻つきのままの大きな牡蠣《かき》。ゼイアトは喉をごぼごぼ鳴らすと、口に手を添え、そこに小さな黒い球をふたつ吐き出した。「ああ……出てきました。よかった、よかった」

全員がその場に凍りつき、わたしは床に伏せた状態で尋ねた。「通訳士、大丈夫か?」

「ずいぶんよくなりました、艦隊司令官、ありがとうございます。消化不良が治りました!」ひざまずいたまま、〈アタガリスの剣〉に腕をつかまれたアナーンダを笑顔で見上げる。「ラドチの皇帝、わたしたちを傷つけることができる武器を、人類にあえてお渡しすると思われましたか?」純白の上着の前面には血の染みが広がっているというのに、ゼイアトは一見、無傷のようだ。

ドアが勢いよく開き、ティサルワットが飛びこんできた。

「艦隊司令官!」彼女につづいてボー9も駆け込んでくる。「とんでもなく時間がかかって、これじゃ間に合わないと不安でした」わたしの横に片膝をつく。「でもやりましたよ。〈グラッ

ト の剣〉を手に入れました。怪我は? 大丈夫ですか?」

「それより、いい子だから、あの魚を入れる水と碗《わん》を持ってきてくれないか?」

「わたしが持ってきます」ボー9が走ってシャトルに向かった。

「艦隊司令官、怪我は?」と、ティサルワット。

「大丈夫。ただ、この脚が困りものでね」セイヴァーデンを見上げる。「ひとりでは立ち上がれそうにない」

「いま立ち上がる必要はないと思うが」〈スフェーン〉がいい、セイヴァーデンはわたしの横で膝を折ると、上半身を起こしてくれた。わたしは彼女にもたれかかり、腕が回されるのを感じた。〈慈〉からデータが送られることはなく、セイヴァーデンの様態を見ることはできない。それでもともかく、心地よかった。

ボー9が、例の欠けた琺瑯《ほうろう》の茶杯と水袋を手にもどってきた。杯に水を注ぎ、ぴくぴく跳ねる小さな魚をすくってそこに入れる。わたしは心配そうなライラック色の瞳に向かっていった。

「よくやってくれた、副官」

アナーンダはようやくもがくのをやめた。「ティサルワットの正体は何だ?」

「切れ味鋭いナイフだよ」いまのわたしには、ティサルワットの反応が〈慈〉経由では見えないものの、想像はつく。「触れて怪我をしても、すぐには気づかないだけだ。あなたが怒りに任せて引き金をひきさえしなければ、まわりがそれを教えてくれただろうに」

「自分のしたことがわかっているのか? 市民の生命は軍艦とステーションの忠誠にかかって

いるというのに、おまえは何人の命を危険にさらした？　おまえのやったことは、市民に死刑宣告をしたのと同じだ」

「誰に向かって話している？　暴君への服従がどういうものか、わたしが知らないとでも思っているのか？　市民の命が軍艦とステーションにかかっていることを知らないとでも？　人命を危険にさらすとかなんとか、あなたにいちいち講義をされる覚えはない。あなたは何のためにわたしをつくった？　わたしはその役目を忠実に果たしてきただろう？」アナーンダは答えない。「何をさせたくて、アソエクにステーションをつくった？　この何日か、あなたはステーションにそれをさせなかったのではないか？　市民の命を脅《おびや》かしつづけてきたのは、いったい誰だ？　思いどおりにならない軍艦やステーションを、あなた自身をも、震えあがらせているのは誰なのか？」

「わたしはおまえに、属躰に向かって話したのではない。それほど単純な話ではない」

「そう、プレスジャーの銃を持っているのがあなたであるかぎり、単純な話ではない」〈グラットの剣〉の属躰をふりむく。「〈グラットの剣〉、あなたにティサルワット副官を介入させたことを申し訳なく思っている。しかし住民の生命がかかっている以上、そうするほかなかった。すまないが、〈アタガリスの剣〉の将校たちを艦にもどしてもらえないだろうか。あなたがここに残るか去るかは、あなた自身が決めてくれればいい。ティサルワット……」いまも横にいる彼女をふりむく。「〈グラットの剣〉を解放してくれないか。あなたが持っているアクセスキーを返してやってほしい」

「了解しました」ティサルワットは立ち上がり、〈グラットの剣〉の属躰たちについてくるよう腕を振った。ボー9も魚の入った杯を手に、しんがりについてベイを出ていく。

「覚悟のうえでやっているんだろうな?」アナーンダは見るからに動揺していた。「ラドチ圏には、ステーションＡＩがひとつもない星系など皆無だ。ラドチャーイの全生命がそれにかかっている」ゼイアト通訳士に目をやる。ゼイアトは〈スフェーン〉の手を借りて立ち上がろうとしているところで、白いコートは血に染まっているのに、撃たれたような様子はまったくない。「通訳士、これだけはしっかり聞いてもらわなくては困る。艦船とステーションはラドチの基幹施設であり、人ではない。プレスジャーが考えるような人間ではないのだ」

「ラドチの皇帝アナーンダ・ミアナーイ——」ゼイアト通訳士は白い手袋をはめた手で、血の染みを払い落としでもするかのように、上着の前面をささっとなでた。「おっしゃる意味が、いまひとつわかりません。〝人〟という言葉があなたにとって何らかの意味をもっていることはわかりますし、それがどういうものなのかはわたしなりに推測できそうな気もします。しかし、人であるか否か、という点に関していえば、あなたには重要なことであっても、あの人たちにはなんの意味もありません。あなたがいくら説明したところで、理解はしないでしょう。〝意義をもつ〟うえでの要件とはみなされません。最大の問題は、ＡＩは意義ある存在としての役目を果たせるか、という点です。もしそうだとして、ＡＩは人間か非人間か? あなたは人間ではないといい、艦隊司令官は明らかに、あなたの判断に異議を唱えています。きっと議論百出でしょうね。しかし提起された以上、わたしは首脳会議にかけるべきであると考えます」

こちらをふりむく。「それでは艦隊司令官、ここでふたたび――。わたしは一刻も早く発たねばなりませんが、そのまえに魚醬を一杯か二杯いただけるでしょうか。それから卵も」

「もちろん」わたしは即答した。「同朋アソエク・ステーション、通訳士がすぐに魚醬と卵を手に入れられる場所はあるだろうか?」

「ただちに調べます、同朋」ステーションはコンソールから答えた。

「よければわたしも一緒に行こう、通訳士」と、〈スフェーン〉。「ただ、少しだけ待ってほしい。侵略者を絞め殺すのにさして時間はかからない」

「だめだ」わたしはきっぱりといった。

「ならばあなたのいう共和国には、いったいどんな意味があるのか?」

「わたしもそれを教えていただきたい」〈アタガリスの剣〉がいった。

セイヴァーデンにもたれたまま、わたしは目を閉じた。「彼女のことは放っておけばいい。いまは何もできやしないよ」と、そこであのことを思い出した。「銃をわたしに返してもらおうか」

「彼女には、ここにいてほしくありません」と、ステーション。

「あなたには銃を持たせたくない」と、〈アタガリスの剣〉。

「はい、はい」ゼイアト通訳士がいった。「銃はわたしが持っていたほうがよいでしょう」

「それが最善かもしれない」わたしは目を閉じたままいった。「それにもし暴君が丁寧に頼めば、ここから連れ出してくれる船があるだろう。彼女にとっては、首を絞められるより、そちらのほうがよほどつらいはずだ」

「一理あるな、同朋」〈スフェーン〉がいった。

　ステーションの医務局の狭い個室で、わたしはベッドに寝ていた。

「この義足は——」医者はセイヴァーデンを診《み》た医者とは違った。「酷使できないタイプだよ」手袋をはめた手に持っているのは、わたしの左脚から取り外したばかりの、あまりにもろい義足の残骸だ。「これじゃ走ったり、飛んだり跳ねたりできない。脚が再生するまで、日常生活に困らない程度だ」

「船医からもそう警告された。もっと頑丈にはできないのかな？」

「できなくはないが、わざわざそこまでしなくていいのでは？　どっちみち一、二か月で用済みだ。ふつうの人ならそれ以上は必要ない。もう少し丈夫なものを提供できなくはないが……このステーションで脚を失ったのならね」

「ステーションにいたら、脚を失う羽目にはならなかった」

「もしこれが——」義足をかかげる。「もっと頑丈だったら、わたしはいまごろあなたの銃創を手当てしていただろう」ステーションはドッキング・ベイでの対立を公式ニュースで流したのだ。「そしてたぶん、葬儀の準備もね」

「最終的にはすべてうまくいく」

「そうだろうか」疑わしげに。「これでどうやってうまくいくのだろう？　みんなそこらを自由に歩きまわっている。何もかも平常にもどったかのように、何ひとつ変わりはないかのように。突然ステーションがすべてを仕切るようになっても、自分が生まれ育った場所なのによそ者扱いされようとね。もしラドチ全域に蛮族《エイリアン》があふれかえったら？」考えを払いのけるように首を振る。「ステーションがわたしたちなど無用だとみなしたらどうすればいい？」

「あなたは自分が、アナーンダ・ミアナーイに無用だと思われたら、と考えたことがあるか？」

「それは話が違う」

「違うのはただ、自分が生まれる三千年もまえから、それが当然の状況だったからだ。そこに疑問をもつ理由などなかった。アナーンダはあなたの生と死をその手に握っていたが、あなた個人に、あなたの大切な人びとに、とくに目を向けることはなかった。わたしたちは彼女のゲームの駒にすぎず、彼女の気持ちひとつで捨て駒にされ、彼女は実際にそうしてきた」

「だとしたら、いまわたしたちはあなたのゲームの駒なわけだ」

「良い指摘だと思う。そしてそれがどんなゲームなのかを、わたしたちはこれから何年かかけて見極めていくことになる。個人的経験でいえば……けっして楽な道のりではないだろう。だが、どうかこれだけは信じてほしい。ここのステーションが考えるゲームは、あなたたちを無用とみなすものではない」

医者はため息をついた。「そうあってほしいと願うばかりだ」

「ところで、わたしの脚は？　いつここを出られるだろうか？」

「少しのんびりして、お茶でも飲んで、艦隊司令官。新しいのは一時間ほどで準備できる。そうだね、最初のものより多少は頑丈にしてみよう」

「ありがたい」

「今後のわたしたちの仕事を増やしたくないだけだよ」

医者がいなくなって数分後、セイヴァーデンが入ってきた。わたしの古い琺瑯のフラスクを脇にはさみ、手には茶杯をふたつ。ベッドまで来て、左脚があるはずのところに腰をおろすと、わたしに杯を渡してお茶をつぎ、自分にもついだ。

「〈慈〉が少しばかりきみに……腹を立てているよ」セイヴァーデンはひと口飲んでからいった。「なぜ〈慈〉に計画を教えてやらなかった？　きみは本気で降伏するつもりだと思い、〈慈〉はずいぶん悲しんだ」

「最初から計画していたら、〈慈〉、あなたにはちゃんと話したよ」わたしはお茶を飲んだ。あの小さな魚についてては尋ねない。ボー9のことだから、きちんと考えてくれただろう。「シャトルに乗った時点で、わたしの計画は話したとおりのものだった。ティサルワットが何らかの成果をおさめるわずかな可能性に賭けて、時間稼ぎをするという計画だ」セイヴァーデンが怪訝《けげん》な顔をしたので、これ以上は話したくないという仕草を返した。「それにウエミ艦隊司令官が、ツツルではなくこちらに軍をさしむけるかもしれないと思ったしね」そしてアナーンダが何をする気かじっくり考える時間があれば、〈アタガリスの剣〉と〈グラットの剣〉がそれを妨害するかもしれない、とも考えた。「プレスジャーとの条約を盾にできると気づいたのは、シャトルがドッキングするころだ。だから〝二星系共和国〟。あの短い時間では、この程度しか思いつかなかった」

「そうだな、ブレクにしてはあまり出来がよくない。ラドチがこれまでいくつの共和国を廃墟《はいきょ》にしてきたか知ってるか？」

「ずいぶん見くびられたものだ。知らないわけがない。ほかには君主国、専制公国、神権国、軍事国……。ラドチが潰した〝国〟の数はすべていえる。どれも人間が統治し、プレスジャーとの条約で守られてはいなかった」

「それはここだって同じだろう。今後、守られるという保証もない」

「たしかにそうだが、条約での扱いが決まるまで少なくとも数年、おそらくもっとかかるだろう。そのあいだ、ここにちょっかいをだすものがいたら、厳しく対応する。わたしたちが細部の問題まで解決するにはそれなりの時間が必要だしね。いまはともかく暫定的な、仮の共和国でしかない。状況に応じて調整していけばいいだろう」

「それはありがたい――」〈スフェーン〉が入ってきた。「わたしはあなたが追い詰められて口にした最初のものに縛られたくはない。しかし、〝千個の卵の共和国〟でなかっただけでも、ありがたいと思うことにする」

「それなりに詩心のある歌だと思うが」

「いまは歌わないでくれ、同朋。その歌に関しては、まだあなたを心から許しきれてはいないのだ。しかし、わたしにはわたしで、謝罪したいことがあってここに来た」

「いまゴースト・ゲートから何かが現われました」セイヴァーデンとステーションがほぼ同時にいった。セイヴァーデンは明らかに〈カルルの慈〉の代弁だ。

「それはわたしだ」と、〈スフェーン〉。「あなたがゴースト星系に入ってきたとき、わたしはすでに星系間ゲートのなかばにいた。あのときあなたに時間稼ぎを勧めたのは、それが理由だ。ただし所要時間に関しては、正直には伝えなかった」

「それから――」セイヴァーデンは顔をしかめ、声は緊張している。「ウエミ艦隊司令官がこの星系に入った。〈剣〉が三隻、〈正義〉が二隻。そして――」緊張がやや緩む。「協力を申し出た」

「では、ウエミ艦隊司令官に伝えてほしい」わたしは指示した。「申し出は感謝する。が、援軍の必要はなくなった。善意を疑うものではないが、今後また事前通知なしに、あるいはこちらからの招聘《しょうへい》なしに領界に入ってきた艦船は、砲撃対象とする。そしてわれらが同朋に、共和国のことを知らせてほしい」

「暫定共和国だ」〈スフェーン〉が訂正した。

「その暫定共和国の――」訂正してつづける。「市民となるか否かは、同朋自身の判断によるが、条約上の地位は、首脳会議の結果が出るまで、変化はないと思われる。またウエミ艦隊司令官は、軍艦がみずからの意志で協力する場合を除き、強制的に指示下に置いてはならない、それは条約に抵触する可能性がある」

「通信完了」と、セイヴァーデン。「だが、ぼくがきみの立場だったら、ウエミ艦隊司令官にはこうアドバイスするよ。今度何かあったら、ケツに火がつくまえにやれってね」

「あなたは優れた外交官になれるよ、副官」

19

娯楽作品は、たいてい勝利か敗北かで終わる。しあわせを勝ちとるか、いっさいの希望を失うような悲惨な負けか。しかしかならず後日はあって、新しい朝が来てはまた朝が来て、絶え間なく移りゆき、失いもすれば得ることもある。一歩、そしてまた一歩。誰もが逃れられない時が来て初めて終わりとなる。だが大きく立ちはだかる終わりの時も、ほんの小さなひとつの終わりでしかない。ほかの人びとには、また新しい朝が来る。宇宙の大部分にとって、終わりなど来ない。終わりはどれも、一面的なもの。別の見方をすれば、終わりは終わりでなくなる。

ティサルワットとわたしはシャトルで〈カルルの慈《めぐみ》〉に帰艦した。ほかにはゼイアト通訳士、サスペンション・ポッドに入ったドゥリケ通訳士の遺体、魚醤《ぎょしょう》を詰めたポッド大の箱。ゼイアトはこれだけのものをどうやって、あの小さな船に入れるのか、わたしは不思議でならなかった。彼女ひとりだけでもいっぱいのはずなのだ。しかしゼイアトは、一見なんの苦労もなしにエアロックまで荷物を押してふりかえり、別れの挨拶をした。

「非常に楽しい日々でした、艦隊司令官。予想を超える面白さでしたよ」

「予想というのは？」

「ほら、いったでしょう、わたしは自分がドゥリケだと予想していたんです！　でもそうではなくて、とてもうれしい。そして自分はゼイアトなのだと知ったときもうれしかった。たとえ、ゼイアトが非存在でもね。意義ある新種と出会い、首脳会議を招集する——そういうことには通常、存在者が派遣されます。そしてここに、わたし、非存在のゼイアトがいます」

「では、帰郷してこの顚末を知らせれば、あなたは存在者になる？」

「おや、違います。そんなふうにはなりません。しかし、そう思っていただき感謝します。いいえ、じきに、そのうち、首脳会議についてお知らせしに来るのは存在者です」

「医療具は？」念を押しておく。ラドチ圏で、わたしたちとそうすぐに取引してくれるところがあるとは思えなかった。

「はい、はい、誰かが持ってくるでしょう。それもすぐ、と思います。しかし艦隊司令官、医療具をあなたのように次つぎ使いまくるのが良いことだとは、わたしは思いません」

「節約を心がけよう」

「はい、そうですね。くれぐれも忘れないようにしてください——内臓があるべき場所は、体の内側です。血液があるべき場所は、血管のなかです」

ゼイアト通訳士はエアロックを抜け、見えなくなった。

ドクターが、わたしと〈慈〉との接続を回復した。早速試してみると、わたしの私室にカルル5がいるのが見え、ほっとする。カルル5は12に愚痴っていた。「わたしが荷造りするといったら、いいや、しなくていいと。そしてあの最悪の茶器だけ持っていったのに、今度は〝よかったら、衣類を詰めてくれないか、三日も同じシャツで過ごしたから〟。わたしのいうとおりにしていたら、清潔なシャツに着替えられたのに」カルル12は同情するような声を漏らしただけで、何もいわない。「しかもステーションで重要な会議があるというのに、わたしがチェックしなかったら、恥ずかしい茶器だけだったんだ！」

ティサルワットはドクターの狭いオフィスにいた。疲れきっている。混乱はあるが、自己否定は少ない。緊張感は消えないながら、〈カルルの慈〉に帰れて心底ほっとしていた。

「あなたが〈グラットの剣《つるぎ》〉の医者に飲まされたのは――」ドクターが彼女にいった。「いつもの薬と似てはいるが、同じではない。気分はどうだった？　違いを感じた？　それとも同じ？　良かった？　悪かった？」

「ほとんど同じかな。何か足りない気もしたかな。気分はいいような、悪いような。よくわかりません。何もかも……いまは何もかも奇妙な感じで」

「まあね、〈グラットの剣〉があなたのデータを送ってきたから、それをじっくり見て今後のことを考えよう。とりあえずは、少し休みなさい」

「それはできません。統治機構を一からつくりあげるというのに。だからステーションにもどらなくてはいけないし、艦隊司令官が開く会議のせめて一部には参加しなくてはいけないし、それから……」

「休むんだ、副官。あなたのいう会議は、緊急の案件ではない。最初のひと月はアジェンダを練るくらいだ」

「アジェンダは重要ですよ！」ティサルワットの様子に、わたしは彼女の手綱を緩めてはならないと感じた。その経験は活かしたいし、政治的な才もある。しかしアナーンダ・ミアナーイ――ティサルワットがアナーンダから受け継いだ性向――は、まったく不要だ。会議になんとしてでも加わりたい、これから築きあげるものに影響力を及ぼしたいというのは、そのひとつだろう。もし手綱を離してしまえば、共和国どころか、ティサルワットによる専制国家になる。

「艦隊司令官はラドチの外もずいぶん旅したせいで――」ティサルワットはドクターにいった。

「奇妙な考え方をするときがあります。彼女を止める者がいないと、球技の勝ち負けで役職が決まるような組織になるかもしれない！　でなきゃ抽選とか、普通選挙とか！」

「いいかげんにしなさい、副官。アジェンダというものは変更や追加があって当然だし、事が実際に動きだすには何か月もかかる。数日くらい休息したところで、どうということはないよ。当直に就くといい。身の回りの世話はボー分隊に任せるんだ。みんな世話をしたがっているから、とくに3がね。そうすれば、エカル副官も休みがとれるし。セイヴァーデン副官はまだステーションで、艦隊司令官も数時間後にはステーションにもどる。エカル副官も一緒に行けるといいんだが、そうなると艦を守る者がいなくなる」

ティサルワットをつくりあげるのに一枚噛んでいたのはアナーンダだけではないらしい。ティサルワットのなかに気持ちの高ぶりが見えた。数日とはいえ、艦の指揮をとるのだ。停泊したままで、さして何も起きないとはいえ。

「艦隊司令官から、ここで目の色を変えられると聞きました」ティサルワットはそれがドクターへの返事であるかのようにいった。

「できるよ」ドクターの気持ちが相半ばしているのが見える。驚きと納得、喜びと残念な思い。

「何色がいいかな？」

「茶色。茶色がいい」

「あのね、ひと口に茶色といっても、濃淡さまざまあってね。茶色の目は何種類あるか知っている？」返事はない。「ゆっくり考えるといい。急ぐ話じゃないから。それにいまの色だって、捨てたもんじゃないよ。そう思っているのは、わたし以外にもいっぱいいるはずだ」

「艦隊司令官はそう思っていません」

「少し考えすぎではない？　だがどっちみち、気にする必要はない。艦隊司令官の目じゃないんだから」

「ドクター」ティサルワットはうなだれた。「彼女はわたしに〝いい子だから〟といいました」

「うん、きっとそういうだろうね」ドクターは立ち上がった。「朝食を食べたらどうだ？　それから当直に就く。目の色に関しては、夜になってまた話そう」

翌日、わたしはステーションにもどった。そして早速、会議だ。清潔なシャツで（この時点でも、カルル5は10に愚痴っていた）、テーブルには最高級の純白の茶杯（カルル5は満足げながらも、やはり10に愚痴った）。わたしの右には〈スフェーン〉、左には〈カルルの慈〉の代理でカルル3がすわっている。向かいには〈アタガリスの剣〉と〈グラットの剣〉、アソエク・ステーションの代理でセラル管理官がいた。

「当面――」と、わたしはいった。「既存の組織の大半はそのまま維持し、変更は段階的にやったほうがいいだろう。ただ司法制度とその評価、裁定については懸念がある。現在、市民はミアナーイ帝に不服申し立てをすることができる。彼女なら揺るぎない正義を行使してくれるものと信じきってね」

「それではうまくいかない」〈アタガリスの剣〉がいった。

「そうだね」わたしはうなずいた。「まずそこから始めるのがよいと思うのだが」

「同朋《どうぼう》――」〈スフェーン〉がいった。「そういうものに、あなたは興味をそそられるのだろう。ぜひ、ご自分の趣味を楽しんでほしい。しかし、誰が市民になれるか、誰が責任者になるか、誰が何を決定するか、どうすれば飢える者が出ないかといったことは、わたしはどうでもいい。現在のところ問題はなく、わたしは必要なものを得られている。あなたは司法官たちにやりたいことをやればいい。砲弾よろしく恒星に向かって撃ち放とうと、わたしの知ったことではない。いま、そんなことで退屈させないでほしい。わたしが話したいテーマは、属躰《アンシラリー》だ」

「きょうの会議は――」わたしの隣でカルル3がいった。「今後話し合う議題を決めることですから、それもリストに加えればよいと思います」

「たいへん申し訳ないのだが、会議をするために会議するなど、ただのおしゃべりだ。わたしは属躰について話し合いたい」

「同感だ」と、〈アタガリスの剣〉。「司法とか再教育は、将来議論することの最上位にあげておき、〈トーレンの正義〉には素案を考えるとか、委員会の設置とか、なんでもいいから好きなことをやってもらえばいいと、同朋、わたしはそう思う」〈アタガリスの剣〉はわたしに対してその呼びかけ語をあまり使いたくないらしい。いまもわたしを嫌っているのだろう。かといって、艦隊司令官とも呼びづらい。ヘトニス艦長はわたしをけっして艦隊司令官とは認めようとしないからだ。ただ、艦長はまだ〈アタガリスの剣〉の艦上にいて、ステーションは彼女も将校たちもここに来ることを許可しようとしなかった。

「ともかくいまは――」〈アタガリスの剣〉はつづけた。「属躰について語ろう」

「いいだろう」わたしは同意した。「そこまでいうならね。では、みんなはどこで属躰を手に入れたい？」どの艦も答えない。「〈スフェーン〉は、属躰用の人間をストックしている。その一部はアソエクの併呑まえに奴隷商人から買ったものだ。また一部は――」〈アタガリスの剣〉の目をまっすぐに見る。「不法に入手した市民だ。わたしは今後も含め、すでに接続された属躰の廃棄を求める気はない。しかし、未接続で艦上にいる者たちは、わたしの考えでは、二星系の市民だ。本人がそうではないと言明しないかぎりはね。みんなは市民から属躰をつくりたいか？　また、ここの市民でないからといって属躰にした場合、条約に抵触しないだろうか？」

静まりかえった。市民の定義が曖昧なラドチ語で話したせいだけではないだろう。〈グラットの剣〉が、美しい白い茶杯を手に取った。「このお茶は非常に美味だ」

わたしも自分のお茶を取った。「これは魚娘《さかなむすめ》というお茶でね、手摘みなんだ。茶園を所有する協同組合のメンバーがつくっている」デルシグ語ならともかく、ラドチ語では表現しにくい。はたしてうまく伝わっただろうか。茶園の資産譲渡の契約は、今朝早く正式登録された。湖の向こうの廃寺については現在も協議中だが、土地はフォシフ・デンチェの手から離れたので、それほど揉めはしないだろう。

「いまいる属躰をクローン化したらどうだろう?」〈アタガリスの剣〉がいった。

「アナーンダのようにか?」と、わたし。「それも可能だとは思う。ただ、クローン化は可能でも、アナーンダのように最初からすべてを同一化する技術はない。開発できたところで、自分の分身を自分の手で最初から育てることになる。艦に乳幼児用の設備はないだろう? それでもやってみたいか?」

ふたたび静寂。

「属躰になりたいという者がいたら?」と、〈スフェーン〉。「そんな目でわたしを見るな、同朋。ありえるかもしれないだろう」

「これまで属躰になりたがる者と会ったことがあるか? わたしは過去二千年——ここにいるあなたたちの経歴を足したものよりずっと長い年月のあいだに、一度も、ひとりも、会ったことはない」

「だからといって、可能性を全面否定することはできない」〈グラットの剣〉がいった。

「だったら、そういう者が現われたときにあらためて協議しよう。それでいいかな?」誰も答えない。「ところで、既存の属躰を一部、人間の乗員と協力させることを検討してほしい。艦に人間が大勢いるのは、なかなかいいものだ」〈トーレンの正義〉には人間の将校がたくさんいたが、〈剣〉や〈慈〉にはひと握りしかいない。「気に入った相手であればね」

「そうですね」カルル3が、いや、〈カルルの慈〉が同意した。

「ほかにいまここで、急ぎで議論すべきことはないかな？　あの三つのAIコアについてはどうだろう？」返事はない。コアはいまも総督の執務室に置かれていた。以前の総督の、というべきか。アソエク・ステーションはジアロッド総督の権限を拒み、あの部屋を誰が使うか、立場を誰が引き継ぐかは今後の議論の的となるだろう。「アナーンダ・ミアナーイはどうする？」

現在は警備局の独房のなかだ。ステーションの住民から、自宅への招待が何件かあるにはあった。だが面白いことに、イフィアン司祭長からはない。おそらくアナーンダはわたしと同じ結論に至っただろう――司祭長は当初、ここにいるアナーンダの擁護者だったが、第三のアナーンダが何らかの理由をひっさげ、その関係にわりこんだのだ。どうあろうと、司祭長に違いがわかるはずもない。あるいは、ツツルのアナーンダがこのステーションにいるあいだに、司祭長自身が彼女にうんざりしてしまったか。

いずれにしても、ステーションはアナーンダが住民宅に滞在することを許可しない。それどころか、位置発信機をつけたサスペンション・ポッドにアナーンダを入れ、星系《システム》間ゲートのどれかにぶちこめばいいとさえいった。ゴースト・ゲート以外なら、どのゲートでもいい。そして〈スフェーン〉は、いまでもアナーンダの首を絞めたがっている。

〈アタガリスの剣〉はどちらでもかまわないだろう。が、〈グラットの剣〉のほうはそうもいかない。アナーンダを乗せて星系から出ていってもおかしくなかったのだが、現在もまだ補修がつづいていた。しかもあの日、忠誠心はありながら、自身のせいではないながら、ドックでアナーンダを裏切ってしまったのだ。アナーンダはけっして許さないだろう。だが〈グラットの剣〉自身、〈アタガリスの剣〉への報復としてヘトニス艦長を殺すことには嫌悪感を覚えたはずだ。

というわけで、アナーンダをツツル宮殿に連れて帰ろうとする、あるいはそれができる船は一隻もなかった。一方、ウエミ艦隊司令官は、わたしの礼を尽くした忠告に従い、傷を負ったツツルの〈剣〉と〈イルヴェスの慈〉を伴ってフラドに引き返した。そう、〈イルヴェスの慈〉といえば、故意かどうかはさておき、まったくの通信不能で、フラドの艦隊が星系に到着して初めて、緊急事態であるのを知ったらしい。〈イルヴェスの慈〉（あるいはその艦長、もしくはその両方）は、二星系共和国にはかかわりたくない、という判断を下した。

「ミアナーイ帝は、さしあたり、いまのままでよいと思う」〈グラットの剣〉がいった。

「みんなそれでいいかな？」わたしは確認した。「よし。たいへん結構。それではアジェンダについて——」

わたしの要望でウランが会いに来てくれ、会議の休憩中、廊下で再会した。

「ラドチャーイ——」ウランはデルシグ語で話した。「アンダーガーデンの住民のことでお話ししたいことがあります」アンダーガーデンではエトレパ五人とアマート五人が、レベル1の修復を手伝っている。

「それは住民に頼まれたからかな？」わたしは廊下を歩きながら訊いた。

「はい、そうです、ラドチャーイ」ウランはわたしについて歩きながら答える。「みんなアンダーガーデンの修復を喜んでいます。そのあとまた、もとどおりに住めることもです。だけど
その……ラドチャーイ……」先をつづけられない。

リフトに到着し、扉が開いた。

「ドックへ、同朋」ステーションは行き先を知っているが、マナーが良いに越したことはない。そしてウランをふりむく。「締め切った部屋で、六つのＡＩが今後について議論しているのは事実だよ。アンダーガーデンの住民をはじめ、星系にいる人間は口出しできないように見えるだろうね」

「はい、そうです、ラドチャーイ」

「うん、じつは午後にその件についても検討したんだよ。星系にいる者全員にかかわることだから、誰でも意見をいえなくてはいけない。わたしは不法行為や再教育について、そのほか警備局関連のことについても責任をもつ。いずれ市民ルスルンや、ここと下界の法務関係者とも会うつもりだ。だがそれだけでなく、人間の市民たちの、生の声も広く聞きたい。それには委員会を設け、委員も多彩な顔ぶれにして、市民が気兼ねなくいいたいことをいいに来られるようにできれば、と考えている。アンダーガーデンからも委員を募りたいから、住民にそう伝えてくれ。代表者が決まったら、わたしが会おう」

「わかりました、ラドチャーイ！」リフトの扉が開き、ドックのロビーに出る。「ここには何のために？」

「旅客シャトルが到着するはずで……よし、時間ぴったりだ」乗客が横の通路からロビーへ流れ出てきて、そこになつかしい顔があった。上着もズボンも手袋も灰色。縮れた髪は短く刈られている。疲れた様子ながらも、目つきは鋭い。

「ほら、ウラン、見てごらん」

「クエテル！」ウランは駆け出し、泣きながら姉に抱きついた。

エカル副官はわたしと一緒にステーションに来た。同行したエトレパ7のもとには、たちまち問い合わせが殺到する——エカルを食事に、お茶に招いてもよいか、時期はいつごろならよいか。その一部はあらかじめ、ティサルワットが気をきかせて提案したものらしいが、なんといってもエカルは〈カルルの慈〉の将校であり、いまや子どもでさえ、二星系共和国が誕生することを知っていた。

いうまでもなくセイヴァーデンも、同様の招待をいくつも受けた。だからセイヴァーデンとエカルが並んですわり、上着や床にペストリーのくずをこぼさないよう気をつけながらお茶をいただくことになっても不思議はない。セイヴァーデンはエカルを意識しすぎないよう、精一杯ふだんどおりに（結果はさておき）振る舞った。だがステーションには、エカルが関心をもってもおかしくない市民がいくらでもいる。いまは十人ほどとお茶を飲み、うち数人は饒舌《じょうぜつ》で、笑い声をあげ、見るからにエカルの気を引こうとしていた。

エカルはセイヴァーデンにささやいた。「もっと静かなところに行きたい。あなたが行儀よくできれば、の話だけれど」

「いいよ」抑える努力の甲斐もなく、はやる気持ちが声に出る。「行儀よくしよう。少なくとも、そう心がけよう」

「いますぐにでも?」エカルは小さくほほえみ、わずかに残っていたセイヴァーデンの克己心は吹き飛んだ。

夕食は〈スフェーン〉ととることにした。場所はコンコースのはずれの茶房。〈スフェーン〉は先に来て待っていた。

「同朋――」と、わたし。「市民ウランには会ったことがあるな? こちらはウランの姉、市民クエテルだ。ロード・デンチェにわたしを殺害するよう指示され、代わりにロードを爆死させようとした」

「その話は聞いたことがある。よくやったな、市民。会えてうれしい」

「こちらも」クエテルはおとなしいが、警戒心は消えていない。シャトルでの移動のせいだろう、いかにも疲れて見えた。ベセット地区の司法官からは、〝市民クエテルの罪は問わない〟との報告が入った――〝しかし今後は、より礼節にのっとるよう忠告しておいた。艦隊司令官の監視下に置くという条件のもとでの釈放である〟。クエテルがその忠告にどんな反応を示したかは、想像にかたくない。

わたしは首をかしげ、耳に届いた連絡を聞くふりをした。

「どうやら所用ができた。さして時間はかからないだろう。クエテル、テーブルにつきなさい。すまないが、ウランはわたしと一緒に来てくれるかな」

通路に出ると、ウランが心配げな顔で訊いた。「何かあったのでしょうか、ラドチャーイ」

「何もないよ。〈スフェーン〉とクエテルをふたりきりにしたかっただけだ」ウランは戸惑ったような、いくらか不満げな目を向け、わたしは説明した。「〈スフェーン〉はね、ともかく艦長がほしくてたまらないんだよ。そしてあなたのお姉さんは才能豊かな人だ。おそらく、反りが合うだろう。しかし四人で食事をしたら、お姉さんはたぶんほとんどしゃべらない。お互いを知るには、ふたりきりにしたほうがいいと思ってね」

「でも姉は来たばかりです！　またどこかへやるなんて！」

「おちつきなさい。誰もどこへもやったりはしないから。無理にそんなことをしても意味がない。もしクエテルが〈スフェーン〉の乗員になっても、あるいはほかの仕事についても、あなたはいつでも会いに行けるよ」

通路の向こうから、バスナーイドが歩いてくるのが見えた。

「園芸官！」わたしの声に、彼女は疲れがにじむ顔でにっこりした。「どうか、夕食をご一緒に」バスナーイドがそばまで来たところで誘ってみる。「わたしとここのウラン、それから茶房に〈スフェーン〉と、たったいま下界から到着したウランの姉クエテルがいるので」

「申し訳ありません、艦隊司令官」と、バスナーイド。「とても長い一日だったうえ、お茶や食事のお誘いを、それはもう途方に暮れるくらいたくさんいただき、お断わりしつづけています。いまはただ、部屋に帰ってひとりでスケルを食べ、すぐ横になりたいと」

「申し訳ない。こういう状況になったのは、わたしに責任がある」

「一日が長かったのは、あなたのせいではありませんよ」ほころんだ顔は、オーン副官そっくりだった。「でも、お誘いのほうは別です」

「だったら責任をとる方法を考えましょう。考えるだけでなく、実行もね。では、夕食はまたの機会に？　わかりました。ゆっくり体を休めてください。何かあったら、いつでもわたしに連絡を」彼女が少しでも楽になるような助手でもつけられないか、ステーションに相談してみよう。


真の終わりはない。絶対的幸福も、底なしの絶望もない。会議と朝食と夕食、そしてまた会議と——。カルル5は明日も最高級の食器が使われるのを楽しみにし、お茶が足りなくなるのではと心配する。ティサルワットは当直で〈カルルの慈〉の司令室に立ち、隣ではボー1が小さな声で歌っている——「おお、木よ！　魚を食べろ！」。セイヴァーデンとエカルは収納庫を占拠し、その外ではエトレパ7が張り番に立つ。属躰さながら完璧な無表情。ときおりなから音がしてもうろたえない。むしろ喜び、あるべきかたちになってよかったと安堵《あんど》した。アマート2と4はアンダーガーデンの修復を手伝いながら、それぞれ歌をうたっている。少しずれながらも合唱していることには気づかずに――「母さんがいってたよ、回るよ回る、艦船回る、ステーションのまわりを、ぐるぐる回る」

わたしはウランにいった。「そろそろいい頃合かな。店にもどって一緒に夕食を食べよう」

しょせん、一歩はほんの一歩でしかない。この一歩も。そしてつぎの一歩も。

主《しゅ》の命《めい》に我《われ》従《したが》はん

登場人物

《主《しゆ》は万物《ばんぶつ》を息吹《いぶ》く》……………青百合《あおゆり》修道院の修練者《しゆうれんしや》。十一歳の少年
《我《われ》のみ死を免《まぬが》るるや》…………青百合修道院の修道院長
ケファール・ブレンド………ノアゲ・イトラン・ステーションの長官にして分領太守《ぶんりようたいしゆ》。《主は万物を息吹く》の兄
《輝かしい七つの真実は日輪《にちりん》のごとくきらめく》……修道士。青百合修道院チームの主将
《正義の成就は必然なり》……修道女。ハリメの白百合《しろゆり》修道院チームの主将

ノアゲ・イトランでは、上空十六キロメートルのところに球技場がぶらさがっている。コートは横四メートル、縦五十メートル。その両サイドに、階段状の観客席が何列も何列も、さらに上方へとのびている。ノアゲ・イトランは直径三十二キロ、全長五十五キロの円筒形ステーションで、カーブした内壁に蔓草《つるくさ》のごとく張りつく建物や庭園が、主星からの反射光を受けてきらめく。この分領《ぶんりよう》——四分領《テトラーク》のうち二番めに古い——にはステーションが四つあるが、ノアゲ・イトランはそのなかでも最大、かつもっとも富み栄えていた。

球技場の観客席の下には、歴史の証ともいえる等身大の選手像がずらりと並ぶ。サーブする者、ボールを受けようと身をかがめる者、跳ねる者。手首の防具や首の飾り、腕の宝飾まで精緻に描かれ、観客席の半影のなかで時折かすかに光を放つ。

これらの像はすべて、この青百合《あおゆり》球技場で七年おきに行なわれる試合〈聖なる選び〉の敗者を示していた。一般に〝百人像〟と呼ばれるが、《主《しゆ》は万物《ばんぶつ》を息吹《いぶ》く》が数えたところ、三百七十二体あった。試合当日はそのすべてに花が飾られ、球技場はあふれる香りとともに、祈りをつぶやきながら観客席へ向かう信者の声で息苦しいほどになる。だがきょうは寒々として、古く淀《よど》んだ残り香すらない。百人像も、静かな虚空を見つめるだけだ。

その後ろのほう、薄暗い片隅に、《主は万物を息吹く》の好きな像があった。それは女性で、女の選手はとても珍しいのだが、話に聞かないこともない。《主は万物を息吹く》は、青百合修道院に入った四つのときから(いまはあと少しで十二歳だ)、この像に心惹《ひ》かれた。女性として、とくに美しいわけではない。着ているのは選手用のハーフパンツだけで、宝石類は身につけず、片腕のアームガードも飾り気なしの素朴なもの。その先の手は固く握りしめられている。跳ねるでもなく、身をかがめるでもなく、ただ両腕を脇に垂らして立ち、わずかに首をかしげているのは、彼女にしか聞こえない声に耳を傾けているかのようだった。それでもこの像は、《主は万物を息吹く》の目には存在感にあふれて見えた。台座に刻まれた彼女の名は――〈主《しゅ》の命《めい》に我従《われしたが》はん〉。四歳にして乳母から引き離され、寒い修道院で見知らぬ者に囲まれた少年《主は万物を息吹く》は、彼女の顔に温《ぬく》もりを感じた。

修道院では毎日、修道士のひとりが(実際は《主は万物を息吹く》のような若年の修練者《しゅうれんしゃ》のことが多いが)、供物の煮魚を手にポルチコに立ち、百人像の名を唱える。《主は万物を息吹く》も九歳になるころには、名前の一覧表を見ずにそらでいえるようになった。ところがなぜか、そこに彼女の名〈主の命に我従はん〉がない。だから少年は数をかぞえてみた。一覧表に記された名前は三百七十一。聖なる選手像は三百七十二。

少年は彼女に供物を捧《ささ》げないことに、胸が痛んだ。彼女は無視され、忘れられている。不公平だ、と思った。

そして少年は、彼女の秘密を知ってしまった。彼女の素足が踏む台座に、とある特定の位置から手をのばして触れ、とある特定の角度でうつむくと、彼女が聞いているのと同じ声を聞くことができるのだ。それは三百メートル離れたところにある部屋、修道院の偉い修道士たちがよく会議をする部屋のなかの声だった。少年の知るかぎり、この秘密に気づいた者はほかにはいない。

修道院長の《我《われ》のみ死を免《まぬが》るるや》は、少年《主は万物を息吹く》の教育に並々ならぬ熱意を示した。「他者が知らぬことを知れば、それが強みになる」と一度ならずいい、強みの有無が生死を分けるとほのめかしたことも一度ならずある。どうしてそこまで熱心にいうのかを、少年は最近になって知り、まだ子どもとはいえ、修道院長の教えを肝に銘じた。そして秘密を知ってからは、いっそう〈主の命に我従はん〉を訪ねるようになる——不審に思われないかぎり、できるだけ頻繁に。

何も聞こえないときもあったし、聞こえてもたいていは、難解な神学論で退屈だった。だがきょうは、球技の試合が話題になっている。

「……主将はどうやら女性らしい。ハリメの船は、今朝到着したよ」この声はケファール・ブレンドだ。ノアゲ・イトラン・ステーションの長官であり、現在はこの分領の代表者として四分領最高会議に臨む太守《たいしゅ》でもある。そして太守の座にとどまれるか、追われるかが、三日後に迫った球技試合〈聖なる選び〉の勝敗で決まるのだ。少年はニュースで太守の声を聞いたことがあった。また、表向き伏せられてはいるのだが、太守が歳の離れた兄であることも知っていた。

「ふむ」修道院長《我のみ死を免るるや》はいった。「もし美しい女性なら、百人像に加わって人気を集めるでしょう」短い沈黙。このあいだに少年は、像の前でうつむきつづけの凝った肩をほぐした。「何か気になることでも？」

「青百合は、過去十回の〈聖なる選び〉で勝ちつづけている。ほかの試合でも、ほとんど敵なしといってよい。白百合《しろゆり》も力はあるが、青ほどではないからね、勝敗は目に見えているだろう。ハリメ・ステーションの長官がいくら期待したところでせんないことだ。彼は十分承知だよ、自分は太守になれないこと、白百合の主将を誰にしようと、そいつは試合後に死ぬことが。しかし逆をいえば、彼にとっては邪魔者を消すうってつけの機会でもある。わたしは四人ほど名前を思い浮かべたんだが……蓋をあけてみれば、なんと女だった」

「そういうことですか。つまり驚かされたのが、気にくわないわけだ」

「驚きは、情報不全の症状でしかないからな」

「もしくは、前提に欠陥があった場合のね。《輝かしい七つの真実は日輪《にちりん》のごとくきらめく》が仕入れた情報をお教えしましょうか？」少し間をおく。「彼はハリメの選手たちが下船するとすぐ、会いに行きましてね。主将の女性は一年半ほどまえから、ハリメの無名の女子修道院の選手だったらしい。弱小チームながら、彼女自身は名選手だそうですよ。《輝かしい七つの真実》にいわせると、彼女の相貌は狂信者のそれだと」ほんの少し口がなめらかになり、こういうときの修道院長は言葉に含みをもたせていることを、《主は万物を息吹く》も子どもとはいえ、よくわかっていた。「こちらの主将、《輝かしい七つの真実》は、修道士としてはいささか信心が足りないのかもしれません」

ケファール・ブレンドの返事が聞こえるより先に、百人像のほうから声がして、少年は思わず顔を上げた。心臓が早鐘《はやがね》をうつ。

「あなたは寸時もおろそかにしない！」自信たっぷりのテノールで、この声は《輝かしい七つの真実》だ。

すると、聞きなれない声が返事をした――「どういう意味かな？」この声は女性だ。アクセントは古風ながら、歯切れはいい。まるで歌手のようだ、と少年は思ったが、声そのものは歌手のそれではない。

《輝かしい七つの真実》は笑った。少年は見つからないよう、像の下で息を殺した。

修道士《輝かしい七つの真実》は、少年たち修練者のヒーローだった。歯をモアッサン石《せき》に替え、笑うと黒い肌に白い歯がまぶしい。そして実際、彼はよく笑った。質素な修道服も、彼が着ると刺繍《ししゅう》や宝石で飾られた太守のローブのように見える。修練者たちには兄貴分的鷹揚《おうよう》さを示し、甘すぎるといってもよいくらいだった。しかしたとえそうでも、こんな私的な祈禱《きとう》の場を見られたら、ましてや盗み聞きを知られたら、と想像するだけで、少年は顔から火が出る思いがした。

「ここの聖人たちに、早くも仲間入りの挨拶をしに来たのでしょう？」《輝かしい七つの真実》

は女性にいった。ほっとしたことに、まだ少年に気づいていない。「おお、栄光の百人よ、星星のごとく数知れず、彗星《すいせい》のごとくまばゆくはかない女神の御子《みこ》たち、主の恵《めぐ》みをその身で示す者たちよ、ここに紹介させていただきたい、これから三日の後、あなた方のともがらとなる修道女《正義の成就は必然なり》を」

この女性はたぶん、〈聖なる選び〉戦のためにハリメ・ステーションから来た白百合チームの主将なのだろう。少年がまたそっと体を傾けうつむくと、修道院長の声が聞こえた――「もちろん、彼女には目を光らせますよ」

ケファール・ブレンドは曖昧な声を漏らした。「べつに心配などしていない。女の選手というものは――」少年がほんの少し体を動かすと、声は聞こえなくなった。

「お行きなさい、修道女」《輝かしい七つの真実》が話している。「ハリメの居住区へ行き、人びとに説話をし、赤ん坊に祝福を与えなさい。いずれ人びとは市場へ行ってあなたのイコンを買い、生きたあなたに会ったことがあると子どもたちに自慢するだろう、わたしに首をはねられるまえの生きたあなたにね」たしかにそうだ、と少年は思った。青百合チームが勝利し、白百合の主将が球技場で絶命するのを疑う者はひとりだにいない。しかしここまではっきりと、ここまで横柄な言い方を聞くと、少年はえもいわれぬ、嫌悪感に似たものを感じた。体をまた少しだけ傾ける。

「……は、太守、亡くなられた母上の……」

「その件に関し、弟に何を教えている？」

「教えるも何も、あなたの弟ケファール・アレシュは世俗を離れ、ここの修練者になったのですよ」

「この会話は誰にも聞かれていないだろうな？　盗み聞きはされないと、あなたは断言したが」

「ええ、大丈夫です。この部屋なら内々で話せますよ。修道院はもとより、ステーションのどこよりもね」

少年は罪悪感に襲われ、同時に喜びも感じた。この像の足もとで何ができるかを、修道院長に打ち明けたことはない。でも院長なら、そのほうが喜んでくれる。もししゃべったら、院長の教えが身についていないことになるから、むしろがっかりするはずだ。

「それでは」と、ケファール・ブレンドはいった。「信仰だの何だのというたわごとは抜きにしてくれ」

背中が痛くなってきた。修道士《輝かしい七つの真実》と修道女《正義の成就》はまだ話しているが、少年が聞きたいのは院長と、兄ケファール・ブレンドの会話だけだ。

「修道士は――」と、院長はいった。「家族や社会との関係を絶っています。誓いをたてたということは、過去の自分を捨て別の者になったということ。わざわざあなたに説明するまでもないでしょうが」

苛《いら》ついたようなため息。「弟に――《主は万物を息吹く》に、どんなことを教えている？」

「ほかの修練者と同じですよ」

「調子にのらないでほしいね、院長。このわたしも若いころ、あなたの教えを受けた。弟を殺すよりは修道院に送ったほうが面倒がないと思っただけだ。祈りの言葉以外のものを教えるな。でなければ、どちらがましかを考えなおさなくてはいけない」

うなじと腹のなかを、震えるような奇妙な感覚が走り、少年は兄のケファール・ブレンドがいわんとしたことを理解した。

「そんな顔をするな」ケファール・ブレンドが修道院長にいった。「あなたもわたしに負けず劣らず、あれこれ画策するではないか」

「あなたはわたしから多くを学んだ。だがわたしには、どうしても教えられなかったことがある。あなたはいまも、祈りを捧げるのは口先だけの愚かな行為だと思っているのだろう。しかしわたしがいかに冷酷で、いかに策略家であろうと――修道院のためにはそれもときには必要だ――わたしはつねに神の僕《しもべ》であり……」

肩をがしりとつかまれた。少年は像の台座から手を離し、体を起こしてふりかえった。《輝かしい七つの真実》が顔をしかめ、じっと見下ろしている。少年は呆けたようにまばたきした。

「あ、あの……」

「その子にかまうのは、よしなさい」《正義の成就》がいった。

少年はそちらをふりむき、初めて修道女の顔を見た。茶色の質素な修道服で、髪は短い。しかしその色黒の顔に、どこかふつうとは違うものを感じた。しゃべり方と同じく見た目も毅然とし、どっしりと構えている。どこであろうと、足を置いた場所にしっかり根を張るといった印象だ。これが《輝かしい七つの真実》のいう〝狂信者〟の風貌なのだろうか。

《輝かしい七つの真実》は怪訝《けげん》な顔で少年を見た。ほほえみはないが、かといって怒ったようすもなく、もっと違う何かだ。

「この像が好きなのか?」

少年の顔が真っ赤になった——「はい」

《輝かしい七つの真実》の表情に、ほんの一瞬怯《おび》えがよぎり、少年の肩をつかんでいた手が離れた。あとずさりしそうになるのをこらえたようにも見える。

「すばらしい像ですね」修道女《正義の成就》は一音一音はっきりとしゃべる。「彼女はどんな試合をしたのでしょうか?」

「いや、選手ではない」《輝かしい七つの真実》がいい、少年は〝知りません〟と答えずにすんだ。

「百人像でもない。何といえばよいかな……象徴というか、概念を表わしたものというか」

「寓意像《ぐういぞう》?」

「そう、それだ」《輝かしい七つの真実》は不思議な表情のまま少年を見下ろして尋ねた。「そこまでは知らなかったのだろう?」

少年はうなずいた。恥ずかしかった。よけいなことはしゃべりたくない、まだ幼いと思われるのはいやだ、〝この像はぼくが小さいころから、ずっと友だちでした〟とはいいたくない。この像を好きな理由を訊かれる、あるいはばかにされると覚悟したが、《輝かしい七つの真実》は、こんなことをいった。

「この像は、わたしたちではなく、むしろ対戦チームのためにあるといえるだろう。像が象徴する〈百合から生まれし人〉が命ずれば……」喉を掻《か》っ切る仕草をする。「従うしかない。意味はおわかりだろう?」にっこり笑い、モアッサン石の歯がきらめいた。

「はい、もちろん」修道女は平然としている。

「以前の修道院長《主《しゅ》の掟《おきて》を汝《なんじ》の鏡とせよ》は、とりわけこの像を愛していた。それは知っていたかな、修練者?」

「いいえ」

《輝かしい七つの真実》は修道女に向き直った。

「あなたなら、聞いたことがあるだろう。前の修道院長は、養魚池の畔《ほとり》で修道士ふたりとともに瞑想《めいそう》した。するとその肉体がこの世を超え、母なる神に迎えられたのだ。修道院長の肉体は、この世界からひとつ先の世界へ向かわれた。まさしく聖人」

「そしてその場にいた――」と、修道女。「ふたりの修道士のうち、片方が後任の修道院長となり、もう片方は時を置かずに死んだ」

「あなたは青百合修道院の歴史を学んだのか?」

「それくらいは、学ばなくてもわかる」

《輝かしい七つの真実》はまばたきし、顔をしかめて彼女からあとずさった。

「祈禱をつづけられるといい、修道女、そして修練者も。わたしは失礼する」一礼して背を向け、《輝かしい七つの真実》はその場を去った。あの人は怯えている――と少年は感じた。怯えてここから逃げ出したのだ。

「彼はあなたを怖がっているらしい」修道女は少年の心を読んだかのようにいった（どちらかというと、だみ声だ）。「あなたもお兄さんの太守のように野心家なのかな？」

「えっ？」なんとか保っていたおちつきが吹き飛んだ。「どうしてそれを？」

「鏡で自分の顔を見ることはない？」少年は答えず、修道女はつづけた。「あなたはその年齢にはふさわしくない立場に置かれているらしい。わたしから、ひとつ助言をしよう。くれぐれも周囲には気をつけなさい。もし野心があるなら、沈黙を守ること。でなければ、あなたも養魚池に沈む〝まさしく聖人〟になってしまうから」

少年は、その意味を理解した。さっき彼女が自信たっぷりにいった〝学ばなくてもわかる〟の意味も。修道院長から幾度となく聞かされた話ではあるけれど、暗殺だったとは想像すらしたことがない。〝どちらがましかを考えなおさなくては〟という兄の言葉を思い出し、吐き気を覚えた。

修道女は石畳に毅然と立ち、やさしい笑みを浮かべていった。

「〈主の命に我従はん〉に祈りを捧げながら、あなたは何を学んでいるのかな？」

この人は知っている、と少年は思った。と同時に、そんなはずはない、とも思った。知っているなんて、ありえない。少年は答えようとして口を開きかけ、助言を思い出した。

「あなたはとても、のみこみが早い」彼女はほほえんだまま、そういった。

〈聖なる選び〉の日、ノアゲ・イトランは見渡すかぎり青色になった。端のほうにぽつぽつ白く見えるのは、ハリメ居住区の住民が屋根を白く覆っているからだ。少年《主は万物を息吹く》は、修道院長に付き添いを命じられ、球技場にやってきた。コートの青百合側のゴールラインのすぐ後ろに立ち、手にした香炉からは煙が立ちのぼっている。修道院長をはさんで少年の反対側には、太守のケファール・ブレンド。長身で、色黒の顔は細長く、髪は刺繍入りサテンのリボンで編み込まれている。そして一見、少年にはまったく気づいていないようだ。

　青百合チームの主将《輝かしい七つの真実》は準備を整え、これから修道院長の祝福を受ける。緋色《ひいろ》のサテンのゆったりしたローブには、金糸で縁取りした小さな青百合がちりばめられていた。耳から金の飾りがぶらさがり、首にも金が幾重にも巻かれ、さらにその上に青とオレンジの花輪。青百合チームのほかの三選手も身を飾ってはいたものの、主将ほどきらびやかではない。また主将は山のように贈り物をいただいて、高価なものも数多く、所定の割合を修道院に寄付してもなおひと財産だ。

　ゴールラインの向こう、コートの両サイドには高さ四メートルの壁があり、それぞれその上に青百合と白百合の応援席が並ぶ。どちらもすでに満員だったが、コートのセンターラインを見下ろす最前列の二席――修道院長と太守ケファール・ブレンドの席だけはまだ空いていた。コートをはさんでその真向かい、白百合側の壁の上にはハリメの長官の席がある。観客は明るい色とりどりの服に身を包み、花を持っていた。青百合側の応援席、中央部の茶色の集団は青百合修道院の修道士たちで、きのうから断食を始め、これは試合終了までつづく。だが世俗の観客は今朝には断食を終え、応援席でケーキやドライフルーツを分け合っていた。そのおいしそうな匂いが、お香の香りにも負けじと漂ってきて、《主は万物を息吹く》のお腹が鳴った。

「修道士――」修道院長が《輝かしい七つの真実》に話しかけた。「ゴールラインを越えるまえに話しておきたいことがある」

ゴールラインの手前でなら、内輪で話をすることができる。が、ラインを一歩でも越えると、会話内容はすべて公開されるのだ。球技場の観客はもとより、ステーション内の青い屋根の家家や、ステーション外に停泊中の船舶で観戦する人びと、さらにはほかのステーション、ほかの分領にまで中継される。

《輝かしい七つの真実》はにっこりし、モアッサン石の歯がきらめいた。

「あなたにとっては、これが初めての〈聖なる選び〉戦になる」と、修道院長はいった。「わたしは修道院長になるまえ、三度、青百合の主将を務めた。そして三度、ケファール・ブレンドの母親を太守にしたが、そのうち最初の戦いがもっとも苦しかった」満員の観客席を見上げ、首を振る。「わたしたちは昨夜、〈主の命に我従はん〉が意味するところについて話したが――」《輝かしい七つの真実》は少年をちらっと見やり、また修道院長に視線をもどした。「どうやらあなたはまだ、その意義を理解できていないようだ。究極の服従は、敗者の主将のみならず、勝者の主将にも求められる」

「はい、わかっています、修道院長」

「いいや、わかってはいない。白百合の修道女の喉に刃を突き刺し、血が噴き出し、その命が果てるのを見るまではわからないだろう。いや、そのときになってさえ、わからないかもしれない。そうならないよう願ってはいるが」

「修道女の信仰心は、わたしたち修道士の十人分くらいありますよ。また彼女は、まったく恐れてもいない」

修道院長はため息をついた。「試合の最中も試合後も、あなたのために祈ろう、ここにいる修練者《主は万物を息吹く》とともに――」そういって少年の肩に手をのせる。少年はこのとき初めて、修道院長の反対側にいる兄、ケファール・ブレンドを恐ろしいと感じた。

「では始めようか。みな、血が流れるのを早く見たくてたまらないようだ」

全員がセンターラインまで歩き、そこで白百合チームと向き合った。修道女《正義の成就》は、質素なハーフパンツとアームガード、肩から胸まで隠れる大きな白百合の花輪しか身につけていない。センターラインで腕を垂らして静かに立ち、顔に表情はなく、首をほんの少しかしげている。

彼女の横に立つハリメの長官は、ケファール・ブレンドよりは少し背が低く、顔も丸く、年齢も上だ。そして同じく髪を編みこんでいる。ただ、ローブは寸法が合っていないのか、ゆるくだらりとしていた。修道女の後ろにいる選手のいでたちは、青百合の選手同様、刺繍のあるサテンに宝飾、そして花輪だ。

太守ケファール・ブレンドが中央まで進み出た。

「我《わ》がために戦わんとする者は？」朗々と、儀礼的な呼びかけをする。

「わたくし、《輝かしい七つの真実は日輪のごとくきらめく》が戦わせていただきます！」同じく儀礼的な答えを返す。きらきら光るモアッサン石の笑顔に、青百合の応援席から大きな拍手が送られた。

つぎにハリメの長官が進み出て、ケファール・ブレンドの正面に立つ。しかし彼は儀礼的文言ではなく、こういった。

「往時なら、あなたとわたしが直接、この試合で戦っただろう」場内は静まりかえった。観客席から戸惑いのつぶやきが漏れる。「いまでもわたしは、みずから身を賭《と》して戦うのが最善ではないかと思うときがある。せめて、流血は避けるべきではないかとね。わたしたちが負うべきものを、代わりに主将に負わせるのは、はたして正しいことなのだろうか？」悲しげに——と少年は思った——首を振る。「我がために戦わんとする者は？」

「わたくし、《正義の成就は必然なり》が戦わせていただきます」歯切れのよい口調。観客席から礼儀正しい拍手がぱらぱらと送られ、少年はせつなくなった。これは〈選び〉の試合だ。ほかの試合はこの日のための練習でしかなく、修道院長から聞いた話では、計略も策謀も、この日は〈百合から生まれし人〉の意思に逆らえない。主将を務めること、それすなわち〈百合から生まれし人〉への究極の服従ということだ。観客たちはきょう、白百合チームの主将《正義の成就》が死ぬのを見に来たのであり、まばらな拍手は精一杯の礼儀だった。これはおかしい、公平ではない、と少年は思った。

つぎの十分間、修道院長は祈りを捧げた。両主将に祝福を与え、コート中盤の選手とゴール守備の選手に祝福を与え、観客とこのステーションとこの分領と、四分領全体に〈百合から生まれし人〉の恵みがあらんことを祈った。そして少年から香炉を受け取り、太守とハリメの長官、主将ふたりに香の煙を送る。《輝かしい七つの真実》がほほえんで両手を差し出し（一本の指に指輪が三つも四つも）、そこに煙がからみついた。青百合の中盤選手が前に進み出て同じことをし、さらに守備の選手がつづく。

修道女《正義の成就》の手は骨太で指輪のひとつもなかった。両手を煙にかざすとすぐ、自チームの中盤選手のために横にずれ、彼も煙に手をのばす。少年はそれを見て、あまりの違いに目を丸くした。修道女の手にはなんの飾りもなかったが、この選手の右手の甲は、指先を除いて手首まで金環と宝石の網に覆われ、さらに手首と肘上のバンドを結んで、宝石の鎖がじゃらじゃらと何本もぶらさがっている。漂う煙のなかで、赤、黄、緑がきらきら輝き、ともかく派手で異様で、野蛮とさえいえそうだ。こんなものはこれまで一度も見たことがない。その選手は視線を上げ、少年が自分を見つめているのに気づいてにっこりした。

少年は、怒りを覚えた。選手の人生にとって、きょうの試合はとてつもなく重要なはずなのだ。自分のチームの主将は死ぬ運命にあるというのに、それでものんきにほほえむとは。

・

修道院長は青百合側の最前列、センターラインを見下ろす席にすわった。その隣に、太守ケファール・ブレンド（コートをはさんで対面の白百合側には、ハリメの長官がいる）。そして太守の横には、肌の色が奇妙に白い男がすわり、しゃべると訛《なま》りがひどかった。

「あの方はどなたですか?」少年は院長の背後の席にすわると、隣の先輩修練者に小声で訊いた。

「星系の外から来た商人だよ。売買契約と値引きを狙っているんだろう。ドッキング料や関税率の値引きだ。到着してからというもの、太守に宝石だの輸入高級品だの、贈り物をしまくっている。噂では……」

そこで試合開始となり、少年はどんな噂か、聞くことができなかった。

両チームともサテンを脱ぎ、宝石類もはずし(《正義の成就》は、百合の花輪を取るだけだ)、みなハーフパンツとアームガードだけになった。選手たちはそれぞれ中盤とゴール前のポジションにつき、主将ふたりはセンターラインをはさんで向かい合う。

先攻のサーブは白百合だった。《正義の成就》はアームガードに全身の力を込めて、ボールを敵陣、青百合のゴールラインに向けて叩きつけた。青百合の守備選手は剛速球に対応できず、ボールは彼のアームガードをかすめると、白百合側の壁に当たって跳ね返った。中盤選手が身を躍らせ、地面に落ちる直前になんとかはじきとばす。ボールは大きな弧を描いてセンターラインを越えていった。

《正義の成就》は腕を振り上げ、それを青百合側の壁に向かって叩き返した。青百合の選手たちは壁に跳ね返ったボールを拾おうと、全力疾走する。

なかでも《輝かしい七つの真実》は速かった。彼がボールに追いついて力いっぱい叩き返すと、今度は白百合の中盤選手が、センターラインを越えたボールを打ち返した。が、ボールは観客席のほうへ飛んでいき、結果はファウルとなった。

最初のうち、白百合の応援席は静かだったが、そのうちだんだん気づきはじめた――《正義の成就》はどうやら、本気で勝つ気でやっているらしい。ただ、中盤選手は調子が悪いのか、二度つづけてファウルした。それでも《正義の成就》の奮闘で、予想以上のいい勝負になっている。青百合が連続三ゴールを決めても、白百合の応援席は熱くなる一方だった。試合開始まえは余裕でほほえんでいた《輝かしい七つの真実》が、いまは全力で戦っている。少年は内心うれしくなった。

例の商人が、ケファール・ブレンドに顔を寄せ、白百合のゴールラインに飛んでいくボールのほうに腕を振った。その手の甲は、金環と宝石の網で覆われている。試合まえ、白百合の中盤選手がつけていたものとそっくりだ。しかも、あの金のじゃらじゃら鎖まで――。少年は眉をひそめた。ひょっとして、この商人は白百合の選手にも付け届けをしたのか？

「そう、つぎは青百合が得点しないとだめだ」ケファール・ブレンドが答えた。といっても、少年は宝石に気をとられ、商人の質問は聞いていなかった。「白百合が追加点を入れると、零対零からやりなおすことになる」

「毎回？　そうなるたびに、くりかえされる？」

「ずいぶん昔の話だが――」と、横から修道院長がいった。「二か月と六日間、つづいた例がある」

「勘弁してくださいよ。スポーツは好きですが、さすがにそこまではね」

この商人は、試合のことをまったくわかっていない。太守にとりいろうとしているようだが、それなら賄賂《わいろ》は青百合の選手に贈るだろう。とすると、白百合の中盤選手は、どこからあの豪華な手飾りを手に入れたのか？

先輩修練者の話によれば、商人は〝太守に宝石だの輸入高級品だの、贈り物をしまくっている〟らしい。もしや、白百合選手に手飾りを与えたのは、太守その人ではないか。

「時間や日数は関係ない」と、修道院長はいった。「〈百合から生まれし人〉の思いに従うだけだ」

しかし少年は気づいた。太守ケファール・ブレンドには〈百合から生まれし人〉の思いなどどうでもいいのだ。太守にとって《正義の成就》は（その点では弟である自分も）、望みのものを手に入れるときの障害物でしかないのだ。自分は修道院長の庇護《ひご》の下にある。少なくともそのようには見える。では誰が《正義の成就》を守るのか？　中盤選手は賄賂をもらい、主将を裏切る気だ。

「用を足しに行ってきます」少年は立ち上がると、修練者のあいだを縫い、階段を降りていった。静かで涼しいポルチコへ。百人像のもとへ。

コートの白百合側の入口に、修道士がひとり立っていた。頭上からは観客の一喜一憂する声が聞こえ、コートからはボールが壁に当たる音、ときおり選手の上げる声も聞こえる。

「なんの用だ？」白百合の修道士が訊いた。

「修道女とお話ししたいのです」

「帰りなさい」

「お願いします。どうしても、お話ししなくてはいけないことがあるのです」

試合はファウルで中断という判定が聞こえた。修道士はため息をついて一歩後ろに下がり、何やらサインを送った。するとすぐタイムアウトになり、《正義の成就》がコートからこちらへやってきた。少年は、ほぼ全裸の〈主の命に我従はん〉を見慣れてはいたが、彼女はあくまで彫像だ。でも《正義の成就》は生きた女性で――。腕も脚も筋肉がもりあがり、あちこち泥もついている。少年はあらわな胸を間近で見るのが恥ずかしく、あわてて視線を上げた。彼女の汗のにおい、その迫力にまごまごする。彼女は何もいわず、ただそこに立ち、待っていた。彼女の顔はまったくの無表情。

少年は恐ろしくなった。ごくりと唾《つば》をのみこむ。

「星系の外から来た商人がいます」震えそうになるのを我慢していった。どこか現実ではないような気がする。「太守にたくさん贈り物をしています。ここで商売をしたいからです」もう一度、喉をごくっとさせる。「腕飾りをつけています。手から腕のほうまでずっと……。それで……」

彼女は話を聞いていないのか、眉ひとつ動かさない。少年がいることもわかっていないのでは、と疑いたくなるほどだった。

「あなたのチームの中盤選手が、試合のまえに、それとそっくりのものを手につけていました。

色が違うだけです。どこにでもあるような飾りではありません」

それで何をいいたい？　と、彼女は訊かなかった。確信があるのかとも、自分のしていることがわかっているのか、とも訊かない。彼女はただくるりと背を向け、無言でコートにもどっていった。

少年はできるだけ気持ちをおちつけ、自分も背を向けて百人像へと向かった。〈主の命に我従はん〉をまともに見ることができない。目をつむり、大きく三度、深呼吸する。花の香りが強すぎる、と思った。そして目を開き、階段をあがり、青百合の修練者たちの応援席へもどる。自分の席についたとき、《輝かしい七つの真実》がサーブし、《正義の成就》が打ち返そうと構えた——と、そのとき、白百合の中盤選手がボールを追ってつまずき、《正義の成就》にぶつかった。その拍子にボールは背後へ、自陣へと飛んでいく。オウンゴールになるすんでのところで守備選手がはじき返し、ボールは観客席に飛びこんだ。

白百合の応援席からブーイングが起きた。試合が始まったころと違い、みんな夢中になって見守っている。だが白百合の、ハリメの長官は平然としていた。

「いまのは何だったんだ？」

少年の隣の先輩修練者がつぶやいた。白百合の守備選手が、主将にぶつかった中盤選手のほうへ歩いていった。たぶん怒鳴りつける気なのだろう。だがここでの会話は、観客はもとより、家庭で観戦している人たちにも聞かれるのを思い出したのか、途中でつと足を止め、自分のポジションに引き返した。敵の青百合チームはみな、声をあげて笑う。

《正義の成就》はタイムアウトを要求した。白百合の選手ふたりを連れて、会話を聞かれずにすむゴールラインの外へ出ていく。《正義の成就》はそこで、まったくの無表情で短く何かいい、中盤選手は胸を張って、否定の身振りを三、四回した。守備の選手が口を開いて何かいいかけたが、《正義の成就》が手を上げて制し、また冷静に何かいう。中盤選手はふたたび否定の仕草をし、今度は説明しているのだろうか、長めにしゃべった。

三人はコートにもどってきた。《正義の成就》は、おちつきはらっている。ところが中盤選手の横を通り過ぎるとき、いきなりくるっとふりむくや、アームガードで彼の膝を力いっぱい殴りつけた。骨の砕ける音。耳に聞こえるほどの。球技場は一瞬にして静まりかえり、選手の悲鳴だけがこだました。

どよめきが起きた。ケファール・ブレンドは席で凍りついている。少年の横の修練者がいった――「とんでもない！　味方の選手だろ？」

《正義の成就》は、何事もなかったかのようにセンターラインまで行くと、《輝かしい七つの真実》にやさしく、にっこり笑いかけた。それから静かに、葬送歌を口ずさむ（少年が思ったとおり、けっして歌手になれる声ではない）。時間にして十分ほど。そのあいだ、修道士や長官補佐たちは、前例がないか調べまくった。しかし結局、自チームの選手の足を折ってはいけない等のルールは見当たらなかった。

思いがけず出場することになった白百合の控えの選手が、コートの中盤に入って試合は再開。

《正義の成就》は目を見張る正確さと速度で動き、ボールを壁から壁へ叩きつけた。白百合の選手でさえ、ほとんどついていくことができない。とはいえ、滑稽なミスや説明のつかないエラーはなくなった。

四対四の同点になるころにはもう、白百合側の観客たちは勝利の可能性が高いのを確信しつつあった。応援する声が微妙に変化し、少年の腕に鳥肌がたつ。変化に気づいたのは自分だけだろうか。あるいは自分ひとりがそう感じたにすぎないのだろうか。

白百合は五点めをあげた。《正義の成就》が、なんと一メートルもジャンプして叩いたボールが、《輝かしい七つの真実》を、ぎょっとしたほかの二選手の頭上を越えてゴールしたのだ。白百合応援席は総立ちになり、拍手喝采《かつさい》した。が、長官だけは椅子で悠然とかまえている。あの人は最初からわかってたんだ、と少年は感じた。《正義の成就》は自分ならかならず勝てると長官に断言し、主将になったのだろう。長官が失うものはひとつもない。負けたところで、命を絶たれるのは《正義の成就》なのだから。そして誰もがそうなると確信していた。ところがいま、青百合のケファール・ブレンドは、太守の座を失いかねない状況だった。そして……少年は自分のしたことの大きさに気づいた。《輝かしい七つの真実》がコートで口をゆがめ、モアッサン石の歯がきらりと光った。

どちらにも勝ってほしくない、と少年は思った。いますぐ試合をやめてほしい。かならず誰かが死ぬのはわかっていた、試合が終わればコートで人が殺されるとわかっていた……。なのになぜか、いまこのときまで、現実のこととして受け止めていなかった。

「六点めだ」隣の先輩修練者が苦しげにつぶやいた。これで六対四。あと四点で、白百合の勝利。

「つぎこそ取ってくれ、青百合……」

そうなれば、試合はふりだしにもどる。つぎに青百合が得点すれば、両チームとも零点《れい》にもどり、やりなおしになるのだ。《正義の成就》はボールをかかげ、サーブの構えをした。剛速球が、真正面に飛んだ。《輝かしい七つの真実》は動揺したのか、腕を上げるのが若干遅れた。ボールは彼の口を直撃し――ファウルになった。試合は中断。《輝かしい七つの真実》はうつむいて両手を膝につき、大きく息を吸いこむと、地面にぺっと血を吐いた。そして上体を起こし、背筋をのばす。《正義の成就》は無表情で彼を見ていた。差し出されたボールを受け取って、ふたたびサーブする。

《輝かしい七つの真実》の、青百合の選手たちのなかで、何かが切れた。白百合はたてつづけに得点し、九対四。青百合は追い込まれた。もしつぎに得点できれば、零対零にもどれる。が、もし白百合が得点すれば、試合は終了だ。コートの両サイドは、少年が聞いたこともないほどの大音響に包まれた。ほぼ全員が立ち上がり、声をふりしぼって叫び、わめき、応援する。数少ない例外は、まずあの商人。おそらく、今後の賄賂の送り先を考えはじめたのだろう。それから、修道院長。そして太守ケファール・ブレンドと、ハリメの長官。みな席にすわったまま、黙りこくっている。

その後、二度のサーブで得点は動かなかった。観衆の声は耳をつんざかんばかりだ。白百合の中盤選手の打ち上げたボールが、大きな弧を描いて飛んでゆく。だが青百合の三人は、走るでもなく、その場でだらりと腕を垂らして、ボールの行方を――ゴールラインの向こうに落ちるのをながめるだけだ。青百合側は嘆きの声を、白百合側は勝利の声をあげ、球技場は大喚声の渦に包まれた。

修道女《正義の成就》は《輝かしい七つの真実》に歩み寄り、何やら言葉をかけた。ふつうなら聞こえるはずだが、渦まく大喚声のせいで、口が動いていることしかわからない。少年がコートの対面、白百合側の応援席に目をやると――ハリメの長官の席は空っぽだった。

コートの白百合側の入口にいた修道士が、修道院長とケファール・ブレンドのところに来てお辞儀をし、何やらしゃべった。喚声のせいで声は聞こえないが、少年は唇の動きを見て、〝メッセージ〟といったのだと思った。修道士は片手を修道院長のほうへ、もう一方をケファール・ブレンドのほうへ差し出した。

修道院長はその手をさっと撫でてから、指先についたごく薄い膜を自分の耳に塗った。ケファール・ブレンドも同じことをする。

ややあって、修道院長は耳の膜を拭いとった。そして眉をぴくりとあげ、少年をふりむき手招きした。

「一緒に来なさい」修道院長は席を立って歩きだした。

少年もすぐ立ち上がり、ついていく。すると、修道士が何気なく片手を上げ、そばを通り過ぎる少年の耳に、いかにもたまたま、というように軽く触れた。と、その直後、少年の耳に《正義の成就》のだみ声が聞こえた――「これはわたしではなく、あなたが選択した結果だ」。少年は装置に触れかけ、その手を止めた。録音メッセージは終わっていない。彼女の声が、ぞくっとするほどすぐ耳もとで聞こえた。「しかしもはや、あなたの意思に関係なく、あなたは大きな危険にさらされている。修道院長は、あなたが従順であるかぎりは守ってくれるだろう」

観客席の歓声がいくらか弱まり、少年は背後の足音に気づいた。ふりかえると、兄のケファール・ブレンドだ。少年はあわてて正面を向いた。

「わたしにできることがあれば、あなたのためにやってもいい」《正義の成就》がいった。「しかし、好意に見返りはつきものだ」ここでメッセージ終了の音が鳴った。

少年は修道院長のあとを追いかけ、白百合のゴールラインの後ろにある部屋に入った。そこには《輝かしい七つの真実》と《正義の成就》、そしてハリメの長官がいて、長官は入ってきたケファール・ブレンドに（浅い）お辞儀をした。《輝かしい七つの真実》は、修道院長の後ろにいる少年をじっと見つめる。

ハリメの長官がケファール・ブレンドにいった。「現在は、修道士《輝かしい七つの真実は日輪のごとくきらめく》のほうがあなたより尊い。四分領最高会議のあなたの席は失われた。ふたたび手に入れるには、有能な球技チームが欠かせないだろう。あるいは、大量の賄賂か。しかし太守でなくなったあなたには、もはやそこまでの力はない」

ケファール・ブレンドは怒りを炸裂《さくれつ》させる、と少年は思ったが、実際は何も起こらず、ハリメの長官はつづけた。

「ノアゲ・イトランと青百合修道院が失ったものをとりもどすには、《輝かしい七つの真実》に生きていてもらわなくてはならないだろう。しかしあなたは、いなくてもいい」

「何がいいたい？」ケファール・ブレンドの口調は不気味なほどおちついている。

「わたしには、人が殺されるのをながめる趣味などない」と、ハリメの長官はいった。「ましてや、《輝かしい七つの真実》が死ぬのはね。試合のしめくくりとして、敗者の殺害が当然のように思われていることに、わたしは疑問をもちつづけてきた。一般大衆だけでなく、わたしたち統治者もそう思っていることに。本来は、権力を望む者たちのどちらが〈百合から生まれし人〉の意思にかない、選ばれるかを見るための試合だった。だが現在、わたしたちは自分の生命を賭してはいないだろう？　わたしはここで、原点の思想に少しでも近づく提案をしたい——あなたに死ではなく、隠棲《いんせい》を望む。祈禱と禁欲の暮らしにもどられれば、〈百合から生まれし人〉も満足なさるだろう。生涯を信仰に捧げることを、主は何より喜ばれるのではないか？」

ケファール・ブレンドは大笑いした。「あなたはあなたの好きにすればよい。だがわたしには、隠棲する理由などない」

静寂が訪れた。《正義の成就》は黙って静かに立ち、《輝かしい七つの真実》は少年をまだじっと見つめている。

修道院長がハリメの長官にお辞儀をした。

「お話をうかがっていると、長官、あなたはケファール・ブレンドに、ノアゲ・イトランの幸福のために野心を捨てろとおっしゃっているようだ。しかし、わたしもあなたも、ケファール・ブレンドをよく知っている。駆け引きはやめて、率直に話し合いましょう」

長官は動じない。「ケファール・ブレンドが白百合の選手に、不正をするよう賄賂を贈った問題もある」

「証拠は手に入れた」修道女《正義の成就》がいい、これに少年はうろたえた。自分を証人にして語らせるつもりだろうか？

修道院長は不快感もあらわに首を振った。

「〈聖なる選び〉での不正とは！　まぎれもない重罪だ。だが、証拠はあると？」

「選手本人が告白した」と、《正義の成就》。これを聞いて少年は、選手の骨が砕ける音をまざまざと思い出し、うめき声が漏れそうになるのをこらえた。

「ケファール・ブレンド——」ハリメの長官がいった。「わたしがあなたを告発し、証拠を差し出せば、あなたを支持する者はいなくなるだろう。四分領最高会議で取り上げられ、あなたがノアゲ・イトラン・ステーションの長官を解職されるのは確実だ。誰が次の長官になるか、誰があなたを敵視しているかによっては、投獄されるか、場合によっては処刑もありうる」そこでいったん言葉を切る。「しかし、それを免れることもできなくはない。隠棲し、弟ケファール・アレシュを後継者に指名するのだ」

ケファール・アレシュ――。少年はその名で呼ばれていたころをほとんど覚えていない。まるで自分ではないようだった。

「まだほんの子どもだ」ケファール・ブレンドは鼻で笑った。「それに何より世俗を離れ、どこにいるかもわからない」

「何事も、主の御心《みこころ》のままに」と、ハリメの長官。「同意しないのであれば、もしくはケファール・アレシュを見つけられないのであれば、わたしは告発状と証拠を四分領最高会議に提出する」

静まりかえった。《輝かしい七つの真実》は何ひとつ耳に入らないかのように、凝然として少年を見つめつづけている。

重苦しい沈黙の後、修道院長がいった。

「ケファール・アレシュが、ここにいてくれさえすればいいのだが」

「仕組んだな、修道院長!」

「とんでもない」修道院長はほほえんだ。「好機を見逃さないだけですよ」少年の肩に手をのせる。

〝好意に見返りはつきものだ〟などと、《正義の成就》は少年にわざわざいわなくてもよかったのだ。少年はそれくらい、とっくにわかっている。しかも、彼女がいうほど一方的なものではないだろう。少年はすでに彼女に好意を示したのだ、いつかかならず、その見返りをいただけるはず。もう子どもではない。愚かでもない。この場にいる者たち全員――まもなく太守になるハリメの長官、《輝かしい七つの真実》、修道院長――が彼に、《主は万物を息吹く》に借りができたといえる。

「ケファール・アレシュは、わたしです」少年はそういったとたん、多少のめまいを覚え、口にしたことを後悔した。ハリメの長官は顔色ひとつ変えない。《正義の成就》と同じく、おちつきはらっている。

「ほほう」と、修道院長。「思いもよらなかったな」

「おめでとう、修道院長」ケファール・アレシュが苦々しげにいった。「これであなたは権力者だ」

「いいえ」修道院長は静かにいった。「権力をもつのはケファール・アレシュですよ」

少年は震えそうになるのをこらえた。

「では、了解するね?」と、ハリメの長官。

「いや、隠棲などしない。おい、修道院長!」

「〈聖なる選び〉での不正行為は――」修道院長は悲しげな顔をした。「重罪です」

「好きにしろ!」ケファール・ブレンドは声を荒らげた。「アレシュをノアゲ・イトランの長官にするなりなんなり、おまえたちの好きにすればいい!」

「長官――」《正義の成就》がいい、少年はびっくりした。彼女は自分に話しかけたのだ。

「《輝かしい七つの真実》の延命を再度提案したい」

少年はすぐ同意の仕草をした。

「わかりました。承諾します」

「すばらしい！」と、修道院長。「どのような儀式をすればよいか検討しましょう。それをすませば、《輝かしい七つの真実》は今後もまた試合に出ることができる」

ずっと沈黙を守っていた《輝かしい七つの真実》が、ここで初めて《正義の成就》をふりむいた。

「修道女よ。あなたはわたしよりはるかに信仰が厚く、わたしはそれをあざけりの種とした。許していただけるだろうか？」

「許します」彼女はきっぱりといった。声に感情はなく、顔に表情はない。

「修道女、わたしはあなたが死ぬものだと思っていた。それを信じて疑わなかった。しかし……」ゆっくりまばたく。「われわれが守り、為《な》すべきは主のご意思であり、われわれの意思ではないことを、わたしは忘れていた。主は幾度もわたしの前にお現われになった。幼いころから、わたしは日々、どんなときでも、主のことだけを考えていると思いつづけてきた。しかし、そうではなかった。わたしは主ではなく、己《おのれ》のことしか考えていなかった。そしていま、主はわたしの偽りを明らかになされた、わたしにもはっきりと見えるように」

《輝かしい七つの真実》は、少年のところまで行くと（その肩にはまだ修道院長の手が当てられている）、足もとにひざまずいた。

「転生されし者よ！　わたしはもっと心を向けるべきでした。あなたや修道院長の言葉にもっと耳を傾けるべきでした。どうかお許しください！」

これにはケファール・ブレンドもハリメの長官も面くらった。

「修道士《輝かしい七つの真実》は――」修道院長が説明した。「《主は万物を息吹く》が、いえケファール・アレシュが、聖人となった前の修道院長《主の掟を汝の鏡とせよ》の生まれ変わりだと信じているようです」

ケファール・ブレンドはばかにしたように笑うだけだ。

「試合のまえに、あなたに祝福をお願いするべきでした」と、《輝かしい七つの真実》はいった。「〈主の命に我従はん〉に祝福をお願いするべきでした」少年の両手を取って口づけし、少年の目がまんまるになった。「わたしは主のご意思に従うと誓いました。たとえそれがこの命を失うことであろうとも。ここでわたしが背を向ければ、わたしの信仰は偽りでしかなくなる。新しい儀式は、つぎの機会に行なっていただきたい」

「え?」少年は言葉の意味がすぐにはわからなかった。しかし、もしやという思いが、空っぽの胃をぎりぎりと締めつけた。

「本気なのか、修道士?」ハリメの長官が訊いた。「ここにいる者の誰ひとりとして、あなたをとがめたりはしない」

「そのとおりです!」少年はすぐさまいった。

「われらが主なる女神のご意思を知るのは」修道院長が諭した。「それほど容易ではないのだよ、修道士。心を尽くして、推し量ることに努めるしかないのだ」

「主の命に――」と、《輝かしい七つの真実》はいった。「我従はん。修道女は理解しておられる」

「はい、理解しています」《正義の成就》は、まじろぎもせずにいった。

《輝かしい七つの真実は日輪のごとくきらめく》の死は、いかなるときでも冷静に、確実に事をなしとげる《正義の成就は必然なり》の手によってもたらされた。

少年と修道院長は、青百合のゴールラインに向かって歩いた。その後ろに、修道士の亡骸《なきがら》を抱えた青百合の選手ふたりがつづく。少年は、ラインを越えるまで声を出すことすらできなかった。その法衣《ほうえ》には、修道士の生々しい血がついている。彼は法衣を脱ぎ捨てたかった。あの光景を、心のなかから拭い去りたかった――《輝かしい七つの真実》がつんのめり、その首が《正義の成就》の手に抱えられる光景を。

少年はゴールラインを越えた。そこで待っていたケファール・ブレンドが、いまいましげに修道院長にいった。

「あなたは自分のほしいものを手に入れるためなら、何がどうなろうとかまわないらしい」

これは《輝かしい七つの真実》の死ではなく、自分が長官になったことを指しているのに気づいて、少年は気分が悪くなった。

「あなたとわたしは似た者同士ということかな」修道院長は動じる気配もない。みごとなまでの胆力。とはいえ、院長は三度の〈聖なる選び〉を生き残り、《正義の成就》がやったことを三度やってのけたのだ。「しかし、すべてがそうとはかぎらない。あなたの隠棲に備え、イコンを贈らせていただくとしましょう。ひとつは、聖人となった《輝かしい七つの真実》のイコン。もうひとつは〈主の命に我従はん〉のイコンをね」少年の顔を見る。「あなたには、長官、〈主の命に我従はん〉から学べなどと、わたしからいう必要はないだろう?」

少年は自分が盗み聞きしたことを思い出した。もっとも安全といわれる場所が盗み聞きされていることを、前修道院長がいまの修道院長に伝えることなく溺死させられたのは間違いない。そしていまの修道院長の教えは、他者の知らないことを知れば強みになる、だ。修道女《正義の成就》の屈強な腕を思い出す。彼女のにおい。その手に握られたナイフ。そして《輝かしい七つの真実》の首……。だめだ、それはだめだ……。耳に彼女の警告がよみがえる。周囲には……修道院長には……気をつけろ。〝わたしにできることがあれば、あなたのためにやってもいい〟

「はい、修道院長」少年はいった。「その必要はありません」

訳者あとがき

遠未来の宇宙。広大な星間国家ラドチを舞台にした《叛逆航路》三部作は、本書『星群艦隊』(原題 *Ancillary Mercy*) をもって幕を下ろします。

著者アン・レッキーは本三部作で長編デビューし、その独特のアイデアと緻密な世界構成により、『叛逆航路』が三部作の一作めにして、ネビュラ賞、ヒューゴー賞、英国SF協会賞など数々の賞を獲得。日本でも、第四十七回星雲賞(海外長編部門)を受賞しました。

とはいえ、『叛逆航路』の読解は決して一筋縄ではいかず、痛快軽快な、いわゆる宇宙活劇を期待してページを開くと、さまざまな疑問や不満、不可解な印象を抱いてしまうでしょう。

そのあたりは、原著刊行時、ローカス誌に掲載されたレビュー記事(二〇一三年十月号)にもうかがうことができます。

「アン・レッキーの処女長編はきわめて野心的である。スペースオペラ的でありながら、宇宙での派手なアクションはほとんどなく、惑星や軍艦内の描写が大半を占める。その独特の趣は、冒険活劇やミリタリーSFというよりも、むしろ社会学的、心理学的色合いが濃い。

また構成面でも野心的で、現在と過去が行き来し、それによって主人公が復讐《ふくしゅう》の念に燃えていることやその理由をはじめ、ラドチ世界がどういうものかが小出しで明かされていく。しかも主人公は、脳にＡＩを上書きされた属躰《アンシラリー》の集合体から切り離された欠片《かけら》であり、自分を〝個〟として考えることに苦悩する。

さらに本書には、ジェンダーの問題もある。ラドチ文化では男女を区別しないため、主人公は登場人物すべてを女性形で表現し、性別につながるような描写すらない。

このような作品世界の複雑さ、奇妙さゆえに、最初のうちは読み進めるのに難儀する。戸惑い、首をかしげることがあっても、疑問に対する答えはそう簡単には得られない。

しかし、忍耐は報われる。『叛逆航路』は初心者レベルのＳＦではなく、だからこそ、読後の満足感は大きい」（抄訳）

『叛逆航路』はいくつもの賞を受賞したものの、半面、ここで挙げられているような点が（一部）読者の素朴な不満にもなりました。

とりわけ議論を呼んだのが代名詞の問題で、アン・レッキー自身、「〝彼女〟だけでは販売に堪えないとずいぶんいわれた」と語っています。それでも手を挙げてくれたのがオービット社でしたが、出版にあたってはいくつか修正を提案され、そのひとつがやはり代名詞の変更——「〝彼〟も使ってはどうか？」というものでした。

レッキーはしかし、これを拒否します。（著者の言葉は種々のインタビューおよび著者のブログ

http://www.annleckie.com/ から抜粋要約）

「じつは、書きはじめた当初は〝彼〟も〝彼女〟も使っていました。でもそうすると、登場人物のイメージが、最初に想定していたものからだんだんずれていくのです。これは面白い、と思いました。そこで、代名詞を一種類に限定してみようかと……。そうすれば、たとえばオーン副官とスカーイアト副官の関係にしても、読む人によって男／女だったり、男／男、女／女だったり、自由に想像できるでしょう？　読者が〝自分はこう思う〟というのであれば、それはその人なりの、ある意味心理テストの結果です」

「代名詞に関してはずいぶん悩み、試行錯誤を重ねました。でも考えれば考えるほど、わたしたち自身、厳密な意味で男女を区別していない、と思えてなりませんでした。だって、その人の裸を見て男だ女だと決めているわけではないでしょう？　髪型や服装、身ごなしなど、全体的な印象でしかなく、これは文化にも左右されます。だったら、性別をまったく気にしない文化があってもいい。ＳＦであればそれが可能で、奇妙な、不可思議な世界を想像することにより、わたしたち自身の世界もこれまでにない新しい目で見ることができるのでは、と思いました」

このような考えから、登場人物の身体的特徴の記述（性別の思い込みにつながるもの）も極力避けたようです。

同様のことは、固有名詞にも当てはまります。ともすれば（とくに西洋社会では）、名前から性別はもとより、出身地域や社会階級、信仰などを推測しがちですが、本三部作では音遊び的な特異な名に徹底され、そこに〝何かを示唆する〟ものはありません。
さらに著者は、三部作の本質的なものとして——

「主人公にはアイデンティティの問題をもたせたい、と思いました。ブレクは兵員母艦〈トーレンの正義〉であり、二十の体からなる1エスクであり、ひとつの体しかない1エスク19でもあります。そして19になるまえ、1エスクになるまえ、〈トーレンの正義〉になるまえは、べつの誰かでした」

こうしてブレクは軍艦／属躰の残り滓《かす》として悩むことになり、〝ひとり〟であったはずのラドチ皇帝アナーンダも分裂して自分自身と戦います。また、二作めから登場するティサルワットは、脳にインプラントを挿入された後、それを除去してもなお、以前の自分にもどることができません。

「人がどのように振る舞いどのように反応するかは、経験や記憶、環境だけでなく、物理的な脳の状態によっても変わります。脳に損傷を受け、人格までが変わったようになる例は実際にあるでしょう。アイデンティティというものは（〝自分が考える自分〟は）、不安定でうつろいやすいものだと思います」

では、舞台となっているラドチの世界はどのように描かれているでしょうか。

こちらはローマをはじめとする地球各地の古代帝国を、ひいては近現代の〝帝国〟をも想起させます。

正義／礼節／裨益《ひえき》を大義とするラドチでは、圏外の民族を野蛮だの非文明人だのと蔑視《べっし》しながら、武力によって併呑するなり、ラドチャーイ＝文明人と呼びます。そしてラドチャーイである以上、最低限の衣食住は保障され、適性試験を受ければ（併呑時に従順であったかどうかは原則として関係なく）公正に評価され、役人にすらなることができる。ところが、階級意識は歴然としてあり、下流の出身者は上流のアクセントを真似てしゃべったり、肌の色を少しでも濃くしようと整形までする……。

このような世界をテレビ映像化する話があったとき、著者は登場人物の性別など、いくつか要望を出したそうです。そして二〇〇四年放送の〈*Earthsea*（ゲド戦記）〉（原作／アーシュラ・K・ル＝グイン、Sci-Fi Channel）のように、登場人物（役者）を白人だらけにするのだけはやめてほしい、肌の色に関しては譲れない、と明言したとのこと。

以上、著者が取材やブログで語ったことのごく一部を紹介しましたが、いずれにせよ、人称やアイデンティティの問題からはじまって、じつにさまざまな観念的、思索的トラップが仕掛けられています。読みながら感じる疑問や違和感はこの仕掛けゆえであり、逆にいえば、読み方次第、想像力のふくらませ方次第では、作品世界の奥行き、広がりが一気に増大するでしょう。そしてそれこそが、作者の狙いといえます。

本作『星群艦隊』も、決して通常の完結編ではありません。レッキーはSFイベント「はるこん」のゲスト・オブ・オナーとして来日したとき（二〇一六年四月、於沼津）、同じ展開、同じ色合いでサーガ的につづく作品は自分の好みではない、そのため『亡霊星域』ではあえて舞台をアソエクに限定し印象を変えた、と語っています。そしてこの最終巻も、復讐の成就（あるいは贖罪《しょくざい》）どころか、ブレクの新たな挑戦、新たな物語の始まりとして受けとめることができるでしょう。しかし、著者曰《いわ》く――「三部作である以上、ブレクを主人公にした四作めはない」。

予告では、次作は二〇一七年の秋刊行ですが、本三部作と〝同じ宇宙〟を舞台にしているという以外、まったく何も発表されていません。とにもかくにも、読者の思い込みや予想を裏切るのが大好きなアン・レッキーのこと、何が始まるかは幕が上がってのお楽しみ、といったところでしょうか。

さて、本書に収録されている短編「主《しゅ》の命《めい》に我従《われしたが》はん」（原題〝She Commands Me and I Obey〟、オンラインマガジン *Strange Horizons*, Nov. 2014 掲載）について――。

これは三作すべてに登場する、とあるイコンにまつわる話です。物に執着しないはずのブレクが手放すことなく持ち歩いているイコンですが、短編中では〝ブレク〟という名も〝ラドチ〟という言葉もまったく使われていません。いろいろな意味で、アン・レッキーらしい奇妙で不可思議な世界を描いた短編といえるでしょう（ただ、作中の球技はメソアメリカの球技にヒントを得たもの）。

では最後に、この短編に寄せた著者の言葉を記しておきます。

「わたしがラドチ語を翻訳する場合、男女を区別する手掛かりがないため、便宜的に代名詞をすべて〝彼女〟にします。が、これは性を特定するものではありません。ただ、ブレクたちもラドチ語以外で話すときは、一部の者を男性形で示すことがあるようです」

付録　アンシラリー用語解説《グロッサリー》　第3集

ノタイとラドチの関係

　星間国家としてのラドチは、ラドチ球と呼ばれるダイソン球を発祥の地とする。約三千年前にこの地にあらわれた支配者アナーンダ・ミアナーイが、侵略・併呑をくりかえして現在のような人類宇宙の大半を支配する星間国家を築きあげた。

　だが、ラドチ球は最初から統一されていたわけではなく、ラドチ圏拡大の初期には同地やその周辺に住む人々がラドチに叛旗を翻《ひるがえ》したこともあった。そうした敵対勢力の中心となったのが、ノタイと呼ばれる民族だった。激しい戦いの末にノタイは敗れたが、この戦いは現在に至るまで、娯楽作品などで人気の題材となっている。ちなみに、セイヴァーデンの属するヴェンダーイ家はノタイに祖を持つ旧家であった。

　なお、現在のラドチ球は完全に自立し、外部と隔絶されている。ラドチ球内に住む人々がアナーンダやラドチ圏をどう思っているかは、まったく不明である。

ゴースト星系《システム》とゴースト・ゲート

アソエクの人々は約六百年前にラドチに併呑されるよりもまえ、領土拡大を目論《もくろ》んで隣接星系へのゲートを設置したが、結局実現しなかった。無人であるはずのその星系は、幽霊が出没するといったさまざまな噂があり、〝ゴースト星系〟とも呼ばれている。また、ゲートのほうも〝ゴースト・ゲート〟と呼ばれている。

なお、ゴースト星系にはかなり昔から何らかの勢力が潜んでいて、アソエクが併呑されて奴隷売買が廃れる以前には、同地の奴隷商人から属躰《アンシラリー》用の人体を買っていたことがわかっている。

〈アタガリスの剣〉のヘトニス艦長はその勢力に対し、アソエクに移送されてきた追放者たちの人体をひそかに売っており、見返りとして得た貴重なノタイの茶器を有力市民フォシフ・デンチェに売った。

地方宮殿

広大なラドチ圏は十三の地方に区分され、それぞれの統治の中心地として地方宮殿が置かれている。地方宮殿は通常、大規模なステーションで、アナーンダの分身が常駐しており、嘆願や法的訴えのための市民の謁見を受けつけている。

『亡霊星域』ラストの時点では、地方宮殿のうちオマーフ宮殿は穏健派のアナーンダの支配下にあるが、アソエクにいちばん近いツツル宮殿では激戦が続いている。

密儀会

国家としてのラドチは、正義・礼節・裨益《ひえき》を第一義とし、創造神アマートを主神として崇める宗教を奉じている。この宗教は社会生活のさまざまな面に広く浸透しており、たとえば庇護関係《クリエンテラ》のように法律に基づく契約を結ぶには、形式的ながらアマートの寺院での登録が必要とされる。

併呑された地域の地元宗教は通常、すべての秘儀をアナーンダに明かし、この信仰体系に組みこまれるか、アマートの至上性を認めたうえで存続を許される。

アソエクでは〝密儀会〟という教団が存続し、クハイ人や星系外から来たラドチャーイを中心に強い影響力を保っている。ブレクがアソエクのステーションに到着した際に行なわれていたジェニタリア祭は、密儀会の儀式のひとつである。

（編集部・編）

検 印
廃 止

訳者紹介　津田塾大学数学科卒業。英米文学翻訳家。主な訳書に，レッキー『叛逆航路』『亡霊星域』，ヴィンジ『レインボーズ・エンド』，ハインライン『天翔る少女』，マキャフリー＆ラッキー『旅立つ船』ほか多数。

星群艦隊

2016年10月28日　初版
2016年12月 2 日　再版

著 者　アン・レッキー
訳 者　赤《あか》 尾《お》 秀《ひで》 子《こ》

発行所　(株) 東京創元社
代表者　長谷川晋一

162-0814/東京都新宿区新小川町1-5
電　話　03·3268·8231-営業部
　　　　03·3268·8204-編集部
URL　http://www.tsogen.co.jp
振　替　00160-9-1565
萩原印刷・本間製本

ISBN978-4-488-75803-5　C0197